秀吉の活

目次

序章

「いきる、ではなく、いきる？」

日吉は首を傾《かし》げた。

夕陽を背負い、鍬《くわ》を振り上げていた父、弥右衛門《やえもん》の動きが止まる。長い影に、小さな日吉の体はすっぽりと隠れている。

「そうじゃ、日吉。同じ〃生きる〃なら、〃活《い》きる〃でないと駄目なのじゃ」

声とともに力強く鍬を振り落とし、固い大地に突き刺した。鍬をいれた部分だけ土の色が変わり、柔らかみを帯びる。日吉は、父が畑を耕す姿を見るのが好きだった。まるで、生命《いのち》が吹きこまれるかのようだ。

「こっちに来い」

手ぬぐいで肌をふきつつ、弥右衛門は日吉を呼ぶ。

「生きるではなく、活きるでないとならん」

父は、しゃがみこんだ。それでもまだ日吉よりも体は大きい。節くれだった指を、大地にやる。そして、「生」と「活」と書いてみせた。

「おっとう、字ぃ書けるのか」

「このふたつと弥右衛門の名前だけは、寺の和尚に教えてもらった」

微苦笑を零《こぼ》しつつ、日吉の頭を撫《な》でてくれた。

「つまり、同じ〃いきる〃でも全然違う。ただ鍬を振るにしても、土のことを考えずに耕すのと、土のことを考えてやるのとでは、秋の実りが全然違うようにな」

父は「活」という字を、丸で何度も囲った。

「つまり、たくさん考えて、他人に気配りして、一生懸命働くのが、活きるとゆうことだ」

「じゃあ、おっとう、おいらは今日、活きたぞ」

日吉は腰紐《こしひも》に巻きつけていた袋を取り外し、広げてみせた。中から出てきたのは、黒豆だ。

「この豆は左衛門爺《じい》さんのとこの豆じゃ。根つきがいいからかえてもらった。こっちの豆は亀婆《ばあ》さんの味のええ豆、こっちは……」

日吉はいちいち豆を摘《つま》んで、父に教えてやる。

「これを、おっとうが集めた豆と一緒に畦《あぜ》に播《ま》くんじゃ」

昔から、黒豆は畦に植えるものだ。豆が根をはることで、雨が降っても畦が崩れにくくなる。また、手間をかけなくても、晩秋になれば美味《うま》い豆も収穫できる。

「あの偏屈な左衛門爺さんや亀婆さんが、ようも豆を分けてくれたもんよ。日吉、一体どうやったのじゃ」

　種や苗は、一子相伝が農家の掟《おきて》だ。農家同士で気軽に交換しない。例外として、嫁入り道具として娘に持たせることはある。そして互いの家の豆を交配させて、新しい特徴を持つように育てるのだ。弥右衛門の家の黒豆は、日照りや病気には滅法強いと評判だが、豆は小さくて、あまり美味くはない。

「左衛門爺さんは腰痛いゆうてたので、毎日腰もんでやったら、くれた。亀婆さんのは、去年豆が病気でほとんど駄目だったから、うちの豆ふたつとあっこの豆ひとつでかえてやった」

　弥右衛門は目を丸くする。

「おっとう、みんな喜んで豆を交換してくれたぞ。うちの豆と交ぜて播けば、秋には、病気にも強くて、根つきもよくて、味も最高の豆ができるはずじゃ。繰り返せば、村一番の――いやきっと尾張《おわり》一の強くて美味い豆ができるはずじゃ」

　こぼれるかと思うほど、弥右衛門は目尻を落とす。

「お前は賢い。それこそ、活きた仕事じゃ」

「活きた仕事？　仕事にも、生きると活きるの違いがあるのか」

「もちろんだ。仕事や夫婦の暮らし、朋輩《ほうばい》との付き合い、子育て、果ては死に方にも、活きたか否かがある。日吉のやったことは、まさしく活きた仕事じゃ。こりゃ、儂《わし》も負けてられん」

弥右衛門はまた鍬を上げ、振り落とす。土の濃い香りが、足元から立ち上る。

「おっとう、じゃあ、おいらが活きた仕事をやり続けていれば、いずれ大きな身上をもらえるか。村一番の田畑の主になれるか。それとも、名字持ちの尾張一の侍になれるか」

弥右衛門は首だけを捻《ひね》って、日吉を見た。茶色がかった歯を見せて、笑う。

「さあなあ。お前が出世できるかどうかは、わからん。けどな、これだけは確かじゃ。黒豆を交換して、みんなに喜ばれたじゃろうが」

日吉は頷《うなず》く。

「そういった、活きた仕事をやり続けることじゃ。この儂のように愚直にな。そしたら……」

日吉は身を乗り出す。

後ろから射す夕陽さえもかすむほどの笑顔で、父はこう言った。

「日吉はきっと、日ノ本一の果報者になれるはずじゃ」

第一章 天下人の就活

一

「生きるではなく、活《い》きるかあ」

藤吉郎は、畦道《あぜみち》に腰を下ろしていた。頬杖《ほおづえ》をつきつつ呟《つぶや》く。

まさか、そう言っていた父の弥右衛門《やえもん》が、翌年にあっけなく死んでしまうとは思わなかった。死の前には〝生きる〟も〝活きる〟も無力であると、日吉という名だった幼い藤吉郎は知らされた。

指で口元をさすると、太い産毛が肌を撫《な》でる。摘《つま》んで引っこ抜くと、赤みがかった縮れ毛があった。

――いかん、いかん。いつのまにか、こんなにも伸びてしもうた。寧々《ねね》様はおいらの毛が嫌いじゃやから、さっさと剃《そ》らんと。

とはいえ、家に戻るのも億劫《おっくう》なので、指で摘んで乱暴に抜く。

藤吉郎の目の前では、弟とふたりの姉妹が畑仕事をしていた。汗で着衣が黒ずむようだ。皆、一心不乱に鍬《くわ》を振っている。

「いかんぞぉ、小一郎。それは、活きた鍬仕事じゃない」

ひょろ長い背丈の若者の顔が歪《ゆが》んだ。藤吉郎の弟の小一郎である。気の弱そうな細い目を向けてくる。

「もっと腰入れて、土の気持ちになれ。そしたら、掘り返した土はもっといい色になる」

藤吉郎は数えで十四歳になったが、猿と呼ばれる矮軀《わいく》なので弟たちよりも背は低い。だから、見上げるようにして檄《げき》を飛ばす。

藤吉郎の言葉に、姉妹ふたりもこちらを向いた。

「こらあ、藤吉郎、怠けてないで仕事手伝え。そんなことじゃあ、いつまでたっても貧乏暮らしから抜けられんじゃろう」

「小一郎兄様は、藤吉郎兄ちゃんより、よっぽど真面目じゃ。えらそうなこと言うもんじゃないわ」

姉妹の詰問を、藤吉郎は、ははんと鼻で笑う。

粗末な単衣から、藤吉郎の丸い顔と細い手足が伸びていた。筋肉は少ないが五体は敏捷《びんしょう》さを感じさせ、顔は粗野で品はないがどこか愛嬌《あいきょう》が滲《にじ》み出ている——と藤吉郎は、己の容姿を自分勝手にそう解釈している。

「百姓仕事なんかしても、どうせ戦が起こったら終わりじゃ。畑が焼かれるか、刈られるかするだけじゃ」

事実、この畑もそうだった。八年前、美濃《みの》の軍勢が押しよせて畑を刈った。その時、命がけで畑を守ろうとしたのが、父の弥右衛門だ。代償として、弥右衛門の胸に深々と槍《やり》が突き刺さることになる。

藤吉郎は腰紐《こしひも》に手をやった。袋がくくりつけられ、中には父の形見ともいうべき黒豆がいっぱいに詰まっている。

弥右衛門の豆と左衛門爺《じい》さんと亀婆《ばあ》さんの豆を交配させて生《な》った豆だ。きっと病気に強く、根つきもよく、味もいいはずである。

が、父が死んで以来、藤吉郎は活きた仕事と褒められた黒豆を、畦に播《ま》くことはしなくなった。った。芽が出ても、他国者に刈られればおしまいだ。

「穀潰《ごくつぶ》しが。仕事せんかったら、飯は食わせせんぞ」

「そうよ。竹阿弥父さんに叱られちゃうよ」

姉の一喝や妹の忠告にも藤吉郎は怯《ひる》まない。ちなみに、竹阿弥というのは、藤吉郎の母が迎えた後夫だ。藤吉郎とはそりがあわず、喧嘩《けんか》ばかりしている。

「たわけども、おいらにはおいらの仕事があるんじゃ」

畑に吐きつけるように、藤吉郎は言う。

「兄ちゃん、なんじゃ仕事ってのは」

疑い深そうな目を、弟の小一郎が向けてくる。

「ままごとじゃ」

「ままごと？」

「そうよ。おいらはな、木下様の息女の寧々の姫様のお気にいりなんじゃ。今日も、ままごとの相手に呼ばれている」

木下家は、尾張《おわり》織田弾正忠《だんじょうちゅう》家の侍のひとりだ。重臣の林家の与力として、なかなかの力を持っている。藤吉郎は、その息女の寧々という幼子に気にいられているのだ。

「おいらは百姓になるつもりはねえ。それよりも、だ。木下家の婿養子の座を狙っとるんじゃ」

あまりのことに、三人はしばらく絶句していた。恐る恐る口を開いたのは、弟の小一郎だ。

「木下家の婿養子だって。まさか、本気で言ってんじゃねえだろうな」

藤吉郎が笑みだけで返事をしたのは、半ば本気で半ば虚勢だったからだ。さすがの藤吉郎も、名字さえも持たない己が木下家の婿養子になるのは、過ぎた夢だと思っている。ままごとの相手をしているのは、取り入っておけば、将来決して損にはならないからだ。

そして、童の遊びでも本気を出すのが、藤吉郎だ。寧々の婿養子になるつもりで、真剣に遊んでやっている。この気持ちに偽りはない。

成人した寧々と祝言は挙げられなくても、きっと藤吉郎を引き立ててくれるはずだ。

「兄ちゃん、冗談でも、そんな大それたことを口にしちゃいけねえ。木下様に聞かれたら、お叱りだけじゃすまねえぞ」

鍬を地に落として、小心者の小一郎が近寄る。

「ふん、お前は黙っとれ。おいらにはおいらの考えがあるんじゃ」

藤吉郎は、誇らしげに指を一本突きつけた。

「おいらにとっての活きた仕事というのが、畑を耕すことではなく、寧々の姫様のお相手をするということじゃ」

深いため息をついたのは、姉妹ふたりだ。

「まあ、お前らはお前らで気張るんじゃや。おいらが木下家の婿養子になったら、もっと大きな畑や田んぼの世話ができるように取りはからってやるからな」

立ち上がり、姉弟たちに背を向ける。

腰紐にくくりつけた袋を手にとった。背後から弟や姉妹の罵声を聞きつつ、足を進める。

——名字持ちの侍になって、大きな田畑を持つ。そして……。

袋の中から、黒豆のひとつを取り出した。この豆を、自分の領地の畦に播くのだ。晩秋になれば収穫して、できた米と一緒に竈《かまど》で炊く。きっと、美味《うま》い豆ご飯ができるはずだ。そのうちの一杯を父の仏前に供える。

それが、藤吉郎にとっての活きた夢だった。

二

もみじのように小さな手を揃《そろ》えて、寧々は頭を下げた。

「ふつつか者ですが、よろしくお願いいたします」

体はまだ幼いが、出てくる言葉はまるで本当の花嫁のようだ。顔を上げて、白い歯を見せて笑いかけてくる。熟した柿のように真っ赤なほっぺに、かわいいえくぼが生まれた。

「おお、さすがは寧々姫。まるで一人前の姫のような、お見事な口上ぞ」

藤吉郎は手を打って、大げさにはしゃぐ。寧々が赤い頬をさらに濃くして喜んだ。

木下屋敷の隣にある広場に蓙《ござ》をしいて、ふたりだけで遊びに興じていた。畑や田に向かう百姓たちから、不審気な目差《まなざ》しを浴びせかけられる。当然だろう。藤吉郎の歳《とし》なら、所帯を持っている者もちらほらいる。それが、童女とままごとをしているのだ。

無論、藤吉郎はそんなことを気にする男ではない。

「では、寧々姫よ。嫁入り道具は持参されたか」

す。


「もちろんでございます」

後ろから取り出したのは、先程まで藤吉郎が腰紐に縛っていた袋だ。中から黒豆を取り出す。

「木下家に代々伝わる黒豆でございます。根つきがよく、病気や虫に強く、水が少なくても大きくなり、育ちも早く、莢《さや》にたくさんの豆が生って、煮ればこんなに大きくなって、食べればほっぺが落ち、煎じて飲めばどんな病気も治ります」

両手をいっぱいに広げて説明する寧々のなんと微笑《ほほえ》ましいことか。

「よし、では、先ほど畦造りも終わったし、さっそく黒豆を播きますか」

「はい」と、寧々は小気味よく答える。

畦に見立てた土の上に、黒豆をふたりで等間隔に置いていく。黒い皮が十文字に小さく剝《む》けて、白い実が見えている。茹《ゆ》でてもいないのに、なぜか皮の一部が十文字に剝けるのが、藤吉郎の家の豆の特徴だ。左衛門爺さんと亀婆さんの豆を交配させても、その特徴だけは変わらなかった。

「豆太郎、元気に育ってね。豆次郎、病気に負けちゃ駄目だからね」

ひとつひとつに名前をつけて、寧々は置いていく。藤吉郎がいい加減に置いたものを、ちゃんと並べなおしつつ、遊びは続く。

やがて陽は斜めになり、ふたりの足元から長い影が伸びる。屋敷から、木下家の家人たちが呼ぶ声も聞こえた。

「寧々様、そろそろおしまいですなぁ」

藤吉郎は豆を拾い集め、袋の中にいれる。いつもは袋の口をしばって、ままごとが終わるはずだが、今日は違った。

「藤吉郎、今日はわたしが豆を預かります」

小さな手を突き出して、寧々が言ったのだ。

「嫁入り道具を、婿様が持つのはおかしいでしょう。明日、藤吉郎に会った時に寧々は持っていたいのです」

小さな鼻を突き上げて言う。

凝り性な姫だなぁ、と藤吉郎は内心で苦笑した。膝を折って、寧々と目を合わせる。

「姫様、これはおいらの家に伝わる大切なもんじゃ」

「わかっています。大事に扱います。寧々が信じられぬのですか」

頬を膨らませ睨《にら》む。藤吉郎が折れたのは、寧々が成人した時のことを考えたからだ。大切な黒豆を預けるという意味が、大人になれば小さくない信用につながると打算したのだ。

「参りました。そのかわり、一粒たりともなくさないでくださいね。これは、おっとうの大切な形見です」

小さな掌《てのひら》の上に、黒豆の詰まった袋を置いてやった。両腕で大事そうに抱きかかえる仕草に、思わず笑いが漏れる。

「泥棒に盗《と》られぬように、ちゃんと抱いて寝ます」

そこまでしなくていい、と思ったが、口には出さなかった。木下家の小者が近づいてきたので、大事な豆であることを言っておく。

「じゃあ」と寧々が手を振りつつ、屋敷に戻っていく。


木下家の門の前で、藤吉郎は立ち尽くしていた。先ほど訪《おとな》いを告げてから、四半刻《しはんとき》（約三十分）ほどがたとうとしている。木の門扉は、ぴったりと閉じられたままだ。

おかしいなぁ、と藤吉郎は首を捻《ひね》る。

やがて、重い音を立てて、門が動き始めた。出てきたのは、肩を怒らせた老武士だ。灰色の眉は太く、いかにも恐ろしげである。

「こ、これは道松様」

慌てて平伏したのは、目の前の男が寧々の実父だからだ。名を木下〝道松〟定利という。

「貴様が中村郷の猿か。とんでもないことを企《たくら》んでくれたな」

敵意を含んだ声が、跪《ひざまず》く藤吉郎に突き刺さる。

「な、なんのことでございましょうか。企むなどと」

顔を上げる許しが出ていないので、藤吉郎は地面に向かって言う。

「ふん、名字も持たぬ下賤《げせん》の者にすぎぬのに、我が娘をたぶらかしおって」

胸の中で心臓が大きく跳ねた。

「ご、誤解でございます」

「ほお、誤解だと」

道松が拳を握る音が聞こえてきた。

「では、お主、我が娘の寧々を娶《めと》り、木下家の婿養子にならんと画策しているのも、儂《わし》の勘違いか」

一瞬、藤吉郎は言葉に詰まる。脂汗でぬめり出す肌を気取《けど》られまいと、必死に体に力をこめた。

――大丈夫だ。平伏しているから、表情まではわからない。

乾いた唇を舐《な》めてから、ゆっくりと口を開く。

「はて、なんのことでございましょうか」

自分でも驚くほど朗々とした声だった。

「確かにおいらは、寧々姫様のおままごとのお相手をしております。そのなかでは、夫婦《めおと》の役回りを演じております。が、あくまで戯れでございます」

藤吉郎自身が驚くほど、淀《よど》みなく言葉が紡がれる。

「名字も持たぬ下賤の身であることは、おいら自身が一番存じておりまする。寧々姫様のお暇潰しの相手でも、密《ひそ》かに恐れおののいております。ましてやそれ以上のことは、口にするのも不遜」

「むうう」と唸《うな》ったのは、道松だ。よし、もう一押しだ。

「一体、どこのどいつでございますか。おいらが、寧々姫様の婿養子になると企むなどと。そんな大それた讒言《ざんげん》を申したのは」

讒言などという言葉を使うのは初めてだったが、言い慣れた軽口のように出てきた。上目遣いに道松の様子を確かめる。苦いものを口に含んだような顔をしていた。

しばしの沈黙があった。

「小一郎じゃ」

「はい」

「小一郎じゃ」と、再び寧々の父は口にした。

どこかで聞いたことがある名だな、と藤吉郎は首を傾《かし》げた。

「中村郷の名字なしの百姓、小一郎じゃ」

血の気が引いたのは、一瞬だった。

「つまり、貴様の弟が昨夜、兄がとんでもないことを口走っております、と注進しに参ったのじゃ」

引いた血の気はすぐに沸騰して、藤吉郎の頭に戻ってきた。

「あの野郎、兄を売りやがったな」

気づけば、藤吉郎は立ち上がり拳を握りしめていた。

「あっ」と小さく叫ぶのと、道松の背後にいた厳《いか》つい門番ふたりが、藤吉郎の襟首を摑《つか》むのは同時だった。

「まさか寧々が、こんな小汚い猿に目をつけられていたとはな」

道松のこめかみが脈打っている。

「しかも、虚言を弄して、儂を騙《だま》そうとしおった。名字なしの百姓風情めが、大それたことをした報いを、思い知らせてやれ」

固い背中や肉の厚い尻を打擲《ちようちやく》されるのは、藤吉郎にとっては慣れていた。両手で顔を守り、体を折り曲げて踞《うずくま》る。折檻《せつかん》する木下家の門番たちも、そのへんはわきまえている。藤吉郎は木下家の所領の百姓ではないので、不具にしたら問題になるからだ。

「もういい」

木下道松の声がして、門番たちの動きが止まった。

「猿、顔を上げろ」

地にすりつけて、できるだけ面を汚してから、藤吉郎は頭を上げた。

「いかに大それたことを口走ったか、これでわかったであろう」

「は、はい。冗談とはいえ、出すぎたことを口走ってしまいました」

また、顔を地にこすりつける。

「いいな、金輪際……」「無論、寧々姫様には近づきませぬ」

道松が言いきる前に、言葉を引き取る。ふんっと、鼻で息を継ぐ音が聞こえた。

「わかればよい。言っておくが、寧々だけでなく、儂や他の家族の前にも現れるなよ」

砂を嚙《か》む音がしたのは、道松が踵《きびす》を返したからだろう。

「お、お待ちください」

慌てて、藤吉郎は顔を上げた。

「なんだ。まだ、なにか企んでいるのか」

「ち、ちがいます。黒豆でございます」

道松の眉間に皺《しわ》が刻まれた。

「昨日、寧々姫様にお預けしたのです。嫁入り道具として。あの黒豆を返してください」

目差しを虚空で彷徨《さまよ》わせてから「あぁ」と道松は手を打った。

「あの小汚い袋に入っていたものか」

「そ、そうでございます」

「もうない」

「ない？」

「嫁入り道具だと、寧々めは言いおったからよ。あんなものを後生大事に持っていては、良縁も去っていく。ゆえに、食ってやった。なあ」

道松は、左右の門番たちに目を向けた。

「もっとも固いばかりで、食えたもんではなかったがな」

道松が唇の中に指を突っ込むと、門番たちが声を上げて笑う。

「お下がりをいただいた我々も同感です。あれは人の食うものではありませぬ」

「私は、砕いて鶏の餌にしました。美味そうについばんでおりましたぞ」

道松ら三人が、声を合わせ笑う。

徐々に藤吉郎の四肢が震えてくる。

「た、食べた……のですか」

「おう、そうともよ」

「では、黒豆は」

「もうない」

口から迸《ほとばし》った声が、最初は己のものだとはわからなかった。

急速に道松が近づいてくる。いや、ちがう。藤吉郎が立ち上がり、駆け出したのだ。

左右の門番たちの顔が歪む。波が迫《せ》り上がるように大地が視界を覆った。

藤吉郎は、道松の脚に力任せに組みついていた。草を刈るようにして引き倒す。

「返せっ。おいらの黒豆を返せ」

道松の襟元を両手で握りしめる。

「あれは、おいらのものだ。おっとうの大切な形見なんじゃ」

手に力を込めると、道松の顔が苦しげに左右に振られた。

頭の後ろに衝撃が走る。必死に首を捻ると、棒を構える門番が見えた。

「百姓風情が、木下様に狼藉《ろうぜき》を働くつもりか」

今度の声は、すぐ横からした。もうひとりの門番のつま先が、腹の中に食い込む。胃の中のものが逆流しそうになって、慌てて口を手で押さえた。

飲み込む暇もなく、今度は髪を摑まれる。

毛が引き抜かれる音と共に、地面に叩《たた》きつけられ、反吐《へど》と一緒に藤吉郎の顔が砂にまみれた。

道松が、ゆっくりと立ち上がるのが見えた。怒りで、顔が真っ赤になっている。

「おのれ、名字無しの百姓のくせに」

苛立《いらだ》たしげに、服についた埃《ほこり》を払う。

「名字なんか、関係ねえ」

汚物混じりの唾と一緒に、藤吉郎は吠《ほ》えた。

「黒豆は大切な形見だ。おいらのおっとうの……」

言葉は最後まで吐き出されなかった。門番の拳が、頬に食い込んだからだ。

仰向《あおむ》けになったところに、棒が容赦なく振り下ろされる。腹だけでなく、顔や首や胸にも。

うつぶせになって防ごうとすると、すぐにひっくり返された。

何度の気絶と、幾度の覚醒をへただろうか。

藤吉郎は、瞼《まぶた》を持ち上げた。たったそれだけで、痛みが顔中を走る。

門番たちを連れて歩む道松の後ろ姿が、歪んで見えた。

「覚えてろよ」

小さくなる影に吐きつけた。

「おいらは出世してやる」

気配を感じたのか、門番のひとりが振り返った。が、一瞥《いちべつ》しただけでまた前を向く。

「出世して、名字持ちの侍になって、見返してやる」

体を持ち上げて、木にしがみつくようにして立ち上がった。

「そのとき、おっとうの形見を喰《く》らったことを、一生後悔させてやるぞ。そのぐらい、おいらは出世してやる」

もう見えなくなった三人に、藤吉郎は血混じりの言葉を吐き出し続ける。

三

中村郷のあばら屋にはすきま風が吹き込み、埃が煙るほどに満ちていた。酒の入った瓢箪《ひょうたん》を口につけようとしていた義父の竹阿弥の手が止まる。じろりと、藤吉郎を睨んだ。藤吉郎の老母は、慌てて竹阿弥と藤吉郎に目差しを往復させる。

「兄ちゃん、正気か」

目を瞬《しばたた》かせつつ訊《き》いたのは、小一郎だ。

「侍になるなんて、無茶だ。戦になったら、下手すりゃ、死んじまうぞ。運がよくても

「……」

小一郎が言葉を濁し、酒を呑《の》む義父を一瞥した。竹阿弥も戦に出て、片足がきかなくなっていた。そのため、ほとんど畑仕事をせず、昼から水で薄めた酒ばかり呑んでいる。

「ふん、勝手にすりゃええ」

吐き捨てたのは、竹阿弥だった。

「穀潰しがひとり減ってくれりゃ、酒代が増える。農閑の季節になりゃ、戦に加わって稼ぐのが、ええ百姓だ」

どっちが穀潰しじゃ、という言葉を藤吉郎は呑み込む。今は己の決意を言うための場であり、喧嘩をするのが目的ではない。

「言われなくても、出ていく。けど、おいらがなるのは、出稼ぎの百姓足軽じゃねえぞ」

藤吉郎は、家族ひとりひとりに視線をやった。

「おいらは本物の侍になって、木下家の奴《やつ》らを見返してやるんだ。あいつらを与力にして、こき使ってやる」

拳で思いっきり床を叩いた。

――そして、おっとうの形見を食ったことを後悔させてやる。

家族たちは顔をよせ合い、ひそひそと話し出す。哀しいかな狭い家なので、どんなに小声でも聞こえてくる。

「どうする。止めるか」

「けど、ここにいても何も仕事せんぞ」

「行かせてもいいんじゃないかしら。藤吉郎兄ちゃんは臆病だから、きっと戦になったら逃げるだけで、死ぬことはないわ」

「なら、武家の小者にでもなってくれりゃ、飯の負担も減る」

皆が一斉に頷《うなず》いた。

「そういや、織田弾正忠家の殿様が、草履取を探してたそうじゃ」

「なら善は急げじゃ。さっそく、藤吉郎をそこに仕官させえ」

「聞けば、吉田村の次兵衛も草履取の仕事を探しとったぞ。愚図愚図してたら、奴に仕事をとられちまう」

全員が藤吉郎に向き直った。

家族が口を開く前に、藤吉郎は機先を制す。

「おいらは、織田弾正忠家の草履取にはならねえぞ」

みんなを睨みつけた。

「織田家の草履取なんかになって、出世できるか。悪くすりゃ、木下家の与力になって、道松様にこき使われるだけだ」

「兄ちゃん、贅沢《ぜいたく》言うもんじゃねえ。草履取なら、合戦では危ない働きはせんでええはずじゃ」

珍しく、小一郎が語気を強めた。

「たわけっ。お前らは考えが甘い。もっと活きた考えをせい。頭を使え」

藤吉郎は、こめかみを指でさす。

「織田弾正忠家なんか、泥舟もいいところだ。今川家や斎藤家に攻め滅ぼされるに決まっている」

藤吉郎は滔々《とうとう》と説く。

かつては、織田弾正忠家は隆盛を誇っていた。織田信秀が、巧みな戦略で大国の今川、斎藤と互角以上に渡りあっていたからだ。しかし、三年前にあった小豆坂《あずきざか》の戦いで惨敗してからは、合戦では負け続きだ。だけでなく今年に入って流行病《はやりやまい》で織田信秀が死んでしまう。

「何より悪いのは、跡を継いだ三郎様よ」

藤吉郎が、織田家の若き当主、織田〝三郎〟信長の名前を出すと、皆が腕を組んで黙考し始めた。織田家には、うつけと評判の信長ではなく弟の信勝を当主として推す一団がいる。

噂《うわさ》では、筆頭家老の林秀貞も信勝方についたという。外敵だけでなく、家中にも争いの火種を抱えている。

「三郎様がうつけなのは、皆もよう知っていよう。若い頃から悪さばかりしておる」

「確かに」という家族の呟きが、藤吉郎の耳にも聞こえた。

「尾張半国にも満たぬ所領で、家臣にも見放されて、しかもうつけで有名な殿様じゃ。そんなとこの草履取になって、出世できるか。手柄を立てても、他国に攻め滅ぼされるだけじゃ。そんな貧乏籤《くじ》は、吉田村の次兵衛とやらにくれてやりゃええ」

「じゃあ、兄ちゃんは、どこの武家様に小者として奉公するつもりなんじゃ」

口元にある濃い産毛をいじりつつ、藤吉郎は破顔する。

「それよ。どうせ奉公するなら、大樹の下が一番。給金もたっぷりとあって、他国から滅ぼされる心配もない。きっと、きつい働きも要求されんはずじゃ」

織田信長は、過酷な調練で有名だ。旗本や足軽たちが重そうな鎧《よろい》を着込み、疲れきった表情で、若き織田の当主の駆ける馬に追いすがる。そんな姿を、藤吉郎らは何度も目にしていた。

「だから、その大樹のあてがあるのか、と聞いているのじゃ」

「今川家よ」

げえ、と皆が呻《うめ》いた。今川家といえば、尾張の東にある三河、遠江《とおとうみ》、駿河《するが》を支配する大大名ではないか。足利将軍家万一のときは、今川家が将軍職を継ぐとも言われるほどの名門だ。

「無茶だ。ああいうのは、名家の子弟が奉公するもんじゃ」

「やってみなけりゃ、わからんだろう。少なくとも、何の考えもなしに織田弾正忠家の草履取になるより、よっぽど活きた案じゃ」

鼻で笑ったのは、義父の竹阿弥だった。

「みんな、もうそいつに構うな。勝手にどこへなりと行け。そうすりゃ、どれだけ身の程知らずのことを考えていたかわかるはずじゃ」

見るのも嫌だと言わんばかりに、竹阿弥は背を向ける。そして、瓢箪を口に持ってきて、不味《まず》そうに酒を飲み干した。


次の日の朝、藤吉郎は旅支度を整えて、ひとり家を出た。見送りは誰もいない。まだ、みんな寝入っている。家族には、十日後に出立すると嘘《うそ》をついた。見送られれば、決意が鈍るかもしれないからだ。

外はまだ、朝靄《あさもや》が残っていた。

「待て、猿」と、背後から声が掛かる。

振り向くと、義父の竹阿弥が杖《つえ》をついて立っていた。足を引きずりながら近づいてくる。片手には瓢箪があり、酒が揺れる音が聞こえた。

「猿、路銀はあるのか」

「あんたの知ったことじゃねえ」

「じゃあ、これをどかして、掘ってみろ」

竹阿弥は、杖で庭石のひとつを叩いている。

「はあ」

「餞別《せんべつ》が埋まっている。掘れ」

杖を大きく振って石を叩く。甲高い音が木霊して、藤吉郎は慌てた。

「馬鹿、やめろ。みんな起きるだろう。掘るから、やめろ」

慌てて石のもとへと駆けよる。

「嘘だったら承知しねえぞ」

しゃがんで石をどけた。そこだけ色が異なる土が現れる。両手を土にめり込ませた。いくらもしないうちに、指先に固いものが当たる。出てきたのは、赤子の頭ほどの壺《つぼ》だった。

「くれてやる。持っていけ」

持ち上げると、銭が揺れる音がした。

「これだけあるなら、おいらたちの銭で酒買わなくてもよかったんじゃねえか」

竹阿弥は、口角を持ち上げる。

「この銭はな、儂が若い頃に合戦働きで稼いだものだ」

竹阿弥は瓢箪を口につけて、酒を流し込んだ。口端から酒の滴がだらしなく漏れる。

「猿よ、貴様は若い頃の儂に似ている」

げっぷと共に、竹阿弥は語る。

「儂も猿と同じだ。若い頃に村を飛び出して、武家の小者奉公よ」

あばら屋の壁によりかかり、杖を手放し、指を折る。

「最初は草履取、刈田焼畑の合戦仕事、荷駄の押し役、馬の口取、槍持ち、弓持ちもやったか」

途中で指を折るのをやめた。

「あともう少しだったんだよ」

ため息と共に、竹阿弥は言葉を吐き出した。

「あともう少しで、儂は名字持ちの侍になれるところだった」

竹阿弥の顔の前の掌が震え出す。

藤吉郎は、竹阿弥の動かなくなった片足を見た。

「それは、儂が小者奉公で稼いだ銭の全てよ。言わば儂の命だ。好きに使え」

片頬だけを歪めて、竹阿弥は笑う。

「ふん、礼は言わねえぞ。あんたがおいらたちにせびった酒代や、振り上げた拳の数に比べりゃ、まだ少ねえ。偉そうにしたいんなら、なんで自分の銭で酒を買わなかった」

竹阿弥の目が寂しげな光を帯びる。

「その銭は、若い頃の儂が勝ち取った全てだ。それを、合戦にも畑仕事にも役に立たねえ、儂みたいな男の酒に変えたくなかった。己の思い出を穢《けが》すようなことだけは、したくなかった」

「勝手な理屈だ」

鋭く言ったつもりが、藤吉郎の声は案外に弱かった。竹阿弥に鼻で笑われる。

「せいぜい頑張りな。くれぐれも、儂の大切な銭を死に金には変えるなよ」

竹阿弥は背を向ける。

「おい」と、藤吉郎が呼ぶと足を止めた。

「もらうんじゃねえ。借りるんだ。倍にして返してやる」

顔を天に向けて、竹阿弥は笑いをまき散らした。

「そういう奴に限って、一銭たりとも返さねえんだよ」

足を引きずって、またあばら屋へと戻っていく。

どうしてだろうか。

藤吉郎の手に持つ壺が、ずしりと重みを増す。

四

強い日射しが、藤吉郎の頭上に容赦なく降り注ぐ。朦朧《もうろう》としかける意識のなか、藤吉郎は鎌を持つ手を動かし、生い茂る雑草を必死に刈り取った。汗が何度も目に入り、そのたびに腕で拭う。瞼がひりひりとして、痛みと痒《かゆ》さで気が狂いそうだ。

草の先が唇をつつく。今や藤吉郎の口元には、薄くまばらな髭《ひげ》が生えるようになっていた。

「ようし、そこが終わったら、次は向こうの草を刈れ」

松下家の小者頭の声が響く。指さす方を見ると、さらに強い目眩《めまい》に襲われた。草の海原とでもいうべき光景が広がっていたからだ。

こんなはずじゃなかったのに、と藤吉郎は呟く。

尾張中村の生家を飛び出した最初は、意気揚々だった。順調に、今川家の国府のある駿府《すんぷ》に到着し、張り切って仕官活動を開始する。が、すぐに藤吉郎の出端《ではな》は挫《くじ》かれた。

どこの武家も、門前払いをするのだ。

名字のない百姓上がりの藤吉郎では、誰も会ってくれない。その横では、明らかにうつけそうな顔をした牢人《ろうにん》が、名字があるという理由だけで、屋敷の門を潜《くぐ》っていく。

それではと、生まれた村の名前から勝手に中村藤吉郎と名乗った。効果はすぐに出た。庭に通されたのだ。だが、また壁が立ち塞《ふさ》がる。

次に要求されたのは、書状だった。先祖の伝来を書いた家系図や武芸の免許、あるいは合戦で手柄を立てた証《あかし》の首帳を見せろという。無論のこと、藤吉郎にはそんなものはない。

そこで藤吉郎は一計を案じる。今川家の直臣《じきしん》で飯尾《いのお》〝豊前守《ぶぜんのかみ》〟連竜《つらたつ》という男が、強欲で賄賂をむさぼるという悪評を耳にしたのだ。兵糧を横流しして、私腹を肥やしているともきいた。

藤吉郎は博打《ばくち》に出た。屋敷の前で何日も待ち構え、当主である飯尾が門から現れると飛び出したのだ。無礼討ちも覚悟で前を塞ぎ、竹阿弥からもらった壺の中の銭を全て差し出し、大声で仕官を願い出る。大声は、往来の人々の足を止めるための策だ。

衆人環視のもとでの賭けは当たった。飯尾にとって、目の前の銭ははした金だが、無下に断るのも惜しいと思ったのだろう。あるいは民たちの前で、度量の広いところを見せようとしたのかもしれない。心当たりのある与力に口をきいてやる、と言質を得たのだ。

それから五年がたった。

口元の産毛は、細い髭ぐらいには見えるようになった。

こんなはずじゃなかったのに、と再び藤吉郎はため息をつく。

今、藤吉郎は遠江国浜松にある松下家に小者として仕えている。だが、藤吉郎に与えられた仕事は、百姓の雑役程度のものばかりだ。生い茂る草の向こうでは、松下家の足軽たちが胴丸という昔ながらの鎧を着て、勢いよく槍を振り回している。主《あるじ》の松下〝源左衛門〟長則《ながのり》は、槍の名手として名高いだけあり、足軽たちもなかなかの腕前だ。小兵の藤吉郎が近づけば、刃風だけでひっくり返りそうだ。

――出世をするには、草なんか刈ってる場合じゃねえんだ。

藤吉郎は己の掌を見た。土は爪の奥深く侵入し、草で切れた傷が一杯にある。

もう一度、足軽たちを見た。盛り上がった力こぶが汗で光っている。

――あの中に、加わらないと駄目だ。

しかし、藤吉郎の腕には、貧弱な肉がついているだけだ。槍を握っても、足手まといにしかならない。かといって、勘定働きをしようにも、そういった仕事は駿河出身の者が独占している。藤吉郎に残っていたのは、雑役だけだ。

月明かりは雲に遮られ、かすかにしか届いていない。藤吉郎は、池の畔《ほとり》にしゃがみこんでいた。すぐ横には、猪《いのしし》が入りそうなほど大きな籠があり、鎌がいっぱいに入っている。それをひとつひとつとって、藤吉郎は池の水で洗う。名字もなく尾張出身の小男に、毎夜与えられる仕事だ。

うっすらとした月の光のなか、虫の声を聞きつつ手を動かす。これが終われば、次は鎌の刃を研ぐ仕事、そして朝にすぐ雑役ができるように先輩たちの道具を揃える。頭の中で終わる刻限を勘定した。どうやら今宵《こよい》は一刻半（約三時間）ほどは眠れそうだ。上出来である。

風が吹いた。昼の雑役で火照った肌を、優しく癒す。

雲が動いたのか、強い月明かりが池を照らした。

「えっ」と、声を上げたのは池の中に幽鬼のような男が映っていたからだ。頬は痩《こ》け、目の下には濃い隈《くま》がある。薄く縮れた髭は傷み、摘むだけで千切れてしまいそうだ。

――これが、おいらの顔か。

肌を焼いていた陽光の残滓《ざんし》が、氷塊に変わったかと思った。

――このままじゃ、駄目だ。

頭をかきむしる。雑役を一生続けるつもりか、と己を叱咤《しった》した。

――では、松下家を出奔して、違う国の武家に仕官するか。

竹阿弥の金を賄賂に使って、やっと仕官できたのだ。無一文で雇ってくれるところなど、尾張織田家のような弱小大名しかない。

「仕事をして、手柄を立てるんだ」

呟きというには、その声は大きすぎた。

「己にしかできない仕事を——活きた仕事をして、出世するんだ」

気づけば池に背を向けて、駆け出していた。

松下屋敷の門を駆け抜ける。駿河出身者や名家出身の朋輩《ほうばい》たちが、縁側で酒を酌み交わしていた。

「猿、もう終わったのか。怠けたら、承知せんぞ」

声を無視して、庭へ行く。主君松下源左衛門の部屋の障子から明かりが漏れていた。

「と、殿っ」

絶叫しつつ、障子を力任せに開ける。

「な、なにごとじゃ」

顔半分が髭で覆われた松下源左衛門が、藤吉郎の視界に飛びこんできた。ふたつの書見台があり、藤吉郎と同い歳くらいの青年と向かいあって座っている。どうやら、息子の松下加兵衛に、兵法の訓示をしていたようだ。

「猿、なぜそんなに慌てている。はっ、ま、まま、まさか、敵襲か」

松下源左衛門は素早く袖をまくり上げ、毛深い腕を突き出した。

「ち、ちがいます。もっと、大変なことです」

書見台を蹴り飛ばし、藤吉郎は松下源左衛門の足元にすがりついた。

「な、なにごとだ。落ち着いて話せ」

「仕事をくださいぃぃ」

「はぁ」

「松下様、おいらに仕事をくださいっ。草を刈るような百姓仕事は嫌なんじゃぁぁっ」

足首にむしゃぶりついて、藤吉郎は必死に懇願する。いや、頬を伝う涙は演技ではないから、哀願というべきか。

「おいらは仕事をして、手柄を立てたいんじゃぁぁぁ」

藤吉郎の哀願は続く。

「猿よ、泣くだけでは仕事はもらえんぞ」

優しく引き剝がしたのは、横にいた嫡男の加兵衛だ。父親同様のがっしりとした体つきをしていた。が、体毛は薄く、団栗《どんぐり》のような目は温厚な商人を思わせる。

「ふん、夜中に狼藉したのは許し難いが、その意気やよしだ」

松下源左衛門が、濃い髭をしごきつつ見下ろす。横にいた息子の加兵衛は、父とは似ていない優しげな顔つきで頷いた。

「よし、ものは試しだ。儂の自慢の槍足軽の組にいれてやろう」

「嫌です」

あまりのことに、松下源左衛門は絶句した。横の加兵衛も、丸い目をさらに丸くしている。

「な、なんと……今、なんと言った」

唇を震わせつつ訊かれたので、きっぱりと藤吉郎は答える。

「槍足軽は嫌です。見てください、この腕を」

藤吉郎は貧弱な二の腕を突き出した。

「おいらのこの腕で、槍足軽が務まるとお思いですか」

「き、貴様、馬鹿にしているのか」

「父上、確かに猿の言う通りじゃ」

松下源左衛門の怒りを制したのは、息子の加兵衛だった。

「槍足軽の一角に猿のような男がいれば、敵はそこを狙う。堤は蟻《あり》の一穴で崩れると教えてくれたのは、父上であろう」

むう、と唸り声を上げて松下源左衛門は考えこむ。

「では、勘定働きをさせ……」

「おいら、算盤《そろばん》は弾《はじ》けねえ」

「そうか、なら右筆の見習い……」

「おいら、まともに字書けねえですよ」

「では、弓衆」

「弦ひく力はねえです」

「な、ならば、村々を回って税を徴収す……」

「尾張生まれのおいらの言うことなんか、誰も聞くわけねえじゃねえですか。無理無理」

「で、では、旗持ち……」

「この前、持ったら風にあおられて、吹き飛ばされました」

松下源左衛門のこめかみに、太い血管が浮きあがる。

「贅沢言うなっ。死にもの狂いでやってみろ。さすれば、できぬこともできるはずじゃ」

「それじゃあ、よくて人並みの仕事だ。出世できねえじゃねえですか」

有無を言わさず、また藤吉郎は松下源左衛門に抱きついた。池に映った己の顔相が頭をよぎり、しがみつく両腕にも自然に力が籠《こも》る。

「い、痛い、放せ」

「お願いします。名字なし、力なし、学なし、尾張生まれのおいらでも手柄を立てられる仕事をください」

「そんな都合のいい仕事が――」

「父上、ちょうどいい仕事があるじゃないですか」

声はすぐ横からした。急いで頭を持ち上げると、加兵衛が微笑んでいる。

「この前、尾張織田家の桶側胴《おけがわどう》の話をしたではないですか」

ああ、と手を打ったのは父親の松下源左衛門だ。

五

重い荷を背負った藤吉郎の足は軽かった。

これが、活きた仕事をする喜びか、と身の内から湧く力に藤吉郎自身が驚いていた。

もうすぐ遠江の国境《くにざかい》を越え、三河に入る。目指すは、その先にある尾張だ。

藤吉郎に与えられた仕事は、尾張織田家にある鎧を買いつけてくることだった。尾張では、桶側胴という特殊な鎧を足軽にいたるまで着込んでいる。

鉄砲の弾さえも撥《は》ね返す、厚い鉄で覆われた鎧だ。

松下源左衛門は、この桶側胴を何とか手にいれ、あわよくば自分の配下に着用させたいと考えているのだ。

藤吉郎に与えられたのは、桶側胴一領分の銭と路銀である。本当は、自慢の槍足軽全てに桶側胴を装備させたいと考えているようだ。しかし、松下家の家計は豊かではない。原因は、寄親《よりおや》である飯尾〝豊前守〟連竜だ。かなりの額の賄《まいない》や歳暮を頻繁に要求してくる。おかげで、藤吉郎に与えられた路銀は、貧相な人足宿に泊まって、やっと尾張にたどりつける程度だ。

だが、そんなことは一向に気にならない。

――活きた仕事をして、己の才を見せつけてやる。

緩む口元から笑いが零《こぼ》れ、往来ですれ違った旅人が気味悪そうな目を向けてくる。

言いつけ通りに桶側胴一領を買って帰っても、手柄は小さい。だが、松下家の槍足軽全てに行き渡るほどの桶側胴を買って帰ればどうか。

両手で口を塞いで、笑いを押し殺した。

出世することは、間違いない。何人か従者がつく小者頭になれるはずだ。

そうこうしているうちに、三河の国へと足を踏み入れた。街道の横に広がるのは、畑である。黄色がかった白い花が一面に咲いている。木綿を栽培しているのだ。あともう少しすれば、雪のような綿を実らせる。

木綿の生地が、この世に急速に広まりつつあった。それまでは朝鮮からの伝来品しかなく、絹よりも高価だったが、三河や尾張東部で栽培が始まったのだ。五年前にも、この道を逆に通った。その頃も木綿畑が広がっていた。あの時よりも畑の数は増えている。

三河の国府、岡崎の城下町について、まず藤吉郎が向かったのは宿ではなかった。

一番大きな路地に立派な看板を掲げる店は、問屋である。道に面した玄関からは、織物や木綿の実、機織りの道具などが整然と並んでいた。

藤吉郎は負っていた荷を下ろし、壺を取り出す。竹阿弥からもらった壺だ。

問屋の主人を呼んで、壺の蓋《ふた》を開けて、中を見せる。

主人の顔が綻《ほころ》び出す。中にあったのは、壺いっぱいの針だったからだ。

木綿の栽培が始まり、三河では織物の商いが一気に増えた。結果、針の値が高騰したのだ。五年前、尾張から駿河へ向かう道中で、藤吉郎は目敏《めざと》くそれを見聞していた。

松下屋敷を出てまずしたことは、もらった銭を針に換えることだ。遠江の針は安い。そして三河についたら、針は高く売れる。利ざやを稼ぐのだ。

「お待たせしました」

問屋の主人が差し出した銭は、竹阿弥の壺がよっつあっても入りきらないほどだった。銭《ぜに》差《さし》と呼ばれる紐で穴に通し、いくつもの束にして担ぐ。

「よし、よしっ」と、何度も呟く。握り拳を幾度も上下させた。

次は、と歌うように口ずさんだ。こうべを巡らせる。宿屋の看板が見えたが、藤吉郎の目は素通りする。

「ああいうところがあるのは、もう少し町外れか」

岡崎の町外れを歩いていると、

「丁っ」

「半っ」

と威勢のいい声が、細い路地の奥から聞こえてくる。

うふっ、と気味悪い笑いを吹きこぼした。

まだこの銭では、松下家の槍足軽全てに桶側胴は行き渡らない。

「まだまだよ。藤吉郎様の活きた仕事は、ここからが本番じゃ」

藤吉郎が細い路地に足を踏み入れると、博徒たちの声がさらに大きくなった。

全財産を博打につぎ込むほど、藤吉郎は愚かではない。かといって、ちまちまと賭けるほど悠長でもない。藤吉郎の胸には銭の束がある。松下親子ふたり分の桶側胴と帰りの路銀をのぞいた銭だ。これを、丁半いずれかに一気に賭ける。負けたら、運がなかったと諦めて、さっさと尾張へと行き、残った金で桶側胴を買って帰る。一領でいいと言っていた桶側胴を、ふたつも持って帰れば藤吉郎の評価も上がるだろう。

もし、博打に勝ったら、返ってきた全額をまた丁か半のどちらかに賭ける。これを、槍足軽全員分の桶側胴が買えるまで続ける。こっちの方が大手柄なのは、言うまでもない。


勝負が終わり、藤吉郎は賭場を後にした。

夜風が気持ちいい。銭の束を体にいくつも巻きつけた藤吉郎は、さながら灰色の桶側胴を着ているかのように見えただろう。

藤吉郎はあれから勝ちまくり、とうとう全員分の桶側胴の銭を稼ぐことに成功したのだ。もう、仕事の過半は成ったも同然である。

「見たかぁ。これが活きた仕事ってもんだ」

両手を横に大きく広げて、月に向かって叫んだ。

賭けで大勝ちした銭が、祝福するようにじゃらりと鳴った。

突き出した拳に、柔らかいものが触れる。

どくん、と心の臓が大きく跳ねた。

これほどまでに柔らかく、しなやかなものを、藤吉郎はいまだ知らない。

ゆっくりと顔を横へ向けた。美しい髪を持つ女が微笑んでいる。藤吉郎の小さな拳を、白く滑らかな掌で包んでいる。

「お兄さん、随分と豪気だねぇ」

蕩《とろ》けてしまいそうな瞳で見つめられた。

「ふん、おいらを惑わせても無駄じゃぞ」

口調は勇ましいが、なぜか藤吉郎は伸ばした腕を女に撫でられるがままにしていた。女の手が、ゆっくりと手首、肘、二の腕、腋《わき》と、藤吉郎の体の中心へと伝っていく。

体が寄り添い密着し、吐息が吹きかかった。

「お兄さん、ちょっと遊んでいこうよ」

藤吉郎は決然と言い放った。

「断るっ」

だが、どうしてだろうか。女に引きずられるように、足を動かしてしまうのは。

「よせっ、おいらは急ぐんじゃ」

声とは裏腹に、女に誘われるように町外れにある長屋へと進む。遊女と思《おぼ》しき女たちが、眠たげな目を向けてきた。

「大変だねえ、こんなに重いものを身につけて」

長屋の中に連れ込まれ、銭の束をひとつひとつ解《ほど》かれる。どうして銭の束だけでなく、腰紐や下帯まで解いてくれるのだろう。疑問に思ったが、藤吉郎は抗《あらが》えない。

気づけば、素っ裸にされていた。

女の白く柔らかい裸体が、藤吉郎の上に覆い被《かぶ》さる。哀しいかな、こんなにも甘美で熟した柿のように美味いものを、藤吉郎はいまだ知らなかった。

やがて、藤吉郎の意識は蕩け、女の肌と夜の闇に混じり、途絶える。

目が覚めた。

朝日が、開けっ放しの長屋の入り口から差し込んでいる。

恐る恐る頭を持ち上げ、首をゆっくりと左から右へと回す。

長屋はもぬけの殻だった。女は、無論いない。銭は、一枚たりとも落ちていない。

掃除をしたかのように、綺麗《きれい》だ。

藤吉郎の小汚い下帯と、粗末な単衣が申し訳程度に落ちているぐらいだ。

よろけながら、起き上がる。下帯が足にひっかかり、無様に倒れた。

しばらく、ずっとそうしていた。息をすると、ひんやりとした床に腹がひっつく。

なぜか気持ちよかった。

ぽつりと、呟く。

「おいらは、正真正銘のたわけじゃ」

なぜだろう。泣きたいのに、涙は一滴たりとも出てこない。

「あの尾張の、織田三郎（信長）様以上の大うつけじゃ」

風が吹いて、下帯が舞った。


「はなっから、こうすればよかったんじゃあ」

叫びつつ、藤吉郎は街道を歩く。

下帯を締めていないので、下半身が涼しい。いつもは蒸れ気味で不快なので、極めて快適だ。無一文の藤吉郎が肩を怒らせて、往来の真ん中を歩く。旅人たちが、次々と両脇へと寄る。

目指すは、尾張だ。

目的は、桶側胴を手にいれること。無一文になった藤吉郎は、このままでは松下家に帰れない。かといって、出奔する気もない。天下人に最も近い今川家を去っては、未来などはない。

ならば、桶側胴を己の才覚で手にいれるしかない。手段はひとつだけある。

織田弾正忠家の足軽になるのだ。そして、桶側胴を支給してもらう。あとは簡単だ。

織田家を脱走して、桶側胴と一緒に遠江の松下家に戻る。

幸いにも、道中で織田家の内紛がさらに激しさを増していることは耳にしていた。兄の信長と弟の信勝の衝突は必至で、両陣営は足軽や小者をしきりに集めている。桶側胴を手にいれるのに、銭など必要なさそうだ。神仏のご加護があるとしか思えない。

「おいらは、こんなことぐらいじゃ、挫けねえ」

空にある太陽に向かって叫ぶ。

「どうしてだか、わかるか」

たまたますれ違った旅人に怒鳴る。返答を待たずに、また大股で進む。

「おいらは、日ノ本一の果報者になるからだ」

拳を振り回しつつ、絶叫する。

「活きて、活きて、活きて、活きまくってやるんだ」

うろこ雲が漂う空には、秋の気配が漂っていた。

六

「駄目だ、駄目だ。名字もない奴らが足軽になりたいだと。身の程知らずにもほどがある」

虎髭の侍大将が叫んでいた。

織田〝勘十郎〟信勝の居城、末森の城下には、合戦働き目当ての出稼ぎの百姓や仕官を望む牢人たちがひしめいている。そのなかに、藤吉郎もまぎれこんでいた。

すぐ後ろを、稲穂を積んだ荷車が通過する。まだ小さな実しかつけていないのは、信長方の刈田を警戒して、さっさと収穫してしまったからだろう。季節はもう秋だが、夏の残り香のような暑さがあった。

「よいか。勘十郎様は、うつけの三郎様を討つ正義の軍を起こすのじゃ。名無しの百姓が侍面して加わっては、末代までの恥だ」

侍大将は太い腕を使って棒を振り回し、藤吉郎たちを追い払おうとする。よほどの豪傑なのか、棒は唸りを上げ、百姓たちが悲鳴とともに逃げていく。

「そんなこと言わずに、雇ってくだせえ」

藤吉郎の眼前で、ふたりの男が果敢にも棒をかいくぐった。そして、虎髭の侍大将の前に跪く。ひとりは巡礼で、もうひとりは百姓のようだ。

「おらたち、そこらのお侍さんより力は強いだ」

棒が止まったのは、侍大将がふたりの体つきを認めたからだろう。着ている服は粗末だが、がっしりとした体つきをしている。

「確かに、こいつらなら役に立ちそうだ」

背後の城兵たちも、小声で談じている。

藤吉郎はすかさずふたりの横に滑り込み、同じように跪く。

「お願いします。足軽に雇ってください。おいらたち、死にもの狂いで働きます」

藤吉郎は必死に頭を下げた。

「ほう、そこらの足軽よりできるだと」

侍大将は太い指で、虎髭をしごく。

「では、今まで何人の強者の首をとった」

棒を巡礼、百姓の順に突きつける。次に藤吉郎の前へ棒の先端をやり、「おや」という顔をした。気を取り直すように、侍大将は巡礼と百姓のふたりを睨《ね》めつける。

「勘十郎様が求めているのは、単なる力自慢ではない。器量はあって当たり前。家柄、心根、教養も必要だ。そのうちのひとつでも、貴様らふたりは持っているのか」

巡礼と百姓は、顔を見合わせて困惑する。

「見てみろ、何も言い返せまい。もし、仕事が欲しいなら、足軽ではなくて小者として雇ってやる」

「本当ですか」と、叫んだのは藤吉郎だった。侍大将は一瞥しただけで、また項垂《うなだ》れるふたりに目をやった。

「ただし、仕事は雑役だ。手柄は立てられぬし、無論のこと具足《ぐそく》などはやらん。その姿で軍の後ろについてくれれば、握り飯ぐらいはくれてやる」

さすがの藤吉郎も、言い募るのをやめた。ふたりも観念したのか、ゆっくりと尻を浮かす。

「わかったら、とっとと去れ。おい、水を撒《ま》いて、追い散らせ」

柄杓《ひしゃく》を持った城兵たちが、水を浴びせはじめる。畜生と、罵声を吐きつつ、藤吉郎らは広場から逃げ出した。

目の前には、巡礼と百姓のふたりの大きな背中があった。とぼとぼと、城下町から離れていく。

「なあ、杉若」と、巡礼。

「なんだ、次郎」と、百姓が返す。

「どうする。あてが外れたぞ」

「おらは三郎様の方へ行くぜ。きっと、足軽として雇ってくれるだろう」

「そうだな。おらもそうする。小者として小銭を稼いでも、知れてるしな」

ふたりの後ろをついていきながら、こいつらは活きた考えを持っていないな、と藤吉郎は嘆息した。織田〝三郎〟信長の人数は、五百をやっと超えた程度だ。一方の織田〝勘十郎〟信勝は、二千近い。信長についていて足軽に雇ってもらっても、負けるに決まっている。

「なあ、ちっこいあんたはどうする」

ふたりが振り向いた。

「おいらは三郎様には仕えねえ」

桶側胴をもらって逃亡するだけで、戦うわけではないが、それでも慎重を期したかった。信長方は劣勢ゆえ、足軽の逃亡には目を光らせているはずだ。桶側胴をもらっても、逃げられなければ意味はない。

「じゃあ、あんたは小者働きで小銭稼ぎか」

次郎と杉若のふたりは、指で小さな円をつくってみせた。

「いいや、おいらは足軽になって、桶側胴をもらう。那古野《なごや》の城に行ってみる。もしかしたら、足軽に雇ってくれるかもしれねえからな」

那古野城には、信長から信勝に乗り換えた、織田家筆頭家老の林がいる。もしかしたら、名字なしでも足軽になれるかもしれない。

「そうか。おらたちはもう面倒だから清洲《きよす》へ行って、さっさと足軽になる」

ほとんどない名残をかき集めて、藤吉郎は手を振ってふたりと別れた。

七

　那古野城が見えてきた頃には、もう陽は暮れようとしていた。ほのかに暖かかった昼とはちがい、肌が強張《こわば》る冷気が空から下りてくる。

　無一文の藤吉郎は焦っていた。街道を一心不乱に走る。できれば野宿はしたくない。那古野城下について、屋根の下で寝たい。

　那古野の町の入り口に、長身の武者が立っていた。すらりと長い四肢、逞《たくま》しい胴体には面長の顔がのっている。目鼻の形は影になってよくわからない。大きな旗を持って、何事かを大声で呼ばわっている。

「おおぅい。誰か、我こそはと思うものはおらんか。儂の足軽従者として、一緒に大功を立てようぞ」

　張り上げた声に、聞き覚えがあった。藤吉郎はさらに足を速める。目鼻立ちのはっきりとした、役者のような顔がわかった。

「犬」と、藤吉郎は叫んだ。若武者が、藤吉郎に向き直る。

「おおぉ、猿かぁ」

行灯《あんどん》に明かりを点《とも》すかのような笑みが咲いた。

この男の名は前田〝又左衛門〟利家。織田弾正忠家の侍で、筆頭家老林家の与力である。藤吉郎とは幼い頃からの顔馴染《かおなじ》みで、幼名が犬千代のため、藤吉郎は犬と呼んでいる。

旗を放り出して、前田利家は駆け寄る。

「ひっさしぶりじゃねえか。どこに行ってた。死んだかと思っとったぞ」

利家は、小柄な藤吉郎の体を乱暴に持ち上げた。そして、潰さんばかりに抱きつく。

「やめろ、犬、痛い。放せ」

利家の頭を叩くと、素直に応じる。おかげで、尻を大地に盛大に打ちつけてしまった。

「もう少し丁寧にしろ。五年前より、乱暴になりやがって」

「照れるな、猿」

背骨を砕かんばかりの力で、藤吉郎の背中を叩いてくる。この前田利家という男は、がさつである。だが、それがよい面でもあった。藤吉郎のような名字なしの百姓が呼び捨てにしても、人好きのする笑みを浮かべ喜ぶ。親愛の情と受け取るのだ。悪意というものは、決して自分には向けられぬと、信じている。

「で、犬よ。お前、こんなとこで何してんだ」

「足軽集めてんだ。いくら儂が槍の又左と呼ばれる豪傑でも、人数がいなきゃとれる手柄も失っちまうからな」

「そっか、前田家は林家の与力だったな」

藤吉郎が手を打ったのは、渡りに舟だと思ったからだ。なんのつてもなく仕官を願い出ても、また名字なしを理由に門前払いされるだけだ。

「おい、犬っ。足軽が欲しいのか。なら、おいらを雇え」

花が咲くような笑みが、利家の顔に広がる。もし、藤吉郎が女だったら、赤面するかもしれない。もっとも、藤吉郎には衆道《しゅどう》（男色）の趣味はないので、鼻白むだけだ。

「そりゃいい。旧知の猿なら、気兼ねはねえしな」

「だろう。じゃあ、善は急げだ。さっそく城へ行こう」

「ああ、行こう」

ふたりは同時に歩き出した。どうしたことか、猿と犬は背中合わせになり、互いに逆方向へと離れていく。

猿は那古野城に、犬はその逆へ。

「おい、猿、そっちじゃねえ」

利家が、藤吉郎の襟首を摑み、引きずった。

「え、えっ？　どういうことだ。那古野城に行かないのか」

「那古野は敵の城だ」

「どうしてだ。前田の家は、那古野城代の林様の与力だろう」

「ああ、兄貴の方はな」

「兄貴だとっ」

そういえば、利家は前田家の四男坊だったと思い出す。

「前田家はふたつに割れた。兄貴たちは林様、儂は織田三郎様につく」

「なんだと。ふたつに割れた、だと。お前の他に、誰が三郎様についたのだ」

「儂、ひとりだ」

「たわけぇ、そりゃ、家を割ったんじゃなくて、お前が追い出されただけだろうが」

やりとりの間も、非力な藤吉郎は引きずられるままだ。死地ともいえる織田〝三郎〟信長の籠る清洲城へと、なす術《すべ》もなく連れていかれる。

清洲城の三の丸には、集められた侍や足軽たちがあちこちで輪をつくり、夕飯を食っていた。米を炊く甘い香りが、辺りに充満している。

犬こと前田利家が、藤吉郎に渡したのは、穴の空いた陣笠《じんがさ》だった。

「おい、犬、なんだ、こりゃ」

「なにって、猿の具足だ」

「具足って、これか」

陣笠を少し持ち上げると、利家は深く頷いた。

「普通、具足って、胴丸のことを言わねえか。いや、尾張では桶側胴か」

背後を見ると、夕飯を食っている足軽たちがいる。皆、鉄でできた桶側胴を着込んでいた。

「ああ、普通はな。けど、前田家を勘当された儂は違う。残念ながら桶側胴は儂の分しかない」

藤吉郎は、もう一度手にもつ陣笠へ目を落とした。

「嘘だろ」

「儂は嘘はつかねえ」

「お前、たわけかっ。こんな陣笠だけで、合戦に出たら死んじまう」

「心配いらねえ。鎧を着てても、死ぬ奴は死ぬ。着てなくても、生きる奴は生きる」

由緒ある格言を言い放ったかのように、利家は満足気だ。

「いやじゃ、いやじゃ。明日、いや、今この時にも末森か那古野から、勘十郎様が攻めてきてもおかしくないんだぞ」

「そりゃ、大変だな」

暢気《のんき》に鼻をほじりつつ、利家は言う。

「桶側胴じゃ。おいらには桶側胴がいるんじゃ」

「わかるぞ。儂も桶側胴は好きじゃ。あれを着ると、どんな武者も古今無双の豪傑のように見える」

「たわけっ、そんなことじゃない。どうしても、おいらは桶側胴がいるんじゃ」

「なら、簡単だ」

柏手《かしわで》をひとつ、利家は打った。

「お前に桶側胴をくれてやれる。ぴっかぴかで、猿が着ても男前に見える奴だ」

「どうやって。お前の分しかないんだろう」

「儂が手柄を立てる。さすれば、褒美として桶側胴のひとつやふたつぐらい、三郎様がくれるはずじゃ」

落胆は重荷に変じて、藤吉郎の両肩にのしかかった。

——こいつは駄目だ。活きた考え以前に、考えること自体しとらん。

へたり込みそうになる足に、必死に力を込めた。

——逃げよう。

迷わず、そう決心した。今からでも遅くない。いや、少しでも躊躇《ちゅうちょ》すれば、手遅れになる。

清洲の陣を抜け、那古野の林家の足軽になり、今度こそ桶側胴を手にいれるのだ。

思考を巡らしていると、嘲笑が背を打った。見ると、数人の武者がこちらを指さしている。

「見ろ、あの武者の従者を。猿が間違って陣にまぎれこんだんじゃねえか」

「あんな奴が陣中にいては蚤《のみ》が湧くぞ」

罵声に反応したのは、利家だった。

素早く立ち上がり、男たちに向き直る。

「おい」と制止しようとした藤吉郎だったが、吐き出されたのは「げえ」という呻き声だった。

利家の拳が、嘲笑《あざわら》う男の顔面にめり込んでいたからだ。膝から崩れ落ちる男の頭を抱えたのは、利家だった。助けるためではは――無論ない。

利家は武者の頭を地面へと投げる。瓜《うり》でも叩きつけるように。

顔面の骨が潰れる音に続いて、血飛沫《ちしぶき》が藤吉郎の足元にも散った。

「儂の従者を馬鹿にするのは、儂を馬鹿にすることと同じだ」

胸の前にやった両の拳を、利家は高らかに鳴らした。

「武士が侮辱されれば、やることはひとつだ。抜きたければ抜け。殴り合いの方がよければ、それで受けて立つ。槍の又左の名にかけてだ」

藤吉郎の四肢が震え出す。

思い出したのだ。

利家が、槍の又左と異名をとるほどの武芸者だったことを。そして、温厚そうに見えるが、一度怒りに火がつくと相手を半殺しにするまでやめないことを。特に人から裏切られると、異常なほどの執念を見せて利家は追い詰める。

——もし、おいらがこいつのもとから逃げたら……。

倒れた武者の姿が目に入った。潰された虫のように、激しく四肢を痙攣《けいれん》させている。

八

利家から逃げるには、合戦のどさくさにまぎれるしかない。

藤吉郎は、そう思案していた。陣笠をかぶり竹槍を持つ姿は、百姓一揆《いっき》に参加しているかのようだ。もう十分に冷たくなった秋風が、兵たちの間を吹き抜ける。昨日降った雨のせいで、地面は柔らかい。

目の前では、織田信勝方の軍勢が迫ろうとしていた。なんでも、柴田〝権六《ごんろく》〟勝家という豪傑が率いているそうだ。その数は、約一千。

「かかれ」と命令している敵の侍大将が、目についた。鞭《むち》でも振るうように槍を振り回し、足軽や侍を次々とけしかけている。あれは、末森城で藤吉郎らを追い払った虎髭の侍大将だ。どうやら、あの男が柴田勝家だったようだ。

虎髭の大将を中心に、団子のように固まった敵軍が近づいてくる。信長軍の前衛の足軽たちが、果敢に矢を射かけた。だが、鎧のように兵をまとった柴田勝家には届かない。そうこうしているうちに、信長の足軽たちは蹴散らされ始める。

周囲にいる武者たちは、柴田軍の苛烈さにどよめく。一歩二歩と後ずさり始めた。

ちらりと、斜め前にいる前田利家を見た。

「おのれ、よくも」と、まるで童が喧嘩に憤るように悔しがっている。

前衛の足軽たちが、散り散りに退散し始めた時だった。

藤吉郎らの後方から、蹄《ひづめ》の音が聞こえてくる。緩やかな足音は、まるで散策するかのように場違いだった。じりじりと下がっていた武者たちの足も止まる。

「おおぅ」と、皆が歓声を上げげた。

煌《きら》びやかな紺糸威《こんいとおどし》の鎧を着た武者が、馬に乗っていた。兜《かぶと》の前立《まえだて》（飾り）には、木瓜紋《もっこう》があしらわれている。織田木瓜と呼ばれる、織田弾正忠家の家紋だ。

「三郎様だ」

あちこちから声が沸き起こる。

――この男が、あのうつけで有名な織田〝三郎〟信長か。なんで、陣のまん前にいるんだ。

普通、大将は合戦を後方で見守るものだ。よくて、今迫る柴田勝家のように、自分の周りに屈強な兵を配して敵陣へ駆け込む。

そんな藤吉郎の動揺を嘲笑うように、信長は思いもしない行動に出た。

「え」と声を上げたのは藤吉郎だけでなく、利家ら武者たちもだ。

信長はゆったりとした馬の歩みそのままに、本隊を突き抜けて、最前列に出たからだ。

もう足軽は柴田勝家に駆逐され、信長と敵との間を隔てるものはない。

「殿、危険です。お下がりください」

そう忠告する男は、十数歩後ろから叫ぶだけだ。飛礫《つぶて》のように飛来する、柴田の殺気にたじろいでいる。だが、信長は微風程度にも感じていないのか、騎馬の上で泰然としていた。

くるりと、信長が振り向く。

鷹《たか》を思わせる鋭い目とは対照的に、眉や鼻や口のつくりは女性のように細い。

「いいかっ。皆、よう聞け」

不思議な声だった。大声なのだが、肌を打つような強さはない。

かといって、信長の声が聞きづらいわけでもない。むしろ、逆だ。まるで耳元で囁《ささや》かれているかのように、明瞭に聞こえてくる。

「恐れるなっ……などとは言わん」

にやりと不敵に笑って、間をとる。

「ただ、一歩を踏み出せ。それだけでよい」

さらに信長は口を大きく開けて、叫ぶ。

「あとは、逃げようが、戦おうが、好きにせえ。所詮は、人間《じんかん》五十年じゃっ」

言い終わる前に信長は鞭を振り上げ、馬の尻を叩いた。太い脚が躍動し、蹄が地から浮く。

信長と馬は、単騎、柴田勝家の軍へと突っ込んだ。

刹那、藤吉郎の肚《はら》の中で、何かが弾ける。思わず、丹田に手をやった。その正体を探ろうとした時、背中に誰かが勢いよく当たってきた。

「こら」と叫び、振り返って息を吞む。

武者たちが一斉に前へと駆け出していたからだ。

「三郎様だけを行かせるな」

「一歩と言わず、百歩でも進め」

先ほどまでの弱気はどこへやら、血走った目で武者たちが押しよせる。まるで大波のようだった。弾かれて、藤吉郎は前によろけることしかできない。

──これは、まずい。

待望していた合戦だが、これでは逃げられない。流れに逆らえば、短軀の藤吉郎は足蹴《あしげ》にされて、踏み殺されてしまう。一際大きな声を上げる男がいる。前田利家だ。長大な槍を振り回して、信長の後を追おうとしている。藤吉郎も必死に走った。脱げそうになる陣笠を手で押さえ、もう片方の手に持つ竹槍を握りしめる。

必死に敵の刃をよけつつ、藤吉郎は不思議に思っていた。

信長が鞭をくれて敵陣に飛び込んだ時、肚の中で弾《ひ》けたものは何だったのか。

──ええい、今はそんなことを思案している時ではないわ。

陣笠と竹槍しか持たない藤吉郎が、かろうじて敵の攻撃から身を守れていたのは、信長軍の善戦のおかげである。皆、手傷を負っても、一歩も退かない。おかげで、藤吉郎のような小者に射かける矢は少ない。が、退く者がいない分、藤吉郎も合戦場から抜け出す機を見つけられないでいた。

首を振り回して、退路を探す。蛇行して走れば、離脱できそうな道筋を見つけた。

「まて、藤吉郎」

思わず両肩が跳ねたのは、前田利家の声だったからだ。後ろを向く。

悲鳴が、藤吉郎の小さな喉をこじ開けた。

利家の顔が真っ赤に染まっている。

だけではない。右目の下には、一本の矢が深々と突き刺さっていた。

「ち、ちがう。逃げようとしたんじゃ……」

両手が伸びて、藤吉郎の肩がきつく摑まれた。

「抜いてくれ」

「へっ」

「抜いてくれ、矢だ」

利家は、己の右目の下に突き刺さったものを指さした。

「わ、わかった。抜いてやるから、手を放せ」

そうすれば、利家はまた敵陣に突っ込み、また藤吉郎に逃げる機がやってくるはずだ。

「助かる」

利家は、泥だらけの地面に尻を落とした。

震える手をゆっくりと近づけて、藤吉郎は矢を握った。

利家の顔が激しく歪む。それだけで、右目の下から血が勢いよく吹き零れる。

食いしばる歯の強さ、猛《たけ》る心臓の鼓動が、矢を握る藤吉郎の掌から伝わってきた。

「躊躇するな。猿、早くやってくれ」

「ひいぃ」

目を瞑《つむ》り、手に力を込めた。

矢尻が抜けた刹那、血が飛び散り、藤吉郎の顔に降りかかる。

肚の底で、また何かが弾けた。さっきと同じだが、さっきよりも何十倍も大きいものだ。

かろうじて転倒せず、両脚で踏ん張った。

全身が心の臓に変じたかのように、ひとつ、ふたつと大きく震えた。

信長の突撃の時に宿った正体不明の小さなものが、この身を支配したのだと悟る。

ただ、正体はいまだわからない。

確かなのは……。

藤吉郎は利家を見る。白目を剥いて、失神している。

「犬っ、寝るな。たわけ」

思いっきり、殴りつけた。瞼を激しく瞬かせて、利家は覚醒する。

恐ろしい勢いで、血が藤吉郎の体を駆け巡っていた。

「さ、猿、ありがてえ」

利家は立ち上がった。まだ少しふらついており、構えた槍は見当違いの方を向いている。

「犬、そっちじゃねえ」

「ど、どっちだ。どこに敵がいる」

「面倒臭《くせ》え、おいらについてこい」

藤吉郎も得物を構えた。ただし、握ったのは竹槍ではなく、利家から抜いた血塗《ちまみ》れの矢だ。それを両手で槍を持つようにする。

「いくぞ、犬っ」

「おおぅ、猿」

ふたりは咆哮《ほうこう》と共に、敵兵のまっただなかへと駆けていく。


合戦前にぬかるんでいた地面は、もう乾いて固くなっていた。巨軀の前田利家を背に負い、藤吉郎は歯を食いしばり歩いている。腰には首もひとつぶら下げている。ふたりで突撃し、見事に前田利家があげた兜首である。

討ち取った後、利家は力尽きたかのように失神してしまった。矢傷は高熱を発することがままある。無理には起こせない。また、利家は衆人環視のもとで兜首をあげた。連れ帰って手柄にすれば、藤吉郎にも桶側胴が下賜されるはずだ。

戦は信長軍の圧勝だった。信長自身が先頭を駆けたことにより、七百の味方は死兵となり、瞬く間に柴田勝家の一千の軍を蹴散らした。その勢いのまま、七百の林勢にも斬りかかる。林秀貞の弟で首謀者のひとり林美作守《みまさかのかみ》を、信長自らの手で討ち取るほどであった。

「おうぃ」と、声が聞こえた。

藤吉郎は、汗が滴る顔を上げる。見覚えのある男がふたり、手を振っていた。

ひとりは巡礼服、ひとりは百姓の単衣を身につけ、その上から桶側胴を着込んでいる。末森の城で出会った、次郎と杉若だと思い至った。

「ちっこいあんた、結局、こっちに来たのか」

「見てくれ、おらたち手柄立てたぜ」

巡礼服の袖を翻して、次郎が両手に持っているものを見せた。それは切り取られた鼻だ。首を持ち帰るのが困難な時は、鼻を切り取って証拠にすることを、今さらながら思い出した。何も、重い首を腰にくくりつけることはなかったのだ。

「このお手柄に、どれだけの銭がもらえるかな」

「少なくとも、一カ月は食うに困らねえはずだ」

ふたりは飛び上がって喜んでいる。見れば、顔や手足は傷だらけ、桶側胴は泥と血にまみれていて、まるで屍体《したい》が踊っているかのようだ。

藤吉郎はふたりに頼み、戸板を持ってきてもらった。利家を寝かせ、三人で担いで清洲城へ帰る。道中で、利家は呻き声を上げはじめた。手をやると、火にかけた鍋のように熱い。

三人は首実検が行われる城へと急いだ。


「誰だ。おらたちの首に、こんな札かけたのは」

次郎と杉若の叫び声が、首実検の場に木霊した。広場の隅で利家を寝かせ、湿った布で頭を冷やしてやっていた藤吉郎も振り返る。

ずらりと首が並んだ棚の前で、ふたりが大声を上げていた。

杉若と次郎の手には切り取った鼻があり、高位とわかる首の欠けた部分をぴたりと補っている。しかし、どうしたことか、首の前には所有者を示す札がすでに立てかけられていた。

わずかな漢字しか知らない藤吉郎でも、札には杉若と次郎の名が書かれていないのはわかる。

「おい、みんな、おらたちの手柄が盗まれた」

次郎と杉若は大声を上げた。場にいた侍や足軽たちがざわめき出す。

「この札を書いたお侍は、大嘘つきだ。おらたちの手柄を泥棒してる」

ふたりが札に指を突きつけた時、彼方《かなた》から怒声が響き渡った。

「無礼にも程があるぞ」

首を捻ると、大鎧を華々しく着込んだ武者が、十人近い取り巻きを連れて歩み寄ってくる。

「泥棒とは心外な。その首ふたつは、間違いなく儂がとったものだ。実検場に置いておったら、いつのまにか鼻を切られたのじゃ」

武者の兜は埃ひとつなく、漆《うるし》を塗ったかのように輝いていた。鎧も新調したかのように綺麗だ。泥と傷にまみれた杉若と次郎は、その容姿を見ただけで後ずさる。

「まさか、こんなに早く、鼻を削《そ》いだ狼藉者が現れてくれるとはな。しかも、儂を泥棒呼ばわりするとは、怒りを通りこして笑うしかないわ」

「ち、ちがいます」

「そうです。この首は、おらたちのものです」

「黙れっ」

武者が言葉を叩きつけるだけで、ふたりの顔から血の気がひく。

「その格好からするに、どうせ名字なしの小者だろう。本来なら打ち首相当だが、素直に非を認めるならば、追放で許してやる」

取り巻きたちが、ふたりを囲んだ。何人かは刀の柄《つか》に手をやっている。

「お前ら、馬鹿なことは考えるな。逆らっちゃ駄目だ」

藤吉郎の助言に、ふたりの顔が歪む。

「手柄はまた立てればいいじゃねえか。命あっての物だねだぞ」

次郎と杉若は俯《うつむ》いた。唇を強く嚙んでいる。

「死んじまったら、元も子もねえだろ。お前らにも家族がいるんだろう」

ふたりの体が震え出す。大鎧の武者は、片頰を持ち上げて笑った。ふたりが狼狽《ろうばい》する様子を見て、楽しんでいるのだ。

やがて、次郎の巡礼服に包まれた手が動いた。持っていた鼻を、大鎧の武者へと近づける。泥だらけの杉若の手も同様に続いたので、藤吉郎は胸をなで下ろした。

「ふん、名字なしにしては、ものわかりがいいではないか。いいか、覚えておけ。手柄はな、しっかりした身分の見継《みつぎ》（証人）がいて、初めて手柄となるのだ」

鼻を受け取るために、武者が手を突き出した時だった。

「見継なら、おるぞ」

最初は、耳元で囁かれたかと思った。しかし、全員が同時に振り返ったということは、それが張り上げた声だったとわかる。

藤吉郎の目に飛び込んできたのは、紺糸威の鎧を着た武者だった。泥と血がついているが、汚れているというより、化粧したかのように本来の紺色を引き立てている。左右の従者は、刀と織田木瓜の前立の兜をそれぞれ捧《ささ》げ持っていた。

織田〝三郎〟信長——こたびの勝ち戦の総大将だ。

手には鞭を持ち、旋律を刻むように揺らしている。大股で歩く脚に、藤吉郎の目は吸い込まれる。足袋《たび》が血で滲み、つま先が真っ赤に染まっていた。草鞋《わらじ》があっていないのだろうか。あれほどの激闘を、軍の先頭で演じたから仕方がないとはいえ、痛々しかった。

にもかかわらず、信長は顔色を変えずに近づいてくる。

大鎧の武者は狼狽《うろた》え、ふたりに詰め寄っていた取り巻きたちは囲みを解いた。

信長は次郎と杉若の前に立ち、ふたりを見下ろす。

「巡礼と百姓か。粗末な身なりだな」

信長の言葉に、我が意を得たりとばかりに武者が大きく頷く。

「そうでございます。しかも、下賤なだけでなく、手柄を盗む下劣さも持っております。拙者が組み討ちで苦心してとった首を……」

「だが、その粗末ななりに見覚えがある」

信長の言葉に、武者の表情が一気に強張った。

「先頭を駆けて戦った己の目にも、桶側胴の下に着た巡礼服と百姓単衣は焼きついておる。見事な働きであったぞ」

今度は武者が震え出す番だった。信長はゆっくりと目をやる。

「貴様、先程、組み討ちで首をとったと言ったがまことか」

必要以上に何度も武者は頷く。

「ならば、組み討ちで首をとれば、どんななりになるか教えてやる」

突然、信長は持っていた鞭を振り上げた。躊躇なく、大鎧の武者の顔に叩きつける。悲鳴が上がり、綺麗だった鎧がたちまち血で穢された。

「この首も、弾正忠家の侍だ。無傷で討ち取られるほど、弱くはないわ。恥を知れ」

取り巻きに担がれて、武者は下がっていく。

信長は杉若と次郎に目を戻す。

「名乗れ」

性急な性格のようで、余計な言葉を一切差し挟まない。

「す、杉若です。尾張で百姓をしております」

「は、埴原《はにはら》の巡礼、次郎です」

「姓は」

一転して、ふたりは口を固く閉じた。

「ないのか」

無言が肯定の証だった。

「ならば、姓をくれてやる」

「え」と、ふたりは顔を上げた。

「杉と埴原だ。下の名前は勝手にめいめいで考えよ。今の名前を使うもよし、変えるもよし。好きにせい」

「そ、それはつまり……」

「おらたちを士分に」

「不服なのか」

返事のかわりに、ふたりの双眸《そうぼう》から涙が溢《あふ》れ出す。

「やった、やったぞ」と、次郎だった巡礼の埴原がうずくまる。

「これで家族を養える」

杉若だった百姓の杉が、その上に覆いかぶさる。

信長は振り向く。藤吉郎をはじめ、野次馬たちが囲っていた。

「よいか、織田家では禄《ろく》の多寡も身分の上下も問わぬ。必要なのは、ただ才と働きのみ。それがあれば褒美をやる。百姓だろうが、名字なしだろうが、城持ちの侍大将にしてやる」

地鳴りのような歓声が沸き起こった。

「ゆえに、皆、ひとしく励め」

秋風が吹きつけた。藤吉郎の薄い髭も揺らす。冷気を増した風は寒いはずなのに、奇妙な火照りを藤吉郎の肚の底に灯《とも》らせる。

この火種の正体が何なのか、藤吉郎にはさっぱりわからない。

九

清洲城の二の丸にある侍長屋の一角が、前田利家に宛てがわれた療養部屋だった。隅っこには、膝を抱えて座る藤吉郎がいる。ぼんやりと窓を見ていた。枯葉が舞い散り、そのうちの何枚かが入り込む。

横に目をやると、さらしを顔に巻きつけた利家が寝ている。苦しげに胸を上下させていた。先の合戦での傷は高熱にかわり、ずっと利家を苦しめ、起き上がることもままならない。

藤吉郎は、ため息を吐き出した。視線の隅には、黒光りする桶側胴がある。利家の兜首の褒美として、下賜されたものだ。

なぜだろう、と呟く。これを持って、さっさと逐電すればいいのに、できない。幼馴染の利家の介抱をするためだろうか。言い訳にすぎないような気がする。別に藤吉郎でなくても、介抱はできる。

遠くで調練の声がした。

「まだ、休むな」という指示は、すぐ近くで発されたかのように耳に届く。きっと信長だろう。誰よりも激しく動き汗を流す姿が、すぐに思い浮かぶ。

「猿よ」と、病人が掠《かす》れた声を出した。

「気づいたか、犬。気分はどうだ」

利家からは返事はない。近くに寄ろうとして、尻を浮かした時だった。

「今川家に戻らないのか」

思わず、藤吉郎の体が固まった。

「知ってたのか」

「当たり前だ。中村郷の百姓の口の軽さを甘く見るな」

利家は笑おうとしたのだろうか。だが上手《うま》くいかない。さらしに深い皺が寄っただけだ。

「知ってて、どうしておいらを雇った」

「ついてきてくれれば、誰でもよかった。今川家とは関わりない戦だ」

しばらく無言が続いた。

「猿はどうして、桶側胴にこだわってんだ」

「遠江に仕える主が欲しいと言っている。これを持って帰りゃ、手柄になる」

素直に答えたのは、まだ利家が起き上がれないからだ。

「そうか」と、幼馴染は呟く。

「今川家はいいところか」

「当たり前だ」

自分の答えに力が全く入っておらず、藤吉郎は狼狽えた。

「犬よ、今川家はすっげえところだぞ。みんな名門の出だ。えらい人がたくさんいる。やりがいのある仕事もいっぱいだ」

なぜか、言葉から覇気がどんどんと抜け落ちていく。

「仕事すればするだけ、出世できる」

「猿のような百姓上がりでもか」

思わず息を呑んだ。なんとかして「当たり前だろ」と返したが、利家には聞こえなかったようだ。

またふたり無言になった。聞こえるのは、調練の声のみだ。

「あと、二、三日もすりゃ、儂は立てるようになる」

「そりゃ、よかったな」

「逃げるなら……今川家に戻るなら、今のうちだぞ」

少し待ってから、利家が言葉を継ぐ。

「儂の気性は知っているだろう。逐電すりゃ、追いかけて斬る。自制する自信はない」

「親切なんだか、薄情なんだか、わかんねえな」

ふたりで笑いあった。

「あとは猿が決めろ。逃げるもよし。逃げずに、織田家に……」

続きは言葉にならなかった。息絶えるかのように、利家は眠りにつく。

心地よさげな寝息が聞こえてきた。

そこにかぶさったのは、群衆が土を踏む音だ。

「やっと、終わったぞ」

歓声を上げつつ、馬廻衆《うままわりしゅう》が長屋の前を通り過ぎる。皆、汗だくで顔を泥だらけにしている。

その後ろから、ふらふらになってついてくるのは、鎧を着ていないから草履取だろうか。

がに股で、猪のように鼻が上を向いている。途中でへたりこんだ。

裃《かみしも》を上品に着た白髪の老武士がやってきて、叱咤する。

「次兵衛、さっさと起きろ」

「無理だぁ。こんなにしんどいなんて思ってもいなかった。村井様、お願いだから、もう辞めさせてくれ。吉田村に帰りてえよぉ」

猪鼻《いばな》の男は、村井という老武士にすがりついて懇願している。

「殿様の草履取という、名誉な仕事ではないか。もう少し我慢すれば、人を増やしてやる」

信長の草履取は三人交代だったが、合戦のどさくさにまぎれて、ふたり逃げたと聞いた。

そういえば、中村郷を飛び出す時も、吉田村の次兵衛が草履取になりたがっていると耳にしたが、目の前にいる猪鼻の男のことかもしれない。

寝息をたてる幼馴染に、藤吉郎は目を移す。

以前よりは顔色がよくなっている。もう少しすれば、本当に立ち上がれるようになるだろう。

「犬よ、すまねえな」

利家の寝息は、鼾《いびき》に変わっていた。

「おいらは去る。悪く思うな」

寒風が吹き込み、床に落ちた枯葉を舞い上がらせる。もう、長屋の前には誰もいない。葉をほとんど落としきった樹々があるだけだ。あれは、きっと桜の木だろう。

冬は、すぐそこまで来ている。

白い息が、夜気の中に溶けていく。藤吉郎は桶側胴を背負い、そっと利家の眠る長屋を出た。忍び足で、そろりそろりと歩いていく。

ふと足を止めた。

二の丸には、本丸へと続く石段がある。そこから下りてくる人影があったからだ。慌てて、藤吉郎は長屋の陰に身を隠す。

闇に慣れた藤吉郎の視界に映ったのは、白い襦袢《じゅばん》に身を包んだ織田信長だった。数人の小姓とがに股で猪鼻の草履取を引き連れている。

——まだ、夜も明けていないのに、何をしているんじゃ。

藤吉郎の疑問をよそに、信長は井戸へと歩みよる。

釣瓶《つるべ》を操り、水の入った桶を手にとった。躊躇なく、頭からかぶる。

それだけで、藤吉郎の周りの空気がさらに冷えるかのようだ。構わずに、信長は続けて水を汲《く》み、またかぶる。それを何度も繰り返した。冷気を体の芯まで染み渡らせるようにした後、信長は秀麗な顔を夜空に向けた。

そして、謡う。


人間五十年、下天のうちを比ぶれば、夢幻のごとくなり。

続いて、信長は小姓から刀を受け取った。無言の気合いと共に、振り下ろす。

藤吉郎は、ずっとその場に立ち尽くしていた。古式ゆかしい神事を眺めているかのような、不思議な気分だった。

着衣を濡《ぬ》らす井戸水が乾き、かわりに汗が肌を湿らすようになった頃、信長は素振りをやめた。その場で襦袢を脱ぎ、小袖と袴《はかま》に着替える。そして、三の丸へと下りていく。

桶側胴を利家の眠る長屋へ放り込んで、藤吉郎は信長たちの後を追った。

藤吉郎の足元に影が出来始めたのは、太陽が昇り出したからだ。

白む空にあわせるように、馬廻衆や近習《きんじゅう》たちが、馬を連れて三の丸に集まってくる。

小姓が曳《ひ》いてきた馬に、信長が飛び乗った。

「今より朝駆けを始める。最後まで己についてこれたら、炊きたての握り飯をやる」

歓声が沸き上がり、間髪容《い》れずに馬蹄《ばてい》が轟《とどろ》いた。開け放たれた城門目がけて、信長と馬廻衆が殺到する。


信長の調練が終わったのは、完全に陽が没してからだった。人馬ともに汗だくになった馬廻衆たちが戻ってくる。先頭を騎行するのは、織田信長だった。三の丸につくと、武者たちは笑顔と共に疲れた体を地べたに下ろし、歓談を始めた。それを一顧だにせず、信長は早足で二の丸へと行く。

「家老の佐久間様がお待ちです。なんでも、この城に夜襲に不安な持ち口があるとか。直《じか》に検分したいそうです」

すかさず、提灯《ちょうちん》を持った近習たちが近づいてくる。

「その前に、那古野の村の税について決裁をいただきたいと、丹羽《にわ》様が」

「危急は佐久間の件だ。汗を拭いてから、すぐにその持ち口を見る」

歩きつつ、信長は指示を出す。二の丸を通り過ぎ、本丸へと消えていった。さすがに、これ以上追いかけるのは憚《はばか》られた。

ふと横を見た。猪鼻の男が、白髪の武士の脚にしがみついている。

「村井様、儂はもう辞めます。権六様が草履取を探しておるそうじゃ。こんなきつい殿様の下では働けん。権六様のところへ行きたい」

権六というのは、虎髭の柴田勝家のことだろう。許されて、信勝ともども信長の配下に戻っている。

「そう言うな。もう、しばし待て。今、かわりの者を探しておるのじゃ」

白髪の武士が、必死に草履取を宥《なだ》めている。

藤吉郎はゆっくりと近づき、「あのう」と声をかけた。

ふたりが不審気な目を向ける。

「もし、よければ、おいらが草履取をやりましょうか」

「お主、何奴じゃ」

村井と呼ばれた老武士が詰問したので、藤吉郎は膝をついて平伏する。

息を体いっぱいに吸い、大声で言い放つ。

「お願いしますっ。おいらは、仕事がしたいのです。三郎様の下で働きたいのです」

「それでは答えになっておらん。お主は何者だ。城にいるということは、どこかの侍の従者か」

「そ奴は、犬千代の従者だ」

答えたのは、藤吉郎ではなかった。遠い間合いからの声にもかかわらず、すぐ横から聞こえるかのような声音は……。

村井と呼ばれた老武士が、慌てて跪く。「へへえ」と声に出したのは、きっと草履取の次兵衛だろう。藤吉郎は顔を少し上げて、本丸の方を見た。

本丸と二の丸を渡す石段に、細身の男が立っていた。柔らかげな体や顔のつくりとは対照的に、目つきだけは槍の穂先のように鋭い。後ろには、大勢の家老たちがつき従っている。

「そ奴、先の合戦で、犬千代の周囲におった。猿のようだったので、よう憶《おぼ》えておるわ」

言いつつ信長は、石段を踏みつぶすように力強く下りる。そういえば、前田利家は信長の小姓だったことを思い出した。

「左様でございますか。ならば身元は安心。実は新しい草履取を探しておりまして、明日にでもこの者……」

「ならん」

村井の言葉を遮ったのは、信長だった。

「犬千代の従者でありながら、すぐに主を替えるような不忠者はいらん」

「で、ですが、あの……実は、今やっている草履取の次兵衛めも……」

「構わん。二、三日草履取がおらんでもいい。不忠者や、この程度の働きで音を上げるものは、去ればいいのだ」

草履を踏みつぶすように、信長は歩む。藤吉郎の視線は、自然と足元に注がれた。微かにだが、赤いものが足袋に滲んでいる。

藤吉郎は顔を上げて、叫んだ。

「お、お待ちください」

「たわけっ、頭《ず》が高い」

村井が無理矢理頭を下げさせようとするが、力を振り絞って抵抗した。

「三郎様、おいらは仕事がしたいのです」

膝をつかって、近よる。さらに村井の力が強まり、喉も圧迫された。

だが、あらん限りの力で、藤吉郎は声を張り上げる。

「活きた仕事をして、働きをしっかりと評されたいのです。杉や埴原のように、手柄を立てて、お館様に認められたいのです」

信長の足が止まった。獲物を見つけた鷹のように、鋭い目つきになる。

「ほう、草履取で手柄を立てるというのか。では、いかにしてやるのだ」

押さえつけていた村井の力が弱まる。その隙に、藤吉郎は口を開いた。

「おいらは、草鞋を温めるのが上手いです。童の頃から、おっとうによく褒められました」

暫時、沈黙が流れる。

ぷっ、と吹き出したのは、信長の後ろにいた家老たちだ。続けて、村井や草履取も腹を抱えて笑い出す。苦々しげな表情をつくったのは、信長だ。

構わずに、藤吉郎は叫ぶ。

「おっとうは……父は冬になると、いつも足があかぎれて、血が出ておりました」

藤吉郎の声に、信長の表情が変わる。

すう、と藤吉郎は息を吸う。指を口元にやり薄い髭を触った。そうすると、肝が据わる。

迷いや恐れは、ほとんどなくなった。

「今の三郎様のようにです」

家老たちの視線が下がり、信長の足元を凝視した。すぐに顔が険しくなる。

「おいらは父のために、ずっと草鞋を温めました。父が履きやすいように、手でゆっくりとほぐしました。されば、父のあかぎれも少しは……」

「無礼者っ。百姓の草鞋と、お館様の履物を一緒にするな」

家老のひとりが腰の刀に手をやった。

それを押し止《とど》めたのは、信長だった。

「面白い」

そう発しつつ、信長は間合いを詰めるように一歩近づいた。

「剣や槍、碁や将棋、相撲には名人がいる。己は名人が好きだ」

藤吉郎のすぐ近くまで来て、見下ろす。藤吉郎が平伏しなかったのは、金縛りにあったかのように体が固まったからだ。

「つまり、お主は草履取の名人だと言うのか」

「は、はい。おいらは、活きた仕事のできる草履取でございます。おっとう……父もそう言ってくれました。三郎様のために、天下一の草履取になる自信が……あります」

そう言うだけで、ひどい疲れが全身を襲った。

ぐっしょりと、背が脂汗で濡れていることにも気づく。

「そこまで言うなら、後ろを見ろ」

藤吉郎は首を捻る。葉を落としきった桜の大樹があった。

「草履取として、奉公させてやる。ただし、仮の奉公だ。あの桜の花が、満開になるまでの間だ。それまでに結果を見せろ。天下一と嘯《うそぶ》く草履取を、やりきってみせよ。さすれば、本奉公として、我が織田弾正忠家に雇ってやる」

「あ、ありがとうございます」

藤吉郎は、頭を勢いよく下げた。痛いほどに額を地に打ちつけてしまったが、構わない。

「ただし、少しでもしくじれば、厳しく罰する」

鞭打つような、信長の声だった。

「もし、草履を出すのが寸刻でも遅れれば——もし、少しでも草履が冷たければ」

ここで一旦、信長は息を継ぐ。

「わかっているな」

信長は腰の刀を見せびらかすように、体を動かした。静かだが、村井や家老たちが後ずさるほど強い気迫だった。

「は、はい。必ずやります。そして、やり通します。桜の花が咲く頃、見事この藤吉郎めは、

「天下一の草履取であることの証を、お館様にたててみせます」

心地よい香りがした。吹雪が舞うかのように、薄朱色の花弁が散っている。平伏する藤吉郎の手にも、一枚二枚と張りついた。きっと頭の上にもついて、滑稽なことになっているだろう。

十

信長から草履取を命じられたのは、数カ月前だ。

藤吉郎は必死に食らいついた。信長が起きる一刻（約二時間）以上前に目覚め、草履をほぐし温める。朝駆けは一緒に走る。無論、馬についていけるわけもない。それでも必死にあとを追った。

草履取の仕事だけではない。鷹狩りでは百姓の真似をして、獲物を油断させて信長に鷹を飛ばす機を教えた。紙をいくつも丸めて、火縄銃の稽古の弾を夜なべしてつくった。時に馬廻衆への書状を見て、地面に書いて必死に字を覚えた。

ごくたまに、信長が、馬廻衆と踊りに興じる時があった。ある武者は赤鬼に、ある武者は地蔵に、ある武者は弁慶に。信長は天人の衣装を着て、優雅な女踊りをした。藤吉郎はその様子を馬廻衆の輪の外で、じっと見つめた。

そして、とうとう桜が咲いた。二の丸にある大樹だけでなく、清洲の城にある全ての桜が満開になった。本丸にある信長の屋敷の庭もそうだ。

今、藤吉郎は、縁側のそばにある沓脱《くつぬ》ぎ石《いし》の前で跪いている。

短いような長いような、そんな数カ月であった。

床板を軋《きし》ませる音が、藤吉郎の思考を遮る。力強くも慌ただしい拍子は、間違いなく織田信長である。今朝は他家から来訪した使者の接待があり、朝駆けはなかった。こんなに高い陽の光を浴びながら、一日の最初に草履を出すのは久々だ。

懐から温めた草履を取り出して、両手で添え置いた。ひらりと、桜の花弁が鼻緒の結び目にのる。ただとるのも味気ないので、指でつまみ草履と並べるように置いた。

どうしたことだろうか。いつもなら、間をおかずに履くはずが、沓脱ぎ石に足を下ろす気配がない。片膝立ちで俯いたまま、藤吉郎はじっと待つ。

「猿、面をあげろ」

裃を着た信長がいた。その姿から、今日は調練がないのだと悟る。

また風が吹いて、桜の花弁が舞った。

「桜は咲いた。仮奉公は終わりだな」

「はは」と、また面を下げる。

心臓が、高く鳴る。鬢《びん》の毛が汗でたちまち湿りだす。先程までの平静な心が、嘘のように乱れた。藤吉郎は、信長の言葉を待つことができなかった。

「と、殿様ぁ」

自分でもわかるくらい、情けない声を張り上げる。立ち上がろうとしてこけて、草履を置いた沓脱ぎ石の上に鼻を強く打ちつけた。

「お願いします。おいらを草履取に、織田弾正忠家に奉公させてください。三郎様のおそばで、働かせてください」

勢いよく頭を下げると、額が沓脱ぎ石に当たり、視界に星がちらついた。酩酊《めいてい》したかのように、尻餅をつく。

「不埒者《ふらちもの》が。今この時も、仮奉公で貴様を試していることを忘れるな」

信長の横で唾を飛ばしたのは、白髪の村井だった。思わず藤吉郎の体が強張る。

「猿」と、呼びかけられた。慌てて正座をしようとしたが、右手を左袖に引っ掛けてしまい、さっきよりも激しくこけた。顔が地面にあたり、砂埃が舞う。

「貴様は、草履取には雇わん」

信長が冷然と見下ろしている。

大地に張りついていた頬を、藤吉郎はゆっくりと引き剝がした。

「もう他の草履取を三人雇った。すでに城門の前で、その者たちが待っている」

持ち上げた頭が重さを増し、また地面につきそうになった。

「今度の三人は健脚揃いだ」

信長の言葉に村井が「きっと朝駆けでも遅れずについてくるでしょう」と説明を添える。

ゆっくりと起き上がった。今度はしくじることなく、正座ができた。

己でも驚くほど、冷静だった。いや、違う。大きすぎる落胆を、自身でも扱いかねているのだ。心を正視しないことで、何とか平静を保つことができた。

「気落ちしているのか」

信長の問いに「いいえ」と答えた。

しばらく、舞う花弁を凝視する。そうしていないと、感情が爆発してしまいそうだった。

「だが、猿よ。今までひとりでよく仕えた。労《ねぎら》ってやる。上がれ」

信長は背中を見せて、屋敷の奥へと入っていく。沓脱ぎ石の上には、藤吉郎の温めた草履だけが残っている。

「何を惚《ほう》けておる。埃を落として、すぐに後へ続け」

村井に叱責されて、慌てて信長を追いかけた。監視するように、村井もついてくる。

鏡のように美しい廊下に、自分の足は場違いに思えて仕方がない。せめて踵《かかと》だけはつけぬようにと、必死に歩く。

庭を横切る渡り廊下を越えた。見えてきた建物は、湯殿である。格子窓があり、白い湯気が漏れ出ていた。

躊躇なく、信長は足を踏み入れる。

藤吉郎は、ちらりと村井を見た。

「くれぐれも、粗相をするな。早《はよ》う、入れ」

首を傾げつつも、藤吉郎は湯殿に入る。

喉から心臓が飛び出るかと思うほど、驚愕《きょうがく》した。裃や小袖を脱いで、織田信長が肌を露《あら》わにしていたからだ。その横では、女性のように美しい小姓たちが、恭《うやうや》しく世話をしている。

――そ、そういえば……。

草履取になれなかった落胆で鈍っていた頭に、血が巡り始めた。

――三郎様は、衆道も嗜《たしな》まれるお方ではなかったか。そうだ、確か、前田犬千代ともそんな仲だった。

前田利家は信長の衆道の相手を務め、寵愛《ちょうあい》を受けている。

――まっ、まま、まさか、三郎様は、お、おいらの体が目当てで……。

唾を呑み込みつつ、信長を見ると下帯さえも解いて、全裸になっていた。細身で引き締まった体には、余計な脂肪はなく、骨格や筋肉の隆起を美しく露わにしていた。

「藤吉郎殿、早く服を脱ぎなされ」

小姓の言葉に、藤吉郎は一瞬、気を失いそうになった。

「殿の特別なはからいで、入湯を許されたのじゃ。名誉なことでございますぞ。さあ、手伝ってしんぜよう」

女性のような白い指が、藤吉郎の着衣を引き剝がす。まるでいつかの遊女のように、下帯もむしり取られた。嫌だ、と言えるはずもない。

股の間に両手をやって、恐る恐る湯殿へと入った。人が入れるほどの大きな桶がふたつ置いてある。蒸し風呂ではない。大寺院や貴族の邸宅では、人がつかるほどの大量の湯をためると聞いたことがある。きっと、これがそうだ。大きな湯桶のひとつに、信長が身を沈めている。

「猿、遠慮は無用だ。入れ」

湯で顔を洗いつつ、信長は空いている湯桶を目で示した。

「は、ははぁ」

そろり、そろりと湯に足を入れる。静かに身を沈めたが、熱い。百姓育ちの藤吉郎は、さめた湯でしか行水をしたことがない。

たちまち顔が火照り出すが、出られない。湯から上がれば、衆道への未知の門がたちまち開くのではないか。

「猿、なぜ、貴様を草履取に雇わなかったか、わかるか」

己を衆道の相手にするため、とは無論、口にできない。

「ま、全くもって、見当もつきませぬ」

首を捻ったが、わざとらしい所作になってしまった。

信長は湯をすくい、顔にかけた。

「もう、春だ」

――そ、それは、おいらに春をひさげということかっ。

狭い湯桶の中で体勢を崩し、藤吉郎は溺れかけた。

「春に温かい草履は必要ない」

「えっ」と、思わず立ち上がってしまった。

「春も夏も、貴様の汗臭い草履を履くと思うと、ぞっとするわ」

「ど、どういうことでございますか」

湯桶のへりに手をやり、信長に顔を近づけた。

「この湯加減を覚えておけ。少しぬるい。己は、もっと熱い湯が好きだ」

藤吉郎は首を傾げた。横目で、信長が睨みつける。

「鈍い奴め。明日からの、猿の仕事のことだ。薪《まき》奉行を命ずる。湯焚《ゆた》き、竈の火加減、篝火《かがりび》の本数、城内の全ての薪を猿が差配せよ」

湯桶を握る手が震え出す。

「今まで、よう働いた。ただ温めるだけでなく、鷹狩りや火縄銃の稽古、様々なことに役立ってくれた。己に対しての心配りを、今度はこの城に対して発揮せよ」

「で、では、湯殿に誘ったのは、衆道のためではなく」

藤吉郎の発した言葉の意味を、信長は理解しかねたようだ。視線を上に向ける。いくらもしないうちに、眉間に深い皺が穿《うが》たれた。

「た、たわけっ。潰れた瓜のような顔をした貴様などに、伽《とぎ》を命ずるわけもなかろう」

信長の怒気の中に、珍しく狼狽が含まれているような気がした。

「貴様、今度、そのような戯《ざ》れ言《ごと》を口にすれば、無礼討ちにするぞ」

「も、申し訳ありませぬ」

頭を下げたら、顔が湯の中に完全に埋まってしまった。慌てて上げると、もう信長は湯桶にはいない。濡れた背中を見せて、外に出ようとしていた。顔を傾けて、藤吉郎を見る。

「猿、心して働け。名字がなくとも、手柄を立てれば、侍にしてやる。貴様の身に余る褒美をくれてやる。乱世では、人を信じることほど愚かなことはない。だが、己はこの約定だけは決して破らん」

瞬間、藤吉郎の体が火照る。

湯のせいではない。身の内に正体不明のものが灯り、一気に体全体が湯よりも熱いものに変じたのだ。眼球が湿り、信長の後ろ姿がぼやけた。湯気のせいだろうか。きっと、ちがう。

やがて、信長の気配が消える。

「やった、やったぞ」

呟きつつ、藤吉郎は湯桶を揺らす。

「ここなら、三郎様の下なら、おいらは活きることができる」

さらに叫ぼうとしたが、嗚咽《おえつ》のような声しか出せなかった。

「聞いたぞぉ」

突然、背後から大声がした。慌てて振り向くと、格子窓が目に入る。

「猿、聞いたぞ。薪奉行とは、大変な仕事を引き受けたな」

湯桶に足を乗せて覗《のぞ》き込むと、外に長身の武者が立っていた。長い四肢と細面の顔は、前田〝又左衛門〟利家だ。

「犬、お前、聞いてたのか」

格子にしがみつく。

「歩いていたら、たまたま耳に入ったのじゃ。それよりも、猿に薪奉行なんて大役務まるのか」

「ふん、三郎様にひとりで一日中ついていくことに比べりゃ、屁《へ》でもねえ。見くびるなよ」

あの信長に、冬の間ずっと仕えたことが、確かな自信になっていた。

「それは、ちと考えが甘いのお」

利家の横に並んだのは、白髪の村井だった。

「む、村井様、そりゃ、どういうわけです」

この男の正式な名は、村井〝長門守《ながとのかみ》〟貞勝《さだかつ》という。苦労した商家の老手代といった雰囲気だが、勘定や内政、時には外交さえ一手に引き受ける、やり手の家老である。

「よいか、尾張の国府でもある、この清洲の城の薪全てを差配するのじゃ。台所や風呂、篝火で一日ひとりが数本薪を余計に使うだけで、一年で数百石以上の無駄になるのじゃぞ」

「す、す、すぅ……数百石っ」

掴む格子に、藤吉郎は顔を押しつけた。

「左様じゃ。去年一年では、この清洲の城だけで千石もの薪を使った」

それは、藤吉郎の想像をはるかに超えていた。薪の一石（約百八十リットル）は、相場により変動するがほぼ米の一石に相当する。薪奉行になることは、ある意味、千石の領地の城主になったと同義だと悟る。

体の火照りはどこかへ消え、冬の日のように全身に鳥肌が立ち始める。とうとう格子を掴む手は力を失い、湯桶の中に藤吉郎は墜落した。

「無論、昨年と比べて使う量が多ければ、殿は黙っておらんぞ」

格子窓から、村井の声が落ちる。

「そ、そんな、おいら、算盤もろくにできねえのに」

飛び上がって、また格子にしがみついた。

「もう、遅い。せいぜい手討ちにされんように、精進することじゃな」

気の毒そうに、村井は言う。

「でもよう」と、暢気な声を上げたのは利家だった。「逆に数百石節約すれば、すげえことなんじゃねえのか」

「よう気がついた」と、村井は重々しく頷いた。

「もし数百石の無駄をなくせば、それはつまり数百石の敵の領地を奪ったと全く同じじゃ」

「つ、つまり」

格子の間から、藤吉郎は唾を飛ばす。

「大手柄じゃねえか」

叫んだのは、利家だった。

「そりゃあ、めでてえ。猿が出世する、またとない好機だ」

柏手を大きく打つ。

「よし、前祝いだ。猿、湯がぬるくなったろう。儂が薪をありったけぶち込んで、温めてやる」

「や、やめろ、犬。そんなことしたら薪がもったいねえ」

しかし、利家は返事も聞かず、背中を向けてしまった。

「おうい、城中にある薪を全部持ってこい。猿の出世の前祝いじゃ」

大声をあげて、走り去る。

「よせ、犬っ。戻ってこい。湯なんかいらねえ。水で十分だ。頼むから、余計なことはしないでくれ」

藤吉郎の哀願は、春風に吹き消された。

花弁まじりの風は、格子の隙間を通り抜け、湯殿を華やかに彩った。

第二章

天下人の婚活

一

土と煤《すす》で汚れた小一郎の指が、算盤《そろばん》をゆっくりと弾《はじ》く。藤吉郎はその様子をじっと見ていた。慎重すぎる指づかいのおかげで、玉を弾く音が連なることはない。雨垂れのようで、聞いていると眠気に襲われる。

暖をとるための囲炉裏の火は小さく、藤吉郎は貧乏ゆすりをして寒さをごまかしていた。

気の弱そうな小一郎の顔は、指と同様に煤で真っ黒だ。藤吉郎は己の顔を撫《な》でる。煤の欠片《かけら》が落ちたから、藤吉郎も弟と同じような面相をしているはずだ。

小一郎が、恐る恐る汚れた顔を上げた。

「おらたちが考えたやり方で薪《まき》を使えば、百八十石も節約できる……はずだ……と思う」

また、算盤に目を落とし、間違いがないことを幾度も確かめる。

清洲《きよす》城の蔵の中は、薪が天井まで積み上がっていた。わずかにあった空間に、卓と筆記の道具と蠟燭《ろうそく》を置いている。薪奉行の藤吉郎に宛てがわれた仕事場だ。算盤や読み書きが達者な弟の小一郎を連れてきて、毎日のように薪の使い方を試行錯誤し、一年に使う量の勘定を繰り返してきた。

「いいや、まだ足らん」

藤吉郎は腕を組んで、言葉を継ぐ。

「これはまだ活《い》きた仕事じゃねえ。殿は満足されるだろうが、驚いてはくれねえ」

事実、昨年、藤吉郎は同様に薪奉行をこなし、百五十石の薪を節約し、信長に褒められた。今年はそれ以上の薪の節約を望んでいるはずだ。

「そう考えれば、二百石以上は倹約したい」

「に、二百石と言うたのか」

小一郎は目を剝《む》いた。

「そうじゃ。次は台所の鍋の薪を減らしてみよう。早《はよ》う算盤を弾け」

「勘弁してくれえ」

小一郎が悲鳴を上げて、床に倒れた。

「おら、兄ちゃんと違って畑仕事もあるんだ。そろそろ、中村に戻してくれ」

「弱音を吐くな。ここが正念場じゃ。立たんか、たわけっ」

「藤吉郎様」と、背後から若い声が聞こえた。振り向くと、納戸の入り口に前髪を垂らした少年が立っている。こちらも、顔にいっぱい煤がついていた。名を宮田喜八郎といい、薪奉行の藤吉郎につけられた従者である。

「喜八郎、用なら後じゃ。ほら、小一郎、もうひと踏ん張りじゃ。さっさと算盤弾け」

卓の上の算盤を、無理矢理に小一郎に押しつけた。

「藤吉郎様、今日は前田様の祝言の日では」

「おお、そうじゃ、忘れておった。今日は犬めが、嫁を娶《めと》る日ではないか」

「兄ちゃん、前田様の祝言に早う行った方がええ」

「ふん」と鼻息を吐いて、藤吉郎は小一郎を解放する。

「喜八郎、手ぬぐいを持ってこい」

喜八郎が如才なく用意していた手ぬぐいに顔を埋《うず》め、汚れを落とす。

「珍しいですね。いつもなら、小一郎様がどんなに泣き言を言っても、許さないのに」

「そりゃあ、兄ちゃんと前田様は、身分を超えた朋輩《ほうばい》じゃからなあ」

「なるほど、美しい友垣の情でございますな」

手ぬぐいから顔を引き剝がし、藤吉郎はふたりを睨《にら》みつけた。

「この、たわけどもめ。なんで、おいらが犬めの祝言を祝わんといかんのだ」

小一郎と喜八郎は、目を見合わせる。

「いいか。あの犬めが、とうとう所帯を持つのじゃ。今までのように遊べなくなるはずじゃ。今日は奴《やつ》めの祝言に行って、おいらがいかに気楽な独り身であるかを見せつけて、自慢してやるのじゃ」

道の両脇には、黒や白の漆喰《しっくい》が塗られた商家の蔵が建ち並んでいる。その間を、藤吉郎はのんびりと歩いていた。

さて、犬めをどうやってからかってやろうか、と藤吉郎は首を捻《ひね》る。津島の湊《みなと》に艶のいい遊女が来たらしいから、そこに繰り出す話をしてやろうか。

考えごとをする藤吉郎の前に、普請中の漆喰壁が現れる。どうやら黒漆喰を塗ろうとしているようだ。職人が腕を組んで、しかめ面をつくっていた。商家の主人らしき中年男が、

「しっかりした黒漆喰で塗ってくれ」と注文をつけている。

「旦那、勘弁してくだせえ」と、職人は厳《いか》つい体に似合わぬ弱々しい声を出している。

烏塗《からすぬり》と呼ばれる黒漆喰は、灰を混ぜることで火に強い壁になる。戦乱が続くために、どの商家も黒漆喰の蔵を建てようとするが、原料となる灰が不足し普請が進んでいない。

やがて、利家の小さな屋敷が見えてきた。入り口の門には、裃《かみしも》で正装した武士たちが大勢たむろしている。横には、その何倍も大きな屋敷があるが、人はおらず閑散としていた。利家の兄のいる本家だ。一昨年の稲生《いのう》の戦いで、前田本家は織田信勝に味方したために、信長によって閑職に追いやられたのだ。

一方、目の下を射貫かれつつも兜首《かぶとくび》をあげた利家は、小さいながらも分家を構えた。祝言の今日は、門から人が溢《あふ》れるほどだ。この手柄に、藤吉郎も貢献しているので鼻が高い。

「犬、おいらだ」と叫べば、利家が人垣をかき分けて出迎えてくれるだろう。が、それでは面白くない。今日の目的は、いかに利家をからかうかだ。

賑《にぎ》やかに話し込む武士たちを尻目に、藤吉郎は屋敷の裏へと回る。垣根があり、その横に大木があるのは知っていた。木肌に手足をかけて登りはじめた。

利家がいるのか、花嫁がいるのかはわからない。利家がいれば、さんざんに独り身の良さを自慢してやるのだ。花嫁だけなら、家を出ていかぬ程度に利家の悪行を告げ口してやろう。

庭が見え、質素な屋敷がある。縁側に少女がひとり座っていた。勝ち気そうな目で、庭の花を眺めている。

「松」と声がして、屋敷の奥から現れたのは利家だった。目の下の傷をかきつつ、縁側に座る少女の横に腰を下ろす。利家の妻となる女性の名が松だったことを、藤吉郎は思い出した。

「おい、犬」と声をかけようとして、藤吉郎の口が固まる。

——なんだ、あれは。本当に犬か。

腕で目を強くこすった。よく知る悪友とは違う空気を、身にまとっている。

「知ってはいると思うが、儂《わし》はどうしようもない男だ」

独白のような利家の言葉だった。松と呼ばれた少女が、こくりと頷く。

「槍《やり》働きしか能がない。そのくせ、合戦ではいつも後先考えずに、皆に迷惑をかける」

利家は、ため息を長く吐き出した。

一方の藤吉郎は、息を殺してふたりの様子を見つめる。

「前の戦いでもそうだ。猿——藤吉郎がいなければ、生きてさえもいなかった」

頭を童のようにかきむしった。

「この性分は治そうとしても、治らん。だから、松よ、見限るなら今のうちだぞ。出ていっても、儂は何も言わん」

松の返答はなかった。かわりに横にあった利家の手に、小さな掌《てのひら》を重ねる。利家の長い指が絡まった。

「松、ありがとう。儂はどうしようもない男だが、信じた者だけは裏切らない。殿や猿、そしてお前だけは、絶対に裏切らない」

ふたりの掌が、癒着するかと思うほど固く握られた。

枝から腰を浮かし、腹に木肌をこすりつけるようにして、根元に降りた。

「いい男になりやがって」と呟《つぶや》いて、歩き出す。

利家は顔もいいし、腕もたつ。だが、それらが些事《さじ》に思えるほど、かっこ良かった。理由は、自問せずともわかる。

妻を迎えるからだ。

門に溢れていた客が、屋敷の中に誘《いざな》われたのだろう。喝采や歓声が、藤吉郎の耳に聞こえてきた。

「畜生」と、呟く。

「おいらも男になりてえ」

天に向かって、声を吐き出した。

「所帯を持って、犬のように一人前の男になりてえ」

二

「それにしても、嫁探しってのは上手《うま》くいかんもんじゃ」

頭を盛大にかきつつ、藤吉郎は清洲の城下町を歩いている。

前田利家の祝言を見てから、さっそく藤吉郎は嫁を探そうとした。寺社の祭礼の日に、男女入り交じった嫁婿探しの宴《うたげ》があると聞けば、必ず足を運んだ。村のお節介婆《ばばあ》や有力者に頼んで、女人を紹介してもらいもした。だが、それらはことごとく上手くいかない。

そうこうしているうち、季節は春になり夏を過ぎ、秋になってしまった。

利家の家を覗《のぞ》くために登った大木は、鮮やかに紅葉し、もうすぐ一年が経《た》とうとしている。

――おいらみたいな猿顔で矮軀《わいく》で、下品で短足で喧嘩《けんか》も弱くて、歌も下手で書物もろくに読まねえ男が、活きた祝言を挙げるには、どうすればいいんじゃ。

道端の石を思いっきり蹴る。

「あーあ、どっかにおいらのことを好いてくれる女は落ちとらんかなあ」

贅沢《ぜいたく》は言わない。できれば別嬪《べっぴん》で気立てが良く素直で、料理も上手で、旦那の仕事を手伝ってくれて、小遣いに不自由しないくらい金持ちで、さらに今後の出世のことも考えて家柄が良いだけで十分なのだ、と藤吉郎は謙虚に欲する。

とにかく、祝言の前に女人といい仲になることだ。実家が名字なしの百姓の藤吉郎には、縁談の話はこない。

どこかの家柄のいい女と恋仲になり、祝言までこぎ着けるしかない。

だが、哀しいかな、藤吉郎は己の面相が女にもてぬことも知り尽くしている。

「なあ、どうすりゃ、女にもてるんじゃ」

しゃがみ込んだ藤吉郎が話しかけたのは、道端の地蔵である。

「教えてくれよ。童の頃、お供えの団子を食ったことは謝るから」

両手を合わせるが、無論のこと返事はない。

後ろから、女たちの嬌声《きょうせい》が聞こえてきた。

「まあ見て、次兵衛様よ」

「あれが柴田様も一目置く噂《うわさ》の」

往来の真ん中を、がに股で歩く武者がいた。背後には、数人の従者を引き連れている。

藤吉郎は目を細めた。男は百姓のように色が黒く、馬子にも衣装という言葉がしっくりとくる裃姿で歩いている。腰に差した豪華な刀も、百姓然とした歩き方にあっていない。

武者の顔がわかる近さになって、「ああっ」と藤吉郎は声を上げてしまった。猪《いのしし》のように上を向いた鼻が見えたからだ。慌てて駆け寄ると、男も足を止める。

「あ、あんた、次兵衛じゃろ。吉田村の次兵衛か」

「おぉ、誰かと思ったら、儂のかわりに殿様の草履取になった男ではないか。草履取の仕事には精を出しておるか」

「出しておるか、ではないわ。今、おいらは薪奉行じゃ」

「それは重畳。互いに出世したものよ」

まるで、生まれながらの武士のような言葉遣いだった。

「それよりも、一体、何があったのじゃ」

藤吉郎は指を次兵衛の顔から、腰の豪華な刀、そして後ろに控える従者たちにやり、最後に顔を左右へやった。いつのまにか女たちが次兵衛を囲み、熱い目差《まなざ》しを送っている。

「確か、柴田様の草履取になるって。どうして、草履取が従者を引き連れて……」

「無礼であろう」と、注意したのは次兵衛の背後にいる従者だった。

「よいよい」と大仰に手をふり、次兵衛は従者たちを制した。

「猿顔のあんた、名前はなんちゅうた」と、もう言葉は以前のように戻っている。どうやら、出世したことを自慢するため、無理に侍言葉を使っていたようだ。

「藤吉郎じゃ」

「そう、藤吉郎殿、あんたの言う通り、儂はちょっと前まで柴田様の草履取じゃった」

「それが、どうして、こんな立派な身なりと女を……」

「うふふふ、知りたいか」

吉田次兵衛は得意気に語り出した。

柴田勝家の草履取になった次兵衛だが、意外な才があったという。それは槍である。試しに稽古で手槍を振ってみたところ、次々と侍たちを倒した。では、ということで、次は合戦で足軽に組み込まれる。そこで大活躍して、一躍名字持ちの侍になったというのだ。

ちなみに稲生の戦いで、柴田勝家は信長の敵に回った。その後、柴田勝家が擁した織田信勝は降伏したが、所領は安堵《あんど》される。その信勝に再び叛意《はんい》ありと密告したのが、柴田勝家だ。その功をかわれ、以前よりも重きをなすようになっている。

「し、信じられん」

「儂もそうじゃ。まさか、槍の才があったとはな。今じゃ、吉田村一の出世頭よ」

「たわけ、そっちじゃねえ」

唾を飛ばし、詰め寄る。

「不思議なのは、あんたが出世したことじゃねえ。あんたが、女にもてることだ」

藤吉郎は地団駄を踏むと、次兵衛は「はぁ」と発する形に口を開けた。

「考えてもみろ。次兵衛もおいらも、顔の悪さはそんなに変わらん」

次兵衛の眉間に皺《しわ》が刻まれる。

「猿と猪じゃ」

横にいる従者たちが、ぷっと吹き出した。

「いや、鼻毛が出ている分、あんたの方が下じゃ」

「ほっとけ」と言いつつ、次兵衛は鼻に手をやって慌てて毛を抜き始めた。

「姿形もそうじゃ。おいらは短軀だが、あんたはがに股じゃ。いちもつぶら下げるような歩き方しかできんあんたより、おいらの方が品がある」

「で、でかくて、何が悪い」と、次兵衛は見当違いの自己弁護をする。

「最も納得がいかんのは、手柄じゃっ」

さっきよりも何倍も大きく地団駄を踏んだ。

「あんたは兜首をあげたというが、おいらも薪奉行で百五十石も倹約した。村ひとつを領地にしたようなもんじゃないか。どう、考えても、おいらの百五十石の手柄の方が大きいはずじゃ」

「確かに」と、呟いたのは次兵衛の従者たちだった。

「なのにっ、何でっ、次兵衛は女にもてて、おいらには声ひとつかからんのじゃ」

「ふふふ、藤吉郎殿よ」

急に勝ち誇りはじめる次兵衛。口調もなぜか侍言葉に変わっていた。

「その理由は簡単じゃ。教えてしんぜよう」

「かんたん？」

「そうよ。世は乱世。女はな、合戦に強い男を求めておる」

藤吉郎の全身を雷が貫いた。

「藤吉郎殿、武勇でも知略でも、何でもいい。合戦で手柄があって、初めて女は振り向くのよ。それが乱世ってもんじゃ。考えてみれば、わかろう。あんたのようにちまちまと薪を倹約しても、戦が弱ければ、すぐに敵に奪われちまう」

藤吉郎は立ちくらみを感じた。

「いい女と恋仲になりたければ、儂のように手柄を立てることじゃ。合戦でな。まあ、藤吉郎殿は槍働きはできそうにないから、知略を働かせることじゃ。さすれば、女などは、ほれ」

次兵衛が顎をしゃくると、嬌声が左右から沸き上がった。

「儂みたいな鼻毛が伸びた男でも、選びたい放題じゃ」

あとは高笑いを響かせて、次兵衛は往来の真ん中を突き進む。背後から、女たちがぞろぞろとついていった。

「合戦で手柄を立てる」

ぽつりと呟く。

「おいらに、そんなことができるのか」

視線を感じて、横を向いた。地蔵がこちらを見ている。

「けど、やるしかねえ」

三

「おい、本当に、こ奴は信用できるのか」

陰気な目で睨んだのは、簗田《やなだ》出羽守という織田家の家老だった。一見すると、文弱の男のような線の細さがあり、顔も病人のように土気色だ。

「いくら、殿の命とはいえ、こんなうろんな男を謀《はかりごと》に引き入れるなど……」

言いつつ、刀を手にとったので、藤吉郎の体にたちまち震えが走った。

藤吉郎は、信長に武功を稼ぐ仕事をくださいと直訴したのだ。周囲は藤吉郎の願いを身の程知らずと馬鹿にしたが、信長は違った。薪奉行の仕事ぶりを評価してくれていたのか、意外にも快諾する。そして、簗田出羽守の屋敷を訪ねろと命じたのだ。

ここは、清洲城下にある簗田出羽守の屋敷の一室である。三人も入れば息苦しさを感じるほど狭い。昼だというのに窓を全て閉め切っており、隙間から漏れる光と燭台《しょくだい》の明かりだけが、薄暗く辺りを照らしていた。

「まあ、待て、簗田殿」

制止したのは、灰髪の男だった。頭髪は老夫のようだが、顔は若い。森〝三左衛門〟可成《よしなり》である。

「森よ、こ奴は名字もない百姓だ。流民と変わらん。信がおけん」

簗田出羽守は、取り上げた刀の鯉口《こいぐち》を躊躇《ちゅうちょ》なく切った。

「その理屈なら、俺にも信がおけんということになるな」

森三左衛門は、もとは美濃《みの》の斎藤道三《どうさん》の家来だ。道三が息子の義龍《よしたつ》に弑《しい》された時、尾張《おわり》の信長の下へと亡命する。そこで、森三左衛門は頭角を現した。

簗田出羽守と森三左衛門は睨みあう。藤吉郎が言葉を差し挟む隙はなかった。

「森が信に足ると言うなら、儂は従おう」

簗田出羽守は刀を床に置いた。藤吉郎は胸をなで下ろす。と同時に、とんでもない場に放りこまされた、と不安になる。

藤吉郎は、目の前にある絵図を見た。尾張の地図だ。中心には、尾張の地に深く食い込んだ今川家のふたつの城が書かれていた。鳴海《なるみ》城と大高城である。

「さて、猿よ」

簗田出羽守の険のある声に「は、はい」と藤吉郎は慌てて答える。

「我らが殿から受けた下知は、ひとつだ」

簗田出羽守は、指を鳴海、大高の順に指し示す。

「このふたつの城を落とす策を考えることだ」

藤吉郎は唾を呑《の》み込んだ。

「それも、ただ攻め落とすのではないぞ。ひと月とかけずに、だ」

森三左衛門の声は大きくはないが、ずしりと藤吉郎の肚《はら》に響いた。まさか、そんな大それた謀略の場に、参加させられるとは思ってもいなかった。

「幸いなことに、この二城はもとは織田方の城。絵図面はある」

森が灰髪に手をやりつつ促すと、簗田出羽守が背後からさらに二枚の絵図を取り出した。

「では、まずは大高城だ。ここで厄介なのは、虎口《こぐち》だが……」

「こぐちって何ですか」

滑らかに動いていた簗田出羽守の口が固まる。

恐る恐るという風情で、ふたりが藤吉郎を見た。

「さ、猿、まさか虎口を知らぬのか」

簗田出羽守の問いに、大きく頷いた。

「虎口というのはな、城の門にある……」

「よせ、簗田殿」

苦々しげな顔で言ったのは、森三左衛門だ。

「時が惜しい。知らぬなら、鳴海の話が先だ。鳴海で厄介なのは、馬出《うまだし》だが……」

「うまだしもわからないです」

今度は、灰髪の森三左衛門の表情が固まる。

「まさか、猿、貴様、城攻めをしたことは」

「ないです」

手をついて崩れそうになった上体を支えたのは、簗田出羽守だった。森三左衛門は額に手をやって、呆《あき》れている。

「だって、仕方ないでしょうっ。城攻めって聞いてなかったし。薪奉行が、城攻め手伝わされるって思う方がおかしいでしょう。わかってれば、おいらだって、少しは……」

「猿、お前は隅っこで我らの話を黙って聞いておれ。邪魔はするなよ」

「いやです」

森三左衛門の全身が固まった。怒りで、灰色の髪が微《かす》かに立ち上がっている。

「おいらも役に立ちたいです。隅っこで話聞いてるだけじゃ、手柄は立てられません」

「わがまま言うなっ」

「わがままじゃないです！　いい嫁をもらうためには、譲れません」

両の拳で、力の限り床を叩《たた》いた。

「おいらも考えます。こ、こ、こぐちやうまだし、が、わからなくても、必死に知恵を絞ります。だから、お願いします。おいらにも考えさせてください」

ふたりは同時にため息をついた。

「わかったから、黙れ。簗田殿、敵の城将の名前を書きつけたものがあったろう」

舌打ちしつつ、簗田出羽守は一枚の書付を取り出した。何人もの名前が羅列されている。

「城のことがわからぬなら、敵の名を見て、何か考えておけ」

「もっとも、名前を見て策が思いつくなら、苦労はないがな」

「あ、ありがとうございます。おいら、一生懸命考えます」

藤吉郎は、両手で一枚の紙をおしいただく。床に置いて、むしゃぶりつくようにして見る。

幸いなことに、漢字や仮名は草履取になってから必死に勉強したので、なんとか読めた。

岡部五郎兵衛、葛山《かつらやま》備中守、三浦左馬助、飯尾《いのお》豊前守《ぶぜんのかみ》、浅井《あざい》小四郎。

むむむ、と唸《うな》る。藤吉郎でも知っている勇将知将ばかりだった。

四

尾張の平野では、白や黄の花が色を添えはじめている。その中で、今川軍が勇ましく調練していた。まるで駿河や遠江《とおとうみ》で槍を振るうかのように、我がもの顔である。背後には、海と川に面した大高城と鳴海城が見えた。

百姓の単衣姿になった藤吉郎は、鍬《くわ》を持ち散策する振りをしつつ、その様子を窺《うかが》う。口元の薄い髭《ひげ》を撫で、考えた。

――さて、飯尾豊前守はどこにいるやら。

飯尾豊前守は、鳴海、大高を守る今川方の城将のひとりだ。かつて藤吉郎が遠江で仕えていた松下源左衛門の寄親《よりおや》である。松下家に仕官する時に、藤吉郎が賄賂を送った男だ。今でも顔はよく憶えている。頬が痩《こ》けて筆先のような細い口髭を持っていた。銭や儲《もう》け話を前にすると、「うふっ」と女のような笑い声を上げる癖がある。藤吉郎は、この飯尾豊前守こそが鳴海、大高の弱点と見込んだのだ。

――とにかく、会ってみることじゃ。勝負はそれからじゃ。

街道を歩いていると、あちこちで今川軍とすれ違った。尾張織田家の桶側胴《おけがわどう》と違い、古風な胴丸を着ている。

ふと、藤吉郎の首が動く。

視界の隅に、見覚えのある槍が林立していた。槍足軽の一隊が、こちらへとやってくる。先頭の武者は、蟹《かに》の形をした飾りがついた兜をかぶっていた。優しげな目が、団栗《どんぐり》のようだ。

「ま、まずい」

道の向こうからやってくるのは、松下〝加兵衛〟之綱ではないか。かつて、藤吉郎が遠江で仕えていた主《あるじ》の嫡男だ。藤吉郎は左右に素早く目をやる。隠れるところを探すが、周りは見晴らしのいい畑や田んぼばかりである。

――ええい、ままよ。

藤吉郎は、道を外れる。すでに十分に耕された畑に立ち、鍬を振るった。

迂闊《うかつ》だった。松下家は飯尾家の与力だ。今回の軍役に参加して当たり前だ。

松下家の足軽が、すぐ後ろを通る。藤吉郎は身を硬くして、やり過ごした。

足音が遠くなって、顔を道に向ける。槍足軽の隊列が小さくなっていく。途中で止まり、片側によった。皆が頭を下げる。ということは、松下家より高位の侍が通るということだ。

先頭を歩む武者に、見覚えがあった。痩けた頰と、筆先のような細い口髭がある。

間違いない。飯尾〝豊前守〟連竜《つらたつ》だ。

「覚えておるぞ、その猿顔」

鳴海城のほど近くにある善照寺という古刹の境内で、藤吉郎は飯尾豊前守に見下ろされていた。

「儂の口利きで松下家の家来にしてやったというのに、聞けば出奔したそうじゃの」

細い髭をいじりつつ、眼光を強めた。

「実は、それには訳があります」

藤吉郎は飯尾の言葉を遮った。

「おいらがお仕えしたかったのは、松下様ではありませぬ。もっと器が大きいお方にお仕えしたかったのです」

「ふん、何をほざく。では、その器の大きいお方とは誰じゃ」

「それは、今おいらの目の前におられる、飯尾豊前守様、あなた様でございます」

髭を弄んでいた手が止まった。

「おいらは尾張から駿河までの東海四カ国をこの目で見て、確信いたしました。天下に英雄と思うお方は、飯尾様以外におりませぬ」

飯尾は惚《ほう》けたような顔を向ける。

「武勇、知略、民を思う心、そして何よりは銭をせびる……いや、天下国家の将来を見据えた蓄財の才。飯尾様ほどのお方が、この世におりましょうか」

さすがに、世辞が露骨すぎたか。飯尾の体は凍りついたように硬まっている。

突然だった。飯尾の顔がぐにゃりとひしゃげる。

そして「うふっ」と気味の悪い声を漏らした。

「貴様、猿顔のくせにようわかっておるではないか。そうか、儂の下で働きたかったのか。なのに、松下ごときに斡旋《あっせん》して悪かったのお」

目を糸のように細めて喜んでいる。

「確かに、貴様の言う通りよ。松下の器量は小さい。病床にある父親の源左衛門まではよかったが、息子の加兵衛はてんで駄目だ。図体《ずうたい》はでかいが、のろい男でなあ」

「それは酷でございましょう。飯尾様に比べたら、全ての士は愚図でございますから」

藤吉郎の世辞に、飯尾がくすぐられたように笑う。

「そこまで儂を慕っておると知っていれば、我が家来として雇ってやったものを」

「いえ、おいらが持参した程度の銭で、飯尾様のような名将の下で働こうなど、最初から虫のいい話と存じておりました」

さもあろう、という具合に頷く飯尾。

「そして、おいらが出奔したのもそこでございます。飯尾様にお仕えするための持参金を得るため、松下家を離れたのです。それが用意できるまでは、飯尾様の目の前には現れぬ、と決めたのです。そして、やっとその目処《めど》がたちました」

「天晴《あっぱ》れな心がけじゃ。では、さっそくその銭をよこせ」

「ここにはございませぬ」

「なに」と、嚙《か》みつくように飯尾は睨んだ。

「おいらが持参したのは、銭ではありませぬ。儲け話でございます。もし、ご興味がおありなら、おいらを大高城の兵糧蔵へと誘ってほしゅうございます」


蔵の中にずらりと並ぶ米俵は壮観であった。

「ふん、どうせ兵糧を横流しして、銭に換えようという魂胆だろう」

飯尾は勝ち誇ったように言う。

「さすがは、おいらが大器と見込んだお方。ご明察でございます」

藤吉郎は大げさに驚いてみせる。

隣にいる小一郎が、不安そうな目差しを送ってきた。大高城へ案内されると決まった時に、呼び出したのだ。交渉には、算盤に強い者がいた方がいいとの判断である。

「さて、猿よ。では、いかほどの値で買おうというのだ」

地主が小作に訊《き》くかのような口ぶりだ。駿河で出会った時から、飯尾には兵糧横流しの黒い噂があったが、ここ尾張大高城でも変わらぬようだ。

「おい」と、藤吉郎は首をひねり、弟に指示を出す。小一郎は飯尾の前に算盤を持っていき、恐る恐る指を動かす。

「米一俵を、このぐらいで譲っていただけませぬか」

飯尾の顔が、たちまち歪《ゆが》んだ。

「馬鹿にするな。そんな値なら、他に売りつけるわっ」

藤吉郎は、わざとらしく咳払《せきばら》いをした。何事かと、飯尾の罵声も止《や》む。

「おいらは一俵あたりの値で、飯尾様を小さく儲けさせようとは思いませぬ」

「どういうことじゃ」

「この蔵全ての米を売ってしまいなさい」

「な、な、な」

さすがの飯尾も絶句する。

「全部って、兄ちゃん、そんなことしたら飯尾様が横流ししたって、ばれるじゃねえか」

「そ、そうじゃ。ばれれば、儂の首が飛ぶのじゃぞ」

飯尾も指を突きつけて叱りつけた。

「いえ、ばれても大丈夫でございます」

小一郎と飯尾が目を見合わせた。

「ひとつお訊きします。ここ大高は、前はどなたのお城ですか」

「まどろっこしい訊き方をするな。山口左馬助に決まっておろう」

鳴海、大高、そして内陸にある沓掛《くつかけ》は〝鼎《かなえ》の三城〟と呼ばれ、もともとは織田家の山口左馬助の所領だった。だが、山口左馬助は今川家に寝返る。今から八年前のことだ。しかし、裏切りの代償は大きかった。織田家の偽書に騙された今川義元によって、山口左馬助は処刑されてしまったのだ。

「では、この兵糧は山口左馬助が治めていた頃から、つまり飯尾様たちが入城される前からあったものでございますな」

「当たり前じゃ。一年二年でこれだけ貯《た》まる訳がなかろう」

「では、その時の蔵奉行は」

「ふん、織田の卑劣な偽書で、山口左馬助が処刑された時、逐電してしまいおった」

「そうか」と、呟いたのは小一郎だった。藤吉郎の考えに気づいたのだ。

「飯尾様、兄ちゃんの謀がわかりましたぞ。偽の米俵です。ここにあるほとんど全てを、米ではなく砂の詰まった俵に換えるのです」

「だから、それでもいずれはばれる。その時に罰されるのは、今の蔵奉行の儂じゃ」

話にならぬと言いたげに、飯尾は踵《きびす》を返す。

「その時は、罪を山口左馬助に仕えていた蔵奉行にかぶせればよいのです」

言ったのは、藤吉郎と小一郎の二人同時だった。離れようとしていた飯尾の足が止まる。

「幸いなことに、当時の蔵奉行は逐電して行方知れず」と、藤吉郎。

「きっと、皆、山口左馬助配下の奉行の仕業と思いましょう」と、小一郎。

藤吉郎は駄目押しの説得を繰り出す。

「逆に、飯尾様が通報するのです。蔵奉行として調べてみれば、山口左馬助が貯めていた兵糧の中身はほとんど砂だった、と。まさか初めに見つけた者が下手人とは、誰も思いはしないでしょう」

しばらく背を見せて、飯尾は沈黙していた。

「うふ、うふふ」と女の含み笑いのような音が、飯尾の体から漏れている。

振り向いた飯尾の目尻は、だらしなく下がっていた。

「おいらの提示した値が低いのは、偽の俵をつくる手間賃とお考えください。一俵あたりの値は低うございますが、ここにあるほとんど全てを銭に換えれば」

「ははは、ちまちまと横流ししていた己が馬鹿のようじゃのう」

口を開けて、飯尾が豪快に笑う。

「さすがに全てを売っては、謀が成る前にばれます。偽の俵に換えるために二十日の時は必要。二十日分の兵糧以外は、全部金に換えましょう」

藤吉郎は、小一郎に目配せする。算盤を再び飯尾の前に持っていき、緩慢な指づかいで弾く。飯尾の取り分が提示された。

「うふっ、気に入ったぞ、猿。見事、儂を儲けさせたら、足軽として雇ってやるぞ」

「ま、まことでございますか」

嬉《うれ》しさのあまり、藤吉郎は膝から崩れ落ちた。芝居ではない。ここにある兵糧のほとんどを売ってしまえば、大高城は落ちたも同然だ。そして、残りの鳴海城も連携がとれずに崩壊する。

五

夜、太刀のような形の三日月に見守られて、清洲の城に続々と米俵が運ばれてきた。

「早くしろ」

「夜が明けるまでに蔵にいれろ」

顔色の悪い簗田出羽守と灰髪の森三左衛門が、人夫たちを叱咤《しった》していた。藤吉郎が謀で買った大高城の米を、清洲の蔵に移しているのだ。

「猿、ようやったな」と、森三左衛門が笑みと共に振り向く。

「はい。しかし、少々、銭がかかってしまいましたが」

「構わん。かかったといっても、町で購《あがな》うより安い。のう、簗田殿、そう思うだろう」

忙《せわ》しげに人夫に指示する男に声をかける。

「ふん、おかげでこちらは徹夜仕事よ」と、簗田出羽守は振り返りもせず答える。

「申し訳ありませぬ。おいらも手伝います」

「黙れ。貴様はこたびの謀の殊勲者だ。大人しく、そこでふんぞり返っておればいいのだ」

簗田出羽守に、叱りつけるように褒められてしまった。誇っていいのか、恐縮していいのかわからず、藤吉郎は立ち尽くす。

「見事だ、猿よ」

突然、耳元で囁《ささや》かれた。

慌てて振り向くが、誰もいない。皆が同じ動作をしていることに気づいた。

目をさらに先へやる。本丸に続く石段から、武者が近づいてくる。腰は柳のように細く柔らかいが、目は夜空にある三日月よりも鋭い。織田〝上総介《かずさのすけ》〟信長だ。

慌てて平伏しようとする藤吉郎らだったが、「時が惜しい。続けろ」と叱りつけられた。

信長は腕を組み、無言で人夫たちの仕事を見守る。

やがて、夜が白み始める。残す俵は、二十に満たない。

「よし、簗田、森、猿、ついてこい。あとは人夫どもに任せろ」

信長が背を向けて、石段を昇る。本丸にある屋敷へと、三人は誘われた。玄関は通らない。石がまばらにある庭を、信長は大股で横切る。藤吉郎らは、無秩序に配された石を避《よ》けて、続く。

「上がれ。礼は不要だ。猿もだ。早くしろ」

信長と共に三人は、縁側に上がる。朝日が顔を出し、石が長い影を地に描いた。

「これから策を言う」

伸びる影に向かって、信長は言葉を継ぐ。

「大高、鳴海の城を囲む。丹下、善照寺、中嶋、鷲津《わしづ》山、丸根山の五つの場所に砦《とりで》を築け」

いずれも集落や寺、古砦、丘がある場所だ。要害を築くのに、数日とかからないだろう。

何より、この五つの砦は大高と鳴海を分断し、包囲する位置にある。

「今なら兵糧のない大高はひと月ともたずに落ちますな。采配は、ぜひそれがしに」

森三左衛門が信長に近寄る。

「いえ、拙者にお命じください。大高だけでなく鳴海、沓掛も落としてご覧にいれます」

森と簗田が競うように言上するが、信長の表情は不変だ。

「大高と鳴海は落とさん」

ふたりが首を傾《かし》げる。

「もし兵糧攻めで大高が落ちそうなら、包囲を緩め、今川の兵糧入れは見逃せ」

「ど、どういうことでございますか」

叫んだのは、藤吉郎だった。

「おいらの策が無駄だというのですか。大高の米蔵を空にするために、どれだけ危ない橋を渡ったとお思いですか。おいらは活きた働きをしたはずです。それを、無にするかの……」

藤吉郎が口を噤《つぐ》んだのは、信長があまりにも真剣に庭の石を見ていたからだ。

「猿はよくやった。だが、己の目的は城を落とすことではない」

指を庭に配された大小様々な石にやる。腰をかけられる大きな石が池の畔《ほとり》にふたつあり、それを囲むように小さな石が五つあった。

「何か気づかぬか」

信長に訊かれて、三人は同時に声を上げた。

「こ、この庭は尾張……」

藤吉郎たちは、やっと悟った。信長の目の前の庭が、尾張の地図になっていることを。何気なく配されたかのような石が、尾張各地の城を表しているのだ。

「一番近くにある大きな石ふたつが、大高と鳴海の城だ」

目線を少しずらすと、ふたつの大石から少し離れてまた大きな石があった。

「では、あれは沓掛城ですか」

簗田出羽守の言葉に、また信長が頷いた。

「小さな五つの石は、これから築く砦でございますな」

「そうだ。庭の一歩が実際の一里にあたる」

大高と鳴海と五つの砦は半歩、沓掛城をいれても二歩の間合いで密集していた。

「そして、あれが今川の本拠である駿府《すんぷ》だ」

信長は入り口近くにある石を指さした。

「遠い」と、三人がまた同時に口にした。大高や鳴海と違い、駿府の石は遥《はる》か遠く離れている。三十歩ほどはあろうか。三十余里（約百二十キロメートル）の距離ということだ。

「治部《じぶ》（今川義元）めが、伊勢湾を支配しようとしているのは知っているな」

三人が頷く。庭にある池が伊勢湾の形を模していることに、藤吉郎は気づいた。伊勢湾は巨大な商圏で、津島神社や熱田《あつた》神宮の神官らが支配している。海に面した鳴海、大高の二城を手にいれた今川家は、この商圏にも侵略の手を伸ばしていた。津島や熱田の神官から独立した、独自の商圏を築きつつある。

「商いの利を握る津島や熱田の神官に対抗するために、今川家は服部坊主どもを援助している。もし、鳴海・大高が落ちれば、服部らもお終《しま》いだ」

服部坊主とは、尾張との国境にある伊勢国長島を本拠とする一向宗のことだ。

「そうなれば、今川の金看板に傷がつきますな」

話がややこしくなり、藤吉郎は簗田と森に目で助けを求めた。森三左衛門が灰髪をかきあげつつ、教えてくれる。

「つまり治部めは、なんとしても大高と鳴海の城が落ちるのを阻止せねばならんのだ。少々の無茶をしてもな。それほどまでに、伊勢湾の商いは大きい」

引き取るように、簗田出羽守も教える。

「それも、大高の兵糧のある二十日のうちにだ」

遠く離れた駿府を模した大石を、藤吉郎は再び見た。

「無理です。陣触れをして、二十日で尾張につくなど」

「できる。否、今川家はやらねばならぬのだ。今までの支援と服部坊主らからの信用が無になるゆえな」

藤吉郎の言葉を即座に否定したのは、信長だった。

「治部めは名将よ。なればこそ、伊勢湾がいかに重要かをよく知っている。そして、名将なればこそ、大高の兵糧が尽きるまでに来る。大高からの報告に三日、陣触れと準備に十日、駿河から大高まで七日といったところか」

「な、七日ですかっ」

三人が叫ぶ。一日に五里（約二十キロメートル）もの距離を進む勘定になる。

「己が狙うは大高と鳴海ではない。この二城を助けるためにくる、ある男の首だ」

「それは……」

名を言おうとして、三人は唾を呑み込んだ。

今川〝治部大輔《じぶのたいふ》〟義元――海道一の弓取りにして、天下人に最も近い男だ。

「尋常に立ち合っても、治部めには勝てん」

いつのまにか、信長の顔が険しくなっている。

「ならば、一か八かだ。機を見て、奴の本陣へと切り込む」

――な、なんて、お方だ。

義元への強襲が失敗すれば、間違いなく織田家は滅亡する。信長は、己の命を種銭にして、博打《ばくち》を打たんとしているのだ。

あまりにも無謀な賭けだ。遠路疲れているとはいえ、今川家は織田を凌駕する大軍である。

が、どうしてだろうか。恐れとは別種の震えが、藤吉郎の全身を駆け巡る。

藤吉郎らは知っていた。信長の過去のどの合戦も、全て少数で大敵を打ち破るものだったことを。信長ほど、天才的な野戦の将はいない。さらに、信長自身が鍛えた屈強の馬廻衆《うままわりしゅう》がいる。

——殿が采配する馬廻衆が、もし治部めの旗本に運良く遭遇すれば。

先程よりずっと大きく、藤吉郎の五体が震えた。

——これは決して夢物語じゃない。

「我が齢《よわい》は、二十七。人間《じんかん》五十年には及ばぬ。だが」

顔を割るようにして、藤吉郎の主君は笑う。

「乱世に生を享《う》けた男児としては、十分よ。ここで死んで何の悔いがあろうか」

六

帰って畑を耕したいと駄々をこねる小一郎を、藤吉郎は喜八郎と一緒に引きずっていた。

城内には、足軽や侍がひしめいている。とうとう、今川義元が駿河を発したと、報告があったのだ。その数約四万。小一郎は、藤吉郎の従者として無理矢理に駆り出されたのだ。薪奉行という役付きの身分なので、藤吉郎だけに一室が宛てがわれている。といっても、板間はなく、床は全て固い土間だ。

「小一郎よ、畑、畑、畑とゆうが、今川に攻められたら、田畑は焼かれるのじゃ。そう考えれば、おいらが武功をあげるのも畑仕事のひとつじゃ」

無茶苦茶な理屈で、己の一室へふたりを招き入れようとした。藤吉郎の足が止まる。中に誰かがいる。土間には薄い筵《むしろ》が敷かれており、その中央で背の高い男が尻をこちらに向けて寝転がっていた。顔を確かめるまでもない。前田〝又左衛門〟利家だ。

「こらっ。でかい図体で横になったら、おいらたちが入れんだろう」

上半身を持ち上げ、利家は欠伸《あくび》で応《こた》える。

「犬、お前、今はどこの与力じゃ。林様か、それとも柴田様か。そっちの陣屋へ行け」

「それだけどよぉ、猿」

胸をかき、利家は言葉を継ぐ。

「実は、また追い出されたんだ。だから、今度は猿の下で働かせてくれよ。前の恩返しだ」

「お前って奴は、全く」

へへへ、と利家は照れを隠すように笑う。

「今度はどこを追い出された。せっかく、前田本家から独立できたってのに」

「実は与力を追い出された訳じゃねえんだ」

利家は頭をかく。

挙動不審な喜八郎の姿が、視界の隅に映った。嫌な予感がする。

「も、申し訳ございませぬ。藤吉郎様は大高城の調略でお忙しいゆえ、心を乱してはならぬと黙っておりましたが、実は前田様は……」

「ど、どういうことじゃ。犬は何をしでかしたのじゃ」

「斬っちまったんだ」

まるで野菜を切るかのように言ったのは、利家だった。

「斬るって何を」

大根や魚でないことはわかっているが、藤吉郎は訊かずにはおれなかった。

「拾阿弥《じゅあみ》よ」

「じゅ、拾阿弥だと。まさか、茶坊主の拾阿弥様のことか」

信長から寵愛《ちょうあい》を受けている茶坊主だ。噂では、衆道の相手も務めているという。

「拾阿弥とは、ちと因縁があってな。それでかっとなって、奴めを斬っちまった」

「で、では、追い出されたというのは……」

「織田弾正忠《だんじょうちゅう》家よ。三郎様にとうとう嫌われちまったのだ。みんな、薄情者だ。柴田の親父も林様も、儂を疫病神扱いしやがる」

さすがの利家も肩を落とすが、藤吉郎はそれどころではない。

「で、出ていけ」

唾を飛ばし、怒鳴りつけた。

「なんでだよ」

「貴様がいれば、手柄が立てられん」

合戦で重要なのは、主君の目にとまることだ。そのために武者は独自の馬印をつくり、己を目立つようにする。長身の利家がいれば、馬印のかわりになる。が、それは悪い意味で、だ。信長が利家を見つければ、必ず視野から追い出す。藤吉郎がいくら頑張っても、信長の記憶には残らない。

「いいじゃねえか。儂が見継《みつぎ》（証人）をしてやるから」

「たわけっ。織田家を追い出された者の言うことなど、誰も信用せんわ。今すぐ出ていけ」

「いいのか、戦場では従者が必要だろう」

「小一郎と喜八郎がいる。お主などいらん」

一転、利家の顔が険しくなる。

「小一郎、喜八郎」と、利家はふたりの名を呼んだ。大きな声ではなかったが、それだけで小一郎と喜八郎は数歩下がる。殺気が、霧雨のように藤吉郎の長屋の一間を満たしていた。

「小一郎よ、畑を耕すんだろう」

利家が睨みつける。

「え」

「お前は合戦より、畑が大事なんだろう。ここに来る前、そう言ってたろう。寝てたが、ちゃんと聞こえていたぞ」

「は、はい、そうです」と、思い出したように小一郎が叫ぶ。

「じゃあ、今すぐ畑へ帰れ」

利家が言い終わる前に、小一郎は足軽長屋から飛び出した。

「喜八郎、お前は逃げるな」

利家の機先を制して、藤吉郎は怒鳴りつけた。

「む、無論です、藤吉郎様」

喜八郎は震えつつも、必死にその場に踏みとどまる。

「じゅ、従者となったからには、藤吉郎様に命を預けております」

「さすが、喜八郎。腰抜けの小一郎とは違う。見ろ、犬、喜八郎がいれば……」

「ですが、こうも思うのです」

藤吉郎の勝ち誇る声を、喜八郎が塗りつぶした。

「果たして、私のような未熟者でよいのか、と」

「はあ」と、藤吉郎は振り向く。

「前田様が従者になっていただく方が、ずっと藤吉郎様のためになるのではないか、と」

あまりの理屈に、藤吉郎は開けた口を閉じることができない。

「本心では藤吉郎様のお役に立ちたいのは山々なれど、わが力量は前田様に遠く及びませぬ。ここは涙を呑んで、前田様にお任せして去るのが、藤吉郎様のためです」

頭を勢いよく下げて喜八郎も逃げ出した。

気づけば、利家とふたりきりである。

「そういうことだ、猿。前の戦と役目は逆だが、まあ仲良くやろうや」

疫病神はまた床に身を投げ出した。しばらくもしないうちに、豪快な鼾《いびき》を口から漏らす。

七

大高城と鳴海城の東側には、小高い丘が嵐の日の浪《なみ》のように連なっていた。その中心には桶狭間山《おけはざまやま》と呼ばれる山があり、今川軍の総大将、今川〝治部大輔〟義元が布陣している。無論、その周囲にも高根山や幕山、巻山などの丘や小山があり、油断なく今川の諸将が配されていた。

今川軍の陣から、星が瞬くような光がしきりに発せられている。得物である槍や刀が陽光を反射しているのだ。

藤吉郎は今、鳴海城を囲む中嶋砦にいる。昨晩、大高を囲む丸根と鷲津の両砦を今川軍が攻撃したという報を聞き、簗田や森らと共に手勢を率いて馳《は》せ参じたのだ。

中嶋の砦からは、南東に布陣した今川軍の様子がよくわかった。また南西へと目をやると、半里（約二キロメートル）に満たぬ距離に黒煙がふたつ上っていた。丸根と鷲津の織田方の砦が落ちたのだ。再び、南東の今川軍が陣する丘陵群へ目を移す。

「ひえええぇ」

柵にへばりつく藤吉郎は、思わず悲鳴を上げてしまった。

高根山や幕山に陣する今川軍に、織田勢が攻め掛かっていた。数はわずかに三百。象に挑む蟻《あり》のようだ。矢が雨のように降り注ぎ、たちまちのうちに織田兵が折り重なる。矢がやっと緩んだと思ったら、出てきたのは槍足軽の大軍だった。混乱する織田軍を、あっという間もなく呑みこんでしまう。

「簗田様、森様、犬めは大丈夫でしょうか」

横にいる家老ふたりの顔が歪んだ。

織田信長が清洲を出陣したとの報が藤吉郎のいる中嶋砦に入ったのが、一刻（約二時間）

前。信長はすぐさま隣の善照寺砦へ入る。すると中嶋砦で待機していた千秋や佐々《さっさ》らは、あろうことか信長を待たずに先駆けたのだ。血気にはやる利家もそれに加わる。先程蹴散らされた味方がそれだ。

「いかに槍の又左と呼ばれる豪傑でも、生き残るは難しいだろう」

森が険しい顔で言う。わずか三百の兵は桶狭間山の義元陣に届くことはなく、今や山裾に骸《むくろ》をさらしてしまっている。

「そんなあ」

藤吉郎の体を支える足から力が抜けそうになり、柵にしがみついた。

戦勝を言祝《ことほ》ぐように、今川軍の陣から音曲が聞こえる。敵にとっては合戦というより、遊興に近かったのだろう。

「総大将、ご到着」

大音声が轟《とどろ》いて、藤吉郎と家老ふたりは首を後ろへと捻った。中嶋砦の西側にある門が開くところだ。扉が開ききる前に、人馬汗だくとなった一団が駆け込んでくる。先頭の武者の兜には、織田木瓜《もっこう》の前立《まえだて》が輝いていた。織田〝上総介〟信長である。鋭い目で、中嶋砦にいる将兵を睨みつけた。

「少ないな。さては、抜け駆けか」

「も、申し訳ありませぬ」

森と簗田が、馬上の信長の前に跪《ひざまず》く。

「千秋、佐々ら三百、制止を振り切り、討って出て……全滅です」

「是非もないわ」

舌打ちがわりの信長の声だった。手に持つ鞭《むち》を、東の門へと向ける。

「東の門を開けよ」

つい先刻、千秋らが出撃した門である。つまり、信長は今川軍を強襲するというのだ。

皆が必死に制止するが、信長は聞いていない。

覚悟はしていたが、藤吉郎も思わず唾を呑んだ。簗田や森の顔も青ざめている。

当然だろう。信長率いる兵は中嶋砦の守兵を合わせても、二千。一方の今川軍は各地に兵を散じているとはいえ、それでも一万近い。

「皆、聞け。怯《ひる》むことはない」

耳元で囁くかのような、信長の声が響いた。

「敵は遠国《おんごく》より来て、徹夜で鷲津、丸根を攻めた。数は多くても疲れきっている。物の数にあらず」

信長は馬の尻に鞭をくれた。平原を駆けるかのように砦の中を疾走し、東にある門へ向かう。

「遅れるな」

簗田と森が馬に飛び乗る。続いて、忠勇な馬廻衆が、信長の背に襲いかからんばかりの勢いで馬を駆けた。

慌てて、藤吉郎も走る。馬に乗れないので、徒歩《かち》だ。

攻めるというより、先駆ける主君に追いすがるようにして、織田軍は中嶋砦から討って出る。

滲《にじ》むように、足元の影の輪郭がぼやけだした。藤吉郎が顔を上げると、馬蹄《ばてい》に合わせるかのように空が暗くなっている。青い紙に、墨をぶちまけたかのようだ。

黒雲が、厚く垂れこめ始める。

「なんだ」

「不吉な」

走りつつ、信長の軍がどよめく。

「おい、猿」

声がかかり、横を見ると数十人の一団がこちらへ近づこうとしていた。鎧《よろい》に、何本もの矢が突き刺さっている。先頭で手を振る長身の武士は、前田利家だ。

「犬、生きていたのか」

「ああ、負けはしたが、首はとったぞ」

能天気に笑みを浮かべつつ、利家らは駆ける信長軍に吸い込まれていく。

「たわけ、心配させやがって」

己の声が湿っていることに気づいた。一瞬だけ、利家は視線を下にやる。目の下の傷を指でかいて、何かを言ったが、藤吉郎には聞こえなかった。

問いただしている暇はない。

空では、獣声のような音が轟いていた。雷鳴だ。

稲光が、武者の顔を白と黒に塗り分ける。勇ましく駆けていた織田兵たちの表情が、たちまち歪んだ。

「雷です。一旦、止まり、武器を捨てましょう」

叫んだのは、簗田と森だった。武器を持つ武者は、雷を呼びやすい。ある意味で、目の前の今川軍よりも恐ろしい。

「止まれっ」

先頭を行く信長の馬が、両前足を大きく上げる。

瞬間、稲光が空を横切り、轟音《ごうおん》が鼓膜を突き破る。大太鼓を連打するような残響は、余韻というには不穏すぎた。

簗田と森が声を揃《そろ》えて叫ぶ。

「戦はしばし取りやめじゃ」「皆、手に持つものを捨てろ」

「ならぬ」

ふたりの命令を押し止《とど》めたのは、織田信長だった。

「足は止めろ。ただし、得物は地に捨てるな」

不可解な信長の命令に、織田軍がざわめき出す。

「貸せ」と叫んで、信長は足軽から長槍をひったくった。そして、穂先を天高くかざす。

「な、なにをするのです。気は確かですか」

「そうです。雷が落ちれば、全滅ですぞ」

森や簗田の声を無視して、信長は味方と正対する。背後には、丘陵群に陣する今川の大軍。その頭上には、天に亀裂をいれるかのような稲光が幾本も走っていた。

「皆、聞くのだ」

藤吉郎だけでなく、全員の耳孔に信長の声が注ぎ込まれる。

「こたびは神戦《かみいくさ》だ。熱田の神のご加護がある。その証《あかし》を、雷の下にてたてる」

　まるで、意思を持つかのように、信長の頭上の雲に雷が走る。ひとつでなく、数十もだ。蜘蛛《くも》の糸が巣の一点に集約されるように、稲光が集う。

瞬間、藤吉郎の見る風景が真っ白になった。ほぼ同時に轟音が襲い、鼓膜だけでなく全身の肌を震わせる。

　雷が、すぐ近くに落ちたと悟った。

　どこに、と想像して全身が激しく強張《こわば》る。

「と、殿ぉ」

　藤吉郎だけでなく、全員が声を上げていた。

　徐々に、視界が回復する。最初は、一本の枯れ木が屹立《きつりつ》しているのかと思った。天を突き刺すのは、枝ではなく槍の穂先だ。

　織田〝上総介〟信長が、馬上、天を貫くように長槍を突き上げている。

「見よ、雷は我を避けたもうた。これが、天の意思だ」

　信長の声を塗りつぶしたのは、織田軍の鯨波《とき》の声だった。

　藤吉郎も口を大きく開けて、咆哮《ほうこう》を上げる。

　そして信長のすぐ向こうにある丘陵を見た。

　今川の陣があるが、雷雲がつくった影にくすむかのようだ。敵は雷を避けるために、槍を地に手放したのだ。一方の織田軍には槍が林立し、天で光る稲妻を映して青白く輝いている。

「すわ、かかれ、かかれ」

叫んだのは、藤吉郎も名を知らぬ足軽だ。

「分捕りはするな」

「討っても、首は捨てろ」

馬廻衆も怒号を放つ。

信長の意思が、皆の五体の隅々にまで注がれたのだ。

二千の織田軍は、いまや二千の織田信長に変じる。

「狙うは今川治部（義元）めの首ひとつ」

全員全馬が、同時に足を前に出し、雄叫《おたけ》びを上げた。

八

いつのまにか、藤吉郎の桶側胴は傷だらけになっていた。体のあちこちが痛む。手槍を握る手は皮膚が裂けて、血で真っ赤になっている。穂先を見ると、刃こぼれだらけだ。しかし、血はついていない。まだ、一兵も倒せていないのだ。

案の定というべきか、近くに前田利家の姿はない。大将首を求めて、一騎駆けをしてしまった。

藤吉郎らは、義元本隊が布陣する桶狭間山を強襲していた。雷雨だけでなく、雹《ひょう》が降り大風も吹きすさぶなかでの戦いだ。

「いたぞ、治部（義元）だ」

全身が耳に変じたかと錯覚する。声の先を慌てて見ると、三百に満たぬ敵の旗本が固まっていた。

「囲め」

「首をあげろ」

旗本の中央にいるのは、金色《こんじき》の鎧を身にまとった武者だ。

――あれが、今川治部か。

遅れまいとして足に力を込めた時に、側面から殺気が投げつけられた。ひとつでなく、数十もの殺意だ。

「治部様を救え」

「織田ごときに討たせるな」

今川義元を救わんと、横から敵勢が襲いかかろうとしていた。

「くそ」

　叫んだのは、藤吉郎の横にいた武者だ。手には、三人張りとわかる強弓を握っている。眉間を中心に、顔には斜め一文字の大きな傷が走っていた。

「我が声が届くものは、ここに踏みとどまれ」

　弓を天にかざし叫ぶ。

「横槍を許せば、治部めの首をとることは叶《かな》わぬ。この浅野又右衛門《またえもん》の采配に従え」

　浅野又右衛門――信長配下で、弓三張と呼ばれる勇者のひとりである。だが、殺気立つ織田兵には、浅野又右衛門の声は聞こえないようだ。数人の足軽が立ち止まったが、皆手負いで役に立ちそうにない。舌打ちをして、斜め一文字の傷を持つ弓名人は藤吉郎を見た。

「おい、貴様、儂を助けろ。弓脇《ゆみわき》を担え」

「けど、おいらは弓は苦手で」

「言われんでも、腕の太さを見ればわかるわ。矢を抜いて渡せ」

「矢を抜く？　どこから」

「周りを見ろ」

　藤吉郎らを囲むように、矢が突き刺さった骸が折り重なっていた。一方の弓名人こと浅野又右衛門の腰にある空穂《うつぼ》（矢入れ）を見ると、一本しか矢が残っていない。

「さっさとしろ」

最後の矢を抜き取り、浅野又右衛門は弦を引き絞る。先頭を走る武者に放ち、見事に喉を射貫いた。藤吉郎は慌てて、骸のひとつに駆け寄る。

「馬鹿、そんな矢羽根が汚れた矢を抜く奴があるか」

浅野又右衛門は足元の骸から、汚れの少ない矢を抜いて弦に番《つが》える。

「いけませぬ。その矢は歪んでいます。きっと右にそれます」

言った時には、矢は放たれていた。槍を構える武者の右側をかする。

驚いたように、藤吉郎を見た。

「薪奉行をやっているので、木や竹がまっすぐか否かがわかるのです。これは大丈夫です」

差し出した矢を、浅野又右衛門がひったくった。間髪容《い》れずに放つと、武者の肩に深々と刺さる。

「これは少し右にそれます」

「右にだと、どのくらいずれる」

「い、いや、そこまでは」

「勘でいいから、教えろ」

「ひゃ、百歩先の的なら右に四歩ずれます」

弓弦《ゆづる》が心地よい音を奏でた。先頭を走る武者がまたしても倒れる。

「さっさと矢を持ってこい。歪んでいれば、どのくらい外れるかも教えろ」

「は、はい。これは百歩先を右に七歩」

浅野又右衛門の放った矢は、武者の左太ももを射貫く。急所ではなかった。

「馬鹿め。今のは右に八歩ずれる矢だ。もっと正しく教えろ」

「無茶です。これは、多分、百歩先を、左に三歩」

「多分、とは何だ」

怒鳴りつつも、浅野又右衛門は矢を放った。兜の中の敵の顔を深々と射貫く。

「くそ、きりがない」

浅野又右衛門の眉間の傷が歪んだ。

次から次へと敵兵が湧いてくる。先程まで背を見せていた今川軍も、主君の危機に再び闘志の火を灯《とも》したのだ。

「おい、敵が十歩の間合いにくれば弓を捨てるぞ」

矢を放ちつつ、浅野又右衛門は藤吉郎に怒鳴りつける。

「刀でも槍でもいい。力の限り戦え。一拍でも長く、敵の足を止めるのだ」

浅野又右衛門の指示が終わるのと、敵たちが十歩の間合いに侵入するのは同時だった。

弓を捨て、腰の刀に手をやる。藤吉郎も地に置いていた手槍を慌ててとろうとするが、つま先で蹴ってしまった。

「あぁあ」

「馬鹿、拾うな。敵は目の前だぞ」

手槍を探す藤吉郎の体を襲ったのは、敵の刃ではなく、喚声だった。

「やった、やったぞ」

手槍に伸びようとした藤吉郎の手が止まる。浅野又右衛門が首を捻った。

ひとりの武者が、金色の兜をかぶった首を空に掲げている。藤吉郎らを襲っていた横槍の殺気がたちまち鈍った。

「織田馬廻衆のひとり、毛利新助、今川治部殿の首、確かに討ち取ったりぃ」

浪が叩きつけるような勝鬨《かちどき》が沸き起こった。

「やった。戦に勝った。おいらは生き残ったぞ」

叫びつつ、藤吉郎は尻をだらしなく地面につける。

「まだ、終わっておらん」

浅野又右衛門は、顔を前へと向けた。横槍をいれようとした敵勢が背を見せている。いや、ひとりの武者だけは違う。片足を引きずり、近づいてくる。左太ももには、浅野又右衛門の矢が刺さっていた。力尽きるように、ふたりの前に膝をつく。

「見事な士魂。望むなら、見逃してもよいぞ」

兜の目庇《まびさし》の下にある敵の瞳は、爛々《らんらん》と輝いていた。

「逆の立場なら、お主は何と答える」

「ふざけるな、と言うな」

「わかっていて、訊くのか。愚弄す……」

浅野又右衛門の刀が一閃《いっせん》した。

武者の首が転がった。藤吉郎が悲鳴を上げなかったのは、武者の死に顔が穏やかだったからだ。この男は、死に場所を求めるかのように、浅野又右衛門の前へと体を進めていた。そして、織田家きっての弓名人はそれに応えた。合戦を超越した儀式のように、藤吉郎には思えたのだ。

「まだ戦は終わっておらんぞ」

浅野又右衛門は、逃げる武者たちに指を突きつけた。

「奴らは敵だ。覚悟を持ち、我らを滅ぼさんとする敵の武士だ。情けをかけるのは、士に対する侮辱と心得よ」

藤吉郎を追い越し、織田の兵たちが逃げる今川勢に殺到している。

「今までの戦いぶりを見ればわかる。お主、まだ殺したことがないな」

頷こうとしたら、体が震えた。

「敵の首をあげろ。そして、まことの武士になれ」

藤吉郎は目を前へ向けた。逃げる、ひとりの武者の背中が見えた。兜は泥をかぶり、前立の形まではわからない。かなり大柄で、背中が広い。

「いけ」

藤吉郎は咆哮を上げ、全力で大地を蹴った。


血泥に汚れた武者を、藤吉郎は必死に追う。味方の怒声と敵の悲鳴から、ふたりはどんどんと離れていく。義元の本陣があった桶狭間山の周辺は、泥地が多い。ぬかるみのひとつに足をとられ、武者は派手に倒れこんだ。腰に差していた刀も転がる。

「しめた」と叫び、藤吉郎は駆けよる。武者は四つん這《ば》いになり、肩で息をしていた。

「覚悟されよ」

藤吉郎の声に応えるかのように、武者の頭が動いた。

まず目に飛び込んできたのは、兜の前立だった。泥に汚れてはいるが、蟹の形をしているとわかる。目庇があり、その下の目は団栗のように丸く優しげだった。

「そんな」と発した声は、自身でも聞き取れぬほど小さかった。

武者の柔らかげな唇から、言葉が発せられた。

「さ、猿か」

鞭打たれたかのように、心臓が痛んだ。

「まさか……本当に、藤吉郎なのか」

松下〝加兵衛〟之綱が、血と泥にまみれた顔を、藤吉郎に向けていた。

「な、なぜ、お主がここにいる。なぜ、織田の桶側胴を着ているのだ」

松下加兵衛の声を受けて、藤吉郎はまるで敗者のように後ろへとたたらを踏む。重みに耐えかねて、刀をだらりと垂らした。

しばし、ふたりで見つめあう。

沈黙を破ったのは、松下加兵衛だった。

「まさか、敵である織田家に仕官していたのか」

否定の言葉を発さぬことで、藤吉郎は前主の問いかけに答えた。

「そうか。織田の武者になっていたのか。その姿からすると、雑兵ではなさそうだな」

ごくりと唾を呑み込んだ。

「殺さぬのか」

藤吉郎が持つ刀の切っ先が盛大に震え出す。

「情けをかけるつもりか」

藤吉郎は首を横に振った。

「おいらは……、武士ではありませぬ」

柄《つか》を潰さんばかりに、刀を握る。

「ただの尾張の、名字なしの百姓です。情けも何も……」

支離滅裂なことを口走ったと悟り、唇を強く噛んだ。鉄に似た味が口の中に広がる。

「加兵衛様、行ってください。早く逃げて」

「いいのか。本当に」

頷いたら、もう頭を上げることができなかった。

踵を返す気配が伝わった。土を踏む音も聞こえる。

「藤吉郎よ」

慌てて、顔を上げた。

かつての主の広い背中が見えた。肩は力なく落ちている。

「まさか、お主が織田の間者だったとはな」

最初は何を言っているのか、わからなかった。

「かん……じゃ」

呟いて、ようやく意味が理解できた。

「儂は藤吉郎のことが嫌いではなかった。力も学もないのに、必死に働く姿を見るのが好きだった」

背を向けたまま、松下加兵衛は言葉を継ぐ。

「きっと、父に及ばぬ無能な跡継ぎの己の姿を、藤吉郎に重ねていたのであろうな」

いつのまにか、松下加兵衛の肩が盛り上がり、震え始める。

「だからこそ、藤吉郎に――猿に仕事を与えたのだ。桶側胴を購って、皆に認められるようにと、情けをかけたのだ」

感情を御せないのか、松下加兵衛の語尾は震えていた。

「まさか、目をかけていた猿に、裏切られるとはな。敵に通じているとも知らずに儂は……」

握る松下加兵衛の拳からは、血が滴っていた。

「ち、ちが……」

藤吉郎は言葉を呑み込んだ。

――何も違わない。

藤吉郎のやったことは、間諜《かんちょう》と何ら変わらない。松下家を裏切り、織田家に仕えた。そして昔のつてを利して、飯尾を騙《だま》し、今川軍を死地に追いやった。

松下加兵衛がゆっくりと足を動かす。緩慢な動きで、藤吉郎から離れる。

やがて、視界から消えていった。

目を地面へやる。握っていたはずの刀が落ちていた。刀身に顔が映っている。泥だらけの猿顔。薄い髭には濃い泥がこびりついていた。

自身の顔相が醜いのは知っている。だが、今日ほど醜悪だと思ったことはなかった。

味方の勝鬨がやけに遠くから聞こえてくる。

九

「藤吉郎、本当にいいのか」

蔵の中に積み上げられた薪の数を勘定していると、声をかけられた。振り向かずとも陰気な声で、簗田出羽守だとわかる。

「はい、よいのです」

帳面に書きつける手を止めずに、藤吉郎は答える。

「いいわけないだろう」

森三左衛門の灰色の頭が、藤吉郎の視界に割り込んできた。

「大高の兵糧を空にしたお主の手柄は、もっと称されるべきだ。なぜ、褒美を辞退した」

森三左衛門が詰《なじ》る。

桶狭間の合戦は終わった。今川義元は討ち取られ、今川勢は尾張全土から撤退する。織田家の多くの侍が手柄を立てた。が、藤吉郎は違う。首ひとつとらず帰還し、褒美や加増を一切断ったのだ。

「おいらは功を誇れる男ではございませぬ。褒美などいりませぬ」

薪に目を向けたまま答えた。

「わかった」と重々しく言ったのは、簗田出羽守だ。

「そういうことであれば、お主への禄《ろく》は今まで通りに儂が預かっておくぞ」

簗田出羽守は、今回の功で鳴海城の城主となっていた。一千貫もの禄を得たことになる。だが、実はその内の何割かは、藤吉郎の褒美を預かる形で加増されていた。

「だがな、お主も殿の気性は知っていよう」

筆を持つ藤吉郎の手が止まった。

「前田又左は、首をとっても織田家に帰参が叶わなかった。殿は一度見限った者には厳しい」

利家は桶狭間の戦いで兜首をあげ、罪一等は減じられたが、いまだ牢人《ろうにん》の身分のままだ。

「あるいは、もう二度と戦功を立てる機会を与えてもらえぬかもしれぬぞ。それだけは、くれぐれも覚悟しておけ」

簗田出羽守は陰気な言葉を置いて、蔵から出ていく。

「藤吉郎よ」

森三左衛門が強い調子で呼びかけたので、振り向く。相手の機先を制して、口を開いた。

「森様、いくら言ってもおいらの気は変わりませぬ」

「そうではない。禄をもらわぬのはいい。お主の勝手だ。儂が言いたいのは、お主の最近の仕事ぶりよ」

藤吉郎は、灰髪の武者の顔を見つめた。

「薪の取り締まりが甘い。そんな噂を聞いたぞ。薪が足りずに湯がぬるかったり、逆に多くて無駄に灰にしたりと、そういう不手際が最近目につくと聞いた」

確かにそうだ。今も薪を数えているが、前ほどは心をいれていない。

「申し訳ありませぬ」と素直に謝ると、森の半面が歪む。

「本当に大丈夫なのか。喜八郎に聞いたが、ここひと月ほどは、前年よりも薪を多く使っていると零《こぼ》していたぞ」

そうだったろうか、と思い出そうとする。昔は暗誦《あんしょう》できた過去の薪の数が言えない。

小さくなる森の背中を見つつ、藤吉郎はため息をつく。

気を取り直して、薪の山と対峙《たいじ》した。数えようとして指をやるが、虚空で止まる。

なぜか、仕事をする気力が湧いてこない。

「馬鹿馬鹿しい」と、帳面を放り投げた。

「あ、藤吉郎様、どこに行くのですか」

前髪を揺らす喜八郎が声をかけるが、無視して蔵を出た。

「おい、兄ちゃん。言ってたとこに、薪なんかなかったぞ。今日の夕餉《ゆうげ》の支度ができねえって、侍女たちがカンカンだぞ」

煤だらけの顔の小一郎が詰ってくるが、「うるさいっ」と叫んで道を開けさせた。

戸惑うふたりを置き去りにして、藤吉郎は城を出ていく。


まだ陽の高い清洲の城下町を、藤吉郎はぶらぶらと歩いていた。桶狭間の勝ち戦のおかげで、町は祭りの日のように賑やかだ。ひとり場違いな気を発しつつ、藤吉郎は足を進める。

一際大きな歓声が、横の茶屋から聞こえてきた。首を向けると、猪鼻《いばな》の吉田次兵衛が従者たちと歓談しているではないか。

「いやあ、次兵衛様、本当にめでたい」

「これで、柴田様とはご親戚ですな」

取り巻きの言葉に、次兵衛は鼻を大きく広げて喜んでいる。

「おおう、そこにいるのは藤吉郎殿ではないか」

運悪く見つかってしまった。無視して足を進めるが、前に立ちはだかられた。

「よいところにいた。聞いてくれ。困ったことがあってのお」

馴《な》れ馴れしく藤吉郎の肩に手を置いてくる。

「実はな……おっと、まだ内密の話ゆえ、誰にも言うなよ」

わざとらしく唇に人差し指を持ってくる。

「くくく、とうとう決まったのじゃ」

「なにがじゃ」

「なにがって、嫁じゃ。祝言が決まったのじゃ」

両手を上げて、次兵衛は叫ぶ。歩む人々が、思わず足を止めるほどの大声であった。

「しかもな、ただの嫁じゃないぞ。聞いて驚くな。柴田権六《ごんろく》様の姉上様じゃっ」

藤吉郎だけでなく、周囲に露骨に目をやりつつ、声を張り上げた。

「よかったなあ、次兵衛殿」

藤吉郎の声に、次兵衛の顔が平静に戻る。

「おい、なんで、もっと悔しがらん」

藤吉郎は首を傾げる。

「もっと悔しがってくれねば、つまらんだろう。いつもなら、猪の雌と祝言あげるのか、ぐらいの憎まれ口を叩くじゃろ」

鼻息を吹きかけるようにして詰られた。

「さては、儂が柴田権六様の姉上様を娶るのは、嘘《うそ》だと思っておるな」

微笑と共に首を横に振った。

「おめでとう、次兵衛殿。おいらは嬉しいよ。さっそく喜八郎に言って、薪を贈らせるから。暮らしの足しにしてくれ」

一礼して去ろうとすると、「その手にはのらんぞっ」と怒鳴られた。

「どうせ、水で湿気《しけ》って使えない薪を押しつける気じゃろう」

首をひねり、藤吉郎は笑いかける。

「次兵衛殿、水に濡《ぬ》れても乾かせば使えるよ。おいらは本当に嬉しいんだ」

呆然《ぼうぜん》と、次兵衛は藤吉郎を見つめる。

しばらくすると、がに股を激しく動かして地団駄を踏み出した。

「つまらんぞお」

土煙を上げて叫ぶが、藤吉郎は構わずに歩みを再開する。

「わかった。さては小便を引っかけた薪を贈るつもりだな。どうだ、図星だろう」

次兵衛の罵声を背に聞きつつ、藤吉郎は清洲の城下町を出ていった。

十

義父の竹阿弥からくすねた水のような酒でも、瓢簞《ひょうたん》の半分も飲み干せば、徐々に酔いが回ってくる。畑や田んぼで忙しく働く百姓たちを見つつ、藤吉郎は酩酊《めいてい》した足を進めた。植えたばかりの苗が、田んぼの水面を緑色に塗っている。

「あーあ、面白くねえなぁ」

瓢簞を持った腕を振り回すと、栓が抜け酒が飛び散った。さらに小石に蹴つまずき、瓢簞を取り落とす。酒がとくとくと流れて地面に染み渡った。

「ふん、別に惜しくはねえよ」

所詮、己はこの酒と同じだ。武士としての素地など、最初からなかったのだ。水で薄めた酒のように、水増ししてやり過ごしていたにすぎない。

畦《あぜ》の一角に座りこんだ。水をはった田んぼには、丈の短い苗がびっしりと敷き詰められていた。踵《かかと》を水につけるようにして、足を投げ出す。

笠《かさ》をかぶった若い女が、畦に何かを植えていた。そういえば、幼い頃は毎年この頃になると黒豆を播《ま》いていたと思い出す。きっと、この百姓女が播いているのは黒豆だろう。

何かを呟きつつ、指で穴を掘り、黒豆をひとつずつ土の中にいれている。

笠で隠しきれない口元から、白い歯が覗いている。あんなに楽しそうに豆を播く女は見たことがない。

女は徐々に近づいてきた。いずれ、藤吉郎が尻をつけている畦にも、黒豆を播くはずだ。下ろしていた腰を上げて、畦を空ける。落ちていた瓢箪を拾った。顔の上で振ってみるが、一滴たりとも口の中には落ちてくれない。どこかの井戸で水でもいれるか、と歩き出す。黒豆を播く女との距離が近づき、声が聞こえてきた。

「豆太郎、しっかりと根を張るのですよ」

どこかで聞いたことがあるな、と歩きつつ思った。

「豆次郎、大きな豆になるのですよ」

そう言って、指で開けた穴に黒豆をいれる。女はすぐに、その横の畦に指で穴をつくった。

藤吉郎の目が、女の指先に吸い込まれる。細い指に摘《つま》まれた黒豆に十文字の傷があったからだ。

思わず、胸に手をやった。心臓が、大きく跳ねている。

気づかぬのか、と藤吉郎に訴えかけるかのようだ。

「豆三郎、がんばって大きくなってね。豆四郎、木下家の食卓で手柄を立てるのですよ」

体が震え出す。

「豆五郎、大きくなったら美味《おい》しい豆ご飯にしてあげますからね」

女の手が止まる。藤吉郎の影が、畦での作業を邪魔するようにあったからだ。

ゆっくりと女の顔が上がる。

藤吉郎の呼吸が苦しくなった。かつて満月のように丸かった顔は、少しだけ縦に伸びたようだ。熟した柿のような頬は相変わらずだった。

「ま、まさか、あんたは……」

ごくりと唾を呑み込んだために、藤吉郎は最後まで言葉が言えなかった。

女は不思議そうに首を傾げている。

「すみませぬ、どなたですか」

「寧々《ねね》姫ではないか。おいらだよ。覚えてないか」

斜め上に視線をやって、女は考えこむ。

「あっ」と小さく叫んだ。拍子に、胸に抱いていた袋が落ちる。零れたのは、たくさんの黒豆だ。どれも十文字の傷がついているではないか。

「ま、まさか」

女が、藤吉郎に指を向ける。もう一方の手を、自身の震える唇にあてがった。

「と、藤吉郎、中村郷の藤吉郎ですか」

藤吉郎の両掌の上に転がるのは、黒豆であった。十文字の傷を忘れるはずがない。これは間違いなく、藤吉郎の父の弥右衛門《やえもん》のものだ。

「まさか、まだ残っていたとは」

「藤吉郎様、申し訳ありませぬ。父のやったこととはいえ……」

「いいんじゃ。謝らんでくれ」

藤吉郎は慌てて寧々の言葉を遮った。

夕陽が優しく照りつける畦に、寧々と藤吉郎はふたり並んで腰を下ろしていた。

藤吉郎の父の形見を、木下道松らは全て食したと言っていた。だが、寧々は密《ひそ》かにいくつかを隠し持ってくれていたのだ。それだけではない。藤吉郎の掌の上の黒豆は、父の形見だった頃より大ぶりになっている。

「寧々姫様、ありがとう。ただ残してくれただけじゃないだろう。いい豆と掛け合わせてくれたな。こんなにおっとうの豆が大きくなるなんて。一体どうやって、こんなにいい豆に育てたのじゃ」

「黒豆を育てる秘訣《ひけつ》を教えてくれたのは、藤吉郎様ではないですか」

「そうだったかのお」

「はい。ままごとの時に教えてくれました。寧々はちゃんと覚えておりますよ」

藤吉郎の尻がくすぐったくなる。

「ちょっと待った、寧々姫様」

「なんです、藤吉郎様」

「藤吉郎様はないじゃろ。昔のように呼び捨てでいい」

「それでは、清洲の薪奉行様に失礼でしょう」

己の活躍を、寧々は耳にいれてくれていたのだ。藤吉郎の胸がじんわりと温かくなる。

「それに比べ、木下の家は落ちぶれました」

木下家は林家の与力で、四年前の稲生の戦いで織田信長に叛旗《はんき》を翻した林美作守《みまさかのかみ》を助けた。

戦後、所領のほとんどを没収され、粗末な家に移り住んだ。だから、寧々は今、百姓仕事をして暮らしを支えているという。

「なんです。まさか、ご存じなかったのですか」

もちろん、耳には入っていた。藤吉郎が驚いたのは、没落を語る寧々の口ぶりに、悔やむ色も自嘲する風情もなかったことだ。少し嬉しげにも聞こえたのは、気のせいか。

「い、いや、無論、木下家のことは知っておりましたが、あまりにも屈託がないから」

「それは、私が今の暮らしに満足しているからだと思います」

「はあ」

「豆や作物を育てるのは面白うございます。木下家の姫のままでは、こんな楽しみを知ることはできなかったでしょう」

強い姫だな、と藤吉郎は感心した。それに比べて、己は……。

「どうしたのですか、藤吉郎様。元気がないですね。寧々の知っている藤吉郎様は、元気が一番の取り柄ではなかったですか」

掌から黒豆が零れそうになって、慌てて寧々の手が添えられた。かつては紅葉《もみじ》のように小さかったが、今では藤吉郎と大きさは変わらない。優しく包まれるようにして握られたのが、限界だった。

「寧ぇ寧ぇ姫ぇぇ様ぁ」

大声を上げる。たちまち鼻水が滴り、しょっぱい水が口の中にしみ込んできた。

「な、なに、なんなのです、藤吉郎様」

「おいら、もう駄目なんじゃぁ。最低の大たわけなんじゃ」

「ちょっと、駄目。豆が零れます」

黒豆を必死に落とすまいとする寧々の掌の中に、藤吉郎は構わずに自分の顔を埋める。

「おいらには、もう生きる資格も活きる資格も、両方ないんじゃああ」

泣き叫びつつも、なんて柔らかい掌なんじゃ、と藤吉郎は不謹慎なことを考えていた。

「という訳じゃ。おいらは殿から褒美をもらえるような男ではなくなったのじゃ」

足元の雑草を引きちぎり、藤吉郎は田んぼの水面に投げ入れる。

「笑うなら、笑ってくだされ。いずれ、薪奉行の仕事も取り上げられて……」

「寧々はそう思いませぬ」

沈まんとする太陽と、ちょうど寧々の体が重なる。

「しかし、おいらは武士らしい働きができなかった。桶狭間では首をひとつもとれなんだ」

「武士らしい働きがなんだというのです」

夕陽を背負い、寧々は言い放つ。

「武士である前に人です。藤吉郎様は、ご自分の信念に従って、加兵衛様というお方を生かしたのでしょう」

「だが、おいらは色んな方を失望させた」

織田信長の顔が脳裏をよぎる。次に浮かんだのは、弓名人の浅野又右衛門だ。さらに、簗田と森が続く。最後に、前田利家の顔がやってきたので、鼻息で追い払った。

「皆はどうかは知りませんが、少なくとも私は失望しておりません。武士の体面を守って加兵衛様を討つなど、人でなしのやることです」

寧々の言葉が、藤吉郎を現実に引き戻す。

「藤吉郎様は立派です。寧々は誇りに思います」

とうとう夕陽を直視しきれなくなり、藤吉郎は俯《うつむ》く。寧々の影にむかって、藤吉郎は「ありがとう」と呟いた。きっと寧々の耳には届いていないだろう。

「ですが」と声が聞こえ、また目を上げた。

「寧々は今の藤吉郎様は誇れません」

細い指を握りしめて、こちらを見ている。いや、手にいれた力の様子から、もしかしたら睨んでいるのかもしれない。

「昼からお酒を飲み、寧々ごときに愚痴や弱音を吐く。そんな藤吉郎様は、寧々は嫌いです。

大嫌いです」

藤吉郎は視線だけでなく、顔も上げた。陽は、もう半ば以上没しようとしている。

「ままごと遊びの時、いつも言ってくれたではありませぬか。活きた仕事をしなければならぬと」

藤吉郎は思わず己の胸に手を当てる。

「たった一度のしくじりで酒に逃げて、活きた人生を送れるのですか。少なくとも、寧々は挫《くじ》けませんでした」

手を突き出したので、藤吉郎は両の掌でお椀《わん》をつくる。何かが寧々の手から落ち、藤吉郎の掌の上を転がった。十文字の傷のある黒豆だ。

見れば、寧々の指は爪の奥深くまで土が食い込んでいた。藤吉郎は自分の手を確かめる。かつては煤がこびりついていたが、いつのまにか薄くなっている。

確かに、そうだ。叛逆《はんぎゃく》に加担した武家の娘に、一体誰がいい豆を分けてくれるだろうか。元百姓だからこそ、藤吉郎はわかる。にもかかわらず、掌の上の豆は大きくも逞《たくま》しく成長していた。きっと、寧々は数えきれぬほど頭を下げたのだろう。やりたくもない仕事もしたはずだ。

——それに比べておいらは……。

とうとう、陽は完全に没した。涼気が、風に乗ってやってくる。

十一

信長は庭に平伏する藤吉郎を睨みつけた。研ぎ立ての太刀のような視線に、藤吉郎の体が思わずすくむ。

「合戦に出る機会を再び与えてほしいだと」

強張る舌を叱咤して、藤吉郎は必死に口を開いた。

「は、はい。今一度、手柄を立てる機会が欲しゅうございます」

背後には忙しげに働く人夫たちがいた。かつてあった大高城や鳴海城を模した庭は平地に均《なら》され、再び新しい石や池が配されようとしている。

藤吉郎は、信長に再び合戦で手柄を立てる機会を与えてほしいと懇願したのだ。予想通りというべきか、信長の対応は冷たかった。部下に加増を授けるということは、今後のさらなる働きを期待するということだ。だが、藤吉郎はそれを断った。信長にとってみれば、敵前逃亡に等しい卑怯《ひきょう》な行為だ。

「図々しいお願いは百も承知です。いま一度、戦場で手柄を立てる機を、お与えください。

汚名を雪《すす》がせてください」

藤吉郎は何度も何度も、頭を地につける。

信長から返答はない。ずっと無言だ。一体、どのくらいそうしていただろうか。

「ならば、三百石だ」

声が落ちてきて、顔を上げる。

「三百石の薪を倹約してみせよ。見事に成しとげれば、再び戦場で戦う機会を与えてやる」

ごくりと唾を呑む。

「ただ倹約するのではないぞ。侍女や門番、料理人に負担をかけることは許さぬ」

藤吉郎の顔が歪みそうになった。

「一石の倹約のために、侍女や足軽の手間が倍に増えては本末転倒だ。無論、不必要に暖をとるのを禁じて苦を強いるのも、もってのほか」

額に脂汗が流れる。今でも、藤吉郎は侍女たちから評判が悪い。薪の使い方に細かく指示を出すからだ。よかれと思ってのことだが、どうやら信長の考えは違うようだ。

「今から一年くれてやる。見事、三百石、薪を減らしてみせろ。ならば、合戦の場に立つ機会を与えてやる」

さらに、信長は言葉を継ぐ。

「無論のこと、それができなければ、お主は一生薪奉行のままだ」

静かだが断固たる決意が滲む口調だった。唾を呑み込むこともできず、藤吉郎はただ這いつくばることしかできない。


「三百石なんて、無茶だ。しかも、女中や足軽が使う薪を締めつけずにって」

顔を煤だらけにした小一郎が、泣き言を叫ぶ。

薪が積まれた蔵の中で、藤吉郎と小一郎は額をつき合わせていた。信長から薪の倹約を命じられて、三月が経つ。凪はもう、涼しさよりも冷たさの方が勝っていた。

「殿様のご命令で、三月前から締めつけを緩めたのは知っておろう。おかげで、使う薪の量は昨年より多くなっちまった」

緩慢な指づかいで、小一郎が算盤を弾く。

「今のままじゃ、一年で百七十石の倹約にしかなんねえ。二百石にも足りねえ」

さすがの藤吉郎も、胸の前で腕を固く組む。

「では、料理のやり方を変えるか。火が少なくてもできるように工夫するんだ」

「勘弁してやれ」と、小一郎が指を蔵の一隅に突きつけた。青ざめた顔で横たわる喜八郎がいる。雷様のように、お腹《なか》が鳴っていた。

「火の少ない料理を試した挙げ句、喜八郎がお腹を壊しちまったじゃねえか。もし清洲の城にいるお侍や足軽が、みんなああなっちまったら切腹ものだぞ」

名前を呼ばれたことで力が出たのか、よろけつつ喜八郎が起き上がる。

「か、厠《かわや》へ行って参ります」

弱々しい声と共に、蔵から出ていく。

「おっかしいなあ。おいらたちも食ったが、何ともねえのに」

「そら、おらたちは小さい頃からろくなもん食ってないからだよ」

珍しく、ふたり仲良くため息をついた。

「とにかくできることは、燃やし方を工夫することじゃ。そして薪を一本でも少なくする」

藤吉郎は、薪を取り上げた。

「けど、兄ちゃんよ、試し炊きだけでも結構な量を使っちまってるよ」

小一郎が蔵の入り口に目をやった。野戦で使うような即席の竈《かまど》が並んでいる。その後ろには、よろけつつ歩く喜八郎の姿が見えた。厠の戸へ、手をかけようとしている。

「ふん、なら、薪のかわりに糞《くそ》でも焼《く》べるか」

「そういや、兄ちゃん、海の向こうの明《みん》国では、実際にそうしてるって聞いたぞ」

藤吉郎と小一郎は、同時に目を見合わせる。

「喜八郎、糞をひるのは少し待て」

「そうじゃ。ものは試しだ。糞を燃やしてみるゆえ、蔵の前でやれ」

「まあ」と、寧々が目を丸くして呆れた。

「そんなものを燃やそうとしたのですか」

「だが駄目だった。そうすると、畑や田んぼにまく肥やしが少なくなってしまうんじゃ。作物の実りが悪くなっては、元も子もない」

藤吉郎と寧々の目の前の田んぼの畦には、黒豆の茎と葉が生い茂っていた。薄紫色の花はすでに落ち、そこから小さな莢《さや》が出来つつある。この豆が生《な》って収穫し、その中から出来のいいものを種として残す。そして、また畦に播く。その頃、信長に与えられた刻限を迎える。

「そういうことでしたら、藤吉郎様、寧々もお手伝いしてよろしいですか」

風が吹いて、黒豆の枝がしなった。

「竈に火を熾《お》こし、飯を炊くのは、寧々は得意です。だから、薪の節約について、よい知恵を出せると思います」

力こぶをつくって、寧々は誇ってみせた。

「それに、お城の女中仕事や台所仕事にも興味があります。一度、見てみたいと思っていたのです」

この娘は本当に働くのが好きなのだなぁ、と藤吉郎は感心した。

「わかりました。では明日にでも」

「いえ、今すぐ行きましょう」

さすがの藤吉郎も狼狽《うろた》えた。

「今、田んぼ仕事が一段落したところです。さあ藤吉郎様、行きますよ」

「いや、おいらはもう少し黒豆の生り具合を検分したいのじゃ」

「何を言っているのです。刻限は九カ月後でしょう。一日、否、半日半刻《はんとき》（約一時間）さえも無駄にすれば、活きた仕事はできませぬよ」

藤吉郎は腕を摑《つか》まれて、強引に引きずられた。無論、力では負けない。が、されるがままにしたのは、寧々の柔らかい掌が心地よかったからだ。

振りほどかれない程度の抵抗をわざとらしくしつつ、藤吉郎は城までの道中、寧々の掌の柔らかさを堪能する。清洲の城が近くなると、普請途中の漆喰壁がいくつも現れた。また職人がいて、店主と渋い顔で話し込んでいる。

「烏塗にしたいっていうけど、灰がなければ無理ですよ」

職人は、大きな体に似合わぬ声を零している。

「なら、うちの竈の灰を使えばいい」

「旦那、勘弁してくださいよ。普通の灰じゃ、駄目なんだ。貝殻を焼いたものでないと」

「なら、焼けばいいだろう。うちも毎日、貝を食べる」

「そんな少量じゃあ、話にならないって。烏塗にするには大量の貝が必要なんですよ。集めるだけでも、えらい手間なんだから」

職人の悲鳴を聞きつつ、藤吉郎は寧々に引きずられるがままに任せていた。


寧々とふたりで、藤吉郎は竈の火を眺めていた。

「うーん、薪を短くしたけど、逆に燃え尽きるのが早くなっとる」

「じゃあ、今度は細く割ったものを使ってみましょう」

蔵の前には、ずらりと十個ほども竈が並んでいる。そのうちのみっつに火がついており、寧々と藤吉郎がかぶりつくようにして火の世話をしていた。残りの竈には白い灰が雪のように積もり、喜八郎が甕《かめ》と箒《ほうき》を持って掃除に精を出す。

「おい、兄ちゃん」

振り向くと、小一郎が手持ち無沙汰で佇《たたず》んでいる。

「なんだ、もう終わったのか」

「ふん、いつもは、もっと速くやれって言うくせに」

「じゃあ、もういいや」

「えっ」

「もう仕事はないから、帰っていいぞ。中村で母ちゃんたちの手伝いをしろ」

藤吉郎は、目をまた火へと戻した。横には、玉のような汗を浮かべた寧々がいる。火吹き竹に口をつけて、必死に頬を膨らませていた。

よかったぁ、と藤吉郎は胸をなで下ろす。散々馬鹿にされたが、幼い寧々とままごとをしていて本当によかった。まさか、自分がこうして女人と仲良く肩を並べる日がくるとは。どうせなら、ずっとこうしていたい。だから、今は正直三百石の節約などどうでもいい。逆に、もっと手間取ってくれれば、ずっと寧々といられる。

妄想を遮ったのは、背後からの目差しだ。振り向くと、小一郎が体を震わせていた。

「なんだ、小一郎、何を怖《こわ》い顔をしておるんじゃ。さっさと中村へ帰れ」

「藤吉郎様、そんなこと言ったら悪いわよ」

寧々の言葉は、逆に小一郎の顔に血の気を上らせたようだ。

「もう、おらは知らねえぞ。兄ちゃんのことは手伝わねえ。寧々さんがいくら働きものだからって、算盤はできねえだろ」

「どうしたんじゃ、小一郎」

「うるせえ、人の気も知らねえで」

「もしかして、お前、寧々姫に嫉妬しているのか」

「まぁ」と、嬉しそうな声を出したのは寧々だった。

息を吹きかけた炭火かと思うほど、小一郎の顔が赤くなる。

「兄ちゃんの大たわけ。もう一生口きかん」

「ば、馬鹿、行くな」

「止めたって、無駄じゃ」

「そうじゃねえ。後ろを見ろ」

小一郎が踵を返すのと、灰の詰まった甕を持つ喜八郎が立ち上がるのは同時だった。

ふたりがぶつかり、喜八郎の持っていた甕から灰がぶちまけられた。

「ひいい、なんじゃこれは」

藤吉郎の視界が真っ白になった。小一郎と喜八郎の影が、踊るように狼狽えている。横では、しきりに寧々がくしゃみをしていた。小さな涙を、ぽろぽろと零している。

「こいつ、もう我慢ならん」

藤吉郎は、小一郎に詰め寄る。

「機嫌が悪いだけならまだしも、灰までぶちまけやがって」

「どうせ捨てるもんだろう。おらだって灰が売り物なら、ぶちまけやしねえよ」

「そういうことを言ってんじゃねえ。もっと気をいれて仕事しろ。人に迷惑かけるな」

「なにが、迷惑だ。一番迷惑かけてんのは、兄ちゃんだろう」

「この野郎」と、藤吉郎は腕を振り上げた。その刹那、柔らかいものが背中に当たる。

「藤吉郎様、やめて」

寧々だった。藤吉郎の両肩に必死にしがみついてくる。

密着する寧々が温かくて気持ち良い。だから藤吉郎は、ふりほどかれない程度に腕を振り回す。その様子を目敏《めざと》く悟ったのは、小一郎と喜八郎だ。空を見上げて、盛大に呆れる。

「寧々姫、止めるな。灰は売り物にならないなどと、偉そうなこと言いやがって」

罵声だけは全力で浴びせつつ、藤吉郎は何かがひっかかった。

「売り物」と、確かめるように呟いたのは、寧々だった。

藤吉郎も体を止めた。しがみついていた、寧々の力も弱まる。ふたり、ゆっくりと向き直る。寧々の髪には灰がつもり、老婆のように真っ白になっていた。寧々越しに、侍女たちが働いている姿も見える。大きな籠を持ち、その中には朝餉《あさげ》で使った貝殻がいっぱいに入っている。三の丸の穴に放り込んで捨てるのだ。

寧々も首を捻り、その様子を見つめる。

「寧々姫よ、灰は売り物に——銭にならんか」

寧々は頷きかけて、首を止める。

「ただの灰ではなりませぬが、もしかしたら……」


「藤吉郎様、まだまだありますよ」

喜八郎が持つ竹籠の中にあるのは、食べ終わった貝殻だ。竹が軋《きし》むほど一杯である。

「よし、もうそれぐらいで十分だ。そこに置いてくれ」

「よっこいしょ」

老人みたいな掛け声を出し、貝殻を置く喜八郎。

「どうですか」と、心配そうに訊く。一緒に寧々の細い背中を凝視する。

「うん、やっぱり燃やす薪の量は増えちまう。まあ、仕方ないけどな」

竈の上には鍋があり、水をいっぱいに張っている。

算盤で肩を叩きつつやってきたのは、小一郎だった。

「遅くなってすまねえ。畑の手伝いに手間取って。で、今日はどんなもんだい」

「そろそろ、沸きそうだ」

「じゃあ、どのくらい薪を使った。一年分を勘定してやるよ」

小一郎が算盤を目の前に置き、人差し指を使って玉を揃えた。

「半箍《たが》とみっつほどかの」

藤吉郎の答えに、小一郎の指が止まった。慌てて、顔を上げる。

「それじゃあ、兄ちゃんが薪奉行になった時とほとんど変わらねえじゃねえか。話にならねえぞ」

「たわけ。今度の工夫は、今までとは違うのだ。薪を少なくする考えは捨てた」

水が音をたてて沸き始める。竈の火の中から、一本の把手《とって》が飛び出ていた。摑んで、躊躇なく引き抜く。鉄網である。上にのっているのは、白く炭化した貝殻だった。

小一郎が怪訝《けげん》そうな顔をしていたのは、わずかな間だけである。

「ま、まさか、これは貝灰か」

藤吉郎と寧々は目を見合わせて、にやりと笑った。

「そうじゃ、貝灰じゃ。小一郎、貝灰は何に使うか知ってるか」

「なにって、そんなもの烏塗の漆喰……」

算盤を持つ手で、もう一方の手を叩いた。

「そうか。その手があったか。兄ちゃん、わかったぞ。貝灰を売るつもりだな」

火に強い烏塗の漆喰は、貝灰を混ぜて作る。乱世ゆえに烏塗の漆喰は人気だが、いかんせん貝灰が不足していた。食べ終わった貝を大量に調達し、それを焼くのに手間がかかるためだ。だが、何百人もが働く清洲なら、毎日大量の貝殻を集めることができる。そして、残るは焼く手間だ。

「よう、わかったな。ひとつの竈でつくる貝灰は知れているが、清洲は一年で八百石もの薪を使う。これを全て貝灰をつくる燃料と考えれば、決して悪い商売じゃないはずだ」

「おおお」と、小一郎が震え出した。

「小一郎さん、お願い」

火吹き竹を握った寧々が、振り向いた。すかさず、小一郎は胸を叩く。

「わかっております。清洲の竈、風呂、篝火《かがりび》、全てを使えば、どれだけの貝灰ができるか勘定するのですな」

「そうじゃ。そして、それを売れば、一年で薪何石分の利になる。ええい、わかってるなら、さっさと算盤を弾け」

我慢できずにむしゃぶりつこうとして、寧々と喜八郎に止められる。

「大急ぎでやるから、ちょっと待ってくれよぉ」

小一郎は地に算盤を置き、自身もそこに正座した。大急ぎと宣言したわりには、いつもと変わらない。いや、いつもより遅い。

「出た」と、小一郎が呟いた。

「い、いくらだ」

藤吉郎が躙り寄る。喜八郎が紙を差し出し、寧々が筆を小一郎の右手に握らせた。

「貝灰を売れば、薪は何石分の金になるのじゃ」

「灰をぶちまけたことは水に流しますゆえ、早う書いてください」

「小一郎さん、三百石より多いのですか、それとも少ないのですか」

三人が同時に詰め寄る。

音がするほど大きく、小一郎は唾を呑み込んだ。筆先を、紙面につける。

少し右肩上がりの癖のある字で、藤吉郎の弟はこう書いた。

三百四十石。

十二

「寧々さんはまだかのう」

白い息を吐いて、小一郎は呟いた。手に箸や椀を持ち、板間に置こうとしている。藤吉郎の実家のあばら屋には、欠けた雑器が整然と並べられていた。

小刀をあてて、珍しく口元の薄い髭を剃《そ》っていた藤吉郎の手も止まる。

桶狭間の合戦があり、薪奉行として三百石の倹約を命じられた激動の一年は終わった。藤吉郎らは、新年を迎えている。

寧々の畦でできた黒豆の収穫も終わり、今日藤吉郎の家に持ってきてくれるという。

命じられた薪の倹約も順調だ。貝灰の値が思っていた以上に高く、取引で利が出た。今年、畦に黒豆を播くまでが刻限だが、それよりも一月ほど早く三百石を達成できそうである。

ならば、ということで、藤吉郎のあばら屋で寧々の黒豆を豆ご飯にして、新年を祝おうということになったのだ。

「確かに、遅いな。よし、おいらが見てくる」

勢いよく土間へ下り、藤吉郎は戸を開いた。

「おおぅ、寧々姫か」

思わず叫んでしまった。入り口のところで、寧々が立ち尽くしていたのだ。寒さのせいで、いつもより頬がずっと赤い。

「さあ、寒かったろう。入って、入って」

抱きかかえるようにして、藤吉郎は寧々を中に招じ入れた。歓声が、あばら屋を満たす。

義父の竹阿弥も、物珍しそうな目で寧々の頭のてっぺんからつま先までを凝視した。そして、藤吉郎に顔をやり、口だけ動かして「うまくやれよ」と伝えてくる。

「うるせえ」と、藤吉郎も口だけ動かして返す。

「あの、これ」

差し出した袋に、皆の注目が集まる。中から出てきたのは、大ぶりな黒豆だった。どれも、十文字の傷が刻印のようについている。たちまち、皆の目が潤み出す。

「間違いないわ。これ、父ちゃんの黒豆よ」

母と姉は、顔を手で覆いむせび泣き始めた。

「こりゃ、立派だなぁ」

小一郎と妹の朝日は、宝石でも扱うかのように黒豆を指で摘む。

「おい、なに突っ立ってんだよ。さっさと宴を始めようぜ」

竹阿弥がすねたような声で言ったので、みんなが一斉に笑い出した。やがて、清洲の城下で魚を買ってきた喜八郎もやってくる。盃《さかずき》が回され、水で薄めた酒が満たされた。

寧々は湯飲みを手にもって、ぼんやりと座っている。宴の中心にいながら、ひとり場から外れているような、そんな雰囲気だ。

問いただそうとしたら、大歓声が沸き上がる。

「ほらぁ。ご飯ができたよ」

母と姉妹が、湯気のたつ椀を持ってきた。

「おお、すげえ」

目の前に差し出された飯を見て、思わず藤吉郎は叫ぶ。大ぶりの黒豆が白い飯のなかに、たっぷりと入っていた。十文字の皮が破れて、中から美味《うま》そうな汁が滲んでいる。

歌声が漏れ聞こえるあばら屋を、藤吉郎と寧々は後にした。

寧々の家までの道を、藤吉郎はできる限り、能《あた》う限り、全力で、渾身《こんしん》の力を使って、ゆっくりと歩く。さっき浴びるように飲んだはずなのに、もう喉が渇いていた。昨日から一日中裏山で復唱した言葉を言おうとするが、できない。

気を落ち着けるため、口元を触った。髭を剃ってしまったので、逆に動転してしまう。まよ、と口を動かした。

「ね、寧々姫」

寧々は、ゆっくりと足を止めてくれた。

「今日の黒豆は本当にありがたかった。お礼を言わせてくれ」

頭を下げようとしたが、錆《さ》びついたかのようにしか首は動かない。

「いえ、もとは藤吉郎様の家の豆です。種は残してありますので、いずれお返しします」

なぜか寧々は伏目がちに答える。

「そんなことはどうでもいい。それより、お願いがあるんじゃ」

寧々は困惑するように半歩下がった。まるで、何かに怯《おび》えるかのようだ。

「気持ちは一緒じゃと思う。そう確信しておるからこそ、言う」

唾を呑み込もうとしたが、駄目だった。

「しゅ、祝言を挙げよう。おいらと夫婦になってくれ」

寧々を直視できずに、足元を見る。

心臓の音がひとつ、ふたつと寺鐘のように時を刻む。

みっつ、よっつ、いつつ、むっつ……ここのつ、とお。

まだ、寧々からは答えはこない。心臓が二十を数えたら、顔を上げて、もう一度言おう。

「藤吉郎様、嬉しいです」

肺が失神して、呼吸ができなくなったかと勘違いした。

耳に刻まれた寧々の言葉を、心中で復唱する。心臓がひとつ打つ間に、幾万回も復唱できた。

「けど、とても寧々は悔しいです」

慌てて顔を上げた。

目鼻から盛大に水を滴らせる娘がいる。くしゃくしゃの表情は、紙を握り潰したかのようだ。

「ど、どうして、悔しいのじゃ」

「寧々は、藤吉郎様の思いに応えることはできません」

「な、なぜ」

「藤吉郎様、すみません。もう会うことはできません」

寧々は、くるりと背を向けた。

「なぜなんじゃっ」

血が滲むかと思うほどの叫びを上げた。

「今日が最後です。薪奉行のお仕事、楽しかったです。一緒に工夫ができ、とても嬉しかったです」

寧々は前のめりになって駆けた。

追いかけようとして、藤吉郎はつんのめる。目の前に肥溜《こえだ》めが現れて、慌てて上半身を捻った。固い地面に強く体を打ちつける。

「寧々姫、それじゃあ、わかんねえ」

立ち上がろうとしたら、足首に痛みが走った。駆けようとするが、できない。右の足首を捻ってしまったのだ。

足を引きずる藤吉郎が向かったのは、寧々たち一家が住む家だ。かつての屋敷は手放し、庄屋が昔住んでいた古い家にいると聞いていた。

寧々の住処《すみか》は、すぐに見つかった。なぜか、戸が開け放たれており、真っ暗な屋内が見えている。中を覗き込むと、竈には数日前に使ったと思《おぼ》しき薪の燃えかすがあった。

「どうしてだ。どうして、寧々姫や木下家の家族はいないんだ」

誰も答える者はいない。腕をさすりつつ出ると、向こうから十数人の武士たちがやってくるのが見えた。

「あれは……」と思わず言ったのは、先頭を歩く初老の男に見覚えがあったからだ。

星明かりを受けて光る眉は、白く太い。体はもともと細身だったが、さらにやつれて枯れ木のようになっていた。肩を怒らせる歩き方を忘れるはずがない。

寧々の父親、木下道松だ。藤吉郎を折檻《せっかん》し、大切な黒豆を喰《く》らった男である。

「おい、そこの猿め」

道松の悪意に満ちた声が飛んできた。

「またしても、我が娘をたぶらかしおったな。帰りが遅いから寧々を問いただせば、お主の家の宴に招かれたと白状しおった」

道松が目配せすると、引き連れていた男たちが、素早く藤吉郎を囲み出した。逃げようとしたが、朽ちかけた家の壁が立ちはだかる。

「聞いておるぞ。我が娘に、下賤《げせん》な薪仕事をさせたとな」

「ま、薪奉行は、卑しい役ではありませぬ」

「ふん、少しばかり倹約で名をあげたからといって、つけあがりおって。いや……」

道松の白く太い眉がはねる。

「そうか、貴様、儂を馬鹿にしておるな。木下家のことを、所領を没収された貧乏侍と思っておるのだな」

道松の怒気に反応するように、取り巻きたちが一歩二歩と藤吉郎との間合いを詰める。

「だが、それも終わりだ。木下家は返り咲いたのだ。見ろ、かつての従者たちも戻ってきた」

そして、藤吉郎が背にする家を睨みつける。

「こんなぼろ家に四年とはいえ押し込まれたのは、屈辱の極みだ」

唾を壁へと吐きつける。

「いいか。もう今までのように、名字なしの貴様に好き勝手はさせんぞ。寧々には、一切近づくな。もし背けば、どうなるかわかっているな」

「わ、訳がわかりませぬ。どうして、寧々姫は……」

首が右に勢いよく折れた。遅れて頬が熱くなる。取り巻きのひとりの拳が視界に映っていた。殴られたと悟った時には、藤吉郎は固い大地に倒れ臥《ふ》していた。

「貴様が訳を知る必要はない。もし、寧々に口をきけば、いや、目の前に現れただけで、どうなるかわかっているな」

蹴りを藤吉郎の体に見舞いつつ、道松は言葉を継ぐ。

「顎を砕いて、一生、米を噛めぬようにしてやる」

最後に顔を蹴られ、血が藤吉郎の鼻の奥で爆《は》ぜる。

たまらずに転がると、壁に肩が強く当たった。剝げた漆喰が、顔にふりかかり咽《む》せる。

「こんなものでよかろう。この家を目にするだけでも、腹が立つわ。さっさと帰るぞ」

道松が踵を返すと、取り巻きたちは背後を守るようにして従う。

「おい」と声がかかり、藤吉郎は目を上げた。

ひとりの男がしゃがみ込み、覗き込んでいる。最初に藤吉郎を殴りつけた男だ。

「悪いことは言わぬ。寧々様には、金輪際つきまとわぬことだ」

藤吉郎は、男を睨みつける。

「つきまとってなんかいねえ。おいらたちは、ふたりの意思で会ってたんだ」

「寧々様は、柴田様のご親戚と祝言を挙げることになった」

続けようとした訴えは、喉の手前で消える。

「寧々様は、祝言を挙げられるのさ。柴田様のご一門とな。そのご縁で、木下家も見事に以前の所領を取り戻したという訳よ」

唇の片側を、男は捩《ね》じ曲げてみせる。

「もし、道松様の言葉に背いて、寧々様に会えばどうなるかわかっているな。木下家の面目だけではない。柴田様も敵に回すぞ」

男は立ち上がり、藤吉郎に冷たい目差しをくれる。

「という訳だ。くれぐれも道松様と鬼柴田様を怒らせんことだな」

嘲笑をまき散らし、男は去っていく。

十三

「さあ、お前たち、今日も薪奉行の仕事を気張るぞ」

蔵の前で藤吉郎は宣言し、鉢巻きをきつくしめた。先日、道松に蹴られた鼻が、鈍痛を伴う。顔を顰《しか》めそうになったが、気合いで笑顔をつくった。

小一郎と喜八郎のふたりが、陰気な目を向けてくる。

「なんだ、その顔は。算盤では三百四十石の倹約だが、それを机上の空論とせぬためには、日々の励みが大切なのじゃぞ」

「兄ちゃんよ」と、小一郎が一歩前へと出る。

「なんだ」

「ようも、暢気《のんき》な顔して気張るとか言えるな。聞いたぞ、寧々さんのこと」

「あはは、もう小一郎の耳にも入ったか」

「入ったかじゃねえ」

持っていた手ぬぐいを地に叩きつける。

「あんまりだろう。傍《はた》から見ても、兄ちゃんと寧々さんはよくやっとった。それを横から取り上げられて、へいこら従うのか」

「じゃあ、小一郎よ、おいらと一緒に鬼柴田様のところに、怒鳴りこみにいくか」

小一郎の顔が一気に青ざめる。

「なんじゃ、お前は。寧々姫を取り返せと言うのだろう。それは鬼柴田様と戦うっちゅうことじゃ。つまり、その下の与力四百騎の侍も敵に回すということじゃ。そんなの、命がいくつあっても足りんわ」

藤吉郎は己の首に両手を当てて、舌を出してみせた。

「わかったろう。女は、寧々姫だけじゃねえ。さあ、仕事を始めるぞ」

「あの」と、口を差し挟んだのは、喜八郎だ。

「藤吉郎様、今日ぐらいは仕事を休まれては」

「なぜじゃ、こんなに元気だぞ」

音を立てて胸を叩いてみせた。喜八郎と小一郎が目を見合わせる。

「喜八郎よ、おらは痛々しくて見ていられねえ。なんだ、あの鉢巻きは」

「私もです。だから、せめて休むように小一郎様からも言ってくださいよ」

「おーい、無駄口を叩くなぁ」

藤吉郎は手を叩いて、ふたりを振り向かせる。

「さあ、いつも以上に張り切ってやるぞ。喜八郎は、貝灰をつくるための貝をもらってきてくれ。小一郎は台所の薪がいくら残っているか、見てこい。おいらは、新しい薪の焼べ方を工夫する」

藤吉郎はふたりを仕事へと追いやる。ひとりで並べられた竈の前に座り、薪をいれて火をつけた。火吹き竹に息を吹き込み、火を育てる。鍋の中の水が沸くのを、じっと待つ。

新しい薪を焼べるため、右手を横に差し出した。いつもなら、すぐに掌の上に薪が置かれるが、今日はちがう。当たり前だ。いつも一緒に薪を焼べてくれた寧々はいない。薪の山から一本を取り上げ、火の中にかざした。

腹の底から吐き出されたのは、盛大なため息だった。薪を握ったまま、火が燃え移るのをじっと見る。一体、どれくらいそうしていただろう。

「あっ、ちぃぃぃ」

藤吉郎は薪を手放した。

いつのまにか、薪に燃え移った火が、藤吉郎の手を焼いていたのだ。

「熱い、火傷《やけど》した。寧々姫っ、水、水」

振り向いたが、無論のこと誰もいない。足元には、半ばほど焼けた薪が転がっているだけだ。

白い煙が、嬲《なぶ》るように藤吉郎の顔に吹きかかる。

やっと仕事が終わり、藤吉郎は清洲の城の石段を上がる。蛍を思わせる提灯《ちょうちん》の灯《あか》りが近づいてくる。

「よー、猿よ」

長身の男が声をかけてくる。人懐っこい笑みを湛《たた》えているのは、前田利家だ。

「今から帰るのか。ちょうどよかった、儂を猿の長屋に泊めてくれねえか」

利家は桶狭間で首をあげた功で、茶坊主を殺した罪は免じられた。しかし、まだ帰参は叶わず、牢人の身分だ。日にち薬で、信長の勘気が解ければ、復帰するのは間違いないと言われている。おかげで、常と変わらぬ様子で城下町だけでなく、城内さえもうろついていた。

「なんだよ、犬には犬の家があろう」

「それがなぁ、ちと松と喧嘩しちまってな。追い出されたんだ」

なぜか、利家は嬉しそうに答える。

よく追い出される男だ、と藤吉郎は指摘する気にもなれない。

一緒に、城の中を歩いた。

「うん」と、ふたりの足が止まる。

藤吉郎の長屋の前に、何かが踞《うずくま》っている。提灯の灯りが届く間合いの向こうなので、姿形はわからない。

「だ、誰だ」

藤吉郎の誰何《すいか》にも答えない。

「殺気はしないから、敵じゃねえ。きっと、獣だろうよ」

利家が、灯りを近づけた。

影の輪郭が浮かび上がる。

藤吉郎の心臓がとたんに高鳴り出した。

——ま、まさか。

恐る恐る、藤吉郎は足を進める。

柔らかい息づかいが、藤吉郎の耳に聞こえてきた。同じ拍子でずっと続くということは、寝息だろうか。

闇の中から浮かび上がったのは、女人だ。紅をひいたように真っ赤な頬、柔らかげな輪郭を、忘れるはずがない。

寧々が、藤吉郎の長屋の前に踞っていた。寒さに耐えるためだろうか、小さな膝を細い腕で抱えている。片方の腕に頭を預け、横顔が夜風にさらされていた。きつく瞑《つむ》った目は、開く気配はない。小さな唇からは、か細い寝息が漏れていた。

提灯を持った利家が近づき、寧々の姿がより明瞭になる。

「木下殿の娘御じゃないか、なぜここに」

寧々の目の周りの皮膚が、真っ赤に腫れている。泣きはらしたあとだ。

「おい、まさか、寧々さんがここにいるってことは、木下の家を出てきたってことか」

利家がさらに提灯を近づけた。灯りの熱で固まっていた涙が溶けたのだろうか。一筋の滴が瞼《まぶた》の下から零れ、頬を伝う。


足軽長屋の入り口で待つよう、前田利家に藤吉郎は言う。利家は入り口の横の地面に腰を下ろし、藤吉郎と寧々のふたりが入るのを見守ってくれた。

一本だけある燭台にも火が灯り、一間がぼんやりと浮かび上がった。土間に筵を敷いただけの質素な部屋だ。その中央に寧々を座らせる。同じく、藤吉郎も固く冷たい床に尻をつけた。

寧々が語り始める。

父と母に押しつけられた柴田家との縁談が、どうしても嫌なこと。

何度も断ったが、聞き入れてもらえなかったこと。

そして、とうとう家を飛び出したこと。

途中から、寧々は泣きじゃくり始める。何度もつっかえつつも、家には帰りたくない、と様々な言葉で言う。

藤吉郎は、拳を強く握りしめた。

――おいらは何を守ろうとしていたんじゃ。

頭を殴りつけたい衝動にかられた。

薪奉行は大切な仕事である。愛着もある。信長に認められたいという渇望もある。

だが、と思う。

今、軌道に乗る薪奉行の仕事を、誰に助けてもらったのだ。

「寧々姫は、たわけじゃ」

乾きかけた寧々の瞳が、また湿り出す。

「おいら以上の大たわけじゃ。おかげで、目が覚めた」

自分の両頬を、藤吉郎は思いっきり引っぱたいた。

「おいらは柄にもなく、賢く振る舞おうとした。柴田様を恐れるあまり、寧々姫のことを忘れようとした」

ふざけるな、と心中で自身を罵倒した。賢く生きるなら、なぜ中村の田畑を捨てた。どうして、今川方の松下家を出奔した。大事な女を忘れて、活きた人生など送れるのか。

「怖かったろう。女人の身で、生まれた家を出奔するなど、死ぬに等しい愚行じゃ」

自分の発した言葉によって、藤吉郎の胸は押し潰されそうになる。

もし、己が受け入れなかったら、寧々はどうするつもりだったのか。木下家に戻っただろうか。それはないような気がする。ひとりで生きる道を選んだのではないか。この乱世に、女の生きる道は多くはない。どんな覚悟をして飛び出したかは、容易に察することができた。

「しかも、よりにもよって、おいらみたいな大たわけのもとに来るなんて。本当に寧々姫は……大たわけを超えた馬鹿者じゃ」

寧々の頬が持ち上がった。きっと笑ったのだろうと思った。

「寧々姫よ、いや、寧々よ」

しゃくりあげていた声が止まる。

「どうなるか、わからん。あの鬼柴田様を敵に回すことになる」

寒さとは違う震えが、全身を襲った。

「けど、おいらは寧々を守る。木下家を敵に回しても、鬼柴田様から命を狙われても、どんなに大きいお方が、敵に回ってもだ」

唾を呑み込んだ。

「だから、寧々よ」

ふたりの手が自然と伸び、つながる。優しくも、強く結ばれる。藤吉郎にはもはや、何の躊躇も恐れもなかった。寧々が、間違いなく受け入れてくれる確信がある。

「一緒に——おいらと一生を共に……」

ひとつ、ためると、寧々は力強く頷いてくれた。「言って」と、叫ばれたような気がする。

藤吉郎は己の意思を、舌にこめた。

「猿よ」と、一番いいところで声を挟んだのは、利家だった。

板戸を勝手に開けて、座ったまま横顔を覗かせている。目は、外の星空に向けたままだ。

「お、お前なぁ」

藤吉郎が睨みつける。

「空気を読めっ。普通なら、ここは何も言わんと静かに消えて、ふたりきりにするもんだろうが。それを、このたわけが……」

土間を殴りつつ、怒鳴りつけた。

「話をつけてやろうか」

外を見たまま、利家が言う。

「え」と、藤吉郎と寧々は同時に呟く。

「話をつけてきてやろうか。柴田の親父とは、知らない仲じゃない」

夜空の星を見つつ、利家は言葉を継ぐ。

「小さい頃は槍を教えてくれた。稲生で柴田の親父が負けた後は見舞いに行ったし、今牢人している儂を助けてくれるのも、柴田の親父だ」

「ま、まことか」

藤吉郎は四つん這いで、利家のもとまで進んだ。

「猿よ、こんなものでは、稲生と桶狭間の借りは返せんかもしれんが」

「そんなことはないぞぉ」

藤吉郎は、足にしがみつく。寧々もすかさず「そうでございます」と、利家の肩に両手をおいた。

「お願いします。私を、いえ、藤吉郎様を助けてやってください」

寧々が頭を地につけた。藤吉郎も続く。

「よせよ」

声がして、ふたりは額を浮かせる。

「儂と猿は朋輩だ。友とその女が困っているんだ。男にしてやるのが、武士ってもんだ」

利家は立ち上がった。

「犬よ」「又左様」

利家がふたりを見下ろす。満天の星々を背負って。

「猿よ、この揉《も》め事、槍の又左に預けるか」

藤吉郎は何度も頷いた。

「ならば、前田利家の名にかけて、柴田の親父に話をつけてくる。任せておけ」

十四

寧々が藤吉郎の肩に寄りかかっている。ふたりで長屋の壁に背を預け、利家の消えた入り口をじっと見ていた。徐々に夜が明けつつある。

「大丈夫だろうか」

「大丈夫ですよ」

「大丈夫かしら」

「大丈夫だ」

幾度となく、そんなやりとりを繰り返し、日の出を迎えた。

「寧々、ちと厠へ行ってくる」

そう言ったのは嘘で、先程から何かを打ちつけるような音が聞こえていたからだ。朝日が洗う城の広場を歩いていると、ひとりの男がもろ肌脱ぎで大きな弓を構えていた。顔を斜めに割るように、大きな傷も走っている。

「あれは、浅野様か」

浅野又右衛門――弓三張と呼ばれる信長配下の弓巧者三傑のひとりだ。先の桶狭間で、藤吉郎はこの男の弓脇を務めて助けた。

腕に血管が浮き出るほど強く弦を引き絞り、矢を放つ。甲高い音を立てて、矢が弾き返された。

見ると、五十間《けん》（約九十メートル）ほど先に桶側胴を的として置いている。火縄銃の弾を撥《は》ね返す桶側胴が矢で貫通できる訳もなく、ほとんどが地に落ちていた。

「あの、何をされているのですか」

浅野又右衛門は藤吉郎を一瞥《いちべつ》しただけで、無言だ。

「桶側胴を射貫くなど無理でございます。火薬をたっぷりと使った火縄でないと」

言ってから、釈迦《しゃか》に説法だったと悟る。

一方の浅野又右衛門は、渋い顔で的を睨んだままだ。余計なことをしたかもしれないと思い、藤吉郎は頭を下げて去ろうとした。

「待て、藤吉郎。聞こえていたぞ。あの前田又左に、柴田殿を説得させる気か」

慌てて、振り返る。

「又左が、正真正銘のうつけなのは知っていよう。なぜ、奴を信じる。悪いことは言わぬ。今から追いかけて連れ戻せ。まとまる話も、まとまらぬようになる」

この方はどこまで知っているのだろう、と思いつつ慎重に藤吉郎は思考を巡らせる。

「確かに、又左は大たわけです」

浅野又右衛門が頷いた。

「ですが、それ以上においらの朋輩です。身分は違いますが、友だと思っております」

浅野又右衛門の目が、少し大きくなったような気がした。

「長い付き合いです。だから、おいらは浅野様が言うように、犬……いや又左が信用ならんのはよう知っています」

事実、稲生の戦いや桶狭間の合戦では、潜《くぐ》らなくてもよい死線を潜らされた。

「ですが、悪い奴ではありませぬ。おいらは、又左を信じたいと思います。それが、名字無しのおいらを慕ってくれる友にできる、唯一のことです」

浅野又右衛門は桶側胴に向き直る。

「わかった。もうよい」

「あの、少し訊きたいことが」

「なんだ」

「おいらたちの話を、浅野様はどこまで知っているのですか。寧々のことは……」

一転して、強い眼光で睨まれた。

「去れ。弓の調練が終われば、殿とお話しすることがある。時が惜しい。これ以上、煩わせるな」

そう言って、また弓を引き絞り、矢を放つ。

今度は桶側胴に撥ね返されることなく、刺さった。

「まだまだ。刺さっただけで貫いてはおらん。こんなことでは、いつか火縄銃に負けてしまう」

自身を叱咤しつつ、浅野又右衛門は弓の稽古を続ける。再び声をかける隙などなかった。

今度こそ本当に一礼して、藤吉郎は去る。


夜は完全に明けて、そろそろ昼の気配が強くなろうとしていた。藤吉郎と寧々の瞼も、さすがに重たくなってきた頃だった。

「猿よ、喜べ、話をつけてやったぞ」

利家の声が響いて、ふたりは同時に立ち上がった。互いに顔を見合わせる。

「でかした、犬よ。いや、又左衛門殿、ようやってくれた」

戸口から飛び出した藤吉郎は絶句した。

前田利家が、顔や腕のあちこちから血を滲ませていたからだ。痣《あざ》はそれ以上にある。刀で斬りつけられたらしく、着衣の裂け目が風に揺れていた。

「い、犬、その姿は一体」

遅れて飛び出した寧々が、「まあ」と悲鳴を上げる。

「心配するな、猿。大した傷じゃないし、負けてもいない。まあ、さすがに柴田様の侍を相手にするのは骨だったがな」

顔にできた青痣を撫でつつ、利家は笑う。

「ま、待て、犬。お前は何をしに行った。柴田様に話をつけに行ったのではないのか」

「もちろんよ、そう言っただろう」

「じゃあ、どうして、そんなに傷だらけなんじゃ」

「そりゃ当然だろう。寧々さんは渡さねえって、喧嘩売りに行ったんだから」

「け、喧嘩を売りに行っただと」

「そうだ。寧々さんを取り返したきゃ力ずくでこい、と柴田の親父に言ってやったのよ。勝った方が、寧々さんをものにできる、と話をつけてやった」

藤吉郎の視界がぐらぐらと揺れ始めた。

「じ、じゃ、じゃあ、話をつけに行くってのは、柴田様を説得に行ったわけでは……」

「当たり前だろ。儂にそんな賢《さか》しげな芸当ができると思っていたのか」

限界以上の立ちくらみに襲われた藤吉郎を支えてくれたのは、寧々だった。

「心配するな。ちゃんと柴田家、木下家、まとめて相手をしてやるって言ってやったから。この喧嘩に勝てば、柴田の親父も木下道松殿も、ぐうの音も出ないはずじゃ」

「又左衛門様、柴田様の与力は四百騎ですよ。全員と喧嘩して勝てるのですか。何か策があるのですか」

寧々の問いかけに、利家は白い歯を覗かせて応えた。

「あはっ、そんなもんねえよ。どうせ、負けてもともとだ。喧嘩して寧々さんを手放すなら、猿も納得できるだろう」

藤吉郎と寧々は、ふたり仲良く地に伏した。

「おいらは大たわけじゃ。犬めを信じたおいらが……」

「藤吉郎様、大丈夫ですか」

揺すられて、白いものが顔から飛び散った。手を口に持っていくと、泡を吹いていることに気づく。

「楽しみだな、猿よ。柴田の親父、怒ってたぞぉ。茹《ゆ》でた海老《えび》みたいに、真っ赤になってやがった。『儂の面目を潰して、五体満足でいられると思うなよ』って気合い十分よ。ああ、なんか言ってたら、海老が食いたくなったなぁ」

利家が柴田勝家の怒りの形相を茹で海老に喩《たと》えている間、藤吉郎は蟹のように白い泡を吹きつつ身悶《みもだ》えるのだった。

十五

冬を越す田んぼが、乾いた地表をあちこちにさらしている。その隙間を、藤吉郎は寧々の腕をとり走っていた。

「おーい、猿、逃げてちゃ、いつまでたっても喧嘩に勝てねえぞ」

利家の暢気な声が追いかけてくる。後ろを向くと前田利家の姿があり、その後ろから何十人もの武者たちが追いすがろうとしている。柴田家の与力や木下家の侍たちだ。平装の藤吉郎らと違い、皆、臑籠手《すねこて》をつけた小具足《こぐそく》姿だ。さすがに四百騎を動員することはなかったが、皆殺気立っている。

中でも白髪を逆立てんばかりに追ってくるのは、白く太い眉を持った木下道松だ。その横では同年代の太った女人が「寧々、帰ってきなさい」と、金切り声を上げていた。寧々の母の旭《あさひ》だ。

「待て、藤吉郎」

立ちはだかったのは、猪鼻にがに股姿が印象的な武者――吉田次兵衛だ。右手には大きな抜き身の刀を持っている。

「同じ百姓同士、素直に寧々殿を返せば、痛い目にはあわさん」

刀を上段に構えつつ、次兵衛は睨む。

「いやじゃ、絶対に寧々は渡さん」

寧々の手首を強く握りしめる。

「手を放せ」

「放せるもんなら、放させてみろ」

「ならば、容赦はせん。恨むなよ」

次兵衛の頭上の刀が唸った。陽光を反射しつつ、寧々の腕を掴む藤吉郎の手首へと吸い込まれていく。

藤吉郎は寧々の手首を強く握りしめる。耳をつんざく轟き、これが斬られた時に聞こえる音か。まるで、刀と刀を打ち合わせたかのようだ。

いや、違う。これは間違いなく、刀がぶつかった音だ。

目を開けると、藤吉郎と次兵衛の間に、長身の前田利家が立ち塞《ふさ》がっていた。手には、長い刀を握っている。こちらもすでに抜き身だった。微かに切っ先が震えているのは、利家が次兵衛の斬撃を防いでくれたからだろう。

「大丈夫か、猿」

「大丈夫だ。やっぱり、犬は頼りになるぜ。お前を今まで大たわけだと思ったことは謝ま

……」

「らんでいい」

「へ」

動揺する藤吉郎を一瞥さえせず、利家は首を捻って次兵衛に合図を送った。

「吉田次兵衛だな。我流だが、面白い太刀筋だ。尋常の立ち合いを所望する」

「いいともよ」

猪鼻から強く息を吐き出して、次兵衛も答える。

「ちょ、ちょっと待て。お前がいなくなったら、おいらたちはどうなるんだ」

「知らん。死ぬことはないと思う」

「お、お前、おいらを助けると言うたろう」

「無論、助けるが、こいつで手一杯だ。あとは何とかしてくれ」

「してくれではないわぁ。なら、かっこつけて啖呵《たんか》を切ってないで、さっさとおいらたちを逃がせ」

藤吉郎の叫びを無視して、利家と次兵衛は睨みあう。間合いを保ちつつも、離れていく。

気づけば、周りを木下道松夫妻や柴田家の与力たちが囲っていた。

「寧々、こんな下賤な男と所帯を持つなど許さんぞ」

息を切らした道松が睨みつける。

「お前様、この子には何を言っても無駄よ」

妻の言葉に、道松の目に殺気が宿る。

「そうだな。そなたの言う通りだ。寧々を諦めさせるには、ひとつしか手はないのじゃ」

柴田家の与力たちが、輪を狭め始めた。

「この猿もどきの手足、それぞれ一本ずつ使えなくしてやれ。片手片足でも、薪奉行くらいなら務まろう。さすれば、寧々の目も覚めよう」

道松は、乾いた唇を舌で舐《な》める。

「こうするしかないのじゃ。木下家を再興するにはな。このまま足軽以下の暮らしをしていては、ご先祖様に申し開きができん」

藤吉郎と寧々は、互いに手を握りしめる。

それを見て、道松夫妻は忌々しげに舌打ちをした。

「寧々」

「はい、藤吉郎様」

「おいらは、もう寧々を守りきれない。きっと半殺しにされる」

「そんな」

「けど、この手だけは放さねえ。何があってもだ。それだけは間違いなく誓う」

返事のかわりに、寧々の指が藤吉郎の掌に強く食い込んだ。藤吉郎も握りしめることで、寧々の思いに応えた。

「やれっ」

道松が命じた。

藤吉郎は目を瞑り、歯を食いしばる。

どうしてだろうか、耳に届く打擲《ちようちやく》の音が、馬蹄の響きに似ているのは。

「うわぁぁ」

悲鳴のようなものも聞こえる。寧々の声にしては、随分と低く太いし、何よりひとつでなくいくつも響いているのはどういう訳だ。

「だ、誰だ」

道松の狼狽えた声がして、藤吉郎は慌てて目を開けた。

馬に乗ったひとりの武士が、囲む武士たちを蹴散らしている。顔には斜め一文字に傷が入っているではないか。

「叔父上《おじうえ》」と、寧々が声を上げた。

「久しぶりだな、寧々」

馬上の武者こと、浅野又右衛門は声を落とす。藤吉郎は、寧々と浅野又右衛門の顔に視線を慌ただしく往復させた。

「おおぅ、義弟殿《おとうと》よ」

「助太刀に来てくれるとは、何と頼もしいことでしょう」

歓声を上げたのは、道松夫妻だった。

「浅野様が、寧々の叔父上で、木下様の義弟だって」

浅野又右衛門を見る。

「と、ということは」

「いかにも、寧々は儂の姪《めい》じゃ」

「げえ」と叫んで、思わず藤吉郎は寧々の手を放しそうになった。

「こらっ、藤吉郎様、駄目」

寧々に小突かれて、慌てて握り直す。

「そんなことも知らずに、寧々を娶ろうと画策するなど、不届き千万よ」

浅野又右衛門が馬を下りた。柴田家の与力が、従者のように恭《うやうや》しく馬の口をとる。織田家において、この男の弓の腕前を知らぬ者はいない。また、刀をとっても、並以上のつかい手だ。敬意が滲んだ目で、柴田家の与力や木下家の侍たちが見つめている。

「さて」と全員に聞かせるように、浅野又右衛門はゆっくりと口を開く。

「こたびの騒動、双方共に鉾《ほこ》を収めてもらおうか」

「義弟殿、それはどういうことじゃ」

すかさず詰め寄ったのは、木下道松だった。

「実はな、義兄上《あにうえ》、先程、殿と相談していたのだ」

「相談だと」

「うむ、儂にはひとりだけ娘がいる。知っての通り、家を継ぐ婿もとった。しかし、乱世ゆえ、それを扶《たす》ける養子か養女がいれば心強いと思っていたのじゃ」

「そういえば、そんなことを言っておったな」と、道松が顎に手をやる。

「そこで殿に相談するとだな、寧々を養女にしてはどうか、と言われたのじゃ」

道松は一旦は首を傾げていたが、やがて頬を持ち上げ、だらしなく笑い始めた。

「それは悪くない。いや、むしろ良い。弓三張の浅野又右衛門殿の養女となったうえで、柴田様の縁者と祝言を挙げれば、木下家は安泰じゃ」

「お前様、しかも、この養子縁組は殿の肝いりですよ」

道松夫妻は手を取り合って、喜び始めた。

「では、寧々の養子縁組の件は」

「喜んで、お受けしましょう。いや、こちらから頼みたいぐらいじゃ」

道松が薄い胸を叩いた。

「お待ちください」

声を割り込ませた藤吉郎に、鋭い視線が突き刺さる。だが、怯まずに藤吉郎は叫んだ。

「あんまりです。勝手に養子縁組するだなんて。寧々の気持ちを、もっと汲《く》んでやってください。寧々は犬や牛じゃないんだ」

前に出ようとすると、寧々とつないだ手が後ろに引っ張られた。

「藤吉郎様、ちょっと待って。多分、叔父上はそんな人じゃない」

「待てねえよ。だって、こんなのあんまりだ。おいらは絶対に認めねえ」

浅野又右衛門が、藤吉郎を睨みつける。

「藤吉郎よ、これは殿のご命令だ。それを不服というのか」

信長の姿が頭に浮かび、藤吉郎は思わず後ずさった。

「わかったなら、その手を放せ。藤吉郎が無理なら、寧々よ、お前が放せ。殿に逆らう意味が、わからぬ訳ではあるまい」

寧々の指が弛《ゆる》みそうになったので、藤吉郎は慌てて握り直した。

「放さぬのか。それは、殿に背くも同然だぞ」

「放しませぬ」

藤吉郎は、吐き捨てるように答える。

「たとえ、殿のご命令でも、こればかりはきけませぬ」

浅野又右衛門はゆっくりと近づき、藤吉郎を見下ろす。

瞬間、手首に激痛が走った。藤吉郎の決意を嘲笑《あざわら》うように、指が勝手に開き、寧々の手を解き放つ。あまりの痛みに、藤吉郎はその場に踞った。

「藤吉郎様、大丈夫ですか」

寧々が背中にしがみつくが、藤吉郎は起き上がれない。

手首に浅野又右衛門が拳を添え、骨を削るように動かしたのまではわかった。あとは己の意思で御しかねる痛みに襲われ、悶えることしかできない。

「お主の決意はこの程度か」

額を地につけて、呻《うめ》く。

「これが、手ほどきだ。武士の子ならば、誰でもこのぐらいはできる」

藤吉郎は、浅野又右衛門を見上げる。

「手ほどきを受ける」という言葉があるように、剣槍柔弓、全ての武道の基本は相手の手を振りほどくことにある。その技を「手ほどき」という。

「この程度の——童でもつかえる手ほどきの技も返せずに、この乱世で寧々と添い遂げようとしたのか」

もう痛みは引いていたが、藤吉郎は何も言い返せない。もし、この技をかけたのが浅野又右衛門ではなく、山賊や野伏だったら。そう思うと、唇を強く噛まざるをえない。

目が熱いもので満たされた。頬や鼻下を、水滴が幾粒も伝う。

悔しい、と思った。浅野又右衛門に対してではない。初めて、己の非力を呪った。そして、その行為自体が恐ろしく手遅れなことに、藤吉郎は泣いた。声を出して。

「義弟殿、恩に着る。これで、やっと寧々を柴田様のご親戚に嫁がせることができる。この猿めがたぶらかさなければ、もっと早く片づいたものを」

道松の嬉しげな声が聞こえてきた。

藤吉郎は額を地面にぶつける。

なぜ、こういう時に限って、地が柔らかいのだ。固い岩が、なぜないのだ。

心中で叫びつつ、頭を強く打ちつける。

「義兄上よ、何か勘違いしていないか」

「勘違いとは」

「寧々は、もうそなたの娘ではない。我が浅野家の娘だ」

ゆっくりと、藤吉郎は顔を上げた。

「儂は、寧々を柴田様の縁者に嫁がせるつもりはない」

「な、なな」

道松が唇を激しく震わせた。

「そんな、無茶が許されると思っているのですか」

道松の妻が叫ぶ。続いて、道松が罵声を浴びせた。

「儂は、柴田様の与力じゃぞ。儂に逆らうということは、柴田様に逆らうということだ。わかっておるのか」

道松は指をつきつける。

「ええい、そんなことを言うなら、義弟殿には寧々はやらん。養子縁組などはせん」

「ほお、殿肝いりの養子縁組を一度は諾と言いながら、反故《ほご》にすると言うのか」

道松夫妻が、目でわかるほどにたじろいだ。

「殿の命に反して、寧々を取り戻すなら、それもよかろう。だが、その時は」

躊躇なく、浅野又右衛門は腰の刀を抜いた。

「殿の面目を潰したことになる。殿から弓三張のひとりに任じられたこの浅野又右衛門、刃でもって義兄上の無礼に応えさせてもらう」

柴田家の与力たちが、二歩三歩と後ずさり始めた。

「たとえ、相手が義兄上でも、手加減はせぬ」

言葉と共に睨みつける。道松夫妻も応ずるように、眼光を強めた。だが、歴戦の雄の浅野又右衛門とは比べるべくもない。

「さあ、どうされる。寧々を取り返したいなら、今すぐ刀を抜かれよ」

木下道松は、細い手を刀の柄へと近づけた。指が触れる寸前で止まる。いつのまにか、夫妻の顔は青ざめていた。震えも、関節が外れるかと思うほど大きくなっている。

やがて、力尽きたかのように、木下道松はがっくりと膝をついた。


遠ざかる柴田家の与力と道松夫妻を、藤吉郎と寧々と浅野又右衛門の三人はじっと見ていた。遠くの方では、前田利家と吉田次兵衛がまだ決闘を続けている。互いに刀が折れ、組み討ちに移行しているが、疲れきっており童の喧嘩のように髪を引っぱりあっていた。

「ま、又右衛門様、ありがとうございます……と言ってよいのですね」

藤吉郎が恐る恐る訊くと、また睨まれた。

「我が養女を娶りたいか」

「もちろんでございます」

「叔父上、いえ、義父上《ちちうえ》、私からもお願いします。藤吉郎様と添い遂げとうございます」

寧々も並んでくれた。

「ならば、藤吉郎よ、強くなれ」

藤吉郎の心臓が早鐘を打つ。全身を巡る血の量が、倍になったかと錯覚した。手ほどきで擦られた手首が、再び痛みを取り戻す。

「つ、強く……なりたいです」

己の短軀と非力を知る藤吉郎は、そう答えるのが精一杯だった。

「又右衛門様のように、強くなりたいですっ」

今度は躊躇なく叫ぶことができた。

「お願いします。弟子にしてください。不肖の婿であるおいらを、強く育ててください」

「断る」

下げようとした藤吉郎の頭が止まる。

「儂は見込みのない者は弟子にとらん」

容赦のない言葉に、藤吉郎の顔が歪んだ。

「お主が少々弓をつかえるようになって、戦場の役に立つか。弓や槍だけが、強さではない。お主は、お主なりの強さを求めろ」

意味を咀嚼《そしやく》するために、しばしの時が必要だった。

「とはいえ、それでは雲を摑むようなものだろう。いいだろう。弟子にはせぬが、手ほどきだけは教えてやる」

また手首が疼《うず》いたが、今度は痛みは伴わなかった。

「手ほどきも知らずに、どうやって大切なものを守る。敵の技を知り、己を鍛えれば、どんな困難からも守りきれる。大切なものを手放さなくてもよいはずだ。なにより」

ここで、浅野又右衛門はひとつ息を継ぐ。

「手ほどきもできぬ軟弱者を、我が娘の婿にはできん」

「で、では、手ほどきができるようになれば、寧々と祝言を挙げても」

「くどい。武士に二言はない。明日の日の出前に、儂が弓を稽古していた場所にこい。たっぷりと鍛えてやる」

礼の言葉を発することはできなかった。藤吉郎は突っ伏す。

その上から、寧々の手が優しく添えられた。

遠くの方では、まだ利家と次兵衛の喧嘩が続いている。

「なんだありゃ、大人のくせに髪を引っぱりあっとる」

「見るな。見たら、馬鹿がうつるぞ」

村の童たちだろうか。ふたりの喧嘩を気味悪がる声も聞こえてきた。

十六

藤吉郎の目の前には、稲穂を揺らす田んぼが広がっている。木下家や柴田家の与力との騒動の頃、乾いた田んぼが広がっていたのが嘘のようだ。

――まさか手ほどきの修業に、半年以上もかかるとは……。

藤吉郎は己の腕を見る。あちこちに痣があり、手も肉刺《まめ》だらけだ。

手ほどきと思って甘く見ていた。まさか、干支《えと》の名を冠した技が十二系、さらにそれぞれ真行草の三種の変化技があり、型にいたっては三十六の手ほどきを数種組み合わせたものが、百八もあるとは。それを、手ほどきする側、される側で学ばないといけない。

薪奉行で三百四十石の倹約を目指しつつ稽古するので、大変な時間がかかってしまった。

「薪奉行様、こちらが年貢の薪です」

声がして振り返ると、農夫たちが十籠ほどの薪を並べていた。

「うむ、ご苦労。では、城へ持っていくぞ。残りは必ず米で払うように」

「はい、もちろんですが、あの」

「なんだ」

「あの、おひとりで運ぶのですか。荷車を用意しましょうか」

「構わん、城はすぐそこだ」

左右の手に三籠ずつ、背に四籠ほどを背負い、呆然とする農夫を尻目に歩く。浅野又右衛門の容赦のない稽古では、結局刀槍の腕は上達しなかった。当然だろう。相手の手をふりほどくことしか教えてもらっていないのだから。だが、いつのまにか薪を運ぶ力だけは人並み以上についた。

薪を背負って、城へと向かう。

足軽長屋の前で待っていたのは、小一郎と喜八郎だった。

「兄ちゃん、遅《おせ》えぞ」

「そうですよ。花嫁が婿の家で待つなど、聞いたこともありませぬ」

ふたりが目尻を吊《つ》り上げる。

「あ、駄目じゃ、寧々さん」

「顔を出したら、祝言の儀式が台無しじゃないですか」

小一郎と喜八郎の制止を振り切って出てきたのは、寧々だった。

花嫁らしくない明るい瞳で、こちらを一直線に見つめてくる。かつて、ままごと遊びを共にした時と同じ表情だ。

「待っただろう、寧々。すぐに支度をするからな」

薪を下ろしつつ藤吉郎が言うと、寧々は首を横に振った。

「いえ、藤吉郎様、少しも待っておりません」

「寧々さん、強がらんでいい。本当なら、半刻（約一時間）前には始められたのに」

「そうです。藤吉郎様が図に乗るから、甘やかさないでください」

寧々の目が輝き出す。

「いいえ、本当です。寧々は十年待ちました。それに比べれば、半刻などどうということはありません」

意味がわからず、薪を下ろす手を止めた。寧々が、手に持っていた袋を差し出す。

「あっ」と、藤吉郎は声を漏らす。

「父母の反対を押し切ったゆえ、嫁入り道具はこれだけです。しかも、本当は十年前に渡すはずだったものですが……」

藤吉郎は慌てて受け取る。結び紐《ひも》を解《ほど》くと、中から大ぶりの黒豆が現れた。父が選《よ》りすぐり、藤吉郎が大きくし、寧々が逞しく育てたものだ。十文字の傷が、藤吉郎の視界に優しく馴染む。

――そうか、道松様に折檻されたあの日から、十年もたつのか。

手に持つ黒豆が震え始める。

「藤吉郎様」

寧々に呼びかけられて、目を引き剝がした。

花嫁が地面に膝をつき、ゆっくりと頭を下げる。そして、湿った声でこう言った。

「ふつつか者ですが、よろしくお願いいたします」

黒豆を握りつぶしそうになる手を、藤吉郎は必死に押し止める。

「兄ちゃん、寧々さん、それは駄目だぞ。そんなままごとみたいな挨拶じゃ、駄目だ。祝言ってのは、もっと厳かにやるもんだぞ」

「全くです。質素とはいえ、これからおふたりが住まわれる長屋をしっかりと調えたというのに。どうして、軒先で一番大事なことを言うかなあ。さあ、中でやり直してください」

小一郎と喜八郎が、藤吉郎と寧々の手を引く。戸口から中が見えた。いつもと、少しだけ様子が違う。土間と筵の間には、藁《わら》が敷き詰められ、柔らかくしていた。野で摘んできた花が、欠けた花瓶に飾られている。

「おーい、猿」

声が聞こえて、四人同時に後ろを向く。長身の若者と顔に斜め一文字の傷を持つ武者が歩いてくる。

「よかったなあ。儂が柴田の親父と話をつけにいった甲斐《かい》があったぜ」

利家の言葉に、藤吉郎と寧々は目を見合わせた。

「この馬鹿者め」と、叫んだのは浅野又右衛門だ。

「養父を差し置いて祝言を始めるなど、不孝の極みだ」

笑みを浮かべつつ、浅野又右衛門は花婿と花嫁を叱りつける。

「おーい、藤吉郎」

「兄さま」

さらに、その背後からやってくるのは中村郷の藤吉郎の家族だ。杖《つえ》をついた竹阿弥もいて、瓢箪を振っている。

「藤吉郎よ、祝いだ。今日ばかりは、水で薄めた酒なんてけちは言わねえぞ」

竹阿弥が、瓢箪を放り投げた。受け取った藤吉郎は、思わず顔を顰める。

「この野郎、何が水で薄めてねえだ。その分、量が少ねえじゃねえか。ほとんど空っぽだぞ」

「あんた、だから道中で飲むのはやめなさいって言ったでしょ」

藤吉郎の母が竹阿弥の頭を叩くと、皆がどっと笑った。

尾張の秋空に、ままごとのような祝言の喧噪《けんそう》が溶けていく。

第三章　天下人の昇活

一

煌《きら》びやかな馬印が、尾張《おわり》の調練場にひしめいていた。

馬印は戦場で己の居場所を誇示し、敵陣を崩した時などに遠目からでも手柄を証明するものだ。長い竿《さお》の上には、大扇やかぶり笠《がさ》、吹き流しなど、趣向をこらした意匠が咲き誇っていた。そんななかで、嵐の日の帆船のように頼りなく右往左往している馬印がある。木を模した作り物に、藁《わら》人形を巻きつけたものだ。煌びやかな他の馬印と比べると、なんとも貧相で、かつ滑稽だ。

その下では、桶側胴《おけがわどう》と兜《かぶと》を身につけた小男が、汗と唾を盛んに飛ばしていた。

「ええい、右じゃ、右。右だと言っておるだろうが」

藤吉郎は力の限り叫んでいた。しかし、足軽たちは全く違う方向へと走っていく。

「たわけえ、そっちじゃねえ。それより右だ。ちがう、それだと右すぎる。もっと左だ」

声を飛ばせば飛ばすほど、藤吉郎が指揮する足軽たちの混乱が増していく。

「はははは、藤吉郎殿、兵の采配は薪《まき》を倹約するようにはいかんようじゃのお」

声と共に藤吉郎の目の前に現れたのは、人の胴体ほどはある大きな草鞋《わらじ》を吊《つ》った竿だった。

織田家一の猛将柴田勝家の草履取からのし上がった男の馬印だ。

「藤吉郎殿、調練じゃからって手加減はせんぞ」

猪鼻《いばな》にがに股の武者——吉田次兵衛がにやりと笑って、槍《やり》を模した木の棒を突きつけてきた。

「たわけえ、そりゃこっちの台詞《せりふ》じゃ」

芝居のような口上で応戦して、藤吉郎も腰の木刀を抜いた。だが、吉田次兵衛とまともにやっても勝てないのは、藤吉郎自身がよく知っている。

「言っとくが、おいらの馬印は絶対にやらねえぞ」

ちらりと後ろを見ると、作り物の木に藁人形をくくりつけた藤吉郎の馬印を震えながら持つ従者の姿が目に入った。調練では、馬印を奪われると負けと決まっている。

「寧々《ねね》のご両親からもらった木下の名字とこの馬印にかけて、絶対に次兵衛なんかには負けん」

藤吉郎が寧々と結婚してから六年が経《た》っていた。美濃《みの》の豪族の調略でも手柄を立てて、とうとう寧々の父母にも認められたのだ。その証《あかし》として名字をもらい、木下藤吉郎と名乗り、木下家先祖代々の馬印も拝領した。

「ふん、そんな藁人形の出来損ないみたいな馬印など欲しくもないが、そうせねば勝ち名乗りを上げられんでな」

「次兵衛みたいに百姓臭い馬印より、百倍ましじゃ。足軽ども、右へ動いて守れ」

しかし、またしても足軽たちは明後日《あさって》の方へと行く。守るべき藤吉郎の馬印は、どんどんと手薄になる。

「なんじゃ、あのへった糞《くそ》な采配は」

背後から嘲笑が聞こえてきた。

「なんだと」と、思わず振り向いたのは、声に聞き覚えがあったからだ。ひとりの老いた見物人が丘の上に立っていた。左手に持つ杖《つえ》で体を支え、右手に持つ瓢簞《ひょうたん》を顔に持ってきて酒をしきりに呷《あお》っている。藤吉郎の母の後夫、竹阿弥である。

「竹阿弥、うるせえぞ、黙ってろ」

「おいおい、儂《わし》に構っている暇があるのかよ」

酒で濡《ぬ》れた唇を腕でぬぐいつつ、竹阿弥は藤吉郎を指さした。いや、正確には藤吉郎の背後から迫りつつある人物をだ。

「ほら、さっさと後ろを向かねえか、でねえと……」

竹阿弥の言葉が終わる前に、藤吉郎の視界が揺れる。衝撃が後頭部を走り、横から追い抜くがに股の武者の人影が見えた。馬印にしがみつくようにして震える従者を、次兵衛が殴り倒す。

「吉田次兵衛ぇ、木下藤吉郎殿を討ち取ったり」

這《は》いつくばる藤吉郎は、ただ歯軋《はぎし》りすることしかできない。

二

「なんなんですか、今日の醜態は」

壺《つぼ》を爪で引っかいたような不快な声が、藤吉郎の住む長屋に響き渡った。

「吉田などという百姓上がりに、ああも簡単に馬印を奪われて、恥ずかしいと思わないのですか」

床を拳で叩《たた》きつける音もする。そろりと、藤吉郎が上目遣いで見ると、木下道松夫妻が顔を真っ赤にして怒鳴っていた。

「誇り高き木下家の馬印の重み、婿殿はわかっているのですか」

木下道松の妻・旭《あさひ》が指を向けたのは、長屋の壁に架けた藁人形のような馬印だ。

「今、城下で木下の馬印が何と言われているか知っていますか。負け印と揶揄《やゆ》されているのですぞ」

「申し訳ありませぬ」

歪《ゆが》む表情を隠すために、額を土間にすりつける。

悔しかった。姑《しゅうとめ》の旭の言うことが、ことごとく図星だったからだ。

美濃の豪族を調略するまでは、藤吉郎は順調だった。信長から足軽大将に任ぜられたほどだ。だが、それからがいけない。足軽たちが藤吉郎の指示通りに動いてくれないのだ。調練では、負けに次ぐ負けで、木下家から拝領した馬印は不名誉の代名詞となってしまった。そして、極めつけは先日だ。預けられた足軽の数を半分に減らされたのだ。足軽大将失格の烙《らく》印《いん》を押されたに等しい。

「そもそも、婿殿は用兵の何たるかを全くわかっておりませぬ」

またか、と思った。調練で藤吉郎が負けると、姑の旭の兵学講義が始まる。だが、その内容は神前に用意する打鮑《うちあわび》や勝栗《かちぐり》の供え方などの礼儀作法ばかりで、実践からは遠くかけ離れていた。実のない説教が、城で侍女として働く寧々が帰ってくるまで延々と続く。

「そもそも、婿殿は馬印の持ち方が悪いのです」

「ですが、それはおいらが持っているのではなく、従者の足軽が」

「だまらっしゃい。それでも木下家の婿ですか。口応《くちごた》えするなど十年早い」

弁解のために半ば上げた顔に、旭の唾と罵声が降りかかる。

「私たちの言うことに歯向かう、その卑しい性根があるから、調練で負けるのです。よいですか、次からは私たちの言う通りにするのです。まず戦が始まれば、馬印を取り、皆の前に出て、こう振るのです」

旭が、両手を万歳するように突き出して馬印の持ち方を示した時だった。

「けっ、そんなことすりゃ、真っ先に矢か鉄砲の的じゃねえか」

道松夫妻と藤吉郎は、同時に首を長屋の入り口へと向けた。赤ら顔の竹阿弥が、戸口に寄りかかっている。

「なんですか、そなたは。今、大事な話の最中ですよ。出ていきなさい」

旭の罵声を微風程度に受け流して、竹阿弥は中へと入り込む。千鳥足なので瓶や竈《かまど》にあたり、鍋が地面に転がった。挙げ句、壁にぶつかり、架けていた馬印が外れ、竈の灰の中に落ちる。

「そ、そなた、何をしているのですか。それは、木下家累代の名誉の馬印……」

「はん、何が名誉だ。戦場も知らねえ奴は黙ってろ」

「竹阿弥、よさねえか」

藤吉郎は制止しようとするが、長時間の正座で足は痺《しび》れ、膝を使ってしか動けない。その間に、竹阿弥と旭は鼻を突きつけるようにして罵声を浴びせあう。

「そもそも、どうして、この男の肩をもつのです。情けない采配を見て、そなたも笑っていたくせに」

「笑ってたのは、足軽たちが猿の言うことをちっとも聞かねえからだ。采配そのものは悪くねえ」

とうとうふたりは摑《つか》みかかり、髪を引っぱり出す。藤吉郎は道松と一緒に、なんとか竹阿弥と旭を引き剝がすのだった。


「竹阿弥、いい加減にしろよ」

鳥居の下で、藤吉郎は怒鳴りつけた。

「やっと木下家に認められたってのに。どういうつもりだ」

竹阿弥は空になった瓢箪を頭の上で振って、酒の滴を口の中に落とすのに必死だ。

「ふん、じゃあ、お前はあの木下って侍に認められるために、今まで命がけで働いてきたのか」

「そりゃぁ……」

「違うだろう。お前の口癖の〝活《い》きる〟ってのは、そんなちっぽけなことじゃねえだろう。昇り竜のように、大出世するんじゃねえのかよ」

瓢箪の穴を舐《な》めつつ、竹阿弥は続ける。

「まあ、預けられた足軽を半分取り上げられちまったから、これ以上の出世は無理かもしんねえけどな」

竹阿弥の言葉に、今日の調練を思い出す。己の言うことを聞かずに、勝手に動く足軽たち。下知すると、不審気な表情を浮かべる者がほとんどだった。何人かは露骨に嘲笑を浮かべていた。戦場で功をあげていない藤吉郎を馬鹿にしているのだ。だから、命令しても思い通りに動いてくれない。

「ふん、しけた面しやがって。安心しろ、お前の采配は間違っちゃいねえ」

竹阿弥は地面に腰を下ろし、こちらに笑いかけていた。

「そんなことはわかってるよ。けど、みんなおいらの言うことを聞いてくれねえんだ」

地面の石を蹴飛ばした。

「当たり前だろ。猿は戦場での功がねえ。そんなひよっこの命令なんか聞くかよ」

「手柄は立てた。墨俣《すのまた》では城を築いたし、美濃の豪族たちも織田に寝返らせた」

反論すればするほど、藤吉郎は槍をあわす戦場で武功を立てていないことに気づかされる。

「戦場の駆け引きを知らねえ奴《やつ》に、足軽たちは命なんか預けねえよ」

「じゃあ、どうすりゃいいんだよ」

戦場で武功を立てようにも、藤吉郎は武芸には秀でていない。寧々の養父の浅野又右衛門《またえもん》に学んだのは、手ほどきだけだ。身を守ることはできても、敵を倒すのは覚束《おぼつか》ない。

「あっちを見てみろ」

竹阿弥が動かした顎の先へ目をやると、「百度石」と刻まれた石があった。本殿と百度石を、侍たちが何度も往復している。両手を合わせる姿は、真剣そのものだ。

「ふん、百度参りがどうした。そんなに珍しいことでもねえ」

「神頼みってのも案外、馬鹿にできねえ」

「おいらに百度参りしろってのか」

「馬鹿、違うよ。お前も知ってるだろう。桶狭間《おけはざま》で、殿が熱田《あつた》神宮を詣でてから出撃したのは」

その時、藤吉郎は中嶋砦にいたが、後に人伝《ひとづて》に聞いた。信長は軍勢を熱田神宮に集め、ある神事で勝敗を占ったという。永楽銭を投げて表が出れば勝ち、裏ならば負け、という単純なものだ。この時、信長は三度続けて表を出した。これにより兵たちは、信長に神が味方していると信じ、死兵となり、藤吉郎らと合流し義元を倒したのだ。

「ふん、銭占いを合戦や調練の前にやれっていうのか」

「でもいいが、もし裏が出たら、目も当てられねえ」

それを望むかのように、竹阿弥は笑う。

「先陣七度の名乗りってのは知っているか」

藤吉郎は腕を組み、「聞いたことはある」と答える。いや、武士で知らぬ者などいない。

敵の城を攻め一番乗りした武者だけができる、験担ぎのことだ。成し遂げれば、昇り竜のごとく出世すると信じられている。

竹阿弥は細い枝を取り上げて、瓢簞の口に挿し、頭上に誇らしげに掲げた。

「敵の城に一番乗りした武者は、まずこうやって馬印を天高く振るのよ。敵味方、誰にでもわかるようにな」

そこまでは、誰でもやる。そうやって、一番乗りの手柄を奪われぬように誇示する。

「こっからが、先陣七度の名乗りの難しいところだ。武者は仁王立ちして、大声で己の名を七度名乗る。わかっているとは思うが、一番乗りだから城は落ちていない。当然、敵は殺到する」

頭上の瓢簞を見上げる竹阿弥の目は、いつもより輝いているように見えた。

「それができれば、足軽たちは言うこと聞いてくれるのか」

「桶狭間の合戦では銭占いが、味方を死兵に変えた。織田家は劣勢だったから、普通なら熱田神宮まではついていっても、そっから先は脱走してたはずだ。銭占いをみんな信じたから、殿に従った。先陣七度の名乗りは銭占いより難しいし、遥《はる》かに危険だ。だからこそ、効果も絶大だ」

竹阿弥は瓢箪を挿した枝を肩にかけた。

「過去にこの験担ぎを成したのは、朝比奈《あさひな》義秀《よしひで》公しかいねえのは知ってるか」

三百五十年前の鎌倉時代の英雄である。大力で知られ、水練中に三匹の人食い鮫《ざめ》を退治した逸話を持つ。この朝比奈義秀が、幕府を専横する北条氏の籠《こも》る鎌倉御所を攻めた時、一番乗りして先陣七度の名乗りを達成した。以来、何人もがそれに挑んだが、七度の名乗りを達成した者はいない。

「確かに、先陣七度の名乗りを成せば、武神になったも同然かもな」

藤吉郎にも、絶対的な統率力が身につくはずだ。

「へへ、やっとやる気になったか」

気づけば、竹阿弥が藤吉郎の顔を覗《のぞ》き込んでいた。

「見事、七度の名乗りをやってみせろ。そうすりゃ、あんな女なんか黙らせるのは容易《たやす》い」

馴《な》れ馴れしく藤吉郎の肩を叩く。

「七度の名乗りを、義秀公以外に成就した侍はいるのか」

「身近では知らねえが、しくじった奴なら知ってるぜ。六度まで名乗りを上げたが、惜しいことに斬り伏せられ、手傷を負った」

「誰だ、そいつは。まだ生きてるのか」

竹阿弥は顔を歪め、嘲《あざけ》りの笑みを浮かべた。

「ああ、生きてるぜ」

「どこに住んでいる」

「今は尾張の中村って寒村にいる」

藤吉郎の顔が固まる。

「まさか」

「その時傷ついた片足引きずって、惨めに生きてるよ」

竹阿弥は、藤吉郎に背を向けた。

ゆっくりと、鳥居の外へと歩き出す。

「敵もむざむざと七度も名乗らせねえ。そんなことすりゃ、末代までの恥だからな。猿よ、やるなら覚悟を決めろよ」

引きずる足が、大地に微《かす》かな溝をつくっていた。

三

永楽銭を象《かたど》った織田家の旗指物が、稲葉山城を幾重にも取り囲んでいた。信長の本陣に集った織田の諸将が、城を見上げている。もうすぐ陽は落ちようとしており、空は赤く染まりつつあった。

「兄ちゃん、本当にこの城で一番乗りするつもりか。それも先陣七度の名乗りを上げるなんて、正気の沙汰じゃねえよ」

山上にある稲葉山城を見上げつつ、心配気に呟《つぶや》いたのは弟の小一郎である。昔と違い、鎧《よろい》を着る姿も様になっている。

「藤吉郎様、やりましょう。稲葉山城で先陣七度の名乗りを遂げれば、威名は畿内にも響きます」

木下家の藁人形のような貧相な馬印を担いで言うのは、宮田喜八郎だ。かつての少年の面影はもうない。長身で広い肩幅を持つ、立派な若武者に育っていた。

「よく言った、喜八郎。そのためにはふたりの力が必要だ。だから、軍議にも参加させたのだからな」

小一郎は渋々、喜八郎は嬉《うれ》しげに頷く。

稲葉山城と対峙《たいじ》する位置で、床几《しょうぎ》に座すのは織田信長だ。かつて細かった腰には少し肉がつき、顔のつくりも骨っぽさを増したが、眼光の鋭さは変わらない。いや、前以上に研ぎすまされている。その左右には虎髭《とらひげ》の柴田勝家と灰髪の森三左衛門がいて、明朝の総攻撃での諸将の持ち口を厳かに伝えている。藤吉郎は、城の東側が担当と決まった。城の本丸からは遠いが、今までの調練の結果を考えれば文句はいえない。

「以上である。敵は永年にわたって織田家を苦しめた斎藤家。明日をもって、因縁に決着をつける。諸将、くれぐれも油断せぬように」

柴田勝家が、睨《にら》みつけるように目を配った。全員が頷く。無言だが、迸《ほとばし》る気合いが覚悟を雄弁に物語っていた。

「では、これより、恒例の〝色付《いろつ》け〟の議に移る。お館様、よいですな」

森三左衛門が信長を見た。

色付けとは、討ち取る敵の名を前もって宣言することだ。普通に首をとるよりも、何倍も名誉なこととされた。

「では、それがしは志村伊予守《いよのかみ》の首に色を付けさせていただく」

「拙者は、杉田悪兵衛の首だ」

次々と織田家の腕自慢たちが、討ち取る武者の名を挙げていく。信長の斜め後方に控える右筆が、帳面に筆を走らせる。色付けを宣言した武者と討ち取る予定の敵の名前を書きつけているのだ。

「兄ちゃん、おらたちに色付けは関わりねえな」

「だな。さっさと帰って明日の支度をするか」

喜八郎だけは未練ありげな瞳の色をしていたが、三人は信長に一礼して背を向けた。

「儂は、富井小次郎と中川飛驒守《ひだのかみ》の首をとる」

突然響いた声に、藤吉郎の足が止まる。武者ひとりの首だけでも無謀と揶揄されかねないのに、ふたりも挙げるとは何という大言か。

振り返ると、猪鼻とがに股の武者が胸を張り立っていた。吉田次兵衛である。

無表情で聞いていた信長の口の端が上がる。

「貴様、確か、昔、我が草履取を務めていたな」

「ははぁ」と、吉田次兵衛が跪《ひざまず》く。

「今は柴田様の下で、槍武者として働かせていただいております。こたびの合戦の色付けで、かつての不義理をお返ししたいと思います」

「面白い」と、歯を見せて信長が笑う。

「柴田麾下《きか》に草履取上がりの豪傑がいるのは、聞いている。その意気やよしだ。励め」

滅多にない信長の激励の言葉に、武者たちのどよめきが本陣に満ちる。

「やるなあ」と呟いたのは、ちょうど藤吉郎の横にいた前田利家だった。利家は母衣衆《ほろしゅう》とし
て信長のそばにいなければいけないので、今回の色付けには参加できない。

「では、他に色付けの名乗りを上げるものはいないか」

柴田勝家の胴間声が響く。場が静まり返った。ここで普通に名乗っても、吉田次兵衛の覚
悟の前には霞《かす》む。かといって、ふたりの武者の名を挙げるほど、腕に自信もないのだ。

「さすがは、次兵衛よ」

「あの心意気ならば、柴田様の姉上を娶《めと》ったのも納得よな」

賞賛の囁《ささや》きが聞こえたのか、吉田次兵衛が誇らしげに場を見回した。

ばちりと、次兵衛と藤吉郎の視線がぶつかる。

わざとらしく、鼻の下を指でかく仕草の何と憎らしいことか。

「もう、おらぬか。では、これで色付けの議を……」

「おいらもやります」

全員の視線が、藤吉郎に集まった。

「藤吉郎、木下藤吉郎でございます。おいらも色付けに加わります」

叫びつつ一歩前へと出ると、どよめきが満ちた。先程の次兵衛と違うのは、嘲笑が濃く含まれていることだ。

「猿、正気か。色付けはふざけてできるものではないぞ」

目を血走らせて、柴田勝家が睨む。それだけで、小一郎が「ひえええ」と悲鳴を上げた。

「ふざけてなどおりませぬ」

「では、貴様、今まで首をいくつあげた。言ってみろ」

藤吉郎は口を噤《つぐ》まざるを得ない。

「見ろ、言えまい。戦場働きと薪奉行を一緒にするな。片腹痛いわ」

「確かに、おいらは首をとったことはありませぬ」

「おのれ、力量不足と知りつつ、名乗りを上げたか。色付けの議をいかに愚弄する行為か、わからぬのか」

柴田勝家が諸将を押しのけて、藤吉郎への間合いを詰める。

「ですので、敵の武者には色付けをしませぬ」

柴田勝家の振り上げた拳が、虚空で止まった。

「どういうことだ」

「おいらは、城に色を付けます」

諸将が目を見合わせる。何を言っているか、理解できなかったのだ。

「おいらは誰よりも速く、稲葉山城に乗り込みます。見事に、一番乗りしてみせます。そして、馬印を掲げて名乗りを上げます。一度ではなく、七度」

藤吉郎は両手を突き出し、七本の指を立てた。

「そ、それはまさか、先陣七度の名乗りを上げるということか」

灰髪の森三左衛門が、まろぶようにして前へと出た。

「無茶だ。先陣七度の名乗りは過去には朝比奈義秀公が成したのみで、以降は絶無と言われる難事だぞ」

「そうだ。敵将の首ならまだしも、乱戦の中の七度の名乗りは、天佑《てんゆう》も伴わねば無理だ。しかも、それを色付けするだと」

諸将の反対を無視して、藤吉郎は信長を見る。

「殿、認めてください。おいらは、活きた働きをして、昇進したいのです。そのためには、軍を率いる将にならねばなりませぬ」

立ちはだかる柴田勝家をよけて、跪いた。

「無芸短軀《たんく》のおいらが足軽たちを采配しようと思えば、尋常の功では足りませぬ。かといって、敵将の首をとっても、偽首《にせくび》の疑いが持ち上がるのは必至。ならば、七度の名乗りの色付け、無謀と笑わずにぜひお認めください」

額を地につけて、懇願する。

どれくらいの時が経っただろうか。

「織田は果報な家よな」

信長の声が頭上から落ちてきた。藤吉郎が頭を上げると、笑う信長の顔が目に飛び込む。

「草履取ふたりが、かくのごとき覚悟を持ち働くのだ。この気概が家中に満ちれば、天下布武も夢ではない」

信長は立ち上がり、右筆から筆を取り上げた。そして、自ら帳面に筆を走らせる。吉田次兵衛が色付けしたふたりの武者の名の横に、まだ潤む墨でこう書かれていた。

稲葉山城　先陣七度ノ名乗リ
木下藤吉郎

四

「兄ちゃん、本当に大丈夫かよ。色付けを宣言しちまって」

おろおろしながら、小一郎が近づいてくる。

「ふん、一騎打ちして首をとるわけじゃねえ。要は、矢玉を避けて敵の城に一番に乗り込めばいいだけだ」

藤吉郎は目の前で拳を握る。

「これなら、いや、これぐらいしかおいらが戦場で活躍できることはねえ」

「けど……」

「じゃあ、他に何があるんだ、言ってみろ。戦場で足軽たちの信頼を勝ち取る働きが他にあるか。おいらでもできることがあるか」

小一郎と馬印を持って続く宮田喜八郎は、腕を組んで考えこんだ。

「確かに。兄ちゃんは悪知恵は働くけど、剣や槍はできねえな」

「弓や鉄砲も下手糞《へたくそ》ですしね」

「武芸だけならまだしも、最近は道普請の草刈りだって満足にできねえし」

「この前は井戸の水汲《みずく》みする足軽を手伝おうとして、石につまずいて盛大に零《こぼ》してましたしね」

ふたりは見つめ合って、盛大にため息をつく。

「たわけ、草刈りぐらいはできるわ」

と言ったのは嘘《うそ》で、最近は肌がかぶれるのでそれさえもやりたくない。

「とにかく、足軽が言うことを聞くようなでっかい手柄がないと、おいらは昇進できないんじゃ。ほら、今も見てみろ」

藤吉郎は、指を突きつける。その先には、配下の足軽たちがいるはずだ。

「どうせ足軽どもはおいらの言いつけに背いて、調練を怠けているに決まっている」

だが、突きつけた藤吉郎の指が震えだす。藤吉郎につけられた十人ほどの足軽が、一列に並んでいるではないか。いつもなら、だらしなく座り込んで世間話に興じているのに、どういうわけか長槍を構えて、「えい」「おう」と勇ましく振っていた。

「おおぉ、小一郎」「に、兄ちゃん」

兄弟ふたりは手を取り合う。

「奇跡じゃ。奇跡が起きたぞ。百姓上がりのおいらたちを馬鹿にしておった足軽どもが、命令通りに稽古をしておるぞ」

「おらたちの願いが天に通じたんじゃ」

「信じられませぬ。どうして、おふたりのような弱虫の侍大将の言うことを、聞くようになったんでしょうか」

目の周りが赤くなるぐらい、喜八郎は顔を擦《こす》る。

「これは幸先《さいさき》がいい。奴らを手足のように采配できれば、一番乗りのよい力添えになる」

駆け寄ろうとした藤吉郎の足が、絡まりそうになった。

「そうじゃ、いいぞ。長槍は突くのではなく、叩くのじゃ」

足軽たちの隙間から届く声に、またしても聞き覚えがあった。

「あ、あの野郎」

壁になる足軽を大急ぎで迂回《うかい》すると、現れたのは左手に杖を突き、右手に酒の入った瓢箪を握る老夫だった。

「竹阿弥、性懲りもなく戦場まで来て、邪魔するつもりか」

「おお、猿、遅かったな。どうせ、お前のことだから、城の一番乗りの色付けでも宣言してたんだろう。おっ、その様子なら図星か。また、無茶しやがるぜ」

「うるせえ。それより、どうやってここまで来た」

「途中までは蜂須賀《はちすか》の衆の舟で、あとは陣屋女郎の荷車に乗っけてもらったのさ」

陣屋女郎とは、戦場を渡り歩き、春をひさぐ遊女たちのことだ。無論のこと、今回の稲葉山城攻めでも、陣の外に小屋掛けをしている。

「猿が先陣七度の名乗りをやりきるところを、この目で見届けようと思ってな」

「嘘つけ。無様にしくじると思って、笑いに来たんだろう」

「猿にしちゃ、鋭いじゃねえか」

酒気まじりの笑いを、竹阿弥は零す。

「帰れ。邪魔だ。さっさと消えろ」

「そうだよ、いくら何でも危ねえよ」

小一郎も言いそえる。

「ちっ、うるせえ奴らだ。疫病神扱いかよ」

案外に素直に、竹阿弥は背を向けた。

「おい、お前ら、儂の言ったことを忘れるなよ。長槍は叩く、手槍は突くだ」

並ぶ足軽たちに、まるで侍大将のように声をかける。

「はっ、竹阿弥様、またご教示お願いします」

足軽たちが、素直に応えるのが忌々しい。そういえば、先程の槍を扱う足軽の様子も、藤吉郎が命じた時とは雲泥の差だった。一体、竹阿弥は何と言ったのか。

不覚にも、藤吉郎は興味を持ってしまった。

「あぁ、そうそう」

竹阿弥が、わざとらしく足を止める。

「藤吉郎よ、軍議では西門の虎口《こぐち》の石造りの弱点については何か言ってたか」

「父ちゃん、なんでそのことを知ってんだ」

叫んだのは、小一郎だった。藤吉郎はすんでのところで、驚きの声を喉の奥で圧《お》し潰したが、無様に目を見開いてしまっていることに気づく。

西門の虎口の弱点については、つい先日放った間者によって信長の耳に入り、先程の軍議で皆に伝えられたところだ。まだ侍大将しか知らないはずである。

「そりゃ、お前、昔の奉公先のことだ。知らないはずはないだろう」

「なんだって」と、藤吉郎は小一郎と同時に叫んでいた。

いつのまにか、竹阿弥の面は酒に溺れる隠者のものではなくなっていた。目尻が鋭く吊り上がる顔は、間違いなく老武士のものだ。

「あんた、美濃の斎藤家に仕えていたのか」

竹阿弥は目を懐かしそうに細める。

「儂がただお前をからかうためだけに、悪い足を引きずって、こんなところまで来ると思ったか」

返事のかわりに、藤吉郎は唾を呑《の》み込んだ。

「儂は知ってるのよ」

竹阿弥はゆっくりと近づき、藤吉郎に語る。

「稲葉山城の何もかもをな。だから来た」

「何もかも、だって。じゃあ、他には何を知っているんだ」

竹阿弥は口を藤吉郎の耳元へとやる。そして、囁く。

「抜け道だよ」

復唱しようとした唇を、藤吉郎は慌てて両手で押さえた。

「それも西側じゃないぞ。攻めも守りも手薄な東側から、稲葉山城へと至る抜け道を、儂は知っているんだ」

五

朝靄《あさもや》が濃く煙る中を、藤吉郎ら一行は声を殺し歩いていた。

「なんで、おいらがあんたを背負わなきゃいけないんだよ」

汗だくになりつつ、藤吉郎は足を進める。身にまとう桶側胴がずしりと重い。

「ええい、つべこべ言うな」

頭を瓢箪で殴られたので、藤吉郎は首を捻《ひね》る。赤ら顔の竹阿弥が、藤吉郎の小さな背の上に鎮座していた。

「この中で一番弱っちいのが猿だろ。せめて、儂ぐらい負って、皆の役に立て」

また瓢箪で藤吉郎を殴る。浅野又右衛門との稽古の結果、無駄に体力だけはあるので、道案内の竹阿弥を背負うのは確かに適任ではある。

だが……。

藤吉郎は前を見た。鬱蒼《うっそう》と木々が茂っている。足元には草むらがあり、臑《すね》どころか太ももの半ば以上を隠していた。

「このどこが、抜け道なんだよ」

「道ってわかった時点で、抜け道になるか。ほれ、斜め右に三歩行け」

また瓢箪で叩かれた。仕方なく言われた通りに歩くと、小一郎と喜八郎、そして足軽たちが続く足音がする。

「畜生、もし出鱈目《でたらめ》だったら、ただじゃおかねえぞ」

次にやってきたのは急斜面だ。手を使わないと登ることができない。竹阿弥が首に抱きつくので苦しい。

「待て、猿」

竹阿弥の指示で、斜面を登る手足の動きを止めた。

「皆、静かにしろ」

朝靄は半ば晴れていた。もうすぐ、織田軍の総攻撃が始まるはずだ。目指す山の上から、人の声らしきものが聞こえてくる。ひとりではなく、何人もいる。

藤吉郎の顔が歪んだ。織田に包囲される山に、猟師や樵夫《きこり》がいるわけがない。間違いなく斎藤方の兵だ。

「竹阿弥、おいらたちを売ったのか」

「猿みたいな半端な侍大将を売っても、功は知れてるだろ。それより、頭を使え。猿が斎藤方の大将なら、無用なところを兵に守らせるか」

「確かに」と呟いた。兵には重要な持ち口を守らせる。ということは、この先に何か大事なものがあるということだ。

藤吉郎は、舌で唇を舐める。いつのまにか、両肩にのしかかっていた重みは、半分ほどにしか感じなくなっていた。

竹阿弥を負った藤吉郎、そして小一郎、喜八郎の四人は、ゆっくりと斜面を登る。そっと顔を出すと、藪《やぶ》の向こうに平地があり、奥に十数人ほどの武者が欠伸《あくび》をしつつ見張りをしていた。彼らの背後の山肌には、明らかに人の手によって掘ったとわかる大きな穴が開いている。

「あれだ。あの穴が、城の二の丸まで続いている。兵糧蔵のすぐ横の古井戸までな」

「どうする兄ちゃん、今斬り込むと音で城兵に気づかれるかもしれねえぞ」

藤吉郎は頷《うなず》いた。

竹阿弥はお手並み拝見とでも言いたげな表情で、黙っている。

「よし、織田の総攻撃を待つ。攻め太鼓の音に紛れてやろう。先駆けは喜八郎じゃ。一番槍で奴らを、蹴散らせ」

小一郎と喜八郎は、目だけで「応」と答える。

「猿、悪くない考えだ。おい、喜八郎よ」

手槍を持つ若武者に声をかけたのは、藤吉郎の背から降りた竹阿弥だった。

「いいか、槍を突く時はな、刺すよりも手首を捻ることを心がけろ」

「よせ、竹阿弥、もうすぐ総攻めが始まる。今言っても、迷うだけだ」

しかし、構わずに竹阿弥は続ける。

「あとは、深く突くより、素早く槍を戻すことの方が肝要だ。よく覚えておけ」

「喜八郎、こいつの言うことは聞くな」

「ですが……」

困惑の滲《にじ》んだ目で、喜八郎は藤吉郎と竹阿弥を交互に見る。

「抜け穴まで来れたのは、誰のおかげだ」

珍しく語気を強めて、竹阿弥は続ける。

「喜八郎よ、今までみたいに稽古場大将でいいのか。儂を信じろ」

稽古場大将とは、稽古や調練では強いが、肝心の実戦では力を発揮できない武士のことだ。

竹阿弥の言葉に、喜八郎は俯《うつむ》いて唇を噛《か》む。

確かに、喜八郎は稽古での動きはいいが、実際の合戦では手柄を立てていなかった。

「おい、竹阿弥、やめろ。喜八郎、迷うな。今まで通りでいいんだ」

藤吉郎がさらに言い募ろうとした時だった。

耳をつんざく響きが、空を真一文字に裂く。

鏑矢《かぶらや》だ。

特殊な矢尻がついており、叫ぶかのような音色を響かせる。主に開戦の合図などに使う。

続いて、大波が打ち寄せるような攻め太鼓の音が四方八方から響き渡る。

「始まったぞ」と、小一郎が小さく叫ぶ。

「足軽、用意につけ」

藤吉郎と小一郎が腕を振った。

十人ほどの足軽たちが、藤吉郎たちのすぐ後ろに並ぶ。喜八郎は低い姿勢になり、斎藤方を遮る藪へと近づいた。

ちらりと、喜八郎が藤吉郎を見た。続いて、竹阿弥へ目をやる。

「竹阿弥殿、先程の言葉に命をお預けします」

言うや否や、喜八郎は藪から躍り出た。

「続け」

しかし、藤吉郎の下知に反応する足軽の動きは鈍い。

「ええい、くそ、喜八郎を死なすな」

小一郎と一緒に、藤吉郎は藪から飛び出した。

斎藤家の武者たちが困惑の表情を浮かべていたのは、一瞬だけだった。

「おのれ、奇襲か」

「怯《ひる》むな、数はこちらと同じか、少ないぐらいだ」

武者たちは狼狽《ろうばい》を殺意で塗りつぶす。

喜八郎と、ひとりの武者の間合いが急速に縮まる。若武者の繰り出した穂先を、敵が刀で叩き落とそうとした時だった。

喜八郎が手首を捻る。穂先を弾《はじ》こうとした刀を、逆に弾き返した。

素早く槍を戻した喜八郎の二撃目は、武者の喉元に吸い込まれた。血の噴煙が湧き上がるより速く、喜八郎は三つ四つ五つと、槍を繰り出す。

動きの遅い足軽たちが藪から出た時、喜八郎は後ろを向いた武者の背中を串刺しにしたところだった。

「すげえ」

足軽たちの感嘆の声と、最後の武者が倒れるのは同時だった。

喜八郎は己の成したことが信じられぬのか、まだ少し未熟さの残る顔を藤吉郎たちに向けた。

「どっこらしょ」と声がして、竹阿弥が藤吉郎の横に並ぶ。

「ほう、思ったよりやるじゃねえか」

竹阿弥の声に、喜八郎は首を横に振った。

「ふん、己の働きに惚《ほう》けている場合か。まだ、お前らは何も成しちゃいねえぞ。気を引き締めろ、ひよっこども」

竹阿弥は指を突きつける。その先には、黒い穴がぽっかりと口を開けていた。

二の丸の古井戸から出た藤吉郎たちの目の前には、木造の蔵が鎮座していた。古く乾いた木壁は、風呂の薪に使えそうだと藤吉郎は場違いなことを考える。

辺りには、合戦特有の硝煙の臭いが満ちていた。

下にある三の丸を見ると、織田軍が弱点と言われた西門に殺到しているところだ。

空中に虹を渡すかのように、火矢が織田軍の陣地から三の丸へと降り注いでいる。

「兄ちゃん、まずいぞ、味方が門を破ったら、一番乗りの手柄を奪われちまう」

藤吉郎の肩を、小一郎が乱暴に揺さぶった。忍び込むだけでは、一番乗りにならない。敵が動揺する働きをして、初めて一番乗りとして認められるのだ。

「わかってる。おい、みんな、松明《たいまつ》と油を用意しろ」

足軽たちが腰にくくっていた竹筒をとり、中のものを蔵に浴びせかけた。虹色に輝く液体は、無論のこと油である。

「よし、放て」

藤吉郎が言い終わる前に、蔵は赤い炎に包まれた。

「うぉぉぉ、やったぞぉ」

へっぴり腰でついてきていた足軽たちが、喝采を上げる。同時に時が止まったかのように、静寂が押し寄せた。織田が放っていた火矢が止《や》んだのだ。応戦する敵の矢玉も、同様に止む。敵味方の全てが、二の丸で燃え盛る蔵の炎を認めたのだ。

「さあ、藤吉郎様、速く、今が好機ですぞ」

喜八郎が差し出したのは、藁人形を作り物の木にくくりつけた木下家の馬印だ。

今、戦場の関心は、誰が二の丸の蔵に火を放ったかに集中している。味方からも見える石垣の上に立ち、馬印を掲げ、七度の名乗りを上げるのだ。

「おう、やらいでか」

藤吉郎はひったくるように、馬印を受け取った。幸い、周りには敵はいない。今なら、容易く七度の名乗りを上げられる。めぼしい石垣もすぐ近くに見つかった。

「よし」と気合いをいれた時だった。

「火、火薬の蔵に火がついたぞぉ」

敵兵の悲鳴が耳をつんざいた。

「火薬」と呟いて、すぐ横で燃える蔵へと目を移した。火の粉が風に吹かれて、飛び散っている。

藤吉郎は首を後ろへとやる。杖をつき、瓢簞を腰にくくりつけた竹阿弥が佇《たたず》んでいた。

「おい、あんた、抜け穴の横にあるのは兵糧蔵だと言ってたよな」

いつのまにか、竹阿弥の顔は青ざめていた。

「あ、ああ、そうだ」「二の丸の兵は、火薬に引火する前に逃げろ」

竹阿弥の返答に、敵兵の指示がかぶさる。

「けど、それは儂が斎藤家に仕えていた時の話だ。今は知らねえ」

竹阿弥と仲良く、燃え盛る蔵へと目を移した。嗅ぎ慣れた臭いは、間違いなく硝煙である。他に燃えている蔵もない。

ということは……。

「逃げろ」

叫んだ瞬間に、藤吉郎は爆風に吹き飛ばされた。足裏が踏んでいた大地はどこかへといき、肩や太ももや背中に固い衝撃を受けつつ転がる。

頭をしたたかに打って、やっと転倒が止まった。

「畜生」

咳《せ》き込みつつ、藤吉郎は上体を起こす。

燃える木片が弧を描くようにして、あちこちへ飛散していた。率いていた足軽たちも倒れている。手を地につけて起き上がろうとしているので、どうやら皆無事なようだ。

横を見ると、喜八郎が額から血を流す小一郎を肩に負っていた。さらに反対側に目をやると、竹阿弥が踞《うずくま》って呻《うめ》き声をあげているではないか。

「竹阿弥、大丈夫か」

「く、来るな、猿」

燃え盛る火柱と黒煙の陰から、本丸の石垣が視界に現れた。その上には、十人ほどの武者の人影も見える。

藤吉郎の体が凍りつく。皆、片膝をつき、火縄銃を構えている。銃口は、こちらに向けられていた。

防ぐものは……ない。手にあるのは木下家の馬印だけだ。

糞ったれ。

目を強く閉じて、歯を食いしばった。

銃声より先に、衝撃が体を襲う。まるで、誰かに後ろから組みつかれたかのようだ。遅れて、体が地面に叩きつけられた。何かが、藤吉郎の上に覆い被《かぶ》さっている。

銃声が響き渡る。

覆い被さるものが、悲鳴を上げた。生温《なまぬる》いものが、しきりに藤吉郎にふりかかる。

瞼《まぶた》をゆっくりと上げた。

「竹阿弥っ」

上体を起こすと、かぶさっていた竹阿弥がごろりと地に転がった。

肉が焼ける臭いがするのは、銃弾が竹阿弥の体深くに食い込んだ証である。

震える手で竹阿弥に触れると、ひしゃげるようにして顔を歪めた。みるみるうちに、着衣が朱に染まっていく。

「猿」

血を噴き零しつつ、竹阿弥が呼びかける。

「このたわけ、どうして、おいらなんかを」

両手を地につき、竹阿弥に顔を近づける。

「うるせえ。何をしようが、儂の勝手だろう」

真っ赤に染まった竹阿弥の歯が、かちかちと音を奏でる。

「それより速く……、名乗りを上げろ。敵が弾丸を籠《こ》める前にだ」

竹阿弥は呻き声と共に、首を動かす。藤吉郎も目をやると、石垣の上の銃兵が必死に弾丸を籠めているところだった。

再び、竹阿弥を見る。藤吉郎の視界が極限まで歪んだ。

もう、竹阿弥の瞳は焦点を結んでいない。首を明後日の方へと向けて、だらしなく頬を地につけている。流れていた血が、急速に色を失っていく。

「竹阿弥」と、返事がないと知りつつ呼びかける。

藤吉郎は竹阿弥の腰にある瓢簞を掴み、乱暴にもぎ取った。

地に転がる木下家の馬印も拾う。

石垣の上の銃兵の何人かが、弾丸を籠め終わったようだ。一発、二発と藤吉郎の体をかすめる。

藤吉郎は走った。

叫びながら、全力で脚を動かす。背後で、地を穿《うが》つ火縄銃の咆哮《ほうこう》が聞こえた。

構わずに石垣に手をかけて、よじ上る。

どうやら、また敵は火縄銃に弾丸を籠め始めたようだ。銃声が止んでいる。

石垣の上で仁王立ちして、藤吉郎は下界を睥睨《へいげい》した。

「おおうぅ」と、驚きの声が沸き上がる。

「あれが、一番乗りの武士か」

「誰だ。誰が、一番乗りしたのだ」

敵味方、全ての視線が集中するのがわかった。

戦場にいる、全ての者が殺戮《さつりく》の手を止める。

「兄ちゃん、今だ。やれ、馬印を掲げて、七度の名乗りをしろ……って、何をやってんだ」

小一郎の助言は途中で悲鳴に変わった。

藤吉郎が、馬印の先にあるものを握ったからだ。手の中にあるのは、作り物の木と藁人形である。それを躊躇《ちゅうちょ》なく竿からもぎ取り、石垣の下へと投げ捨てた。

「馬鹿野郎、馬印もなくて、どうやって名乗りを上げるんだ」

藤吉郎は構わずに、先程竹阿弥からもぎ取ったものを手にとる。それを竿の先につけた。

そして、頭上にかざす。

竹阿弥の瓢箪が、天高く掲げられた。

「なんだ、あの馬印は」

「瓢箪の馬印の侍なんて、知らんぞ」

その時、眼下の門が織田軍によって破られたところだった。

三の丸に急速に充満する織田兵が、熱い目差《まなざ》しを送る。名乗りを待っているのだ。

息を大きく吸い込んだ。

「我こそは、織田　弾正忠《だんじょうちゅう》家の足軽大将、木下藤吉郎なぁりぃ」

まず一度、高々と名乗りを上げる。

眼下の織田兵が、沸き立つように喝采を上げた。

続いて、二度、三度と名乗る。

「あやつ、七度の名乗りをするつもりだぞ」

「やらせるな。斎藤家末代までの恥ぞ」

本丸の石垣の上にいる銃兵の声が背後から聞こえてきたが、藤吉郎は構わずに名乗り続ける。

四度、五度と。

六度目を叫んだ時、左肩に熱いものがめり込んだ。火縄銃の弾丸があたったのだ。

振り向いて、本丸の石垣を睨みつける。

呆然《ぼうぜん》と銃兵が立ち尽くしていた。半分は藤吉郎を見て、残りは後ろを見ている。

なぜか。

稲葉山城が燃えていたのだ。

黒煙が、本丸の中央付近から立ち昇り、舌のように赤い炎がちらちらと見えた。

裏切り者が出たのだ。

藤吉郎は再び、城に背を向けた。三の丸にひしめく織田兵と向き合う。

傷ついた左肩を動かし、両手で瓢箪の馬印を持ち、限界まで高く持ち上げた。

そして、喉が張り裂けんばかりに七度目の名乗りを叫ぶ。

「我こそは、尾張中村郷、竹阿弥が一子、木下藤吉郎なぁりぃ。稲葉山城の一番乗りと、先陣七度の名乗り、これにて成る」

瞬間、石垣が崩れるかと思うほどの鯨波《とき》の声が足元から響き渡った。

後ろから風が吹いて、稲葉山城を燃やす火の粉が、驟雨《しゅうう》のように降り注ぐ。

藤吉郎は、火の粉を舞わせるかのように勢いよく馬印を振る。

「瓢箪の馬印と、我が名を永く記憶に刻みつけよ。我こそは、竹阿弥が一子、木下藤吉郎じゃあっ」

藤吉郎の叫びは、織田軍の勝鬨《かちどき》に変わる。

微かな酒香が、藤吉郎の鼻をくすぐった。それは頭上の瓢箪から、火の粉と一緒に降り注いでいるようだった。

第四章

天下人の凡活

一

岐阜城と名を変えた稲葉山城の接待の大広間には、漆《うるし》塗りの膳がずらりと並べられていた。名物の皿の上には、山海の珍味が宝石を飾りつけるように盛られている。

「おおぅ」と、藤吉郎は歓声を上げた。

震える箸を動かして、綺麗《きれい》に切られた蕪《かぶ》を摘《つま》む。そして、口の中にいれた。

一回二回と、顎を動かし咀嚼《そしやく》する。

思わず顔を顰《しか》めた。

味が、薄い。塩が、圧倒的に足りない。

朝から配下の調練、昼から織田の宿老たちとの折衝、夕方は領地の視察と、一日中駆け回り汗を流した体には物足りない。

「これ、そんな顔をするな」

窘《たしな》めたのは、白髪頭の村井〝長門守《ながとのかみ》〟貞勝《さだかつ》だった。

「しかし、村井様、これは余りにも塩が薄うございます」

列席する織田の家臣たちも、物足りなさそうな顔で、箸を緩慢に動かしている。塩壺《しおつぼ》を持ってこさせようと小姓を呼びつけると、「たわけ、よさぬか」と、村井に叱りつけられてしまった。

「味つけは、お客人のためのものだということがわからぬのか」

上座を見ると、信長の横に僧侶がひとり座していた。金襴《きんらん》で過剰に飾りつけた法衣《ほうえ》は、燭台《しょくだい》の光を吸い取ったかのようだ。山城と近江《おうみ》の国境《くにざかい》にある、比叡山延暦寺《ひえいざんえんりゃくじ》からの使僧である。公家衆《くげ》のように色の白い顔を綻《ほころ》ばせ、信長と歓談していた。箸で摘むものを見て、藤吉郎の顔がまたしても歪《ゆが》む。

白身の魚だったからだ。臆面もなく口の中に放り込んで、舌鼓を打っている。肉食の戒律を破っている意識は、微塵《みじん》もないようだ。

あの色の白さでは、ろくに体を動かしておるまい。激務をこなすのが当たり前の織田の侍大将たちが好む濃い味つけは、なるほど口に合わぬだろう。

「いやぁ、織田上総介《かずさのすけ》（信長）殿の膳、なかなかのものでございますぞ」

女のように手を口に持ってきて笑う。金襴の法衣が、波打つように揺れた。信長が浅く頭を下げるのを見て、列席する織田の家臣たちがどよめく。

「よいでしょう。上総介殿の真心、今宵《こよい》の接待でとくと味わいました。我が比叡山は、上総介殿が誰と戦おうと、中立を守ることを約束しましょう」

空になった盃《さかずき》を突き出し、酒を注《そそ》ぐ侍女をねっとりとした目で睨《にら》む。

「かたじけのうござる。では、我が織田家も総本山延暦寺、その支配下にある日吉《ひえ》社、祇《ぎ》園《おん》社（現八坂神社）は無論、末寺末社にいたるまで狼藉《ろうぜき》を働かぬように禁制を発布いたします」

僧侶は不思議そうな顔をした。

「それは、上総介殿が我らを守ってくれるということか」

「左様でございます」

胸を張って答えたのは、ふたりに一番近い場所に座す虎髭《とらひげ》の柴田勝家だった。

「無礼者がおれば、ただちにお知らせくだされ。たちどころに成敗してみせましょう」

摘んでいた鶏肉がぽろりと落ちる。見れば、僧侶の持つ箸が震えているではないか。

「どうされたのです。ご気分でも悪いのですか」

心配する柴田勝家の言葉を塗りつぶしたのは、僧侶の笑い声だった。

「これは異なことを。我が比叡山は、誰かの手を借りねば身を守れぬとお考えか」

腹を捩《よじ》り、僧侶はさらに笑う。

「禁制など、不要。どこぞの将軍家のような弱虫と、比叡山を一緒にせんでくだされ」

笑ったまま、僧侶は信長へ目をやる。

「もし、我ら比叡山に敵《かな》う大名家がいるのなら、ぜひ教えていただきたい」

とりようによっては、織田家さえも敵ではないと言っているかのようだ。いや、僧侶のふてぶてしい目つきは、どんな言葉よりも雄弁に織田家のことを見下していた。

「たかが、武家ごときが何ほどのことがありましょうか。それは、織田家の皆様も同じことですぞ」

何人かの将が殺気立つが、僧侶が目をやると悔しそうに俯《うつむ》いた。ふふんと鼻で笑ってから、僧侶は続ける。

「ひとつ、ご忠告しておきましょう。我が比叡山を、くれぐれも敵には回さぬことです。無論のこと、狼藉などもってのほか。もし、総本山延暦寺はもとより、末寺末社に織田の軍兵が一歩でも足を踏み入れようものなら……」

いつのまにか、武士のように強い口調で僧侶は言う。

「その狼藉者どもと縁者全員に、仏罰の何たるかを教えて差し上げましょう」

顔に笑みを湛《たた》えたまま、僧侶は恫喝《どうかつ》する。大した迫力とも思えなかったが、歴戦の織田の諸将は、皆黙り俯くことしかできなかった。

「忌々しい、糞《くそ》坊主め」

「恥ずかしげもなく、戒律を破りおって」

織田の諸将が口々に罵《ののし》りはじめたのは、比叡山の僧侶が退室してからだった。

「まったくでございます」と、薄味の料理に閉口していた藤吉郎も同調する。

「だが」

耳元で囁《ささや》くような声が聞こえて、諸将が一斉に顔を上座へと向けた。遥《はる》か先に織田信長がいる。僧侶のいた席を一瞥《いちべつ》して、口を開く。

「比叡山中立の言質はとれた」

安堵《あんど》の息を、諸将が漏らす。

「比叡山は王城鎮護の山、敵に回せば厄介だ」

信長の言葉に、何人もが頷《うなず》く。

賀茂川の水、双六《すごろく》の賽《さい》、山法師――法皇でさえ意のままにならぬ天下三不如意に、強訴《ごうそ》を繰り返した比叡山の僧兵（山法師）が挙げられているが、その武力はいまだ健在だ。否、さらに厄介になった。今から約三十年前の天文《てんぶん》年間に、比叡山の僧兵が京の一向宗の寺院を焼き払う変事が起きた。だけなら、よかった。続く法華衆との抗争では、京の半分近くが灰燼《かいじん》に帰し、応仁の乱以上の惨事となった。ある意味、日本のどの戦国大名よりも恐ろしい存在だ。

「これで上洛《じようらく》の道筋ができた」

その言葉を聞いた瞬間、全員が背を伸ばす。さらに、信長の視線がゆっくりと諸将に注がれる。眼光を受け、藤吉郎の血潮が火照った。

流浪する足利義昭が、信長を頼ってきたのは数カ月前のことだ。信長は義昭を奉じ十五代征夷《せいい》大将軍につけることを約束した。それ以前から、信長にとって上洛は悲願だった。稲葉山城を、中国周王朝が拠点とした岐山《きざん》に因《ちな》み〝岐阜〟と改名し、天下布武の四文字の朱印をつくり、北近江の浅井《あざい》長政と同盟した。

そこに、錦の御旗を掲げる足利義昭がやってきたのだ。

最大の障壁であった比叡山の中立も、今宵、得ることができた。

あとの敵は、南近江の六角《ろつかく》家と畿内を支配する三好家だが、何ほどのことがあろうか。

「腕が鳴りますな。我が槍《やり》働きを天下に知らしめる好機」

虎髭の柴田勝家が太い腕を撫《な》でる。

「なんの、戦場で轟《とどろ》くのは我が采配だ」

灰色の髪と壮年の顔立ちが不釣り合いな将は、森三左衛門だ。

「米五郎左と呼ばれた我が多才、都の人に見せつけん」

不敵に笑う丹羽《にわ》長秀。

「儂《わし》を退《の》き口（撤退戦）だけの男と思うなよ」

商人のように恰幅《かっぷく》のいい体を持った将は、佐久間信盛だ。

列席する家臣たちが、次々と自身の特技とともに闘志を表す。すでに、合戦は始まっているのだ。己が凡夫ではないと、信長の耳にいれることでよい働き口をもらい、手柄を立てる布石とする。新参の美濃《みの》三人衆も勇ましく決意を表明した。

ようし、と藤吉郎は唇を濡《ぬ》らす。

今、列席する家臣たちはただの侍大将ではない。合戦になれば、多くの侍大将を与力として従える。稲葉山城攻めの一番乗りと、先陣七度の名乗りで、藤吉郎はとうとう与力を預けられる部将にまで昇りつめていた。次の上洛戦は、指揮官として藤吉郎の初采配になる。ここで大功を立てれば、天下に木下〝藤吉郎〟秀吉の名が鳴り響く。

そのためには、この場で勇ましく決意表明しなければならない。

美濃三人衆の言上が終わり、いよいよ藤吉郎の番となった。

「次の上洛は、天下布武のはじまり。この木下藤吉郎も合戦で見事……」

朗々とした声は、たちまち萎《しぼ》む。

はて、と思う。一体、己は指揮官として何の才があるのか。

柴田勝家のような槍働き、森三左衛門のような采配、丹羽長秀のような多芸、佐久間信盛のような統率力、どれも自分にはない。

しばし、考えこんだ。

「なんじゃ、戦場で薪《まき》の倹約に励むつもりか」

丹羽長秀の言葉に、全員が笑い出した。

「それとも、我らの草履を温めてくれるのか」

さらに嘲《あざけ》りの笑いが濃くなる。

「控えろ、猿めが」

大喝したのは、柴田勝家だった。固い眉宇に亀裂のような皺《しわ》を刻み、睨みつける。

「稲葉山城攻めで、先陣七度の名乗りを成せたのは、運が良かっただけだ。分をわきまえろ」

襖《ふすま》が揺れるかと思うほどの怒声をぶつけてくる。

「なんだ、その顔は。言い返したくば、己が何に長じているか言ってみよ」

反論する術《すべ》を持たないことに気づき、藤吉郎は拳を握り罵声に耐える。

「修理（柴田勝家）、そのぐらいにしておけ」

信長の声で、勝家の罵声がやっと止《や》んだ。

咳払《せきばら》いをひとつして、信長は全員の目線を束ねる。

「皆の決意、しかと聞いた。上様（足利義昭）も、お喜びだろう」

誇らしげに諸将が頷く。藤吉郎も同様にするが、頸椎《けいつい》が錆《さ》びついたかのようだ。

「だが、合戦は勇と才だけでするものではない」

「兵糧や武具も大切でございますな」

自慢気に引き取ったのは、柴田勝家だ。

「そうだ。そして、鉄砲と玉薬もまた重要だ」

たちまち、諸将の顔が曇った。鉄砲は、女子供の武器と皆が思っているからだ。

「恐れながら、我が織田家の鉄砲は、他家よりも多うございます。数に不足はないかと」

柴田勝家の言上に、信長は首を横に振る。

「まだまだ足りぬ。誰か、近江の国友村へ行ってほしい。そこで、鉄砲と玉薬を調達するのだ」

諸将が目を見合わせ、困惑の色を浮かべた。

「誰か、おらぬか」

信長の声は、諸将たちの隙間を虚《むな》しく通過する。

鉄砲でとった首は遠間首《とおまくび》といい、手柄は一等下がる。鉄砲を調達する暇も惜しいし、自分の手下や与力に押しつけられるのも迷惑と考えているのだ。

「鉄砲か」と、藤吉郎は呟《つぶや》く。よく考えれば、弓や槍と違い、引き金を引く指さえあればいい。無才の己でも使いこなせるのではないか。何より桶側胴《おけがわどう》だ。鉄砲戦用の厚みのある桶側胴は、織田家だけでなく全国に広がりつつある。鉄砲が本当に女子供の武器であるならば、どうして桶側胴を皆が買い漁《あさ》るのだ。

「鉄砲調達の仕事、ぜひ、おいらにお任せください」

諸将が、安堵の息をつくのがわかった。

「それはよい。女子供でもできる仕事は、猿にぴったりだ」

勝家の声に、皆が笑う。

信長も白い歯を見せた。だが、その表情には嘲りの気はない。やはり、猿が名乗りを上げたか、と言わんばかりだ。

「いいだろう」

諸将の笑いがぴたりと止む。

「猿に、千両託す。近江の国友村へ行き、ありったけの鉄砲と玉薬を買ってこい」

「ははぁ」と、藤吉郎は額を床に擦《こす》りつける。

「織田の蔵を、鉄砲で溢《あふ》れ返らせてみせます。楽しみにしてくだされ」

藤吉郎の決意に、再び諸将の嘲笑が沸き起こった。

二

連なる茅葺《かやぶ》きの小屋からは、湯気や煙、火花が盛大に漏れ出ていた。火縄銃の銃身を鍛える槌音《つちおと》が、蟬《せみ》の声のように絶え間なく続いている。

「木下様、存分にご検分ください」

国友村の長老が、並べられた木箱の蓋を開けると、黒光りする火縄銃が横たわっていた。

手に持つとずしりと重い。

「そして、こちらが織田様ではなく、木下様からのご注文の品」

人夫が次々と木箱を運んでくる。藤吉郎は、信長からの千両以外にも、私財をつぎ込んで己の家来へ配る鉄砲も注文していたのだ。

ごくりと唾を呑《の》んだのは、隣に立つ小一郎である。

「兄ちゃん、これでもう後戻りはできねえぞ」

青い顔をして、小一郎は言う。実は自身の財だけでは足りずに、熱田の商人からたっぷりと借財をしていたのだ。

「心配するな。これからは鉄砲の時代じゃ。借財の分は、手柄で一気に取り返せるわ」

「にしたって、買いすぎだろう」

銭が足りなかった藤吉郎は、長槍や弓を半分以上売り払ってもいたのだ。

「ふん、名だたる織田の重臣たちとこれから競いあうのじゃ。まだまだ足りんぐらいよ」

鼻の下をさすって、藤吉郎は強がる。

次に運ばれてきたのは、硝石などの玉薬だ。こちらも、量はたっぷりとある。

小一郎が、青い顔で残金を払う。満面の笑みで、国友村の長老が受け取る。

「よし、荷はこれで全部だな。行くぞ」

荷を両側に積んだ馬の行列が、ゆっくりと動き出した。

先頭で大きく腕を振って、藤吉郎は意気揚々と歩く。しばらく進んでから足を止めた。道の脇に、武士の一団がいたからだ。鎧《よろい》こそは着ていないが、臑籠手《すねこて》をつけた小具足《こぐそく》姿である。大樹のように屹立《きつりつ》する旗に見覚えがある。空を映したかのような水色の生地に白い桔梗《ききょう》の紋が、翻っていた。

「兄ちゃん、あれは明智様じゃないか」

明智光秀——足利義昭の家来である。外交官として諸国を巡った武士だ。義昭が信長を頼ったのも、光秀の紹介があったからである。

裃《かみしも》の礼装の武士が、ひとり藤吉郎らの前に進み出てきた。大きな額が特徴的な初老の男だが、肌は若者のように瑞々《みずみず》しい。

「これは明智殿」

藤吉郎が慇懃《いんぎん》に頭を下げると、明智光秀はそれより深く頭を下げた。

「鉄砲を購《あがな》う役、木下様が志願されたと聞き、失礼かと思いましたが、待ち受けさせていただきました」

にこやかに口角を持ち上げる。同僚には〝猿〟と呼ばれているので、名のある武将から〝木下様〟などと言われるとくすぐったくて仕方がない。

「鉄砲に目をつけた先見の明、さすがでございますぞ」

「おお、明智殿にそう言ってもらえると、心強い」

明智光秀は、知恵者として知られ、特に信長からの評価が高い。義昭の家来で名門の細川藤孝や三淵藤英らを差し置いて、所領さえもらい重用されているほどだ。

「弓や槍は、もう時代遅れ。木下様は、見事にそのことに気づかれたのですな」

「そう、そうなのです。にもかかわらず、誰もそのことをわかっておらぬのです。だが、やっとおいらの考えを理解してくれる御仁と出会えましたぞ」

抱きつこうとしたら、ひらりとかわされてしまった。

そうだった、と思い出す。満面に笑みを湛えているわりには、光秀はある間合い以上には決して踏み込ませない。短いつき合いだが、他の織田の諸将にも同様に接していることには気づいていた。

「ですが、ひとつ心配があり申す。木下様は、玉薬の調合はご存じか」

「そのことならば」

藤吉郎は懐から一枚の書状を取り出した。

「国友村の鉄砲鍛冶《かじ》から、調合書はもらっております」

片頬を持ち上げて光秀が笑った。広い額による皺が、なぜか気に障る。

「甘《あも》うございますぞ。鉄砲にいち早く目をつけた、木下様とは思えぬ不明」

盛大にため息をつく。

「命のやりとりをせぬ者たちの調合書など、役に立ちましょうか。こういうものは、合戦場で死線を潜《くぐ》り抜けて初めて身につくもの」

そういえば、明智光秀は鉄砲の名人であったことを思い出す。二十五間《けん》（約四十五メートル）先の一尺（約三十センチメートル）四方の的に命中させるほどだ。

「それがしは、戦場でものの役に立たぬ玉薬を多く見ました。鉄砲鍛冶め、銭儲《ぜにもう》けは上手ですが、弾飛ばしは下手でございまする」

そう言われると、手に持つ紙の中身が急に心もとなくなる。

「そこで、でございます」

恭《うやうや》しく、背後の武士が紙を差し出す。光秀は取り上げて、藤吉郎の前にかざす。桔梗紋の下に〝明智強薬秘伝書〟と墨書されていた。右下にはご丁寧に朱墨で、〝門外不出〟とも書かれている。

「ここに、明智家秘伝の玉薬の調合書がありまする」

横ではひとりの武士が、取り出した鉄砲に玉薬と弾を籠《こ》めはじめた。火縄にも火をつけ、息を吹きかける。

「どんな鋼も貫く、秘中の秘の強薬」

もうひとりの武士が、瓦ほどの厚みの鉄板を持っていた。それを二十五間（約四十五メートル）ほど先の木の幹に立てかける。

銃を受け取った光秀が構える。銃床を頬にめり込ませる姿が、実に様になっていた。

「木下様、耳を塞《ふさ》がれよ」

言い終わる前に、光秀の指が引き金を引く。雷が落ちたかのような轟音《ごうおん》が、藤吉郎の両耳を串刺しにした。

「おおぉ」と、横にいる小一郎が叫んだ。

藤吉郎とふたり、慌てて木の幹へ駆け寄る。弾は見事に鉄板を貫通し、樹皮にまで食い込んでいた。

「に、兄ちゃん、これがあれば、どんな分厚い桶側胴もひとたまりもねえぞ」

否、城壁や石垣さえも砕けるかもしれない。

「いかがでござる」

振り向くと、遠くで光秀が笑いかけていた。

「木下様が今、手に持つ調合書で、ここまでのことができましょうか」

勝ち誇るような光秀の言葉は続く。

「この秘伝の強薬の調合書、お譲りしましょうか」

藤吉郎と小一郎は、目を見合わせた。

「無論、秘伝の書ゆえ、ただではございませぬ。金百両」

小一郎の顔が歪んだ。算盤《そろばん》を弾《はじ》かずとも、藤吉郎の限界を超えた額なのはわかっている。

だが、と思う。藤吉郎は、鉄砲を極めると決めたのだ。もし、敵が光秀のような強薬を持ち、立ちはだかったらどうするのだ。

「だめだぁ」

すかさず抱きついたのは、小一郎だった。

「安心しろ。寧々《ねね》の実家から借財すれば何とかなる」

「嘘《うそ》つけ、もっと大事なものも処分するつもりだろう」

図星だ。小一郎が未練たらしく中村郷に隠し持っている田畑も、銭に換える。

「明智殿」

「やめてくれ。おらの隠し田んぼやへそくりに手をつけるのだけは勘弁してくれ」

そうか、へそくりも隠し持っていやがったか、と思いつつ、藤吉郎は叫ぶ。

「その秘伝書、買った。百両は安い」

「この、人でなし」

小一郎の悲鳴が、近江国国友村の外れに木霊した。

三

足を踏み入れた庭には錆びた桶側胴が案山子《かかし》のように立っており、その下には幾本もの矢が散らばっている。

藤吉郎は、浅野又右衛門《またえもん》の屋敷を訪れていた。寧々が養女になることで祝言を挙げられたので、藤吉郎にとってはもうひとりの舅《しゅうと》でもある。

義父上《ちちうえ》を説得するのは、骨が折れそうじゃ、と藤吉郎は頬を撫でつつ考える。藤吉郎は自分につけられた与力の屋敷を回っていた。信長の命で購った鉄砲は、織田の侍大将たちに配られたが、侮って蔵にいれっぱなしにするものも多い。間違いなく戦場で役立てるように、言い含めておかねばならない。

藤吉郎は、再び庭にある桶側胴を見る。今も、浅野又右衛門は弓に固執している。弓で鎧を貫こうと今朝も必死に稽古していたのだろうが、それが徒労であったことを欠けた矢尻が教えてくれていた。そんな浅野又右衛門にも、鉄砲を使わせなければならない。

義父の頑固な性格を考えると、ため息が唇をこじ開けた。が、それでも説得しなければいけない。浅野又右衛門は、今や藤吉郎の与力として采配に従う身分だ。ひとりでも例外をつくれば、示しがつかない。

案の定、浅野又右衛門は渋い顔をした。

腕を固く組んで、顔にある斜め一文字の傷を歪ませる。背後の壁には、三人張りの強弓が飾るように架けられていた。

「鉄砲を配備せよ、と言うが……」

苦しげに、浅野又右衛門は続ける。

「もうすでに、我が手の者には鉄砲放ちの衆はいるのだぞ」

「はい、存じております。ですが、殿はそれでは満足しておられません」

「だが、長槍や騎馬の数は減らせん。肝心の合戦で後れをとる」

「義父上」と、藤吉郎は前へ躙《にじ》り寄る。

「弓を手放すのです」

浅野又右衛門の目が大きく見開かれた。

「鉄砲があれば、弓はいりませぬ」

「弓三張と呼ばれた儂が、弓を手放すのか」

「全てを手放す訳ではありませぬ。弓衆の半分を、鉄砲放ちの衆に替えればいいのです」

義父の眉が、激昂《げきこう》するかのようにはねた。だが、それは一瞬だ。

しばし、沈黙があった。

「藤吉郎よ、お主も、弓は時代遅れと思っているのか」

「はい、もう弓は時代遅れです」

浅野又右衛門の顔から、苦いものが滴るかのようだ。

「義父上ならば、あるいは十のうち一は、桶側胴を矢で貫けましょう。鎧の隙間を狙うことも、容易《たやす》いでしょう。ですが、義父上にしか無理なことです。他にできる者がいるなら、名をあげてください」

重りでも負わされたかのように、浅野又右衛門の両肩が下がる。

「ですが、鉄砲は違います。引き金さえ引けば、誰でも桶側胴を貫けます」

ため息と共に、「そうか」と呟いた。

固く組んでいた腕を解く。

「わかった。拝領した鉄砲は、全て我が手の者に使わせる。合戦にも役に立つよう、明日から調練もしよう」

いつもの張りのある声ではなかった。

「ありがとうございます」

藤吉郎は深々と頭を下げようとした。

「あと、申し出のあった借財の件だが」

下がる藤吉郎の頭が止まる。

明智光秀から強薬秘伝書を購うために、小一郎の隠し田畑とへそくりを処分し、寧々の実家の援助も受けたが、それでも足りず、結句、藤吉郎は浅野又右衛門に五十両の借財を頼んでいたのだ。

「その件につきましては、次の月の十日までに借りることができ……」

「悪いが、断らせてもらう」

「え」

思わず、声が裏返ってしまった。

「すまぬ。少し考えるところがあるのじゃ。藤吉郎も苦しいだろうが、わかってほしい」

藤吉郎は俯いて、「はあ」と生返事を零《こぼ》す。

時代遅れの猪《いのしし》武者が、と心中で罵ってしまった。弓を捨てさせられる意趣返しとしては、何と意地の悪いことだろう。

平静の表情をつくり、顔を上げる。

「わかりました。借財は、もともとおいらのわがまま。ですが、鉄砲の配備の件は、くれぐれも」

浅野又右衛門は目を瞑《つむ》る。

再び腕を組み、「わかっておる」と苦しげな声を絞り出した。

四

瓢簞《ひょうたん》の馬印目掛けて、敵の矢が雲霞《うんか》のごとく飛来していた。

藤吉郎の左右にも、次々と矢が通過していく。何本かは鎧をかするが、構わずに一歩前へと出た。

藤吉郎は、今、近江の戦場にいる。

目の前には、斜面に堀を穿《うが》った山城が京への道を塞ぐように立ちはだかっていた。敵兵は曲輪《くるわ》だけには入りきらず、堀の外に陣屋を普請し、柵を張り巡らせている。

百姓上がりの藤吉郎を侮っているのか、弓兵たちは柵から出て、盛んに矢を射かけていた。

藤吉郎は、采配をゆっくりと頭上に上げる。

息をひとつ吸って、力の限り叫んだ。

「射《う》てぇ」

地が揺れるほどの大音響がした。借財を重ねて練り上げた鉄砲隊が、火を噴いたのだ。

将棋倒しの駒のように、次々と敵兵が地に伏していく。

目の前に、骸《むくろ》で埋め尽くされた道ができた。

「いけ、かかれ」

藤吉郎の指示により、鉄砲隊を追い越したのは宮田喜八郎だ。槍を持った足軽たちが続く。

銃撃でできた敵のほころびを、喜八郎の手槍と続く足軽たちがこじ開けた。

「兄ちゃん、やったな。敵の柵に取りつくことができるぞ」

唾を飛ばし叫んだのは、小一郎だ。

ふふん、と藤吉郎は自慢気に笑った。

立ちはだかるのは、六角家が支配する箕作《みつくり》城という南近江の要衝である。上洛する織田軍の先鋒《せんぽう》の一角として、藤吉郎らは攻め手を任されていた。

藤吉郎は素早く左右を見る。箕作城を囲む軍がいた。藤吉郎と共に先鋒を任された丹羽長秀と佐久間信盛だ。藤吉郎らは三方から囲み、競うように攻めている。誰が、上洛戦の初戦を華々しく飾るか。敵味方だけでなく、日ノ本中が織田軍の戦いぶりに注目している。

「ふん、負ける気はねえぞ」

左右の丹羽や佐久間の軍勢に対して、藤吉郎は荒い鼻息と共に呟いた。両将も藤吉郎に負けず劣らず苛烈な攻めを繰り返し、柵へ近づかんとしている。

今のところ、三将の攻めは互角だ。だが、丹羽と佐久間の旗指物の動きには力がない。いずれ息切れするだろう。

「兄ちゃん、少し休もう。鉄砲が熱して、溶けちまいそうだ」

銃身に水をかける鉄砲隊を、小一郎が指さした。

悪くない判断だ。ここは力をためて、丹羽・佐久間の攻めが緩んだ時に攻勢に転ずれば、きっと大きな戦果をあげられる。

一旦、距離をとった藤吉郎の陣に、時折矢が射掛けられる。どうやら、何人か強弓の士がいるようだ。が、そんなものに当たるほど、藤吉郎は間抜けではない。

左右に忙《せわ》しなく目をやり、丹羽・佐久間の軍勢の様子を見る。思わず、膝を大きく揺すってしまった。両軍は、いまだ攻め手を緩めない。旗指物の動きは緩慢だが、堀の前に立ちはだかる柵にじりじりと近づこうとしている。もし、ここで一番乗りをされては、手柄を全て持っていかれる。

——おいらの目を信じろ。いつか、ふたりの攻めは止むはずじゃ。

己自身を必死に説得していた時だった。

「藤吉郎様、お客人でございます」

「たわけたことを言うな。ここは戦場ぞ」

「し、しかし」

狼狽《うろた》える伝令が後ろを向く。その先を目で追うと、一台の荷車と共に十数人の武者がやってくるではないか。

先頭を歩む広い額を持つ初老の武士は、明智光秀だ。桔梗の紋の入った扇子で胸元を扇《あお》ぎつつ、見物でもするかのように歩いている。

「兄ちゃん、なんで明智様がこんなところに」

小一郎が首を傾《かし》げた。足利義昭の臣である明智光秀は、安全な後方に控えていたはずだ。

「これは木下様、精が出ますなぁ」

戦場にそぐわぬにこやかさで近づいてくる。

「明智殿、なぜ、こんなところに」

「なに、陣中見舞いでござるよ」

扇子の風を送ってくる。

「お気持ちは嬉《うれ》しいのですが」

藤吉郎は左右の丹羽・佐久間の軍へ、しきりに目をやった。言外に、そんな暇はないという意味を込める。悠長に歓談していれば、それこそ攻め時を失ってしまいかねない。

「ははは、心配されるな。無駄話をしにきたのではありませぬ。木下様のお力になろうと思いましてな」

援軍ということだろうか。その割には、十数人の家来と一台の荷車しか連れていない。

「先ほどから見ていましたが、見事な采配。特に鉄砲を放つ機のとらえ方、感服しました」

荷車がすぐ後ろで止まった。大きな布がかぶせてあり、何を載せているかはわからない。

「明智殿に譲っていただいた秘伝の強薬のおかげでございます」

左右の戦場の様子を窺《うかが》いつつ、早口で言う。

「それがしが参りましたのは、その玉薬の件でございます。実は、先日、新しい玉薬を考案しまして」

「新しい玉薬ですと」

小一郎とふたりで訊《き》き返す。

「はい。新しい玉薬を、織田の将に託し合戦で活用していただきたい。そう思案していたところに目にしたのが、木下様の鉄砲采配の妙。玉薬を託す御仁は、やはり木下様以外におらぬと思い参上した次第です」

光秀は、背後の荷車にわざとらしく目をやった。

「曲輪に近づくにつれ、敵の守りも厚くなりましょう。先日の強薬でも手こずるのでは」

図星だった。山肌を上がるにつれ、二枚重ねの桶側胴を着た兵もちらほらいるようで、鈍い音とともに弾が撥《は》ね返されることもあった。

「持参した玉薬ならば、桶側胴二枚重ねでも紙を破るがごとし。どうです、この〝筒破り〟と命名せし強薬、ご入用では」

荷車を覆っていた布を、光秀は剝ぎ取った。小さな竹筒がずらりと並んでいた。そのうちのひとつを取り上げ、栓を抜き、掌《てのひら》の上に中身を落とす。煤《すす》のような色をした砂は、玉薬だ。

「木下様、どうされる。ああ、心配せずとも、お代は不要。先日お渡しした秘伝の強薬を持っていながら、一番乗りを他者に譲れば、明智の名折れとなりかねませぬゆえ」

煤のような玉薬が載る掌を、藤吉郎の胸へと近づけた。

断る理由はない。にもかかわらず、なぜか藤吉郎は躊躇《ちゅうちょ》した。横で、小一郎も顎に手をやって考えこんでいる。

大歓声が左右からやってきた。見れば、丹羽と佐久間の兵が敵を大きく崩し、曲輪に取りつこうとしていた。

「おお、さすがは丹羽・佐久間の両将」

ひとごとのように、明智が嘆声を漏らす。

「どうやら、日ノ本中が注目する上洛戦の一番乗りは、おふたりのどちらかのようですな」

この言葉がとどめだった。

藤吉郎は、光秀へ向き直る。

「明智殿、筒破りの強薬、ありがたく頂戴します」

広い額に横皺を幾つも刻む笑い方が、なぜか藤吉郎には不気味に感じられた。

五

箕作城に配された敵の柵の内外には、厚い甲冑《かっちゅう》を着た兵や数枚重ねの楯《たて》を持った足軽がひしめいている。

「かかれ」

藤吉郎の下知のもと、軍勢が山肌を駆け上がる。降り注ぐ矢は、鉄砲隊を守る足軽が楯をかざして対抗した。弓兵の少ない藤吉郎らの反撃がないことをいいことに、射ちたい放題だ。楯の下で身を潜めるのは、藤吉郎自慢の鉄砲隊である。先ほどの筒破りの玉薬を装塡《そうてん》した火縄銃を、両手に持っていた。

やっと銃の間合いになった。

「構えい」

藤吉郎の叫びに、鉄砲隊たちが一斉に膝をつく。銃口を、敵がひしめく柵へ向ける。

「射てぃ」

采配を振り下ろした刹那、轟音と共に藤吉郎の体が揺れる。

弾丸を受けた敵兵たちが、吹き飛ばされたのだ。何人かは、胴体に空いた風穴から背後の様子がわかるほどだった。

「すげえ」と言ったのは、弾を放った鉄砲隊の足軽たちだ。

「よし、次の弾をこめろ」

すかさず足軽が、鉄砲隊の前に楯を並べて守る。矢が楯を叩《たた》く音は先ほどより弱まっていた。光秀の筒破りの弾薬のおかげである。

「構えい」

下知とともに、再び鉄砲隊が膝をついた。それだけで、敵陣から悲鳴が沸き上がる。風が吹いて、熱い空気が藤吉郎の頬を炙《あぶ》る。一発だけで、十数発を射ったかのように銃身が熱せられていた。

その威力に、藤吉郎の四肢が震える。悪寒とも快感ともつかぬ衝動が、肌を嬲《なぶ》る。ごくりと唾を呑んで、手足同様に戦慄《わなな》く舌を動かして号令を発する。

「射てぃ」

閃光《せんこう》が目の前で弾けた。

何だ、これはっ。

目の前の鉄砲隊からだった。

爆音と共に、火縄銃の銃身が弾けているではないか。

「そんな」と、声を上げてしまった。

悲鳴が、自陣から一斉に沸き起こる。

藤吉郎の眼前では、破裂した火縄銃が舞うように飛び散っていた。

「どういうことだ」

あちこちで鉄砲が暴発し、銃身が吹き飛ぶ。

「兄ちゃん、玉薬だ」

呆然《ぼうぜん》とする藤吉郎に、小一郎が叫ぶ。

「明智様からもらった玉薬が強すぎたんだ」

焼けた顔を両手で覆い、鉄砲隊の兵士たちが地を転がっている。黒煙と灰煙が、辺りに充満する。

「嘘だろう」

突如、鯨波《とき》の声が前方からやってきた。慌てて顔を上げると、柵の隙間から敵が湧き出てくるところだった。殺気を撒《ま》き散らしながら、藤吉郎の陣へ襲いかかろうとする。

「くそ、与力の鉄砲隊を呼べ」

叫ぶ藤吉郎の頬を水滴が打った。

顔を上げる。いつのまにか、厚い雲が天を覆わんとしていた。

「まさか」

小一郎と共に呻《うめ》く。

与力の鉄砲隊が、近づいてくるのが見えた。線香のような煙をたなびかせて走る足が鈍る。

ひとつふたつと、水滴が落ちてきたからだ。天から降るものは、すぐに驟雨《しゅうう》へと変わった。

与力の鉄砲隊の足が止まる。抱える鉄砲の火種は雨で消え、白い煙が溶けるようにして見えなくなった。

「今が好機だ」

敵の声に、藤吉郎は戦場に向き直る。

「雨で敵の鉄砲は使えぬぞ。織田に目にもの見せてやれ」

雄叫《おたけ》びと共に、敵が刃を煌《きら》めかせた。曇天を映した刀身が、灰色の光を放つ。楯を放り投げて、藤吉郎の軍へと殺到する。

「ひぃぃ」

刀を打ち合わせる前から、味方たちが後ずさる。自慢の鉄砲が使いものにならない今、藤吉郎たちには敵の攻撃を撥ね返す術はない。だが、逃げるわけにはいかない。不利とわかっていても――傷を負うと知っていても戦うしかない。

歯を食いしばり、勇を奮って足を一歩前に出した時だ。

「どけ、どけえ」

雨で濡れる戦場に、怒号が響いた。思わず藤吉郎は首を捻る。弓を持つひとりの武士が、一団を率いやってくるではないか。

「援軍か」

だが、喜んだのは半瞬にも満たない。駆け寄る一団の手にあるのは、あろうことか火縄銃だったからだ。先頭を走る弓武者の顔には、斜め一文字の傷がある。

「義父上、なんのつもりです。雨中に火縄銃で加勢に来ても役に立ちませぬ」

詰《なじ》る藤吉郎に構わずに、浅野又右衛門は鉄砲隊を横一列に並ばせた。

「うん」と、藤吉郎は呟く。どうしてだろうか。浅野又右衛門が率いる兵たちが持つ火縄銃は、白い煙を一本、二本とたなびかせている。銃身や火縄は、たっぷりと雨に濡れているというのに。

「まさか」

「藤吉郎、前を開けさせろ」

「は、はい。皆、どけ。義父上の前を開けろ」

障子が開くかのように、足軽たちが左右に散る。前に現れたのは、迫らんとする敵の槍《やり》衾《ぶすま》だった。

穂先の奥には、敵兵たちの顔がある。鉄砲を構えた兵たちを嘲っていた。

「放てぇ」

浅野又右衛門の号令と同時に、火縄銃が火を噴いた。

敵兵の顔が一瞬にして凍りつく。槍衾はたちまちのうちに崩れ、箍《たが》が外れた薪のように槍や刀が地にばらまかれた。

「次は弓だ」

弦音が、鉄砲隊の背後から鳴り響く。見ると、いつのまにか弓兵たちが矢を放っていた。その間に、鉄砲隊が弓兵の後ろに回り弾を籠める。

「弓兵よ、まだ退《ひ》くな。しばし、辛抱して矢を放ち続けろ」

勢いを取り戻した敵が殺到する。槍の穂先が、藤吉郎らの顔を映す間合いにきて、また火縄銃が咆哮《ほうこう》した。たちまち数十人の兵が倒れ、土砂を撒き散らす。

「兄ちゃん、何で、雨なのに射てるんだ」

驚く小一郎が駆け寄ってきた。

「雨火縄だ」

お歯黒で使う鉄漿《かね》をしみ込ませると、雨でも火種が消えない火縄をつくることが可能だ。しかし、そのためには火縄を通常の竹ではなく、木綿で編まないといけない。絹よりも高価な木綿は、貴人や権力者への献上品として重宝されている。知識として雨火縄のことは藤吉郎も知ってはいたが、鉄砲隊に配備する発想はなかった。

「ち、義父上、助かりました。何とお礼を言っていいか」

「気を抜くな。まだ、戦は終わっておらんぞ」

顔を前に向けたまま、浅野又右衛門は怒鳴る。

「はいっ」と、藤吉郎も大声で返す。

前へと向き直った。浅野又右衛門が指揮する鉄砲隊が、次々と敵を射ち崩していく。

「すごい」と、呟いた。

全く考えつかなかった用兵が展開されている。浅野又右衛門は、槍が届く寸前まであえて敵を引きつけているのだ。弓矢のように、遠間から射つという考えを完全に捨てていた。目を瞑っても当たる距離なので、外すことはない。まさに百発百中だ。そして、弾を籠める間は、弓隊が援護して時を稼ぐ。

藤吉郎は、浅野又右衛門が手に持つ弓を見た。いつもの三人張りの強弓ではない。連射のできる短弓である。火縄銃を援護するために、強弓を捨てたのだ。

見事だ、と心中で嘆息する。浅野又右衛門は、全く新しい用兵を考えたのだ。弓と鉄砲を共存させるという新発想である。そのために、雨火縄まで用意した。

「藤吉郎よ」

「は、はい」

「五十両の借財、断ってすまなんだな」

藤吉郎は返答できない。断った五十両を、雨火縄に費やしたのは一目瞭然だ。

軍が城を出た瞬間から、奇襲を警戒し決して火縄の火を消すことはない。一発も射たずとも、消費されるのが火縄だ。それを高価な木綿で編むのは、薪のかわりに黄金を焼《く》べるようなものだ。

藤吉郎は、強く拳を握りしめる。

――おいらは何をやっていたのじゃ。

鉄砲に飛びつき、安易に戦場で使った。そして、あろうことか筒破りの強薬で全てを無駄にした。

何が、弓は時代遅れじゃ。

驟雨を切り裂くように、援護の矢が放たれる。続いて、火縄銃が火を噴いた。

いつのまにか柵は全て倒れ、陣屋のいくつかは黒煙を上げていた。曲輪に逃げ込もうとする敵が、門の前で立ち往生している。

「藤吉郎、ぼやぼやするな。今が総懸かりの時ぞ」

浅野又右衛門の声に顔を上げる。どうやら、敵は非情になりきれなかったようだ。門がゆっくりと開きはじめ、敗兵たちが津波のように殺到する。

地に落ちていた采配を拾い、藤吉郎は力一杯に門へと突きつけた。

「攻めろ、この機を逃すなっ」

六

箕作城の曲輪の中は、織田軍と六角軍の乱戦だった。木下勢だけでなく、丹羽勢、佐久間勢も同時に乱入している。

藤吉郎は、瓢箪の馬印と共に城門を潜《くぐ》った。

雨はもう完全に止み、陽光が雲をこじ開けんとしている。復活した織田の火縄銃が、城内のあちこちで咆哮していた。

曲輪の真ん中で佇《たたず》むひとりの武者は、浅野又右衛門だ。足元には、敵の骸がいくつも転がっていた。浅野又右衛門が膝を折り、屍体《したい》の瞼《まぶた》を閉じてやっている。近くまで行くと、皆、手に弓を持って息絶えていることがわかった。着る甲冑には、銃孔がいくつも穿たれている。

「藤吉郎よ、お主の言う通りかもしれんな」

虚空を睨む敵兵の瞼を閉じてやりつつ、浅野又右衛門は続ける。

「もう、弓の時代ではない」

「そんなことはありませぬ。義父上が采配する鉄砲隊を見てわかりました。弓が脇を固めておるではないですか。弓衆がおらねば、銃は役に立ちませぬ」

「弓が鉄砲の脇を守ることができるのも、今だけだ。百年後には、間違いなく弓は用を成さない」

まるで身内の死を悼むかのような、浅野又右衛門の口調だった。

「いたぞ、兜首《かぶとくび》だあ」

大音声が轟いた。

目をやると、鬼瓦を象《かたど》った兜をかぶった武者が、織田の兵たちに囲まれていた。

「気をつけろ。こ奴《やつ》は三人張りの強弓を使うぞ」

言い終わる前に、銃声がした。武者の肩口に血煙が舞う。

「右後方から射て」

弓の弱点は右後方だ。左後方は腰を捻れば、矢が放てる。だが、右後方は大きく体を回転させないといけない。

武者の右後方から次々と銃声が轟く。そのたびに血煙が空に舞う。鬼瓦の兜が、うっすらと赤く染まる。玉薬も弾も、光秀の強薬ほど威力のあるものではないようだ。致命傷にはいたらないが、確実に武者の肉を削っていた。

「おのれ、卑怯者《ひきょうもの》め。織田の兵は、正々堂々一騎打ちもできぬのか」

鬼瓦の兜の下から、武者の怒声が響き渡った。織田軍の返答は、またしても銃声だった。

三人張りの強弓を持つ武者も、さすがに数歩よろめき、とうとう片膝をついた。

すっくと立ち上がったのは、浅野又右衛門だ。

「義父上、何を」

藤吉郎は近寄ろうとしたが、足が固まる。

義父の目を、どこかで見たことがある。

そうだ。桶狭間《おけはざま》だ。今川義元が死んだ後、今川方の武者のひとりが死を望むかのように浅野又右衛門の前へとやってきて、首を刎《は》ねられた。

その時の武者と、浅野又右衛門はそっくりな目をしている。

「藤吉郎よ」

「は、はい」

「儂が育てた鉄砲隊と、その用兵をお主に託す」

「ど、どういう意味ですか」

「弓を捨てることは、やはりできん」

骸のひとりが抱いていた長弓を拾う。いつもの三人張りには及ばないが、それでも二人張りの強弓とわかる。

「まさか、一騎打ちを挑むつもりですか」

浅野又右衛門は無言だ。確かめるように弦を弾く。満足気に頷いた後、大喝した。

「控えろ、織田の兵どもよ。儂が、その武者の一騎打ちに応《こた》えようではないか」

おおお、とどよめきが沸き起こった。武者を囲っていた兵たちの壁が崩れて、道ができる。

背を真っ赤に染めた武者が振り向いた。

浅野又右衛門と手に持つ強弓を見て、にやりと笑う。

「ほお、織田にも武士らしい男がいたとはな」

体のあちこちにできた銃孔から血を流しつつ、目をぎらつかせる。

「我こそは、吉田鬼雲斎」

先ほどの倍以上のどよめきが沸き起こった。

「鬼雲斎ということは、日置流《へきりゅう》の鬼雲斎か」

浅野又右衛門の問いかけに、またしても武者は笑みで応える。

六角家当主の六角義賢《よしかた》は、日置流弓術の免許皆伝の腕前だ。その六角義賢が同等の腕と認めたのが、同門の吉田鬼雲斎である。

「織田三張がひとり、浅野又右衛門」

「おおぅ」と喜声を上げたのは、鬼雲斎だ。

「神仏に感謝いたすぞ。音に聞こえた浅野殿と弓合わせをできるとはな」

鬼雲斎が、空穂《うつぼ》から矢を引き抜いた。

「こちらも日置流の技を、この身で堪能できるとは天佑《てんゆう》よ」

浅野又右衛門も同様に、矢を手に握る。ふたり同時に、弦に矢を番《つが》えた。

一時、静寂が戦場を支配する。

耳に届くのは、ふたりが引き絞る弦の音だけだ。

共鳴するかのように、同時に矢が放たれた。

矢尻が空中に銀色の線を引き、吉田鬼雲斎と浅野又右衛門の首に迷いなく吸い込まれていく。

矢の残像が消える頃、両者の技倆《ぎりよう》が互角であったことが証明された。

浅野又右衛門の矢尻は鬼雲斎の喉笛を貫き、鬼雲斎の矢尻もまた浅野又右衛門の喉笛を貫いていた。

ふたりは何事かを言わんとしたが、喉を貫かれているので音にならない。だが、両者には声さえも不要だったようだ。鏡に映したかのように、仲良く破顔する。

そして、共に倒れた。

藤吉郎が駆け寄った時には、もう浅野又右衛門は事切れていた。弓を胸に抱き、目を瞑っている。

全身にのしかかる重みに、崩れそうになった。歯を食いしばって、藤吉郎は耐える。

震える四肢を叱咤《しった》し、曲輪に充満する敵味方を睨みつける。

「我が義父・浅野又右衛門、そして吉田鬼雲斎、ふたりの一騎打ち――」

藤吉郎の叫びに、城で殺し合う全ての兵が目を向ける。

「この木下〝藤吉郎〟秀吉が、確かに見届けた。天晴《あっぱ》れ、武士の鑑《かがみ》たる相討ちの勝負であった」

その言葉が合図であったかのように、抵抗していた六角家の兵たちが、槍や刀、弓などの武器を次々と取り落とし始めた。

七

合戦の終わった箕作城の曲輪に、風が吹き抜ける。藤吉郎の体に染みついた硝煙の臭いを、優しく拭うかのようだ。

――なんと安らかな死に顔だろうか。

戸板の上に寝かされた浅野又右衛門の骸を見て、藤吉郎は思う。心なしか顔の斜め傷も、柔らかくなったような気がした。

羨《うらや》ましい、と呟いた。

決して、無念の死ではなかったはずだ。

なぜなら、浅野又右衛門は弓の道を極めたからだ。

手柄にのみ、藤吉郎は今までこだわってきた。だが、それでいいのだろうか。たまたま手柄を残したとしても、不毛ではないのか。何かを極めなければ、義父のような顔で死ねないのではないか。

こんなことで、活《い》きた人生を送れるのか。

かぶりを激しく振った。

では、己は何を極めるのだ。

どの道を進めば、義父のような安らかな顔で死ねるのか。

「わからねえ」

声が零れ落ちた。

弓は無論、槍も剣も文も算盤も駄目だ。では、鉄砲か。今日の己の無様な采配が脳裏に蘇《よみがえ》る。明智の口車に乗り、大切な銃を全て駄目にしてしまった。思いっきり地面を殴りつける。

「糞ったれ。おいらは何を極めればいいんじゃ」

拳で次々と地面を打つ。

「何かを極めずして、活きた人生は送れねえ」

足音が近づいてくることに気づいた。

両手で目元を擦る。

足音が止まってから、顔を上げた。

鷹《たか》を思わせる鋭い目を持つ、織田信長と目差しがぶつかる。

「殿、教えてくだされ」

無言で、信長は先を促す。

「おいらは何を極めればいいのですか」

足にしがみつきたい衝動を、必死に抑える。

「無才のおいらは何を極めれば、義父上のような顔で死ぬことができるのですか」

しばし、沈黙が流れる。

「猿よ、貴様のことは己がよう知っている」

「ならば教えてくださせい」

とうとう、足にすがりついてしまった。

「貴様には、何の才もない」

あまりのことに、何も言い返せない。信長の足を抱いていた腕が、力なく地に落ちる。

自嘲の笑みが口から零れていると気づくのに、しばしの時間が必要だった。

——そうだ。おいらには、何の才もなかった。

初めて、鏡で己の醜い顔相を見せつけられたかのような気分だ。

「だが、それでいい。貴様は凡人を極めろ」

落ちてきた言葉の意味が、最初はわからなかった。

「凡人」と、間抜けにも復唱する。

「そうだ。考えてもみろ。貴様は草履を温めて、頭角を現した。だが、草履を温めるのに才はいるか」

首を横に振ろうとしたが、できなかった。構わずに信長は続ける。

「貴様は、薪を倹約した。そのために、鍋や竈《かまど》の煤をとり火の通りをよくし、火加減を細かく調節した」

ゆっくりと頷く。

「では、竈の煤をとることに才はいるか。細かく火加減を見ることに才はいるか」

「いりません」

消え入りそうな声で答える。

「そうだ。草履を温めるのも、薪の倹約も、誰でもできる」

体に穴が開いて、力が抜けていくかのようだった。

「だが、それを続けることができるものは、誰もおらん」

意思に関係なく、びくりと藤吉郎の指が動いた。

「草履を数カ月温め続けられるものがいるか。薪の倹約を一年続けられるものがいるか」

なぜか、信長の言葉には熱が籠《こも》っているように感じられた。

「そんな奴はおらん。だが、猿はそれを成した。それこそが、貴様の才だ」

抜けきったと思った力が、ゆっくりと体の奥から湧き出てくる。

「猿、貴様は凡人を極めろ」

心の臓が大きく跳ねる。

「誰にでもできることを、誰よりも愚直にやり続けろ。それが大きな結果を生むことを、草履取や薪奉行で学んだはずだ」

信長は、浅野又右衛門の骸を見た。

「凡人を極めることが、又右衛門への唯一の弔いと心得よ」

藤吉郎も、浅野又右衛門へ目をやる。穏やかな死に顔だった。

今、おいらにできることは――。

浅野又右衛門が生み出した、鉄砲と弓の用兵を伝えることだ。義父が創ったものを、己の家来に教え、そして鍛える。

「わかりました」

浅野又右衛門の骸に目をやったまま、藤吉郎は続ける。

「おいらは凡人を極めます」

信長が頷く気配がした。

「ならば、猿よ、己も約束しよう」

信長へ目を戻す。

「貴様が凡人を極めるならば、己は天下布武を極める。天下を統一し、必ずや乱世を糺《ただ》す」

信長の目が硬質な光に彩られる。

「そのためには、邪魔する者は全て滅ぼす。たとえ、親兄弟が立ちはだかったとしてもだ」

信長は体を翻した。目差しの先には、山々がある。山上の一角では、甍《いらか》が陽光を照り返していた。比叡山延暦寺の堂宇の数々だ。

「いや、肉親だけではない。神仏が敵であっても、邪魔するものは決して許さん」

信長の眼光が、ひときわ強くなる。

比叡山延暦寺の堂宇が、一瞬だけ燃えるかのような赤い輝きを帯びた。

八

合戦は終わった。箕作城の戦いだけではない。

木下〝藤吉郎〟秀吉らの活躍で呆気《あっけ》なく陥落した箕作城を見て、六角勢はたちまちのうちに瓦解、逃散《ちょうさん》したのだ。

藤吉郎の陣の陣幕の向こうから、炊煙が数十と柱のように伸びている。敵のいなくなった近江国瀬田川の渡しの手前で、織田軍は疲れを癒すかのように野営していた。

のどかな空気を斬り裂くのは、小一郎の金切り声だ。

「なんですと。明智様の罪を不問にしろとおっしゃるのですか」

小一郎が唇を震わせている。

「冗談じゃないですぞ。明智様のせいで、どんな目に我らはあわされたと思っているのですか」

瓢箪の馬印が屹立する本陣の最も奥の間に座すのは、藤吉郎ではなかった。藤吉郎は小一郎の横で、同じように怒りを必死に抑えていた。

兄弟ふたりの目の前にいるのは、細く上品な目鼻を持った男だ。百人一首の札の中から抜け出たかのような顔立ちをしている。

「細川様、正気ですか」

歌人のような男――細川藤孝に小一郎は言い募る。今回の明智光秀の詐術に対する弁明として、藤吉郎の陣を訪れた足利義昭の直臣《じきしん》だ。ちなみに、かつて明智光秀は細川藤孝に養われる食客であったという。

「仕方ないのだ、木下兄弟よ。こらえてくれ」

小一郎と藤吉郎に交互に視線を配る。謝罪弁明の使者の割には、細川藤孝の態度はふてぶてしい。その頭が下がることはなく、従者に対するかのようだ。

「そんな言葉じゃ、納得できませぬ」

小一郎が珍しく激昂していた。

「明智様の筒破りの強薬のせいで、鉄砲が全部駄目になりました。だけじゃねえ。何人かは失明した。それに、隙をつかれ六角家に反撃を許した。おらたちが全滅してもおかしくなかったんですぞ」

身を震わせて、小一郎は細川藤孝を詰る。浅野又右衛門が救ってくれなければ、今頃は敗戦の責めを負って、藤吉郎の首が胴体から離れていてもおかしくなかった。

「そのことだが」

細川藤孝が、鷹揚《おうよう》に言葉を継ぐ。

「六角家の反撃は、雨が降れば遅かれ早かれ受けていたはず。明智の強薬は関係ない」

「なっ」

あまりの言い草に、小一郎は反論できない。

「さらに鉄砲が強薬で駄目になったというが、明智はこう言っている」

気怠《けだる》そうに、細川藤孝は口を開く。

「あの程度の強薬で破裂するような、粗悪な鉄砲とは思わなかった、とな」

思わず藤吉郎も腰を浮かす。拳を振り上げなかったのは、己自身の愚かさも身に染みていたからだ。

「それに明智を罰するというが、あの男は今後の足利家と織田家にとって、なくてはならぬ有用の士」

細川藤孝は、歌を詠むかのように続ける。

「とはいえ、明智に非がないわけではない。それに関しては、名門細川家の棟梁《とうりょう》である儂自らが足を運んだのだ。これで、そちらの面目も立ったと思うが」

ふざけるな、という言葉はかろうじて呑み込んだ。

確かに藤吉郎と天秤《てんびん》にかければ、今天下に必要なのは明智光秀だ。上洛の軍を起こす、ほぼ全ての段取りをつけた。

「わかりました。天下布武のため、明智殿のこたびの所業は不問にいたします」

当然だ、と言わんばかりに細川藤孝は頷いた。

「ですが、ひとつ訊きたいことがあります。なぜ、明智殿はおいらを貶《おとし》めたのでございますか」

細川藤孝が顎に手をやった。

「味方とはいえ、競い合う仲なのは重々承知しています。とはいえ、あのやり方はあんまりです」

「それよ」と、細川藤孝は呟く。

「実は、あの男には悪癖がある。奴は、己以外は全て敵と思っている節があってな。儂が食客として養っていた頃から、身内を罠《わな》にはめてのし上がることが幾度もあった」

細川藤孝が大きく顔を顰めたのは、悪癖を知ってなお、光秀を手放せないゆえだろう。

「さらに今回の件、ひとつ解《げ》せぬことがある」

自問するように、細川藤孝は言う。

「あ奴が罠にはめる相手は、決まって才気溢れる士ばかりだった」

さらに顔を歪め、困惑の表情をつくる。

「なのに、こたびは明らかに才で劣る木下兄弟を陥れようとした。柴田殿や森殿を罠にはめるならわかるのだが」

首を傾げて考えこむ。

「なぜ、毒にも薬にもならぬ百姓上がりの木下兄弟を貶めたのだ」

藤吉郎は小一郎と目を見合わせた。

「は、ま、まさか、木下兄弟があの明智でさえ恐れる才覚を持っているということか」

細川藤孝が顔を上げる。藤吉郎と小一郎を、凝視した。

ぷっ、と吹き出した。

「まさかな、こんな馬鹿面兄弟が才人などあり得ぬわ」

そして、腹を抱えて笑い出したのだ。

九

「どうじゃ、木下兄弟、これが花の京ぞ」

細川藤孝が両腕を広げて、誇示する。

なぜか、先日の光秀の一件以来、細川藤孝は藤吉郎らを気に入ったようだ。織田軍に先行しての入京に、細川藤孝は木下兄弟を同行させることを提案してくれた。

藤吉郎と小一郎は、ゆっくりと首を巡らす。

「これが、京？」

小一郎の眉間に深い皺が刻まれる。藤吉郎も同様に、顔を顰めていることを自覚する。

「ひでえ、ぼろぼろじゃねえか」

そんな言葉を、かろうじて木下兄弟は呑み込んだ。

亀裂の入った板塀の町家が並んでいる。ところどころの町家は屋根が崩れていた。

野良犬や野良猫が目につく。それよりもずっと多いのが、流民たちだ。幽鬼のように、町のあちこちを彷徨《さまよ》っている。

「はははは、この田舎者が、驚いて声も出せぬか。無理もないわ」

なぜか、細川藤孝は誇らしげだ。胸を張って、ふたりを先導する。

「帝《みかど》のおわす内裏を見せてやるか」

ふたりが誘《いざな》われたのは、長い築地塀《ついじべい》だった。こちらも、あちこちが崩れている。大きな門はあるが、壁の破れ目から野良犬が好き勝手に出入りしていた。

「まさか、これが」

「そうともよ、これが内裏だ」

風が吹き抜けて、埃《ほこり》が盛大に舞う。長い塀がなければ、きっと細川藤孝の言うことを疑ったままだったろう。

「兄ちゃん、細川様はおらたちをからかってるのか。ここに帝が本当におわすのか」

嘘ならどんなにいいだろうかと、藤吉郎は拳を握りしめた。藤吉郎たちは、今からこの荒廃する京を建て直さなければいけない。

内裏の門が軋《きし》み、悲鳴のような音とともに開く。

中から現れたのは公卿《くぎょう》……ではない。黒衣を着た僧侶たちだ。金襴銀襴を眩《まぶ》しいほど縫い合わせた袈裟《けさ》を身につけている。

さらに背後からは、薙刀《なぎなた》を持った厳《いか》つい僧兵がぞろぞろと続く。

「どけ、どけい、我らが比叡山の僧と知って、道を塞ぐか」

僧兵の一喝に、飛ぶようにして道を開けたのは細川藤孝だ。

彷徨う流民たちを蹴り飛ばし、僧侶と僧兵は道を進む。時折、店の前に並ぶ饅頭《まんじゅう》を手で摑《つか》み、勘定も払わずに口へと運んでいた。そのすぐ側《そば》では、骨と皮だけになった流民が踞《うずくま》っている。その様子を見る、藤吉郎の脳裏に信長の言葉が蘇る。

――己は天下布武を極める。

そして、こうも信長は言った。

――神仏が敵であっても、邪魔するものは決して許さん。

藤吉郎の五体が激しく震えた。

藤吉郎は、信長の言葉の意味を悟る。

信長は、戦うつもりなのだ。都に巣くう、いや、日ノ本中に跋扈《ばっこ》する腐敗した宗教勢力と。

目を東北にある山へやった。そこには甍が輝く比叡山延暦寺があるはずだ。

おいらは斬れるのか、僧兵たちを。

比叡山に矢玉を打ち込むことを、命令できるのか。

いや、きっとそれだけではすまない。

小さい頃から手を合わせてきた仏像にも火をかけなければいけないだろう。僧兵だけでなく、高僧にも刃を向けるかもしれない。

音を立てて、唾を呑んだ。

凡人にすぎぬ己が、そんな大それたことを成せるのか。

さらに藤吉郎の震えは増し、関節が曲を奏でるかのように鳴る。

まるで、凡夫・木下〝藤吉郎〟秀吉を嘲笑《あざわら》うかのようだった。

第五章

天下人の勤活

一

これが天下布武のなれの果てか。

藤吉郎は拳を握りしめた。すぐ横では、瓢箪《ひょうたん》の馬印を持つ従者が震えている。義父竹阿弥の瓢箪の下には、戦勝ごとに小瓢箪を足しているので、まるで瓢箪の山のようだ。

変わったのは、馬印だけではない。藤吉郎は、今や羽柴〝藤吉郎〟秀吉と名を改め、近江《おうみの》国《くに》長浜城十二万石の主《あるじ》にまで出世していた。

藤吉郎の目の前には、折り重なる屍体《したい》。そして、さらに奥には燃える村。炎の隙間から、南無阿弥陀仏の声が聞こえてくる。

耳を塞《ふさ》ごうとする両手を、必死の想いで自制する。

藤吉郎らは、越前の陣にいた。電光石火の速戦で越前の大名朝倉氏を滅ぼしたのが、二年前。越前の国が織田家の支配を受け入れていたのは、わずかな間だけだった。一向衆が立ち上がり、一揆《いっき》が支配する国になってしまったのだ。

今、藤吉郎らは信長に率いられ、越前そしてその北にある加賀へと侵攻しようとしていた。過去に朝倉を滅ぼした時と違い、敵は一向宗の信者たちである。藤吉郎らが攻めるのは、砦《とりで》ではなく村や町ばかりだった。

燃え盛る村から、人影がゆらりと浮かび上がる。

屍《しかばね》を踏み越えて、こちらへと近づいてくる。

手槍《てやり》を持つ長身の影は、宮田喜八郎だった。

「藤吉郎様、これでよかったのですね」

喜八郎の唇は、紫色に染まっていた。担ぐ槍の先から血雫《ちしずく》が落ち、喜八郎の顔を汚す。

「藤吉郎様、本当にこれでよかったのですね」

間合いを詰めつつ、喜八郎は言い募る。

背後から聞こえる南無阿弥陀仏の声には、明らかに大人の男でないものもまじっていた。

藤吉郎は、口をこじ開けた。

重荷を担ぐかのように力を込めて、舌を動かす。

「無論じゃ。上様（信長）の天下布武に間違いはない。ご命令に、全力で応《こた》えるのが、我々の勤めじゃ」

喜八郎は呆然《ぼうぜん》と藤吉郎を見下ろす。

「そうか、間違っていなかったのか」

喜八郎は両膝を地につけて、取り落とすかのように槍を転がした。

「よかった。間違っていなかったんだ」

そのまま俯《うつむ》いて、何事かをしきりに呟《つぶや》く。

法螺貝《ほらがい》の音が聞こえてきた。進軍の合図である。

「いくぞ」と叫んで、藤吉郎は燃え盛る村に背を向けた。

粛々と、いや、誰も声を発することもできずに、足を進めていく。

織田の武将たちの馬印とそれに続く雑兵たちの列が、視界の涯《はて》まで伸びていた。

藤吉郎の前に、動きの鈍い馬印がある。人の胴体ほどの巨大な草鞋《わらじ》を、竿《さお》に吊《つ》り下げていた。藤吉郎の瓢箪の馬印と並ぶ。

陣羽織を着たがに股の武者が近づいてきた。

吉田次兵衛である。長浜十二万石を宛てがわれた藤吉郎には敵《かな》わないが、今は柴田勝家の副将として七万五千石の武士に出世している。

「藤吉郎殿」と、次兵衛が語りかけてきた。

「うるせえ、近づくな」

「随分と剣呑《けんのん》な言い方じゃのう」

「ふん、勤めもろくに果たさぬ武士に、きく口はもたねえ」

藤吉郎は、次兵衛とその配下を睨《にら》みつけた。皆、汚れの少ない甲冑《かっちゅう》を着ている。担ぐ槍も刃こぼれが少ししかない。合戦に参加していない証《あかし》である。きっと、どこかに隠れていたのだ。

「じゃあ、百姓を殺すのが、藤吉郎殿にとっての勤めか」

思わず、藤吉郎は足を止めた。

次々と武者たちが、ふたりを追い越していく。

「百姓上がりの我らを取り立ててくれたのは、織田家だぞ。戦わぬ次兵衛は不忠者だ」

「なんだ、その生まれながらに武士みてえな物言いは」

次兵衛は顔を歪《ゆが》めた。そして、「気持ちわりい」と吐き捨てる。

「儂《わし》らの根っこは、百姓だろうが。違うか、藤吉郎殿」

「ふざけるな」

藤吉郎は罵声を返す。

「根が百姓だから、次兵衛は合戦で隠れているのか。おいらたちにだけ、殺しあいをさせたのか」

次兵衛は肩を落とし、目を伏せた。

「けっ、七万五千石の武士が聞いて呆《あき》れるぜ」

「そのことだがなぁ」

弱々しく、次兵衛は言葉を継ぐ。

「七万五千石は捨てることにした」

「なに」

「七万五千石は捨てる」

「捨てるって、どういうことだ」

「もう、飽きたんだよ、殺しあいに」

次兵衛は横にある馬印を見た。巨大な草鞋は、幾多の戦場を潜《くぐ》り抜けて、煤《すす》や銃弾の痕《あと》がいっぱいについていた。

「やっぱり百姓が性にあっていたのかもな」

促されて、藤吉郎は次兵衛と共に歩みを再開する。

「この戦が終わったら、武士を辞める」

「なんで、おいらにそんなことを言うんだ」

しばらく黙って、次兵衛は歩み続ける。意を決したかのように間をとってから、口を開いた。

「実はな、見継《みつぎ》（証人）を頼みたいんじゃ」

藤吉郎は、次兵衛の顔を覗《のぞ》き込んだ。

「もう、殺しあいはしたくねえ。さっきも戦場の隅で隠れていた。けど、そんな誤魔化しはきかねえ。だから……」

「つまり、嘘《うそ》の見継をしろ、と。次兵衛たちは勇ましく戦っていたと、言えってか」

次兵衛は頷《うなず》いた。

「ふざけるな」と叫んだが、出てきた声は途中で掠《かす》れた。先程の宮田喜八郎の顔が脳裏をよぎったからだ。

「百姓上がりの藤吉郎殿なら、儂の気持ちわかるだろう」

「勝手な野郎だ」

「駄目かい」

しばらく無言で、ふたり揃《そろ》って歩み続けた。

「もっと、甲冑を汚しとけ」

「え」と、次兵衛が声を上げる。

「獣の血でいいから、塗りつけとけ。そうすりゃ、あとは何とかしてやる」

「そうか、恩にきる」

次兵衛は深々と頭を下げた。構わずに藤吉郎は歩き続け、次兵衛と草鞋の馬印を視界から消す。

——おいらは、逃げねえ。

そう、何度も呟いた。

けど、と後ろを向いた。幽鬼のような顔でついてくる自分の家来たちがいる。

天下布武の先——織田信長の下で勤めを極めた先に、何があるのだ。

そう考えると、藤吉郎の足は鉛になったかのように重たくなる。

二

「その命令はきけません」

藤吉郎の言葉に、諸将がざわついた。

「なに」と、呻《うめ》くように言ったのは柴田勝家だった。緋色《ひいろ》の陣羽織を勇ましげに羽織っている。

「命令に反対だと申したのです。先程、柴田様が攻めると言ったのは全て村です。敵の砦ではありませぬ」

「貴様、総大将の儂に歯向かうのか」

勝家の陣羽織が細かく震える。

「ほお、おかしなことを言われる。上様は諸将皆で合議して、北陸の敵に当たれと申された。柴田様の言うことに盲従しろとは、おっしゃってません」

藤吉郎の言葉に、勝家は歯軋《はぎし》りで応える。

「上様の命令を無視して、合議を蔑《ないがし》ろにすれば、かつての北陸攻めと同じ轍《てつ》を踏みかねませぬぞ」

「よせ、藤吉郎」

間に割って入ったのは、丹羽《にわ》長秀と滝川一益《かずます》だ。

今、藤吉郎は再び北陸の陣にいる。

上杉謙信に攻められた能登の長続連《ちょうつぐつら》が、援軍を要請してきたのだ。吉田次兵衛の嘘の見継（証人）を請け負ってから、二年の時が経《た》っている。

「そもそも、我らが上様から頂戴した命令は、能登の長《ちょう》家を救うもの。なのに、どうして加賀の村を焼く必要があるのですか」

能登への援軍のために、信長は丹羽、滝川、美濃《みの》三人衆、そして藤吉郎ら錚々《そうそう》たる重臣を、柴田勝家の下につけたのだ。

急遽《きゅうきょ》駆けつけた藤吉郎らが参加した軍議の席で、勝家が提案したのが加賀の村々を焼くことだった。どの村もかつて一向一揆に加担した過去があり、上杉の軍と戦う前に足元を固めるために焼き討ちにしてしまおうとの考えである。

「おのれ、百姓上がりのくせに、生意気をぬかすな」

「その百姓上がりを将に任命したのは、上様です。出自を理由に意見を退けるのは、上様のご意思を踏みにじる行為ですぞ」

信長の名を出すと、柴田勝家の顔が激しく歪んだ。

「よせ、藤吉郎、口を慎め」

丹羽長秀と滝川一益が、藤吉郎を下がらせようとする。

「そうです。柴田様も落ち着いてくだされ」

美濃三人衆も勝家を宥《なだ》めるのに必死だ。

彼らの顔をたてる意味で、藤吉郎は後退する。

「ふん、吉田次兵衛と同じ穴のむじなのくせに、偉そうに」

吐き捨てた勝家の言葉に、下がっていた藤吉郎の足が止まる。

「本当は、怖《こわ》くて戦いたくないだけであろうに。もっともらしい言い訳を並べおって」

「なんだと」

藤吉郎は一歩、前へと出る。丹羽と滝川が止めようとするが、無駄だ。制止しようとする腕を手ほどきで振りほどき、勝家との間合いを詰める。

「臆病者はあんたじゃねえか」

藤吉郎は指を柴田勝家に突きつけた。

「あんたが攻めると言った、小松村や本折村に何人侍がいる。武士もろくにいない村を焼いて、何が武功だ。ふざけるな」

「なにぃ」

構わずに、藤吉郎は弁を振るう。

「大体、あんたは村を攻めると言うが、その前に村に使者を送ったのか。間者を放って、少しでも様子を探ったのか」

唾を吐きかけるように詰《なじ》ると、勝家の表情がさらに歪んだ。

「そんなことは、ひとつもしてねえだろ。村を攻める前に、やるべきことをひとつでもしてるのか。そんなんだから、吉田次兵衛が出ていくんだよ」

吉田次兵衛は、二年前の越前遠征が終わった後に、禄《ろく》を全て勝家に返上した。次兵衛ほどの功があれば隠居料として領地が宛てがわれるはずだが、ただ銭が支払われただけだった。古草履を捨てるような勝家の扱いに怒ったのが、藤吉郎だ。勝家もそれを伝え聞き、ふたりの仲は険悪なままでの対面となった。

そんな因縁があるだけに、怒りのままに藤吉郎は舌を躍動させる。

「そもそも、加賀はあんたが上様から任された土地だろう。その土地の村を焼くだと。上様からもらった民を苦しめて、それでも織田の家老か」

こうなると、武辺だけが取り柄の勝家では、藤吉郎の弁舌には敵わない。次々と繰り出される藤吉郎の言葉に、歯軋りで耐えるしかない。

「それに、あんた、これはなんだ」

藤吉郎は、勝家の緋色の陣羽織を摑《つか》んだ。

「緋色の陣羽織だと？　上様にでもなったつもりか」

緋色は、信長がもっとも好む色である。

「よ、よせ、藤吉郎」

丹羽と滝川だけでなく、美濃三人衆も止めに入ろうとするが、構わずに藤吉郎は続ける。

「聞いているぞ、あんた北陸ではいつも緋色の服を着て、『で、あるか』とか『是非に及ばず』とか、言っているらしいな」

これも、信長の口癖である。

「そのくせ、上様を前にしたら、鼠《ねずみ》色の地味な裃《かみしも》で『ははぁ』って這《は》いつくばりやがる」

勝家の顔が真っ赤になる。

「そんな、あんたを人が何て呼んでるか、知ってるか」

藤吉郎を下がらせようとする諸将の腕を、手ほどきで振りほどきつつ叫ぶ。

「猿真似の柴田だよ」

唾と一緒に言葉を叩《たた》きつけた。

「おいらも猿って言われてるが、あんたとは違う」

「だ、黙れ」

「いや、黙らねえ。これだけは言っておく。おいらは猿には似てても、猿真似はしねえ。けど、あんたは違う。猿以下だ」

次の瞬間、血の臭いが藤吉郎の鼻の奥で爆《は》ぜた。足の裏が浮いて、殴り飛ばされたことを悟る。三度ほど回転してから、上半身を起こした。口元を拭うと、腕が血で濡《ぬ》れている。

「出ていけ」と、拳を振りかざす勝家が吠《ほ》えた。

「け、総大将が出ていけとお命じなら、従ってやらぁ」

藤吉郎は立ち上がる。

「目障りだ。失《う》せろ。この陣から、消えろ」

「はん、おいらがいなくて上杉に勝てるのかよ」

浅井《あざい》長政との戦いでは、藤吉郎は最前線で長く奮闘し、居城の小谷《おだに》城も攻め落とし一番手柄も立てている。自他ともに認める働きだ。

「猿真似の大将には、荷が重いんじゃねえか」

あえて、嬲《なぶ》るようなことを言ったのは、殴られたことへの仕返しだ。頭髪が浮き上がらんばかりに、勝家は逆上する。

「せいぜい、侍もいねえ村を攻めて、怖い上杉にあうまでに武功を稼いどきな」

咆哮《ほうこう》と共に、勝家が詰め寄る。丹羽や滝川がしがみついていなければ、藤吉郎の首はへし折られていただろう。

「陣から出ていけ。今すぐだ」

藤吉郎は背を向けた。去るためではない。

尻を突き出して、手で叩く。

あまりのことに、勝家の顔は赤を通り越して蒼白《そうはく》に変わった。

「ご命令通りにしてやるぜ。精々気張りな、猿真似の大将」

さらに尻を数度叩いてから、あとは走って逃げた。

「殺す。あいつを殺す」

勝家の罵声を、藤吉郎は背で聞く。

「覚えておけ、儂に逆らって、織田家の禄を食《は》み続けられると思うなよ。この戦場だけではない、織田家からも追放してやる」

藤吉郎は足を止めた。柴田勝家のいる陣幕を振り返る。

「追放だと。上等じゃねえか。こんな戦場で、活《い》きた勤めができるか。おいらの方から、武士を辞めてやるわ」

三

「あなた、勝手に戦場を離れて、どういうつもりですか」

さすがの寧々《ねね》も金切り声を上げた。

「あなたひとりの問題ではないのですよ。虎之助や市松、甥《おい》の万丸や小吉はどうなるのですか」

藤吉郎はそっぽを向いて、窓の外を見る。所領の長浜にある城の天守閣に、今藤吉郎はいる。しきりに手を顔にやっているのは、柴田勝家に殴られた鼻が痛いからだ。飯を食ったりしゃべろうとすると、ずきりと痛む。

「上様はきっとお怒りですよ。どう弁明するのですか」

こうしてみると、怒る寧々の姿は母親の旭《あさひ》にそっくりである。

「出ていけと言うたのは、総大将の柴田様じゃ。その命令に従っただけじゃ」

「そんな言い訳が通用する訳ないでしょう」

寧々が耳元で怒鳴った。

ふん、と藤吉郎は鼻息を荒く吐く。

「もし、所領を没収されたら……」

「所領なんか、はなからお返しするつもりよ」

「え」と発した形のまま、寧々の唇が固まる。

「あなた、今、何と言ったのです」

恐る恐る、訊《き》いてくる。

「寧々、おいらはもう疲れたんじゃ」

藤吉郎は、俯いて自分の足を指でいじる。

「何のために戦っているのか、わからんようになった。なぜ、織田家にお勤めしているのか、わからんのじゃ」

微《かす》かに血垢《ちあか》がこびりついた手で、戦塵《せんじん》で汚れた足をいじり続ける。

「もう殺しあいはいやなんじゃ。殺して征服して、裏切られて、また攻めて、殺して、裏切られる」

寧々の視線を感じつつ、言葉を継ぐ。

「一体、何回同じことを繰り返せばすむんじゃ」

秋風が吹き込んできた。顔を上げて、横を見る。

窓からは、琵琶湖の湖面が鏡のように輝いていた。

「さあ、武家勤めを辞めるんでしょう。このぐらいのことで、へばっていてどうするのですか」

寧々の声が、本丸の広場に響いた。

うむぅ、と唸《うな》りつつ、藤吉郎は鍬《くわ》を振り上げて、力一杯振り下ろす。鍬の刃が勢い良く刺さりすぎて、柄が跳ね上がり、藤吉郎の体が吹き飛ばされた。

周りで見物していた侍女たちが、どっと笑い出す。

「あなた、そんなことでどうするのですか。もっと腰をいれなさい」

襷掛《たすきが》け姿の寧々が、腰に手を当てて睨みつける。

「寧々、勘弁してくれえ。体がガタガタじゃあ。もう百姓仕事の稽古は十分だろう」

武家勤めを辞めると言えば、てっきり寧々は反対するだろうと思っていたが、案に相違した。寧々は藤吉郎の真意を聞くや否や、本丸へと連れ出して、鍬を持ち出し、今から耕せと言ったのだ。百姓になった時のための稽古だという。ここで、嫌と言ってしまうと、先程の決意が嘘になりかねない。

「これぐらい耕せりゃあ、十分だろう」

「まあ」と、寧々は目尻を吊り上げる。

「呆れた。十歳の童でも、もっとたくさん耕せますよ。あなたも元百姓なら、この土の色を見ればわかるでしょう」

寧々がすくい上げた土は灰色だ。活きた鍬仕事ではない。藤吉郎の実父が鍬を振ると、豊かな赤褐色に変わったものだ。

「こんな土で、まともな作物が生《な》ると思っているのですか」

「そんなことせんでも、禄を返せば、銭か隠居の土地をくれる。地主として、小作どもをだな……」

「だまらっしゃい」

藤吉郎の鍬振りよりも遥《はる》かに強烈な叱声が飛んできた。

「誰が鍬もろくに使えぬ地主の言うことを聞きますか。それにむざむざ陣地を離れた男に、上様が土地や銭などをくださるはずもないでしょう」

寧々は鍬を無理矢理に藤吉郎に握らせる。

「さあ、早く耕しなさい。一刻（約二時間）もやって、これだけですか。寧々なら、この倍以上耕していますよ」

そう言われても、藤吉郎は実父が死んでから、農作業はずっと怠けていたので、鍬など満足に握ったこともない。

「なんです、その腰使いは。もっと、力をいれなさい」

「ひいいぃ、もう勘弁してくれ」

戦場でも吐いたことのない弱音を、だらしなく垂れ流す。

「いいえ、勘弁しません。私も藤吉郎様の妻。百姓になろうが、ついていきます。私は貧しい頃に、しっかりと田畑の世話をしていましたし、今も黒豆を育てていますが、藤吉郎様はそうじゃないでしょう」

何も反論できない。

「それとも、武家勤めを続けるのですか。今から北陸の柴田様のもとにただちに戻るというなら、勘弁します」

そう言われれば、鍬を振らざるを得ない。

陽が傾き、少しは鍬使いのこつがわかり始めた時だった。

「何をやっているのじゃ、お主は」

汗だくの顔を、ゆっくりと上げる。雪のように白い髪を持つ老武士が立っていた。穏やかな風貌は、隠居した商人といった雰囲気だ。

藤吉郎の鍬振りを見物していた侍女たちが狼狽《うろた》え出す。

「やっと来てくれましたか」

藤吉郎は鍬を放り出して、へたり込む。

「ほお、儂が来るとわかっていたのか」

藤吉郎は頷いた。勝手に陣を離れ、咎《とが》めがないはずがない。それなりの身分の者が、まず詰問の使者として来るはずである。

「それにしても何の様《ざま》だ。百姓の真似事にしては、お粗末すぎるぞ。藤吉郎を一人前の草履取や薪《まき》奉行に育てた、儂の苦労を水泡に帰すつもりか」

目の前の老武士は、藤吉郎が信長の草履取を始めた時、上官として様々なことを教えてくれた人物である。今は、日ノ本の都である京を差配する織田家の文官筆頭として名を馳《は》せている。

村井〝長門守《ながとのかみ》〟貞勝《さだかつ》が、口をへの字に曲げて藤吉郎を見下ろしていた。

いつもは藤吉郎が座る上座で、村井は腕を組んだ。

「そこまでの決意だったたか。戯れで百姓の真似事をしていたのではなかったのだな」

信長に対するように、両手を床につけて藤吉郎は言上する。

「はい、所領を返上しようと思っております」

「では、長浜の所領は誰が統括するのじゃ」

「もし、わがままが許されるならば、弟の小一郎めに任せてもらえませんでしょうか」

今、小一郎は藤吉郎の副将として、時に一軍を率いることもある。臆病は相変わらずだが、戦場ではそれが堅実無比な用兵という評判に変わり、信長さえも一目置くほどだ。

「なるほど、小一郎か」

村井は、白い頭を撫《な》でて考えこむ。

「が、上杉、毛利を相手にするには荷が重かろう。力不足とは言わぬが、苦戦は免れぬぞ」

藤吉郎は何も言い返せない。

「お主、天下布武の難事を、全て弟に押しつける気か」

唇を強く嚙《か》み締める。

「ですが、おいらはもう殺したくはありませぬ。戦う意味が、織田家で武士としてお勤めする意味が、わからぬのです」

長い沈黙が流れた。

「織田家のおかれた状況はわかっていよう。長篠《ながしの》では武田家を何とか退けたが、それでも敵は多い。特に恐るべきは毛利だ。正直、柴田や丹羽、滝川、明智では、手に負えぬだろう」

気づけば、村井が目を細めて、藤吉郎を凝視していた。

「強敵毛利に対抗できるのは、お主しかおらぬと儂はみている。きっと上様も同じ考えじゃ」

「そこまでのご評価、恐れいるばかりです。しかし、もう、おいらは……」

村井がため息をついた。

「確かに、今のお主に戦場で采配を任せるのは危ういな」

藤吉郎は、黙って言葉を待った。

「お主は迷いという病に取り憑《つ》かれておる。迷いは、武士を容易《たやす》く死に至らせる。今のまま戦場に立てば、その病は多くの足軽の心にも伝わり、軍を負けに導く」

村井は腕を組んで考えこむ。

「さて、どうしたものか。織田家の未来を考えれば、お主の首根っこを掴んででも、戦場へ連れ戻すところだが、この様では……」

「申し訳ございません」

藤吉郎は深々と頭を下げ、復帰の意思がないことを示した。

「わかった。そういうことならば、藤吉郎よ、大坂へ行け」

「大坂ですか」

大坂では石山本願寺が決起し、それを織田の宿将・佐久間信盛が囲んでいたはずだ。

「大坂へ行き、佐久間殿と会え」

「はぁ」と首を傾《かし》げて、間抜けな返答をした。

「佐久間殿ならば、お主が今患っている迷いに効く薬を持っているはずだ」

ますます藤吉郎の首の傾きが大きくなる。

「佐久間殿に会い、それでも決意が揺らがぬならば、いいだろう、その時は隠居を許そう。責任を持って、儂から上様に口添えしてやる」

四

大坂の葦原《あしはら》のまっただ中を、藤吉郎は騎行していた。固い大地は少なく、湿地を蛇行するように進む。時折、馬蹄《ばてい》を沈めつつ、佐久間信盛のいる天王寺砦《てんのうじ》を目指す。

「それにしても、何で、佐久間様なんかに会わにゃ、ならんのだ」

馬の上で、ぶつくさ言いながら藤吉郎は進んでいる。

佐久間信盛――信長が実弟と争った時や桶狭間《おけはざま》の合戦でも、一貫して信長を支えてきた織田の宿将だ。だが、派手な戦功があるわけではない。武勇では柴田勝家、知略では明智光秀、がむしゃらな働きぶりでは藤吉郎に、一歩も二歩も劣る。事実、今も大坂本願寺の城を包囲するだけで、全く攻めようともしない。噂《うわさ》では、茶会ばかり開いているという。

そんな凡将に、一体何を教えてもらえというのだ。今すぐにでも引き返したいが、そうしてしまうと村井から信長への口添えがもらえなくなる。

「仕方ねえ。さっさと挨拶して帰るか」

そうすれば、村井の顔もたつだろう。

やがて、目の前に壁のようなものが見えてきた。大坂本願寺を囲む織田軍の柵だ。ところどころ、突き出ているのは櫓《やぐら》である。とうとう、佐久間信盛のいる本陣へと着いたのだ。

天王寺砦の評定の間は畳が敷かれ、奥には床の間もあり、まるで広大な茶室のような趣きだった。下座で待つ藤吉郎は、感心するよりも呆れつつ、豪華な調度を見る。

畳を敷くくらいなら、その分を矢玉に替えて、敵の陣へ打ち込めばいいものを、と思う。

中年太りの武将がやってきて、腰をさすりつつ上座に尻を落とした。大黒頭巾をかぶり、額には縦に一本の傷が入っている。

「藤吉郎、遠路ご苦労だな」

佐久間〝右衛門尉《うえもんのじょう》〟信盛が、額の傷をかきつつ労《ねぎら》う。

「聞いたぞ、柴田めと喧嘩《けんか》をして、勝手に陣を離れたらしいな」

童の喧嘩を窘《たしな》めるような顔で訊いてきた。

「まさか、上様の逆鱗《げきりん》に触れるようなことをしでかす奴《やつ》が、儂以外におるとはな」

嬉《うれ》しそうに、藤吉郎の顔を覗き込んだ。額の傷を見せつけるような所作でもある。

佐久間信盛は織田家に忠実な武将だが、一度だけ信長の怒りをかったことがある。朝倉氏を滅ぼす直前のことだ。朝倉の陣が乱れると看破した信長は、全ての将に臨戦の構えをとるよう通達した。しかし、それを本気にした将はいなかった。藤吉郎でさえもだ。

しかし、予言は当たり、朝倉の陣に信長はわずかな馬廻衆《うままわりしゅう》だけで攻め込み、完膚なきまでに打ち破った。遅参した藤吉郎はじめ、宿将たちが必死に謝罪するなか、佐久間だけは違った。謝るどころか、これから朝倉領に深く攻め入ろうとする信長を諫《いさ》めたのだ。怒った信長は鞭《むち》を振り上げ、佐久間信盛を激しく打擲《ちょうちゃく》して、額の傷が出来上がる。

ちなみに、信長はその後、越前へと攻め入り、瞬く間に朝倉を滅亡させた。

「村井殿から聞いておるぞ。お主、織田家を離れるつもりらしいの」

「はい。戦に厭《あ》きました。今、無理に戦陣に立っても、迷うおいらの心では家来を惑わすだけです」

とは言いつつも、目の前の佐久間信盛よりは数段上手《うま》く戦を運ぶ自信はあった。

「そこで、儂に迷いに効く薬をもらってこいと言われたか」

村井から大方の話は伝わっているようだ。都合がいい。さっさと薬とやらを頂いて、こんな陣は退散してしまおう。

「左様でございます。では、さっそく薬をば」

図々《ずうずう》しく両手を差し出すと、「こら」と叱られた。

「お主、儂のことを少し馬鹿にしておるだろう」

「滅相もない」と、両手をさらに突き出して言う。

「ふん、まあいい。それより、我が陣のことをどう思う」

「はい。とても静かで、よいところです。夜などは、よく眠れそうです」

「やっぱり、お主、馬鹿にしておるな」

愚痴りつつも、佐久間は手を叩いた。

「あれを持ってこい」

出てきたのは、本願寺門徒らが籠《こも》る城の絵地図であった。曲輪《くるわ》だけでなく、櫓の高さや堀の深さ、火薬や兵糧の蔵の所在や備蓄量なども書かれ、さらに囲む織田の陣が同じくらい詳細に記されている。

「折角、来たのじゃ、ちょっとした余興につきあえ」

次に持ってきたのは、碁石だった。

何をするかは、なんとなく想像はついた。

「碁石ひとつが、兵五百と考えよ」

藤吉郎に黒石を渡す。佐久間は織田の陣に白石を置き始めた。絵地図上で合戦の様子を再現し、将棋や囲碁のように勝敗を決しようというのだ。藤吉郎が石山本願寺方、佐久間信盛が織田方である。

「まあ、やれと言われれば、やりますが。あまり悠長には……」

「この勝負に勝てば、薬を渡そう」

「やります」と、藤吉郎は絵地図にかぶりつく。

「早くやりましょう。さっさとやって、薬をもらって帰りまする」

「やれやれ」と、佐久間は嘆息を漏らす。

「〝退《の》き佐久間〟と言われた儂も甘く見られたものじゃ。こんな若造に舐《な》められるとはな」

碁石を手で弄びつつ、絵地図を見る。続いて、藤吉郎へと目を移した。

「三度の勝負といこうか。一度でもお主が勝てば、薬をくれてやる」

佐久間の目は、老獪《ろうかい》な狼《おおかみ》のように輝いていた。

そういえば、佐久間信盛が合戦の中で最も難しい、殿《しんがり》の名手であったことを思い出す。その手腕は〝退き佐久間〟と他国にも鳴り響くほどだ。

「なぜじゃ、なぜ勝てないんじゃ」

藤吉郎は絵地図にかぶりついた。

東の門を固く守れば、西の櫓を焼き討ちされ、西の櫓の守備を厚くすれば、南の曲輪を破られ、南の曲輪の兵を倍にすれば、北の堀を埋められる。

難攻不落と思われた石山本願寺の城が、佐久間信盛の手にかかれば、炙《あぶ》り絵のように弱点が露《あら》わになる。三度やって、三度とも藤吉郎の負けだった。

「藤吉郎よ」

呼びかけられて、織田の宿将へと目をやった。

「お主、儂のことを凡将と思っておったであろう」

「と、とんでもない」

慌てて手を振る。

「嘘をつけ。どうせ、武勇は柴田に知略は明智に敵わぬと思っていたであろう。家柄だけで生き残ったと揶揄《やゆ》していたはずじゃ」

眉間に皺《しわ》を寄せて、佐久間が詰る。

「そんな、家柄だけなどとは思っていません」

藤吉郎は、真剣な目つきで反論する。

「上様へのごますりは、誰よりも上手いではないですか」

思いっきり碁石を顔にぶつけられてしまった。

だが、ほとんどの侍がそう思っている。でなければ、どうしてあの織田信長に打擲されて、大坂本願寺攻めの総大将に任命されるのだ。

「ふん、正直が過ぎる奴め。おい、あれを持ってこい」

従者に声をかけてから、目を藤吉郎へとやった。

「これから見せるものは、柴田や丹羽には内緒だぞ」

目の前に置かれたのは、書状だった。

「げえ」と、藤吉郎は目を剝《む》く。

震える手で取り上げようとするが、上手くいかない。

「こ、これは……」

唾を呑《の》み込んだ。

「佐久間様が、武田と内通している書状ではないですか」

佐久間は不敵に笑っている。

「藤吉郎よ、どうして武田は長篠の合戦で我が陣に突撃してきたと思う」

戸惑う藤吉郎をよそに、佐久間は問いを重ねる。

「なぜ遥かに数が多く、鉄砲も数多《あまた》ある織田の陣へ武田は無謀にも攻めた」

「まさか」

「武田は儂が合戦で裏切ると信じていたから、攻めかかったのだ」

誇るでもなく、佐久間はさらに説明する。武田を殲滅《せんめつ》するために、信長と共に練った偽りの内通策だという。佐久間にそんな軍略の才があったとは信じられないが、先程の絵地図での勝負を思い返せば納得せざるを得ない。

「なぜでございます」

藤吉郎は絵地図へ指を突きつけた。

「なぜ、本願寺を落とさぬのです。どうして、いたずらに長陣するのです」

先程の碁石での勝負通りにやれば、労せずして大坂本願寺は落ちるはずだ。

佐久間は、上半身を前へと突き出した。

「朝倉を滅ぼした時、上様の手腕を、どう思った」

藤吉郎は思い出す。織田の宿将を詰り、佐久間の額を打擲した後、信長は一気に朝倉の本領越前へと攻め込んだ。そして、瞬く間に朝倉を滅ぼした。

「神業としか表現できませぬ」

「では、その後、上様が攻め取った越前はどうなった」

藤吉郎の視界がひしゃげる。越前の統治に織田軍はしくじり、朝倉より遥かに手強《てごわ》い一向衆が支配するに至った。取り戻すべく織田軍に大号令がかかるが、そこで藤吉郎らは村を焼き、百姓を殺し、宮田喜八郎ら多くの兵の心が病んだ。

「大坂本願寺の城を攻め落とすのは容易い。が、力だけで攻めても、越前の二の舞いよ」

佐久間は絵地図に目を落とした。堀の深さや曲輪の広さ、石垣の高さが詳細に書かれている。佐久間が本願寺を囲んでいただけではないことを、この絵地図が雄弁に物語っていた。

「一度目よりも二度目の方が、より多くの血が流れる。それは、お主がよう知っていよう」

頷くかわりに、藤吉郎は生唾を呑み込んだ。

「合戦とは、砦や城を攻めるものではない。ましてや、人の命を奪うものではない」

絵地図にやっていた目を、藤吉郎へと戻す。

「まことの合戦とは、人の心を攻めるものじゃ」

藤吉郎は思わず胸に手をやった。

「お主の口癖を借りれば、それこそが活きた合戦よ」

得体の知れぬ感情が、藤吉郎の体を震わせる。五体を制御できかねる震えなのに、決して不快ではなかった。

「上様が儂を臆病者と詰っているのは知っている」

無為に敵を囲むだけの佐久間を、信長はよく思っていない。だが、総大将を替えて、混乱を招きたくないとも考えている。

「で、ですが、そのことを上様に」

「言上しても無駄なのは、儂のここがよう知っておるわ」

額の傷を指さして笑った。

「で、では薬というのは……」

藤吉郎の言葉を遮ったのは、伝令と思《おぼ》しき兵が乱入したからだった。

「一大事でございます」

夏の日のように汗をかいた兵が、慌ただしく膝をつく。

「何事じゃ。本願寺が攻めてきたのなら、手筈《てはず》通りに追い返せ」

「そんな些事《さじ》ではありませぬ」

よく見れば、伝令の兵の顔は蒼白だった。

「松永様が裏切りました」

藤吉郎と佐久間は同時に立ち上がった。

松永〝弾正《だんじょう》〟久秀――元は三好家の家臣ながら、下克上を繰り返した梟雄《きょうゆう》だ。将軍足利義輝を殺害したという噂さえある。今は、佐久間の与力として、大坂本願寺を囲む一翼を担っていた。

「ま、まことか」

佐久間は詰め寄ろうとして、足を滑らせた。絵地図が引き裂かれ、碁石が散る。

「はい。事実、松永様の砦はもぬけの殻です」

藤吉郎と佐久間は目を見合わせる。

藤吉郎が戦場を離脱したのとは訳が違う。藤吉郎の場合は、両人の喧嘩と柴田の「去れ」という命令を証言する朋輩《ほうばい》が大勢いる。が、松永はそうではない。何より敵を指呼の間にしての離脱は、明らかすぎる利敵行為だ。さらに、松永は過去に信長を一度裏切っている。二度目の裏切りが決して許されないことは、松永自身が知っているはずだ。

「藤吉郎、長浜の所領に帰れ」

佐久間の命令が飛ぶ。

「すぐに戦の支度を整えろ。畿内は乱れるぞ。儂は大坂の陣を死守する」

「はは」

素早く、藤吉郎は一礼した。

五

夜空を焦がすかのように、松永久秀の信貴山《しぎさん》城が燃えている。火薬に引火したのか、時折、天守閣の一部が爆ぜて、漆喰《しっくい》や瓦が吹き飛び、闇の中に消えていく。

藤吉郎は、その様子をじっと見ていた。

砦を放棄した松永久秀には、まず重臣の松井友閑《ゆうかん》が詰問の使者として派遣された。が、松永は言を左右するばかりだった。ただちに信長はあずかっていた人質を処刑する。さらに、信長の息子の信忠に、松永討伐の大軍を預けた。

藤吉郎は、その陣中にいる。

畿内を震撼《しんかん》させた反乱劇は、皮肉にも藤吉郎が長浜に戻ってきていたこともあり、他の諸将に飛び火することはなかった。離反から二月と経たずに、松永は自害することになる。

「どうやら、大事にはならなかったようだな」

後ろから声をかけたのは、佐久間信盛だった。早期鎮圧のもうひとりの立役者である。佐久間は大坂の陣を持ちこたえるだけでなく、苦しいなかから軍勢を割いて、松永討伐に参加したのだ。

「それにしても、こたびばかりは肝を冷やしたぞ」

佐久間は額の汗を拭う。

「佐久間様」

藤吉郎は、燃える城を見たまま訊く。

「どうして、上様は松永めに裏切られたのでしょうか」

それも一度ではない。五年前にもだ。

「ふむ」と、佐久間が呟く。

「それは、上様が松永の心を攻め落とすことができなかったからじゃ。力だけで屈服させても、いずれまた乱が起こる。結句、どちらかが滅ぶまで殺しあいは続く」

大黒柱が限界を迎えつつあるのか、炎の中の城が身悶《みもだ》えるように揺れ始めた。

「藤吉郎よ、隠居の決意は変わらぬか」

黙って頷く。

「これ以上、言葉を継ぐのは無粋だが、儂も村井殿に頼まれたことは成さねばならん」

「頼まれたこと」

藤吉郎は佐久間に向き直る。

「そうじゃ、お主の迷いに効く薬を渡せと言われた」

「それは、もうもらいました」

心を攻めるという佐久間の凄《すご》みは、十分に肌で感じた。だが、佐久間は構わずに話を続ける。

「藤吉郎よ、このまま儂が本願寺を囲み続ければ、数年の後には屈服させることができる。なれば、どうなると思う」

「そうなれば、大手柄でございます。上様から、ご加増がありましょう」

佐久間の顔に皮肉気な笑みが浮かぶ。

「甘いな、藤吉郎」

佐久間を凝視することで、先を促した。

「本願寺を降《くだ》せば、儂はきっと追放される」

「な、なんですと」

「上様の目には、儂の戦い方は敵を恐れ、いたずらに戦を長引かせているように見えるだろう。きっと、全ての禄を没収される」

火を映す佐久間の瞳は、哀しげだ。

「では、なぜ、攻めぬのです。今すぐ、大坂へ戻り、本願寺の城を攻めなされ。敵の弱点は、知り尽くしているのでしょう」

　佐久間は力なく首を横に振る。

「それでは越前や松永の二の舞いだ。いずれ、また、何倍もの脅威になって、本願寺は織田の天下に背く」

「では、追放されると知りつつ、このまま、城を囲み続けるのですか」

　ゆっくりと頷いた後、佐久間は口を開いた。

「上様のやり方は間違っている」

　佐久間の瞳から放たれる硬質な光が、藤吉郎を射貫く。

「あまりにも苛烈すぎる。上様のやることは、間違っている」

　さっきよりも強い口調で言う。

「だが」と、佐久間は続けた。

「上様が、天下布武で目指すものは間違っていない」

　城が激しく燃え上がり、佐久間の額の傷を露わにする。

「上様が目指すもののためならば、儂の手柄や所領など、惜しくはない。ちっぽけなことよ。その礎となれるなら、喜んで地位や名誉など捨ててやるわ」

　白い歯を見せたのは、笑ったのだろうか。すぐにそれは、火の色で化粧される。

「追放覚悟で、上様の意に背く。それが、佐久間様にとっての勤めだと言うのですか」

とうとう信貴山城が崩れ始めた。地を揺らす轟音《ごうおん》とともに、火の粉がふたりのところまで飛び、闇を薄める。

佐久間は城に背を向けた。ゆっくりとした足取りで、自分の陣へと戻っていく。途中で何か忘れものに気づいたかのように、足を止めた。首を捻《ひね》り、藤吉郎を見る。

「藤吉郎よ、この覚悟が村井殿のいう薬だ。あとは、お主が決めろ。織田に残り戦うもよし、織田を去り別の人生を歩むもよしだ」

六

松永討伐戦を終え、長浜へと帰る藤吉郎らの軍が、京の町へと吸い込まれていく。碁盤の目と称される路地が、縦横に編み込まれるように広がっていた。通りに面した店先には、商いの品が溢《あふ》れかえっている。

乗る馬の足をできる限り緩めて、その風景を目に焼きつけた。

藤吉郎たちが上洛《じょうらく》した十年ほど前はこうではなかった。天文法華の乱と呼ばれる比叡山延暦寺《ひえいざんえんりゃくじ》と法華衆の仏教勢力の争いで京の町は焼かれ、応仁の乱以上の被害に見舞われ、その復興さえままならなかった。御所の塀は破れ、流民や盗人たちが自由に出入りできる有り様だった。再興の見通しの立たない京の町を、多くの商人、職人、貴族でさえも見捨て、逃げていった。

だが、今は違う。町家が建ち並び、人々が行き交う。その中には、女性や老人のひとり歩きも多い。

これが、織田信長の天下布武の先にあるものの一部だ。

「小一郎」

「なんだい、兄ちゃん」と、腹心の弟が馬を寄せてくる。

「軍を任せる。おいらは用事があるので、先に行く」

「どこへ行く気だい」

怪訝《けげん》そうな顔で、小一郎が訊く。

「安土《あづち》だ」

「安土だって。上様のところか。まさか、隠居の件を直談判《じかだんぱん》するつもりか」

皮肉なことに、北陸での戦線離脱は、藤吉郎の評価を上げることになった。藤吉郎不在の柴田軍が、上杉謙信に大敗したからだ。さらに、畿内に藤吉郎が戻ったことで、松永久秀の反乱も早期に鎮圧できた。

「無理に我を通せば、どんな折檻《せっかん》を受けるかわかったもんじゃねえぞ」

「安心しろ、隠居するのはやめた」

腕を振り上げて、馬の尻に鞭をいれる。

「上様においらの覚悟をお伝えしてくる」


「この期に及んで、やっと我が前に釈明に現れおったか」

囁《ささや》くような声が、平伏する藤吉郎の耳元でした。藤吉郎は頭を持ち上げる。

脇息《きょうそく》に身を預けた信長が、下座の藤吉郎を睨みつけている。

「猿よ、北陸での戦線離脱の罪を認め、謝るのだな」

藤吉郎は肯定も否定もしなかった。

「どうした。なぜ、答えぬ。まさか、北陸での失態の弁明に参ったわけではないとでも言うのか」

藤吉郎は口元の薄い髭《ひげ》に手をやろうとして止める。大丈夫だ。胸から聞こえる心音は平静で、微塵《みじん》も動揺していない。

「はい、上様、おっしゃる通りでございます」

信長の眼光が鋭くなる。

「おいらは北陸の件で、謝る気は毛頭ございませぬ」

左右に並ぶ家老や近習《きんじゅう》がざわめき始める。

「こたびは、お願いがあり、参上しました」

「羽柴殿、口を慎まれよ」

叫ぶ家老を無視して、藤吉郎は言葉を継ぐ。

「おいらを、毛利攻めの総大将に任じて欲しゅうございます」

「な、なんだと」

窘めた家老が思わず立ち上がった。

信長の眉間にも深い皺が一本刻まれる。

「無茶だ。羽柴殿では力不足だ」

「中国十カ国の雄、毛利家に勝てるわけがない」

「明智殿でさえ、中国攻めは荷が重いと断ったというのに」

信長は、無言だ。いや、どよめく家老たちの声に耳を傾けているのか。

「だが、明智殿が尻込みした今、他に中国攻めを任せられる将がいるか」

「それは……」

「まさか、上様自らが毛利と戦うわけにはいくまい。まだ四囲に敵は多い」

「そう考えると、羽柴殿以外には適任者はおらぬのかもしれぬ」

ざわめきが小さくなる。家老たちが、中国攻めの適任者について、答えを出しつつあるのだ。

松永討伐の陣中で、藤吉郎は佐久間から話を聞いていた。まことに恐るべきは、武田、本願寺、毛利である、と。武田は先の長篠の合戦で痛打を与えた。本願寺は大坂で佐久間が抑え込んでいる。あとは、毛利だけだ。

この三勢力を落とせば、他の大名は水が低きに流れるようになびく。

「忌々しい、猿め」

信長が舌打ちをした。

「毛利攻めを担える将が、他におらぬと思って名乗りをあげるか。北陸の罪、問えるものなら問うてみろ、ということか」

音がするほど、藤吉郎は膝を大きく叩いた。

「さすが、上様、ご名答でございます」

思わず、信長が失笑した。

決してよい種類の笑いではなかったが、それでも場の緊張は幾分かほぐれた。

「なるほど、羽柴殿は毛利を攻め落とす功で、罪を清算するおつもりか」

「いえ、違います」

したり顔の家老に、藤吉郎は言葉を投げつける。

「毛利が落ちたあかつきには、褒美が欲しゅうございます」

家老たちが目を見合わせて、狼狽え始める。

脇息から上体をゆっくりと引き剝がし、信長は前のめりになった。まるで、襲いかかる猫のような姿勢だ。

「褒美だと」

「はい、褒美として、私めに罰をお与えください」

信長の片眉が、微かにはねる。

「中国毛利めを併呑《へいどん》したあかつきには、北陸の戦線離脱の罪でおいらを追放してください。でなければ、しめしがつきませぬ」

わずかに信長の体が浮き上がる。

「隠居するということか」

「第二の人生を送りとうございます。天下布武の勤めを極めた後は、別の生き方、いや、活き方を極めとうございます。それが百姓か商人か、職人かは、今はまだわかりませぬが」

言ってから、寧々に鍬仕事をしごかれたことを思い出し、百姓だけはやめようと考える。

完全に信長の上半身が直立する。

「なぜ、今すぐに隠居せぬのだ。なぜ、毛利攻めという危うい勤めを引き受ける」

「それが、おいらが考える〝活きた勤め〟だからでございます」

長い沈黙があった。

「いいだろう」

再び信長が脇息に身を預ける。

「ならば、まずは播州《ばんしゅう》を平らげてみせよ」

播州には、毛利と同盟する豪族が多く蟠踞《ばんきょ》している。

「お主の大言に実があるか否か、それを見て判ずる。そうだな、三カ月やる。来年の一月までに……」

「いりませぬ」

藤吉郎は顔を上げて言い放つ。

信長の眼光と藤吉郎の目差《まなざ》しが激しくぶつかった。

「三カ月もいりませぬ。播州を平らげるのには、二カ月もあれば十分。新年までに、いや、師走の十二月を待たずして、決着をつけてみせましょう」

信長の返答を待たずに、藤吉郎は立ち上がった。

「上様は安土で、この羽柴筑前の勤め、しかと見届けてください」

一礼して、藤吉郎は辞す。

足早に安土城の廊下を歩き、馬に飛び乗り、門を抜け、街道を南へと疾駆した。

やがて、道の先に瓢箪の馬印を掲げる軍団が見えてきた。先頭を騎行しているのは、弟の小一郎だ。

「あれ、兄ちゃん。どうした。まさか、上様にお叱りを受けて逃げてきたのか」

小一郎が、青い顔をして訊いてくる。

「たわけっ。上様に叱られて、五体満足でいられるか」

「じゃあ、一緒に長浜に帰れるなぁ。きっと寧々さんも喜ぶぞ」

小一郎が、大げさに胸を撫で下ろした。

「長浜には帰らん」

「なにぃぃ」

ちょうど、小一郎とすれ違ったが、馬足は緩めない。

「今から播州へ行く」

「ば、ばば、播州じゃと。長浜と逆じゃねえか」

「そうじゃ。だから、さっさとついてこい」

「ちょっと、待て」

小一郎の馬が、後ろから迫る。

「播州って、何しに行くんじゃ。しかも、軍勢を連れて。は、ま、まさか」

「そうともよ。播州攻めを任された。毛利を相手に大戦をするんじゃ」

驚愕《きょうがく》のあまり、小一郎が鞍《くら》からずり落ちる。当然だろう。毛利は、同盟する大名をあわせれば二百万石以上の大領。一方の藤吉郎は、たったの十二万石だ。

七

播磨《はりま》に入国した藤吉郎らは、姫路城を目指していた。共に騎行するのは、小寺官兵衛（後の黒田官兵衛）という男だ。播磨の豪族小寺政職《こでらまさもと》の家来で、姫路を本拠地にしていた。痩《こ》けた頬が鋭利な印象を、吊り上がった眉が精力を感じさせる。

「官兵衛殿、こたびの働きは実に見事じゃ。感謝するぞ」

藤吉郎の言葉に、小寺官兵衛は誇らしげに胸を反らした。

播磨についた藤吉郎を助けたのが、小寺官兵衛だった。彼の交渉のおかげで、別所長治《ながはる》や赤松則房《のりふさ》、小寺政職らの播磨の大名は、瞬く間に藤吉郎の軍門に降った。信長に宣言した通り、二カ月とかからずに播磨を従えることに成功したのだ。

「兄ちゃん、まことに官兵衛殿は頼もしいのう。播磨に残るのは、あとは上月城《こうづき》に籠る宇喜《うき》多《た》勢だけじゃ。さっそく、姫路の城に帰って軍議をしようぞ」

後ろからついてきていた小一郎も、どこか楽しげだ。

「いえ、軍議は不要」と断言したのは、小寺官兵衛だった。

「姫路に戻ってからなど、悠長極まりないこと。この場で今後の方策を決めればよいだけ」

藤吉郎と小一郎は目を見合わせた。

「この場で、ということは、馬に乗りながらか」

藤吉郎の問いかけに、小寺官兵衛は当たり前だと言わんばかりに頷いた。

「な、なるほど、時が惜しいというわけか。よし、わかった。おい、絵地図を持ってこい」

「不要です」と、またしても小寺官兵衛は首を横に振る。

「播磨の城の絵地図は、ここにありまする。持ってくる必要はありません」

こめかみを指でつつきながら、小寺官兵衛は平然と言ってのけた。

「しかし、おらたちは、絵地図がないと何が何だか」

小一郎が困惑顔で言う。

「すでに策はそれがしの頭の中にありますれば、おふたりはただ聞くだけで十分です」

「なんと、すでに策ができておるのか」

藤吉郎は鞍の上で、身を仰《の》け反《ぞ》らせた。

「はい、昨夜、小便をするついでに、策をいくつか考えました」

「おおお、しかも、考えた策は、ひとつではないと言うのか」

小寺官兵衛は頷きつつ、指をみっつ突き出した。

「みっつもの策が出来上がっているのか」

なぜか、小寺官兵衛は露骨に嫌悪の表情をつくる。

「何を言っておるのですか。みっつではなく、三十です。三十個の策を献策できまする」

藤吉郎と小一郎は、口をあんぐりと開けて呆然とするしかない。

「無念なのは、小便のついでに考えたゆえに、たったの三十しか思い浮かばなかったこと。これが大便のついでなら、四十や五十はご献策できたのに」

なぜか、小寺官兵衛は歯軋りして悔しがる。

「とはいえ、三十もの策があるので、姫路に帰って軍議を開いていては、夜が更けまする。ですから、道中で三十の策を開陳するのです」

「わかった、官兵衛殿、その上でひとつ頼みがある。別所殿が裏切った時の策も考えてほしいのじゃ」

小寺官兵衛は半眼になって、藤吉郎を睨みつけた。

「それは、拙者の調略に不備があると言いたいのですか」

相当な自尊心の持ち主のようで、敵を見るような目差しである。

「なに、念には念を入れて、よ。万が一のことを考えてな」

藤吉郎の見るところ、別所長治は織田家に心服していない。いずれ、松永久秀のように裏切る。

「慎重なお考えと言いたいところですが、石橋を叩いて渡っていては、機を逸しまするぞ」

馬鹿馬鹿しいという具合に、小寺官兵衛は首を横に振る。

「そうか、さすがの知恵者、官兵衛殿も、別所殿に勝つ策は思い浮かばぬか」

その一言に、小寺官兵衛は目を大きく剝いた。

「筑前様、今、何とおっしゃられた」

語尾が少し震えている。

「ああ、気になさるな。別所殿の三木城は要害堅固、官兵衛殿の知略でも無理な相談であったな」

横目で見ると、小寺官兵衛はいきむようにして憤っている。

「筑前様、見くびらないでいただきたい。別所様の三木城など、何ほどのことがありましょうか。拙者がその気になれば、打ち勝つ策の百や二百や三百、小便のついでに考えてみせましょう」

なぜか、くるりと背を向ける。

「どこへ行くんじゃ、官兵衛殿」

「ちと、用を足すついでに、別所殿を攻める策を考えてきます。先に行っててくだされ。すぐに追いつきます」

「そうか、なら、一兵も損ぜぬような策を考えてくだされぬか」

びくりと小寺官兵衛の細い肩が跳ねた。

「とは言ったものの、さすがに一兵も損ぜぬような策は、古《いにしえ》の諸葛亮孔明《しょかつりょうこうめい》のような本当の智者にしか無理じゃろうて。ああ、官兵衛殿、先ほどの言葉は忘れてくだされ」

わざとらしく藤吉郎が言いそえると、小寺官兵衛の両肩が激しく震え出した。

「筑前様は先に姫路の城に入っていただきたい。少し用足しに時間がかかりますゆえ。一兵も損ぜぬ策と一緒に、すぐに拙者も到着します」

怒るように言い捨てて、藤吉郎らのもとから小寺官兵衛は去っていった。

「賢いのか、馬鹿なのか、ようわからん御仁じゃのお」

呆れた声で、小一郎は言う。

「だが、おいらたちにとっては頼もしい知恵袋よ。ちと己に自信を持ちすぎているのが、心配じゃがな」

藤吉郎と小一郎は同時に頷いた。

小寺官兵衛の手綱をふたりが握り、さらに近江《おうみ》長浜で召し抱えた石田佐吉（後の石田三成）や大谷紀之介（後の大谷吉継）ら計数に優れた吏僚を補佐につける。毛利家二百万石に対抗するには、これしかない。

「だが、兄ちゃん、一兵も損じずってのは、無理なのはわかっているよな」

藤吉郎は頷いた。

大坂を攻める佐久間信盛のような包囲策をとることになるだろうが、その端城《はじろ》まで囲んで落としていては何十年かかるかわからない。

砦は力攻めで落として、裸になった主城を囲む。硬軟織り交ぜた采配が必要だ。

「なら、問題は、誰に端城を攻めさせるかだな。危険が多いわりに、功は少ない」

小一郎の言葉に、藤吉郎は腕を組んで考え込んだ。

「その役、私にお任せください」

凛《りん》とした声に、藤吉郎と小一郎は馬の足を止めた。振り向くと、手槍を持った長身の武士が近づいてきている。宮田喜八郎だ。

「喜八郎、来ていたのか」

驚いたのは、喜八郎には長浜で療養するように言っていたからだ。

「寧々様から聞きました、毛利を平定した後、織田家を去る、と」

播磨に入国する前に寧々には文を送り、藤吉郎の決意を伝えていた。

「ならば、薪奉行の頃からお仕えした私が、最後のお供をするのは当然かと」

喜八郎は馬を近づけてくる。肩が触れ合う間合いになって、藤吉郎に囁いた。

「汚れ仕事は、この喜八郎にお命じください」

幼き頃から仕えてくれた忠臣の顔を見た。

「いいのか」

「数えきれぬほど戦い、そして殺しました。今さら生き方を変えても、地獄行きは変わりませぬ。ならば、この世がよりよくなるために、槍を振るうだけ」

はにかむように、喜八郎は笑う。

「地獄行きか」と、藤吉郎は呟く。思わず、己の手を見た。

それは己も同様かもしれない。すでに、この手は、血にまみれきっている。

「藤吉郎様、活きた世になるよう、互いに役割を全うしましょう。私は槍を振るいます。藤吉郎様は知恵を絞り、皆をまとめてください」

開いていた両手を握りしめた。

「それが、互いの――」

「はい、活きた勤め、でございます」

喜八郎に先んじられてしまった。

ふたり目を見合わせ、同時に破顔する。

「わかった、では頼む」

持つ手槍を上へと掲げて、喜八郎は復命の合図を送った。

「では、この喜八郎、羽柴〝筑前守《ちくぜんのかみ》〟秀吉の先鋒《せんぽう》として、先駆けいたしまする」

馬の腹を蹴り、喜八郎は駆けてゆく。

すぐに、その背中は見えなくなった。


この後、藤吉郎こと羽柴秀吉は、毛利方の宇喜多直家の守る上月城を攻め落とす。

が、秀吉の予想通り、別所長治が裏切った。

四年と四カ月にわたる、秀吉の中国攻めが始まったのだ。

二百万石を超える毛利家との一連の合戦で、秀吉は少なくない仲間を喪《うしな》う。

そのひとりが、宮田喜八郎だ。敵陣に取り残された味方を救うため、秀吉らの制止を無視して、単騎突撃した。喜八郎と共に羽柴四天王の異名をとっていた尾藤や神子田《みこだ》、戸田ら、多くの朋輩の命を救ったが、その代償として喜八郎は永遠に戻ってこなくなった。

藤吉郎こと秀吉は、その死を生涯惜しみ続けたという。

第六章

天下人の転活

一

安土《あづち》城の謁見の間は、金泥で彩られた襖《ふすま》や屏風《びょうぶ》、南蛮渡来の不思議な道具で溢《あふ》れかえっていた。それら名物を従えるように、上段の間に腰を落とすのは、織田信長である。

歳暮の挨拶でやってきた藤吉郎こと、羽柴〝筑前守《ちくぜんのかみ》〟秀吉は手を叩《たた》き、従者を入室させ贈り物を並ばせた。たちまち、下座の秀吉と信長の間を、色とりどりの小袖の数々が隔てる。

安土城に登城していた群臣から、どよめきが沸き起こった。大量の小袖は、安土城の名物さえも凌《しの》ぐ輝きを放っていたからだ。

「上様のご威光のおかげで、中国計略は順調でございます。つきましては、ささやかではございますが、小袖を献上つかまつります。なに、たったの二百枚でございます」

たったの、という言葉を特に強調して、秀吉は平伏する。横目で列席する家臣たちを見ると、鼠《ねずみ》色の裃《かみしも》を着た柴田勝家が、虎髭《とらひげ》を強張《こわば》らせて歯軋《はぎし》りしていた。

献上した小袖には、信長好みの緋色《ひいろ》のものが多くあり、いくつかはかつて柴田勝家が北陸の陣で着ていた陣羽織の柄と同じものがあった。秀吉の露骨な嫌味である。

ちなみに、二百枚は信長だけへの贈り物である。謁見の前には、信長の女房衆全員にも小袖を贈った。

秀吉が播磨《はりま》攻めの総大将に任じられてから、四年の月日が経《た》っていた。心を攻めるといっても、言うは易《やす》し、行うは難しだった。

三木城主、別所長治《ながはる》が裏切った、その八カ月後には摂津の荒木村重《むらしげ》も叛旗《はんき》を翻したのだ。

そんな苦境の中、三木城、鳥取城を、味方の損害をほとんど出すことなく、兵糧攻めで落としていく。粘り強い秀吉の攻めは、播磨まであった毛利の版図を、西の備中《びっちゅう》まで大きく後退させることに成功した。

「猿、遠路よりご苦労だったな」

並べられた小袖を一瞥《いちべつ》して、信長が言う。顎を動かして指示を出すと、小姓のひとりが書状を捧《ささ》げ持って、秀吉のすぐ横へと来た。朗々と読み上げる。鳥取城を攻め落とし、因幡国《いなばのくに》を平定した功を褒め、そして最後に小姓は信長の言葉としてこうつけ加えた。

「武勇の誉れ、前代未聞」

「おおぅ」と、群臣が驚きの声を発する。

これほどの言葉は、秀吉は無論、柴田勝家や明智光秀でさえもらっていない。

秀吉は、口の中で先程の信長の言葉を復唱する。不思議な心地がした。かつては信長から声を頂戴すれば、舞い上がるほど嬉《うれ》しかった。

が、今はちがう。心は平静で、何の感情の起伏もない。

秀吉の心は、もう織田家にない。

毛利を屈服させた後の第二の人生に、秀吉の心は向いているのだ。

小姓が続けて、名物茶器十二種を下賜することを申し渡した。

群臣が口々に秀吉を賞賛する。

ただひとり、柴田勝家だけは違った。額に血管を浮かべ、歯を食いしばって俯《うつむ》いている。

秀吉が顔を上げる。信長の目差《まなざ》しとぶつかった。

「茶器も結構でございますが」

秀吉の声に、信長の眉が微《かす》かに動く。

「約束の褒美の件、まさか、上様はお忘れではありますまいな」

「筑前殿、無礼であろう。まだ申し渡しの途中ぞ」

小姓の叱声を無視して、秀吉は信長を見据えたまま口を開く。

「毛利めは、来年のうちに落としてみせましょう」

あまりのことに、皆が静まり返る。

「猿め、ふざけたことを抜かすな」

叫んだのは、柴田勝家だった。

「大言にも程があるぞ。敗戦続きとはいえ、毛利はまだ八カ国を有する大国。それをたった一年でだと」

「たかが、二カ国の上杉家に手こずる御仁はお黙りなされ」

柴田勝家が呼吸の仕方を忘れたかのように、口を大きく開け閉めする。

勝算あっての大言だった。

秀吉は、毛利の使僧・安国寺恵瓊《あんこくじえけい》と頻繁に連絡を取り合っている。毛利家は表面上は強硬な姿勢を見せているが、その実、内部では和平派が多い。あとひとつ大きな城を落とせば

——否、敵の心を挫《くじ》く城攻めをひとつ成せば、毛利は織田の軍門に降《くだ》る。

信長はずっと無言だった。

脇息《きょうそく》にもたれて、秀吉を凝視している。

「面白い」と呟《つぶや》いたが、顔は仏頂面のままだ。

「次の一手で、毛利が投了するというのか。ならば、尋常な城攻めではあるまいな」

「はい。天下無双の城攻めを、ご覧にいれまする」

秀吉の強気に、群臣が顔を見合わせる。助けを求めるように、困惑する小姓は信長を見た。

「いいだろう。やってみせろ」

信長の言葉に、群臣は堰《せき》を切ったかのようにどよめく。

「見事に毛利を投了せしめれば、望み通り猿に褒美をくれてやる」

信長は無表情のまま言葉を継ぐ。

「佐久間のように、追放してやろう」

「え」と言ったのは、柴田勝家だった。

佐久間信盛は大坂本願寺を見事に屈服させたが、昨年の秋に城攻めの怠慢を責められて追放されていた。所領の全てを没収されるという過酷な仕置だった。

「ど、どういうことでございますか。なぜ、褒美に、猿めが追放されるのですか」

柴田勝家は、信長と秀吉へ忙《せわ》しなく目線を往復させる。

「有り難きお言葉にございます」と勝家を無視して、秀吉は平伏する。

「この羽柴筑前、毛利退治のあかつきには、上様からの褒美の罰をしかと頂戴つかまつりまする」

なぜだろうか。

褒美で追放すると言った信長の声が、ひどく寂しげに聞こえるのは。

二

秀吉は真新しい墓石の前に、「どっこらせ」と声を出して座った。

桐箱《きりばこ》を取り出して、紐《ひも》を解《ほど》く。中から出てきたのは、信長から下賜された名物の茶碗《ちゃわん》だった。それを無造作に墓の前に並べる。そして、竹皮に包まれた饅頭《まんじゅう》を茶碗の中へと移した。白い餅米の隙間から、大きな黒豆が顔を覗《のぞ》かせている。

「喜八郎、お前の好きな黒豆餅だぞ。寧々《ねね》がつくってくれたものだ」

腰の瓢箪《ひょうたん》の栓を抜き、一口含む。酒の味が広がった。

もうひとつ下賜された茶碗を隣に置き、なみなみと酒を流しこんだ。

墓石を登ろうとする蟻《あり》を優しく摘《つま》んで、地面へと下ろす。

宮田喜八郎が死んでから、三年が経っていた。

茶碗に山と盛った饅頭のひとつを摑《つか》み、秀吉は口の中に放りこむ。塩で味つけした黒豆が、餅米の甘さを引き立てており、思わず舌鼓を打った。

「もうすぐだ。あとひとつ、城を落とせば終わりだ。上様の天下布武は成り、武士も辞められる」

また茶碗の中の饅頭に手を伸ばした。酒と一緒に、胃の腑《ふ》に流しこむ。

「できることなら、喜八郎と一緒に、上様の天下を見てみたかったな」

こうしていると、喜八郎が話し返してくれるかのようだ。

しばらく、じっと墓石を見つめた。

「うん、それよ」

ひとり、秀吉は頷《うなず》く。

「武士を辞めてから、何をするかが問題なのよ」

頭をかいて、秀吉は墓石に話しかける。

「最初は、百姓に戻ろうと思っておったが、駄目じゃった。鍬《くわ》仕事を寧々にしごかれとるが、一向に上手《うま》くならん。情けないことよ」

へへへ、と墓石に笑いかける。

しばらく、間があいた。秀吉はじっと耳を澄ましてから、口を開く。

「それも考えたさ。けど、儂《わし》が算盤《そろばん》下手なのは喜八郎も知っておろう。商人になろうにも、怖《こわ》くて大きな銭は扱えん」

腕を組み、口をひん曲げた。

「で、最近、思いついたのが草鞋《わらじ》編みよ。小さい頃は得意だったゆえな。けどなぁ」

秀吉は自分の足に手をやり、履いていた草鞋を外して顔の横に掲げた。昨日、編んだにもかかわらず、鼻緒がとれかけている。

「ほれ、この様《ざま》じゃ。昔、どうやって編んだかも思い出せん」

秀吉は顔を天に向けて、自身を笑い飛ばす。

「喜八郎、儂は困っとるんじゃ」

一転して、ため息を地面に落とした。

「そう、毛利攻めのことじゃない。そっちは心配しとらん。小一郎もいるし、官兵衛もいる。儂が案じているのは、武士を辞めてからのことよ」

両手を後ろの大地へとつけ、体を預ける。

「鍬仕事も算盤も草鞋編みも満足にできねえ。儂は、どうやって第二の人生を活《い》きたものにすりゃいいんじゃ」

秀吉の弱音を、新しい墓石はただ黙って聞いていた。

遠くで烏《からす》が「あーほう」と鳴いたような気がした。


陽が暮れた道を、秀吉は歩いていた。

もうすぐ、安土にある秀吉の屋敷が見えてくるはずだ。

「ええい、貴様、武士でもないのに、筑前様を藤吉郎などと軽々しく呼ぶな」

思わず、秀吉は足を止めた。

目の前の屋敷では、ひとりの男が門番と言いあっていた。茶人風の道服《どうぶく》を着ているが、過剃なまでに輝かしい金襴《きんらん》で仕立てられており、まるで歩く仏像だ。がに股の後ろ姿に、覚えがある。

「あぁあん、藤吉郎殿を藤吉郎殿って呼んで何が悪いんじゃ」

「馬鹿者、今は筑前守様に任官されたのを知らんのか」

「はー、なんだそれは。儂が知っているのは、草履取上がりの藤吉郎殿よ。さあ、さっさと屋敷に上げろ、若造」

がに股の男が無理矢理に通ろうとする。

「貴様、狼藉《ろうぜき》をするか」

「ま、待て、待てい」

秀吉は慌てて駆け寄る。だが、その時には金襴の道服を着た男は、門番の頬に拳をめり込ませたところだった。

「この若造め、鬼柴田様の下で、七万五千石を食《は》んだ槍《やり》大将を知らぬのか」

さらに打ちかかる門番の棒を摑み、投げ飛ばした拍子に、秀吉と向き合った。

「おおぅ」

男の顔の中央にある猪鼻《いばな》の穴が、大きく広がった。

「藤吉郎殿よ、久しぶりじゃのう」

「じ、次兵衛、どうして、ここに」

秀吉が指を突きつけると、歯茎を見せつけるようにして男は笑った。

吉田次兵衛――秀吉と同じように草履取からのし上がり、かつては柴田勝家の副将として七万五千石を領していた男だ。

「どうしてって、又左から聞いたのじゃ。毛利をやっつけたら、武士を辞めるらしいの」

又左とは、前田利家のことだ。次兵衛は勝家の副将で、利家は勝家の与力だったこともあり、ふたりは今でも交流がある。

「たわけ、大きな声で言うな」

門番が訝《いぶか》しげな目を向けてきたので、秀吉は慌てて次兵衛を門の内側へと誘《いざな》った。

「で、今さら何の用だよ。まさか、借財か。なら他をあたれ」

庭を横切り玄関へ向かいつつ、秀吉は訊《き》く。

「いやぁ、武士を辞めたら、藤吉郎殿は何をするのかなあと思ってのお」

秀吉の足が思わず緩む。

「そんなこと、まだ決めてねえよ」

「ほお、珍しい。藤吉郎殿にしては、随分と用意が悪いことじゃのお」

「たわけ。今は、毛利のことで頭が一杯だ。武士を辞めた後のことなんか、これっぽっちも考えられぬわ」

先程の墓前での泣き言を誤魔化したばちが当たったのか、草鞋の鼻緒がとれてこけそうになった。

「そうか、では、武士を辞めたら、儂と一緒に商売せんか」

鼻緒を結ぼうとした秀吉の手が止まる。

「どうせ、藤吉郎殿のことだから、儂と一緒で鍬仕事も算盤仕事も満足にできんだろう」

「一緒にすんじゃねえ」

慌てて鼻緒を結ぼうとしたら、ぶちりともげてしまった。

「その様子では、草鞋編みにもなれぬぞ」

吉田次兵衛の呆《あき》れ声が落ちてくる。

「たわけ。儂以上のぼんくらの次兵衛と商売して、上手くいくわけなかろうが」

鼻緒が千切れた草鞋をぶつけようとして、秀吉の手が止まった。あらためて、次兵衛の着ている服が目に入る。金糸をこれでもかと織り込んだ道服が、夕陽を浴びて目に眩《まぶ》しい。

「藤吉郎殿よ、でかい稼ぎの仕事があるのよ。しかも、儂らにしかできぬ商売ぞ」

次兵衛の着る道服が、さらに金色の色彩を強めた。

三

「草鞋を売って儲《もう》けるだとぉ」

秀吉は客間で呆れた声で言い放った。

「お前、たわけか。草鞋なんか売っても二束三文だ。稼ぎは知れてるだろう」

先日まで草鞋編みになろうと算段していた己のことはおいて、秀吉は次兵衛を詰《なじ》る。

「では藤吉郎殿よ、儂はどうしてこんな服を着ていると思う」

見せつけるようにして、次兵衛は両袖を広げた。

「まさか、草鞋を売って儲けたとか言うんじゃねえだろうな」

「そのまさかよ」

秀吉は次兵衛を睨《にら》みつける。

「わかった、次兵衛、儂を騙《だま》しにきたな。商売の話をねたに、銭を騙しとるつもりだろう」

指に唾をたっぷりとつけ、眉に塗りつけた。

「まあ、まずは儂の話を聞けって」

次兵衛が懐から取り出したのは、草鞋だった。

「こんなの百足売っても知れてらあ」

指で摘み上げるが、何の変哲もないただの草鞋だ。

「ところが、ある文句と一緒に売れば、これが金の草鞋になったかのごとく高く売れるのじゃ」

秀吉はまた眉に唾を塗りつける。

「どんな文句か知りたいじゃろう」

「ふん、興味もないわ」

顔はそっぽを向いたが、耳を澄ましてしまう己が恨めしい。

「出世草鞋じゃ」

「出世草鞋だと」

「鬼柴田様の草履取から出世した、吉田次兵衛様手編みの出世草鞋よ。この文句で売るのじゃ」

呆気《あっけ》にとられる秀吉をよそに、次兵衛は続ける。

「武士たちが験担ぎをいかに大切に思っているかは、先陣七度の名乗りを成した藤吉郎殿ならようわかっておろう」

秀吉は、慎重に頷く。

「どんなに強くても、流れ矢に当たって死ぬのが戦場じゃ。もし強運が売ってるなら、全財産をはたいても欲しいと思うのが、ほとんどの武士じゃ」

次兵衛の意図が徐々にわかってきた。

「儂は名字なしの草履取から、七万五千石の城主にまで出世した。その点では無類の強運の持ち主じゃ。草履取からのし上がったことを知らぬ者はない。その儂が、手編みした草鞋を出世草鞋と言えばだなぁ」

「なるほど、読めてきたぞ。倍の値でも売れる、というわけか」

「倍じゃねえ。十倍、二十倍でも飛ぶように売れるわい」

「おおおぉ」と、秀吉は立ち上がる。

「ちなみに、これは半分自分で半分は雇い人に編ませた出世草鞋。で、こっちがほとんど儂が編んだ二八の出世草鞋、で、これは儂が全部編んだ十割出世草鞋と、色々な種類の草鞋がある」

懐から次々と草鞋を取り出す。後から現れるものほど形が悪く、次兵衛が編んだとわかった。

「もちろん、十割出世草鞋が一番高い。で、他にも色々な験担ぎの草鞋が人気じゃ」

矢玉避《よ》け、行軍でのねんざ避け、一番手柄祈願と、多種多様な草鞋が次々と出てくる。

目の前に並べられる草鞋を、秀吉は嘆声と共に眺める。

「藤吉郎殿も上様の草履取からのし上がった。儂以上に有名じゃ。どうだ、一緒に出世草鞋を売らぬか。武家勤めが馬鹿らしく思えるほど儲かるぞ」

金襴の輝く袖をひらひらとなびかせて、次兵衛は言う。

秀吉は腕を組み、目を瞑《つむ》り考えこむ。

次兵衛が覗き込む気配がした。

一体、どれくらい考えていただろうか。

「断る」

瞼《まぶた》を上げ、次兵衛を睨む。

「これは、戦場で手柄を立てたい武士の足元を見た商売だ。出来のいい草履をちゃんとした値で売るならまだしも、いい加減な草鞋を高く売りつけるなんて、活きた仕事じゃねえ」

「そんな固いこと言うなって。確かに草鞋としちゃ出来が悪いが、別に履くわけじゃねえ。神棚に飾って、戦功を祈願するんだからよ。逆に少々いびつなほうが、有り難がられるんだって」

何度か押し問答を続けたが、秀吉の意志は固かった。次兵衛は、諦めたかのようにため息をつく。

「わかったよ。藤吉郎殿の決意は固いようじゃな」

「すまぬ」と、首だけを折って謝る。

「まあ、いいってことよ」

並べた草鞋を懐にねじ込んで、次兵衛は立ち上がる。

「それにしても残念よのお」

秀吉に背を向け、襖へと歩む。

「藤吉郎殿の手編みの草鞋なら、一貫出してもいいという人がおるのに」

「いっかんじゃと」

不覚にも復唱してしまった。一貫ということは、永楽銭一千文ではないか。大人四人を一年間養える。

ナメクジのような足取りで進みつつ、次兵衛は言葉を継ぐ。

「それもひとりやふたりではない。堺の商人などは、藤吉郎殿の手編みの草鞋なら、百足二百足でも仕入れたいって。何千足でも売ってみせるって言うてくれとるのに」

わざとらしくため息をつく。

「毛利をやっつけた後ならば、きっと一貫じゃすまねえだろうな。もっと値が上がるはずだ」

ゆっくりと襖の引き手に指を近づける。

「待て」

襖が微かに動いた時、秀吉は次兵衛を呼び止めていた。

「なんじゃあ、藤吉郎殿。儂は急いでるんだよ」

言うわりには、開く襖の動きは鈍い。

「ひとつ、訊きたいことがある」

次兵衛は襖を引く手を止めない。ようやく半分ほど開いた。

「もし、儂が草鞋を編んだら、その時の……」

ちらりと、次兵衛がこちらを見た。

「取り分を教えてくれ。一体、いかほど儂の懐に入る」

四

「見ろ、これが儂の考案した先陣七度の名乗りの草鞋じゃ」

秀吉は手にあるものを突き出した。

陣羽織を着た弟の小一郎の顔がひしゃげる。それ以上に歪《ゆが》んでいるのは、秀吉が手に持つ草鞋だった。瓢箪のように中央がくびれた奇妙な形をしている。

「兄ちゃん、正気か」

「正気だとも。ふざけて、こんな七面倒な瓢箪の形をした草鞋を編むわけがなかろう」

秀吉は背後からさらに何種類もの草鞋を取り出す。皆、形がいびつである。

「こっちが倹約草鞋、薪《まき》の形を真似てみたんじゃ。これは城普請草鞋、石垣の形をしておるのがわかろう。これが良い主君に恵まれる仕官草鞋で、織田の旗印の永楽銭を象《かたど》って中央に穴を開けたんじゃ」

秀吉の説明を、小一郎がため息で中断させる。

「そんなみっともねえ商売、本当に始めるつもりか」

「おう、本気だとも。だが、小一郎の言うこともっともだ。こんなちんけな商売だけで、儂は終わるつもりはねえ」

秀吉は横にある藁縄《わらなわ》をとり、また草鞋を編み始める。

「あくまで、これは元手稼ぎよ。貯《た》めた銭で、儂はあるものを買い取る。日ノ本中からな。本当の商売は、そっからよ」

「あるもの、だって。そりゃ、一体何じゃ」

「人じゃ」

「人だと」

小一郎が目を剝《む》いた。

「そうだ。お前も知っておろう。この日ノ本では、人買いが横行していることを」

今も当たり前のように、人の売買が行われている。時には牛馬以下の値段で人が売られ、その中のかなりは海外へと連れていかれていた。

実は秀吉も実父が死んだ後、貧しさのあまり一度人買いに売られかけたことがある。

「儂は、人買いに攫《さら》われた子を買い戻す。そして、自由になったそ奴《やつ》らと一緒に、何かわからんが、でっかい商売をする」

草鞋を編む手を止めずに、話し続ける。

「儂は名字なしの貧農にもかかわらず、上様に引き立ててもらった。今度は儂が、貧しい子たちを引き上げてやる。そして、商いの道で天下布武を成し遂げる」

先程の瓢箪の形よりも、さらにいびつな形の草鞋が編み上がろうとしている。

「そのためには銭がいるんじゃ。まだまだ、草鞋の数が足りんわ」

再び小一郎がため息をつくが、先程とは違う種類のものだった。

「わかったよ。そこまで言うなら、止めねえ。けど、草鞋編みは、おらの前だけにしてくれよ。士気にかかわる。何といっても、ここは戦場なんじゃからな」

言いつつ、小一郎は絵地図を広げ始めた。次に攻める、備中高松城とその周辺が描かれている。今、秀吉たちは備中の陣におり、同盟した宇喜多《うきた》家と共に高松城を攻めようとしていた。

「さて、兄ちゃんよ。次の高松城攻めだが、これがきっと最後の中国攻めになる。この城を圧倒的な力で落とせば、毛利も降参するはずだ」

撫《な》でるようにして、小一郎は絵地図の皺《しわ》を伸ばす。秀吉は草鞋を編む手を止めずに、弟の話に耳を傾ける。

「高松城の敵は少数だ。討って出てくることはないだろう。ならば、いつものようにやるしかない」

次に小一郎が取り出したのは、算盤だった。

「したら、また兵糧攻めだ。鳥取城の時のように、まず敵地の米を買う。ただ、今回ばかりは敵も警戒していようから、ちと値がはるぞ」

小一郎が緩慢な指づかいで算盤を弾《はじ》く。雨垂れのような音が響き始めた。

「やっぱりだ。かなりの銭を使わないといけない。少しばかり長陣にもなる」

「兵糧攻めはせん」

不審気な小一郎の視線を感じつつ、草鞋を編む手と口を同時に動かす。

「じゃあ、力攻めか。なら、半月とかからずに落ちるだろうが……」

沼に囲まれた高松城を攻めれば、損害は計り知れない。

「それも駄目だ。その攻め方では、上様と同じだ。毛利の心までは屈服させることはできん」

「兵糧攻めも力攻めもせんじゃと。じゃあ、どうやって攻めるのじゃ」

秀吉が顔を上げたのは、一足分の草鞋が編み上がったからだった。

「ほれ」と、絵地図の上に草鞋を置く。

「なんじゃ、この奇妙ななりの草鞋は」

瓢簞以上に途中のくびれが激しくなっていた。一方の先は尖《とが》りすぎている。

小一郎が、草鞋に顔を極限まで近づけた。

「まさか……これは……、魚か」

「そうともよ。魚の形に編んだ草鞋よ」

小一郎が顔を上げて、秀吉を見る。

「で、これは何の験担ぎの草鞋なんだ」と呆れた声で、小一郎は尋ねた。

「水攻めよ」

「み、水攻め、だとぉ」

小一郎の目が、再び絵地図に落ちる。草鞋はちょうど、高松城の横を流れる足守川《あしもり》を遮る位置に置かれていた。

「ま、まさか」

「そのまさかよ」

秀吉は指を足守川の上流へやり、ずっと下流へとたどり、水攻め草鞋に当たると進路を変え、導かれるように高松城へとやった。

「高松城を水攻めにする。足守川を堰《せ》き止めて、水没させる」

「む、無茶だ」

悲鳴と共に、小一郎の尻が浮いた。

「そんな戦い方をした奴なんて、聞いたことがねえ。水攻めなんて、古今東西、誰もやったことがねえぞ」

「だからこそよ」

躙《にじ》り寄った小一郎の両肩に、秀吉は手を置いた。

「誰もやったことがないからこそ、意味があるのじゃ。こうでもせんと、毛利の心を負かすことはできんからな」

必死に首を横に振る小一郎の胸元に、秀吉は算盤を突きつけた。

「さあ、小一郎、弾け、算盤を。足守川を堰き止めるのに、いかほどかかるかを勘定せい」

攻めるのは、毛利の心だけではない。安土にいる信長さえも腰を抜かすような城攻めをするのだ。

五

「こうして見ると、でっけえ田んぼみたいだなぁ」

小一郎は暢気《のんき》な声を上げた。

目の前には、いくつもの水紋を浮かべる水面《みなも》がある。それが山際まで続いていた。途中で水面から顔を出すのは、高松城の櫓《やぐら》や蔵である。

「本当だなあ、百姓してた頃を思い出す」

小一郎の隣に立つ秀吉も、暢気に同意する。このまま時が過ぎれば、本当に巨大な苗が水面下から姿を現すのではないか。そんな妄想が湧いてきた。

「まさか、本当に水攻めを成し遂げてしまうとは、思いもよりませんでした」

兄弟ふたりの背後にいる従者たちの言葉は、追従ではなかった。

秀吉は今、高松城を見下ろす堤の上にいた。秀吉の水攻めの命令は、すぐさま実行に移された。絵図面は、小寺から黒田と改姓した黒田官兵衛に描かせた。厠《かわや》に籠《こも》ること三日で、黒田官兵衛は見事な堤の普請図を仕上げる。それを、宇喜多家の土木普請の名人・千原九右衛門に采配させた。結果、全長が約一里（約四キロメートル）に及ぶ堤を、わずか十二日間で完成させたのだ。

梅雨時の五月ということもあり、堤防の完成を待っていたかのように雨も降り出した。首を後ろへとやると、干上がった川があり、その向こうの山上には毛利の援軍が陣を布《し》いている。雨水を含んだ敵の旗は竿《さお》をしならせ、とても重そうだ。

秀吉の驚天動地の水攻めに、毛利勢が度肝を抜かれているのが、旗の様子からもわかった。毛利の援軍は堤に正対する位置にいるが、攻め懸かる気配もない。もし、単純に攻めてくれば、秀吉らは堤を破り、敵を濁流に呑《の》み込ませることができるからだ。

重苦しい雰囲気が、雨に濡《ぬ》れる毛利の陣から漂っている。

「兄ちゃん、どこへ行くんだ」

小一郎に声をかけられたのは、秀吉が歩き出したからだ。

「なに、最後の験担ぎをやり残していたと思い出してな」

「おいおい、何をするつもりだ。まさか、水攻め草鞋を吊《つ》るすんじゃねえだろうな」

「それも悪かねえなあ」

小一郎が大勢の従者たちを引き連れて続く足音を聞きつつ、秀吉は進む。目指すのは、堤の西端である。足守川を堰き止めている場所で、扇の要《かなめ》ともいうべき場所だ。

上流でも強い雨が降っているのか、注ぎ込む足守川は猛《たけ》る龍のごとき趣きであった。水飛沫《しぶき》を上げ、川岸を削り、堤を破壊せんばかりだ。

さすがの秀吉も唾を呑み込む。秀吉だけではない。後ろに続く、小一郎や従者たちも同様だった。

濁流の中には、大きな流木が何本もあり、時折岩も転がってくる。秀吉らが立つ堤も、揺れているような気がした。

「さあ、最後の仕事を始めるぞ」

小一郎に向き直り、声を上げる。

「なんだよ、最後の仕事って。頼むから、下手糞《へたくそ》な草鞋を吊るすのだけはやめてくれよ」

構わずに、秀吉は腰にくくりつけた袋を外した。紐を解いて、中にあるものを取り出し、弟に突きつける。

秀吉の指に摘まれていたのは、十文字の傷のついた黒豆だった。

「小一郎よ、田んぼみたいとはよう言った。その通りよ、これは城攻めの堤なんかじゃねえ」

水に没しようとしている城を見る。

「これは、でっけえでっけえ、田んぼだ」

さらに、秀吉は目を下にやった。土を固めるように何度か足踏みする。

「となると、この堤は田んぼの水が漏れないようにする畦《あぜ》って訳だ」

小一郎らが目を見合わせる。

「天下泰平っていう苗は植え終わった」

秀吉は両手を思いっきり広げてみせた。

「百姓だった小一郎ならわかるだろう。この時期、田植えが終わったら、儂らが何をしていたか」

「この時期にやることっていや……」

小一郎は、目を水面と接する堤の内側へやった。

「黒豆の種播《たねま》きか」

秀吉は頷いた。黒豆を畦に植え根を張り巡らせることで、土を固める効果がある。秋になれば、黒豆を収穫できるという余禄《よろく》もある。百姓ならではの知恵だ。

「堤防が万が一にも崩れないように、今から黒豆を植える」

小一郎は失笑したが、すぐに萎《しぼ》み、真顔になった。

「兄ちゃん、畦とは訳がちがう。気休めにもなんねえぞ」

「百も承知じゃ。それともかわりに祠《ほこら》でも建てて、水攻め草鞋を飾るか」

また、小一郎が失笑する。

「あんなこっぱずかしいものを飾られたら、兵の士気にかかわる」

ふたり仲良く堤防の端にしゃがみこんだ。小一郎が手を出したので、黒豆を半分渡す。

指で土に穴を穿《うが》ち、十文字の傷のある黒豆を埋めた。

「な、何をしておられるのです」

慌てて駆け寄ってきたのは、黒田官兵衛だ。

「おふたりは、天下の織田軍の総大将と副将でございますぞ。百姓の戯れのような真似をされますな」

「うるせえ」と、ふたり同時に叱りつけた。

「これが、儂らの戦い方だ。黙って見ていろ」

あまりの剣幕に従者たちが後ずさる。

陣羽織が濡れるのも構わずに、ふたりは作業を続ける。

「豆太郎、太い根を張るんじゃぞ」

言いつつ、指で穴を穿ち、豆をいれる。

「なんだい、兄ちゃん、そのままごとみたいなおまじないは」

「へへへ、こうすりゃ、いい豆が育つんじゃ。寧々直伝よ」

その隣に、また指で穴を開けようとした時だった。土に太い指が突き刺さる。抜かれて、秀吉の目の前で掌《てのひら》が上を向く。傷と肉刺《まめ》だらけの手は、生まれながらの武士のものだ。

従者のひとりが、同じようにしゃがみこんでいた。

「さあ、筑前様、早《はよ》う豆を渡してくだされ」

「そうです。皆でやれば、あっという間です」

見れば、秀吉らと同じように、従者たちが堤の縁に並び、しゃがみこんでいた。

「お前たち」と、秀吉は呟く。

従者は秀吉の手から袋を取り上げて、次々に回していく。髭面の従者のひとりが顔を上げた。

「やってみると、土いじりも楽しゅうございますな」

「少なくとも、敵の矢玉を気にする必要はありませんからな」

全員がどっと笑った。

最後に、みんなで穴に土をかぶせた。

さらに雨が強くなり、足守川は瀑布《ばくふ》のような流れと化し、堤にあたって注ぎ込まれる。

どうしてだろうか。

先程よりも、堤の揺れはずっと小さくなったような気がする。

六

六月になっても、五月雨《さみだれ》が続くかのようだった。しとしとと、水滴が本陣の館《やかた》の屋根を濡らしている。

蠟燭《ろうそく》の火が、室内を薄暗く照らしていた。

秀吉は床の間に置いてあった漆《うるし》塗りの箱を取り出し、蓋《ふた》を開ける。中から出てきたのは、新しい草鞋の数々だった。

魚の形も瓢箪の形もしていない、ごく普通の草鞋である。

「ふん、やればできるもんじゃな」

箱から取り出した草鞋は、全て秀吉が編んだものである。最初はほつれた糸のように藁がはみ出て不格好だったが、出世草鞋を編むうちに、人並みのものがつくれるようになった。

ひとつを取り上げる。編んだばかりなので、固い。秀吉はゆっくりと手で揉《も》み込んだ。

「小一郎」と、ひとりきりの部屋で独語する。

「お前の長所は臆病なことじゃ。それを恥じることはねえ。立派に軍を率いることができるし、政《まつりごと》も儂より数段上手にやれる」

ゆっくりと丁寧に、草鞋を柔らかくする。

続いて、もう一足を取り出した。少し小さめの草鞋である。

「官兵衛よ、お主は性急すぎる。もっと慎重さを覚えい」

草鞋は、家来たちへの餞別《せんべつ》の品として秀吉が編んだものだった。

一回り大きい草鞋は蜂須賀《はちすか》小六へのものである。ひときわ底の厚い三足の草鞋は、亡き宮田喜八郎と共に羽柴四天王と呼ばれた神子《みこ》田《だ》、尾藤、戸田らに贈るものだ。

漆塗りの箱に、細身の草鞋が一足だけ残された。

「上様」と、呟いて最後の草鞋をとる。

信長のために編んだものだ。

「もうすぐ、毛利は降ります」

草鞋に語りかける。

毛利の使僧の安国寺恵瓊と毛利両川のひとり小《こ》早川《ばやかわ》隆景は、半ば以上秀吉の軍門に降っていた。彼らの話では、毛利家中の大半が織田との講和を望んでいるという。秀吉から提示された領地割譲案にも、ほぼ同意している。土地を守る〝一所懸命〟が美徳の武士が領地を手放す。その意味するところは、織田政権への完全屈服以外にない。

「毛利が降れば、あとは日ノ本に敵はおりませぬ」

本願寺は降伏し、武田は滅亡した。

「もはや、天下布武は成ったも同然です。天下泰平は、すぐそこまで来ておりますぞ」

信長への草鞋をゆっくりと揉みはじめた。

「とはいえ、それでもなお、上様は走り続けるのでしょうな」

草鞋を揉む手を止めずに呟く。

「足に肉刺ができ、血が吹き出しても、上様は――三郎様は止まらぬのでしょうな」

藁の一本一本をほぐすように、ゆっくりと丁寧に秀吉は草鞋を柔らかくしていく。

「三郎様、ありがとうございます」

洟《はな》を啜《すす》った。

「名字なしのこの藤吉郎を、こんな立派な侍大将に取り立ててくれて」

雨漏りでもしているのか、水滴がひとつふたつと床に落ち、そのうちのひとつが草鞋を濡らした。慌てて、秀吉は目を擦《こす》る。

また、水滴が落ちて、今度は秀吉の掌を濡らした。

「上様――三郎様、本当に、本当に、ありが……」

言い切る前に、何かを叩きつける音が響いた。

何人かの足音のようだが、奇妙だ。引きずるような音にも聞こえるのは、着衣が水に濡れているのか。確かなのは、数人の男が秀吉の部屋へと近づいてきていることだ。

慌てて草鞋を箱に戻そうとしたら、勢いよく障子が開いた。

「おお、なんじゃ、小一郎か」

現れたのは、全身がずぶ濡れになった小一郎である。鬢《びん》や陣羽織から水滴がしきりに落ち、床を叩く。その後ろに続くのは、蜂須賀小六と黒田官兵衛だ。小一郎と同様にずぶ濡れである。

「どうした、どうした。まさか、お主ら水練の稽古でもしていたのか」

軽口でごまかしつつ、秀吉は草鞋をさりげない所作で仕舞う。まずは小一郎の草鞋、続いて小六、次に官兵衛の草鞋をとった時だった。

「上様が死んだ」

最初、小一郎が何を言っているか理解できなかった。

「そうか、死んだか」

間抜けにも復唱しつつ、官兵衛の草鞋を仕舞う。尾藤、神子田、戸田の草鞋をまとめる。

「本能寺で、上様が明智に囲まれ、討たれた」

一瞬、秀吉の手が止まる。

「ははは、珍しいな。小一郎が冗談を言うか」

最後に、信長の草鞋を手にとった。

目の前に、白いものが突き出される。小一郎が、両手で書状を広げていた。続いて、蜂須賀小六が縄で縛った男を、秀吉の横へと放り投げる。

「明智の密使だ。毛利の陣へ行く途中だったのを捕まえた」

声を落とし言う蜂須賀小六の目は、真っ赤に充血していた。対照的に、顔は蒼白《そうはく》だった。三人の唇は紫色になり、その奥からカチカチと歯を打ち合わせる音も漏れてくる。

小一郎が広げた書状の文字が、ゆっくりと秀吉の頭に染み込む。

字が激しく揺れているのは、両手に書状を持つ小一郎の腕が戦慄《わなな》いているからだ。

「上様が……」と、小一郎が声を絞り出す。

「織田信長公が、死んだ」

諱《いみな》である信長という名前を、小一郎は絞り出した。生前、諱で呼ぶのは不敬にあたる。それが許されるのは、死んでから後だ。その意味するところを、秀吉の理性よりも先に本能が悟った。

「嘘《うそ》だ」

唇が勝手に動き出す。

「それは何かの間違いじゃ」

信長へ贈る草鞋を手に、秀吉は呟く。

「間違いなものか」

突きつけた書状を、さらに小一郎は近づける。

「この書状を読め。間違いなく、明智の筆跡だ。遊びで、明智がこんなものを書いたと思うのか」

小一郎の叫びが、書状を揺らす。

とうとう、秀吉の体が戦慄きはじめた。

信長の草鞋を取り落としそうになって、抱くようにして持つ。数十里を駆けたかのように、肋骨《ろっこつ》が粉々になってしまいそうなほど、心臓が大きく鼓動している。

呼吸が荒くなる。

口で長く息を吸い、鼻から短く何度も吐く。

寧々の養父・浅野又右衛門《またえもん》に教えてもらった呼吸法だ。これを七度繰り返せば、どんな大事が起こっても冷静になれるという。

教えられた通り、七度繰り返した。

雨にあったかのように脂汗が鬢を濡らし、頬を伝う。呼吸は少しだけ穏やかになった。心音も平静に近づく。

「たわけが」

「え」と、三人が訊き返す。

秀吉は拳を強く握りしめた。

そして、震える唇を動かした。

「この、たわけがぁ」

腹の底から、声が沸き上がってくる。

「に、兄ちゃん、今、なんと言った」

三人が一歩躙り寄った時だった。

「上様の大たわけがぁ」

顔を天井に向けて、秀吉は絶叫していた。

三人がたたらを踏むように、後ずさる。

「なんで、勝手におっ死《ち》ぬんじゃあ」

懐にあった草鞋を、思いっきり床に叩きつけた。衝動のまま、漆塗りの箱を摑む。

「天下布武を成し遂げるんじゃねえのか」

箱を壁に叩きつけると、草鞋が散らばった。足元に転がったひとつを拾い上げ、引きちぎる。

「それを、なぜ、こんな中途半端で死ぬんじゃあ」

次々と草鞋を引きちぎりはじめる。

「筑前様」

叫びつつ近寄ったのは、黒田官兵衛だった。

「これは好機ですぞ」

目をぎらつかせて、黒田官兵衛は続ける。

「今こそ、筑前様が上様に成り代わり、天下人になる……」

「じゃかあしい」

黒田官兵衛の顔面を、秀吉は思いっきり蹴りつけた。

「貴様ごときに、儂の気持ちがわかるか」

吹き飛ぶ黒田官兵衛に秀吉は叫び続ける。

「天下布武のために、心を殺し、敵を殺し、喜八郎や大切な仲間を喪《うしな》った」

尻餅をつき、鼻を押さえる黒田官兵衛にさらに罵声を浴びせる。

「そんな儂がなぜ、今まで勤め上げられたと思っている」

秀吉の気迫に、官兵衛は尻を引きずって下がる。

「毛利を降せば、儂は新しい人生に転じることができた。そう上様は、約束してくれた。そんな望みがあったからじゃ」

また草鞋を摑み、引きちぎる。

「上様の、たわけが」

糸くずのような藁が、視界を盛大に舞う。

「上様の――信長のたわけぇっ。どうして、死んじまうんじゃ。儂の人生を返せ」

足元に転がる漆塗りの箱を蹴飛ばした。

「出世草鞋を売って、捨て子を買い戻す、儂の夢を返せ」

最後に摑んだのは、信長の草鞋だった。

「兄ちゃん、落ち着け」

小一郎が取り押さえにかかるが、手ほどきで振りほどく。

「あと、もう少しで天下布武が成るっていうのに、勝手にこんなところで死にやがって」

信長の草鞋が、異音と共に引き裂かれた。

「ふざけんじゃねえぞ、信長ぁ、儂の人生を返せ」

荒々しい手で障子に手をかける。桟が引っかかったので、蹴り倒して外へと出た。

足袋《たび》だけを履いた足が、雨でぬかるんだ地面に沈む。

「兄ちゃん」

「藤吉郎殿」

「筑前様」

背後から小一郎、蜂須賀小六、黒田官兵衛が続く気配を感じつつ、秀吉は庭を歩く。柔らかい地面に突き刺すように、足を動かす。

「上様の、たわけが。信長の大たわけがぁ」

雨を滴らせる天に向かって、秀吉は何度も叫ぶ。声が嗄《か》れてもなお、泣き言を紡ぎ続けた。

七

雨に濡れつつ、秀吉が歩いているのは、堤の上だった。右側から水面を打つ雨滴の音がしきりにするが、目をやっても黒々とした闇が広がるだけだ。

「どうして死んじまったんじゃ」

秀吉は、弱々しく吐き捨てた。

「今まで死にもの狂いで頑張ってきたのに」

足を引きずり、秀吉は歩く。

降る雨は、肌着までもびっしょりと濡らしていた。着ていた陣羽織は途中で脱ぎ捨てている。右肩をだらしなく露《あら》わにして、堤の上を東から西へと歩く。

「もう、終わりだ。何もかも、全てが無駄だったんだ」

双眸《そうぼう》からもとめどなく涙が溢れ、頬を濡らした。

右足で左足を蹴飛ばしてしまい、勢いよく地面に顔を打ちつける。泥が口の中に入るが、吐き出す気力もない。

雨に折檻《せっかん》されるがまま、秀吉は地に伏し続ける。

夜が明けたのだろうか。灰色の光が、ぼんやりと辺りを満たし始める。

泥から引き剝がすようにして、秀吉は顔を上げた。

目を瞬《しばたた》かせる。

雲が切れて、一筋の光が差し込んでいた。堤の一角にある何かを照らしている。

上半身をゆっくりと起こし、立ち上がる。体に貼りついた泥が、ぼろぼろと落ちた。

いつのまにか、雨はまばらになっている。震える四肢を動かして、光さす堤へと歩む。

両膝をついて、手を伸ばす。

泥がこびりついた指の先にあるのは、

——緑の新芽だった。

赤子の指よりも儚《はかな》い芽が、顔を出している。二枚の小さな芽の先には、黒い皮の欠片《かけら》がついているではないか。

黒豆が、芽吹いたのだ。

「兄ちゃん、耕した田畑を見捨てるつもりか」

背中を叩いた声に、ゆっくりと後ろを向く。雨で鬢や髷《まげ》が乱れた小一郎が、仁王立ちしていた。

指を秀吉に、否、その先の黒豆の新芽へと突きつける。

「織田の——信長様の天下は、この黒豆みてえなもんだ」

叫びつつ、近寄る。

「固くてどうしようもねえ、乱世って土地に、鍬の刃を磨《す》り減らして耕した。そして、苗を植えた。違うか」

気づけば、小一郎の後ろに蜂須賀小六や黒田官兵衛、羽柴四天王の神子田、尾藤、戸田ら侍大将たちが続いていた。

「やっと、天下泰平の小さな芽が出たんだろう。兄ちゃんは、苦心して育てた芽を見捨てるのか」

目を血走らせて、小一郎は詰る。

秀吉は震える指で、新芽を撫でた。

そのすぐ横では、まだ半ば以上土に埋もれた新芽があった。明日になれば、いや、あと半《はん》刻《とき》（約一時間）と経たずに、地を突き破って完全に芽吹くだろう。その横では、誇らしげに二枚の葉を天に向ける黒豆がある。

「兄ちゃんが武士の子なら、諦めても何も言わねえ。けど、違うだろ」

風が吹いて、黒豆の小さな葉が揺れる。

「兄ちゃんは百姓の子だ。田畑のために、命がけで戦った父ちゃんの子だ。米を奪われても畑を焼かれても、決して挫けずに鍬を振り続けた父ちゃんの子だ」

秀吉が目を遠くへとやると、緑の芽は点々と一列にずっと続いていた。

「せっかく、芽吹いた天下泰平を、兄ちゃんは見捨てるのか。それが、兄ちゃんにとっての活きた人生なのか」

さらに雲が割れて、陽が大きく差し込んだ。

泥だらけの体が陽を浴びて、じんわりと暖かくなる。

「小一郎よ」

叫びすぎて、肩で息をする弟に声をかけた。

「確かにお前の言う通りだ。織田の天下は、この小さな黒豆の芽みたいなもんだ」

小一郎は頷きつつ、口を開いた。

「その芽を育てる者は誰だ。立派な豆に実らせることができる者が、この日ノ本に何人いる」

秀吉にというより、この場にいる全員に語りかけるかのように小一郎は続ける。

「明智にそれが成せるか。それとも柴田様ならできんのか」

秀吉は、小一郎らに向き直った。

「誰ならば、天下泰平の芽を枯らさずに育てることができる」

小一郎の問いに答えたのは、全員の目差《まなざ》しだった。居並ぶ侍大将の全ての瞳に、秀吉の姿が映される。

秀吉は唇をこじ開け、舌を動かす。

「今すぐに、毛利と講和する」

秀吉の発した言葉に、全員の顔が極限まで引き締まった。

「小六よ、恵瓊のもとへ行き、講和をまとめろ。今日中にだ」

「は」と叫んで、蜂須賀小六は片膝をついた。

「官兵衛は退路を、いや、明智を討つ行軍路を整えろ」

「ははぁ、ただちに」

官兵衛は一礼して、すぐに踵《きびす》を返す。

「小一郎と皆は、陣をまとめろ。決して、毛利に上様の異変を気取《けど》られるな」

小一郎と残る侍大将に声をかけると、皆が無言で頷いた。

視線を感じ、秀吉は首を捻《ひね》る。

先程まで地に埋まっていた芽が、地面を突き破っていた。

風が吹いて、幼い葉が揺れている。


高松城をひたす水面に、小舟が一艘《そう》浮いている。秀吉のいる本陣へと、ゆっくりと近づいてきた。

数人の武士が乗っており、そのなかで白装束の武士がひとり異彩を放っている。

高松城の城主、清水宗治《むねはる》だ。

秀吉は、床几《しょうぎ》に座して様子を見守っていた。慌ただしくも、毛利との間に講和が結ばれた。まだ、信長の訃報《ふほう》が届いてから半日も経っていない。

秀吉は毛利領五カ国割譲から、三カ国割譲に譲歩したが、あえて城将清水宗治の切腹には固執した。もし、信長が本能寺で自刃したとの一報が毛利にもたらされれば、清水宗治を先《せん》鋒《ぼう》として反撃される恐れがあったからだ。

やがて、舟上の武士は腹に短刀を突き立てる。秀吉の目にも、介錯《かいしゃく》の一刀が振り下ろされるのが見えた。

秀吉は立ち上がる。

そして、力の限り叫ぶ。

「清水宗治公、天晴《あっぱ》れ、武士の鑑《かがみ》なり」

そして、背後に控える諸将や兵たちを見回した。

「これにて、毛利との和議は成った。ただちに畿内へ引き返し、上様に戦勝のご報告をする」

足軽たちは喝采を上げ、変を知る侍大将たちは無言で頷いた。

秀吉は西に向けていた軍を、一斉に東へと転じさせる。

粛々と、兵を畿内へと返す。

馬上の秀吉は、背後に目をやった。

黒鍬《くろくわ》と呼ばれる工兵たちが、鍬を持って堤を壊しているところだった。万が一の毛利の追撃を防ぐための策だ。一帯を水浸しにすれば、進軍もままならないはずだ。

やがて、糸のように細い水流が堤防に穴を穿つ。みるみるうちに大きな亀裂を生み、巨大な穴が生まれる。

とうとう、堤防が決壊した。

土嚢《どのう》や土砂があたりに撒《ま》き散らされ、扇が開くように堤が崩れていく。

黒豆を植えた西端の堤も、あっと言う間もなく濁流に呑み込まれた。

一瞬だけ、緑の新芽が見えたように思えたが、無論、気のせいだ。秀吉の位置から、濁流に呑み込まれる小さな新芽など見えるわけもない。

——おっとう、すまねえ。

心中だけで謝って、秀吉は顔を東へと向けた。

目の前には、道がある。

それは、ただひたすらまっすぐに東へと続いている。

第七章

天下人の天活

一

京を目前にした山崎の地は、むせ返るような湿気、そして血と鉄の臭いに包まれていた。

西国《さいごく》街道に縦列をつくりつつ進撃する羽柴〝筑前守《ちくぜんのかみ》〟秀吉の軍を、明智光秀らが堰《せ》き止めるように陣を布《し》いている。先鋒《せんぽう》の中川瀬兵衛《せべえ》、高山右近の軍が攻めかかるが、狭い道にしか兵を展開できないので、何度も撥《は》ね返されている。

「ほお、明智め、なかなか、健闘するもんですなぁ」

扇子で扇《あお》ぎつつ、秀吉は戦場見物でもするかのように言った。

「け、健闘どころではないぞ、猿」

詰めよったのは、二十代の若い武将だ。面長の輪郭は若い頃の信長に似ているが、眼光の鋭さは遠く及ばない。織田信長の三男、織田信孝《のぶたか》である。

秀吉は、備中高松城を開城せしめた後、中国大返しといわれる大転進で一日約五里（約二十二キロメートル）の道を進み、畿内で織田信孝らと合流したのだ。そして、織田信孝を総大将として、仇討《あだう》ちの軍を明智光秀へと向けた。

「互角の戦いなどしておっては、織田家の名折れだ。今すぐ、本軍を前に進めるのじゃ」

秀吉は信孝を一瞥《いちべつ》するだけで、あえて無言を貫いた。細い道を無理して前進しても、混乱を招くだけだ。

「ええい、聞いておるのか、猿。早《はよ》う、本軍を前に出せっ」

鞭《むち》を振り上げたのは、きっと信長の真似だろう。だが、父親の百分の一ほども怖《こわ》いとは思わない。

――やはり、このお方では天下をまとめることはできぬか。

心中だけで、秀吉は呟《つぶや》いた。

「若様」と声をかけたのは、織田の宿将のひとり丹羽《にわ》長秀だ。振り上げた信孝の鞭を摑《つか》む。

「邪魔をするな。この猿めが、儂《わし》の命を無視したのじゃ」

「若様、猿ではございませぬ」

「なに」と、信孝の半面が歪《ゆが》んだ。

「猿ではなく、羽柴筑前殿です」

「な、なんだと。儂は、明智討伐軍の総大将ぞ。家来を何と呼ぼうが、儂の勝手だ」

「それとこれとは、別です」

丹羽が、信孝の手から鞭をもぎ取った。

「筑前殿はまだ兵を動かす機ではない。そうおっしゃっております」

空手になった信孝が、半歩後ずさった。

「毛利と対峙《たいじ》する中国から、万難を排して駆けつけた筑前殿に、礼を失することがあってはなりませぬ」

詰《なじ》るかのように信孝の唇が動いたが、言葉は吐き出されなかった。

震えつつ秀吉に向き直る。

「ち、筑前、ではいつ兵を進めるのだ。今こそ、本軍を動かすべきではないのか」

秀吉は首を横に振った。

「三七《さんしち》（信孝）殿、本軍を動かす必要などありませぬ」

「な、なんだと」

信孝の背後に控える宿将へと、秀吉は目をやった。

「丹羽殿」

「はっ」

片膝をつき、丹羽がこうべを深々と垂れる。

「右翼の池田殿へ伝令を出せ。すぐに前へと出て、敵を崩せとな。本軍が動くまでもないじゃろう」

しばらくもしないうちに、本軍の東側に控えていた池田恒興《つねおき》の軍が動き出した。

池田隊の前面には湿地が広がっていたが、これを見越して秀吉は大量の土俵《つちだわら》などを送りつけていた。土俵を湿地に落として足場をつくり、池田隊が進撃する。

家畜の横腹に狼《おおかみ》が喰《く》らいつくかのごとく、明智軍の側面へと襲いかかった。

「勝負あったな」と、秀吉は呟く。

眼前では、明智軍の桔梗《ききょう》紋の旗印が、次々と地に倒れていく。

「やった、やったぞ。すぐに追撃じゃ」

はしゃぐ信孝を横目に見つつ、秀吉は考えていた。

芽吹いた天下泰平を、いかに育て実らせるか。

信長の後継者で優秀なのは、嫡男の信忠だけだ。が、残念なことに本能寺の変で討ち死にしてしまった。残るは織田信孝とその兄の織田信雄《のぶかつ》であるが……。

――やはり、上様の子には任せられんか。

狂喜乱舞する信孝から、目を引き剝がした。

秀吉は前を見る。

戦場ではない。

その遥《はる》か先にある、形なきものを睨《にら》む。

――たとえ、死後、地獄の上様に折檻《せっかん》されようとも、儂は乱世を糺《ただ》し、天下布武を成し遂げる。

秀吉は腕を前に出し、信孝が握っていた鞭を丹羽から受け取った。

秀吉は、鞭を振り命令を叫ぶ。

秀吉の発した気を感じたのか、明智軍が背を見せて潰走し始めた。

二

闇夜の中、秀吉は小一郎らわずかな腹心と共に息を潜めていた。

もう目は暗がりに慣れ、灯がなくとも秀吉らが潜む藪《やぶ》や木々の輪郭、頭上を飛ぶ梟《ふくろう》の種類までもわかる。

「果たして、来るでしょうか」

訊《き》いたのは、羽柴四天王の尾藤、神子田《みこだ》、戸田の三人だ。その後ろには、小一郎らもいる。

「大丈夫だ。明智は知恵者。なればこそ、この獣道を必ず通る」

山崎の合戦は、秀吉率いる軍が圧勝した。敗走した明智は勝竜寺城に籠《こも》るが、秀吉はあえて包囲に隙をつくる。明智の脱出を誘い、待ち受けるためだ。

「来たぞ」

小さく叫んだのは、小一郎である。遠くに、ぽつんと人魂《ひとだま》のような灯が見えた。闇に慣れた目が、松明《たいまつ》の持ち主を炙《あぶ》り出す。広い額には、血泥が一杯についていた。

間違いない。明智光秀だ。

家来たちは見捨てたのか、あるいは見捨てられたのか。たったひとりで、よろけながら歩いている。

羽柴四天王の三人が静かに頷《うなず》いた。

やがて、秀吉が潜む場所まで、光秀がやってくる。

秀吉が右手を上げたのが、合図だった。潜んでいた腹心たちが、次々と立ち上がる。だが、音をたてない動きは、疲れた光秀にはわからなかったようだ。

まだ、足を止めない。

「明智よ」

穏やかに声を放つと、やっと立ち止まる。

松明の炎が揺れ、火の粉が盛大に舞った。

「き、貴様は……」

唇を戦慄《わなな》かせて、光秀が目を向ける。

「なぜここに」

疲労困憊《こんぱい》していた明智光秀の顔は、たちまち狼狽《ろうばい》で塗り潰された。受け取った火縄銃の銃口を、秀吉がゆっくりと向けたからだ。

歯を打ち合わす音が聞こえてきた。光秀の両膝がぶつかるように、震えている。反逆者から恐怖を十二分に引き出した後、秀吉は口を開く。

「小一郎よ、後はふたりきりにしてくれ」

「え」と声を上げたのは、光秀だった。

手筈《てはず》通りなので、小一郎ら腹心は素直に従い闇の中へと消えていく。

「ど、どういうつもりだ」

銃口に唾を飛ばし、光秀は怒鳴る。が、口調とは裏腹に、松明を取り落とさんばかりに体の震えは増していた。

「明智よ、生き残りたいか」

「な、何だと」

「生き残りたいなら、逃がしてやらんでもない」

指の腹を、引き金に触れさせる。

「儂をたばかるつもりか」

「なら、こんな七面倒なことはせん。たばかるぐらいなら、さっさと殺している」

光秀は口を噤《つぐ》む。

「お主の性根は腐っている。かつて、上洛戦《じょうらく》のおり、儂ら兄弟を騙《だま》したことは忘れていないぞ。それだけならいい。よりにもよって、天下統一間近の上様を騙し討ちにした」

ふふん、と強がりの笑いを鼻から漏らすのは、さすがというべきか。

「だが、悔しいがその才は本物だ」

信長の上洛を実現させただけでなく、豪族が蟠踞《ばんきょ》する丹波を平らげた。

「儂は、活《い》きた治世を成し遂げる。お主が心を入れ替えると誓うなら、高禄《こうろく》で召し抱えてやる」

ほお、と光秀は片頬を持ち上げた。

「信長を殺した儂を、生かすというのか。だけでなく、腹心として重用すると」

「無論、すぐには無理だ。頭を丸め出家しろ。傷をつくって顔も変えろ。そして、十年待て」

いつのまにか、光秀の持つ松明はほとんど揺れなくなっていた。

「もし、この申し出を呑《の》むなら、持っている刀や武器は全て捨てろ」

「捨てなければ」

「引き金を引くだけだ」

丸腰になった明智光秀を先に歩かせて、秀吉は暗闇を泳ぐように進む。

雲は天を覆って、月明かりは届かない。鉄砲の火縄に点《とも》る火が、地に落ちた一粒の星のようだ。

敗戦の疲れのせいか、光秀の歩みは遅い。それに合わせる秀吉の心身にも、疲れがまとわりつく。

「待て」と、足を止めさせる。

「水の音がする。喉を潤そう」

光秀の返事も聞かずに、秀吉は藪へと分け入る。

黒く輝く渓流が現れた。

岩に火縄銃を立てかけて、膝を折り水を掬《すく》う。口を近づけ、喉の奥へと流しこんだ。

「うまい」

緊張続きだった五体に、清水が染み渡るかのようだ。

また手を川の中へ埋《うず》めようとした時だった。

水面に黒いものが光った。

水中に何かあるのか。

いや、違う。これは、秀吉に突きつけられているものが鏡のように映っているのだ。

眼球だけを動かすと、銃口が向けられていた。

明智光秀が火縄銃を構え、秀吉を見下ろしている。岩に立てかけていた鉄砲を、いつのまにか奪ったのだ。

「明智よ、約定を破るのか」

返事のかわりに、光秀の口から嘲笑が零《こぼ》れる。

「やめておけ。ここで儂を殺しても、お主は天下人にはなれんぞ」

「だが、少なくとも猿には勝てる」

「笑止だな。負け犬のお主が、儂に勝てると思っているのか」

「勝てるとも、この引き金を引けばな」

「なら、やってみろ。空砲かもしれんぞ」

秀吉は、腰にある刀へとゆっくりと手をやった。

「侮るな。儂は鉄砲の名人として名を馳《は》せた男ぞ。この火縄銃には、たっぷりと玉薬が入っている。そのぐらい、手応《てごた》えでわかるわ」

光秀の指が、引き金に触れる。

秀吉の手が、刀の柄《つか》にかかった。

「明智よ、お主は儂には一生勝てん」

「ならば、その考えが間違っていることを、知れ」

光秀の指に力が籠る。

引き金が引かれ、火ばさみが動く。

火種が、火皿へと勢いよく落ちた。

秀吉は目を瞑《つむ》った。

轟音《ごうおん》が体にぶつかり、後方へと体が吹き飛ぶ。

浅い川の中を、二度、三度、四度と転がる。大きな岩に背を打ちつけて、やっと体が止まった。

ゆっくりと瞼《まぶた》を上げる。

ちょうど雲の切れ間ができたのか、月明かりが明智光秀のいたところに差し込んでいた。

首のない奇妙な骸《むくろ》が、仁王立ちしている。

両腕は何かを抱えるような形になっていた。手に握られているのは、火縄銃の残骸だ。

視線を感じ、目を足元にやる。生首がひとつ転がっていた。顔の半面が焼けただれ、小さな炎が貼りついている。広い額から、明智光秀だと悟る。

どさりと音がしたのは、光秀の首なしの骸が倒れたからだろう。

秀吉は生首に語りかけた。

「明智よ、箕作城《みつくり》での筒破りの強薬の借りは、確かに返したぞ」

秀吉の言葉通り、火縄銃は空砲だった。

弾は籠《こ》めていない。かわりに火薬を筒一杯に詰めていた。さらに銃身には、亀裂も入っていたが、闇夜ではさすがの明智光秀も気づかなかったようだ。

「明智よ、残念だ。お主の性根は嫌いだが、才覚は認めていた」

立ち上がり、袴《はかま》についた埃《ほこり》を払う。

秀吉は、わざと隙をつくったのだ。光秀が信用に足る男かどうかを試したのである。

もし、光秀が銃を奪わなければ、己への協力を拒んでも生かすつもりだった。

「光秀よ、儂の生き様《ざま》をあの世でとくと見ておけ」

秀吉は、生首に背を向ける。数歩歩いて、立ち止まる。首を捻《ひね》り、骸を見た。

「つっても、さすがに綺麗《きれい》な手だけでは、今後の天下はとれそうにないがな」

視線を引き剝がし、秀吉は小一郎らが待つ場所へと歩いていく。

三

久方ぶりに裃《かみしも》に身を包んだ秀吉は、清洲《きよす》城の廊下を歩いていた。清洲城は若き信長が本拠とし、秀吉が薪奉行《まき》として頭角を現した地である。いつもは隅を歩く秀吉だが、今日ばかりは違った。堂々と、まるで城の主《あるじ》のように真ん中を進む。

すれ違う家老たちは次々と左右に割れ、明智光秀を討った殊勲者を恭《うやうや》しく通す。

「筑前様、こたびの明智退治のご手腕、まことにお見事」

「泉下の信長公も、筑前様のご活躍をお喜びでしょう」

かつて猿と嘲笑《あざわら》っていた男たちが、臆面もなくへりくだる。

秀吉は軽く手をあげて、返礼に代えた。

数人の家老が、手を揉《も》みつつ近づいてくる。

「筑前様、よくぞ参られました。丹羽殿、池田殿は、すでに評定の間でお待ちです」

今日、清洲城で織田家の後継者を決める談合がなされる。明智討伐に功があった、秀吉、丹羽長秀、池田恒興、そして織田家筆頭家老の柴田勝家の四人が集まることになっていた。

「ほお、随分とお早いおつきよのお。悪いが、この筑前が到着したことを、おふたりにお伝えいただけぬか」

「ははぁ、喜んで」

尻から尾が生えていたら、千切れんばかりに振っているだろう。そう思うほど、慇懃《いんぎん》に家老は頭を下げ去っていく。

「うん」と、秀吉は頷いた。また、前から、一団の武士たちがやってくる。勇ましく床板を踏む足音に、聞き覚えがあった。先頭を歩むのは、虎髭《とらひげ》の豪傑だ。北陸方面司令官の柴田勝家である。

本能寺の変の一報を受けた時、勝家は上杉軍と対陣中で、畿内にとって返すのが遅れた。結果、山崎の合戦には間に合わなかった。

秀吉の背後で左右に割れていた家老や近習《きんじゅう》たちが、静かにざわめく。

秀吉と勝家が犬猿の仲なのは、有名だ。そのふたりが、廊下で相見《あいまみ》えようというのだ。

「ふふん」と、嘲笑が秀吉の耳をついた。

目だけを動かすと、信長似の面長の若者が片頬を歪めて立っている。信長の三男、織田信孝だ。

「明智討伐の手柄を独り占めにし、増長しおって。織田家筆頭家老を前にして、己の器を思い知れ」

信孝の瞳は、意地の悪い好奇心で輝いていた。

一歩、二歩と、ゆっくりと秀吉と柴田勝家は間合いを詰める。

やがて、ふたりは胸をつき合わせるようにして対峙した。

「猿よ、悪いことは言わぬ、道を譲……」

背中から届いた信孝の声は、途中で萎《しぼ》んだ。

勝家の顔に浮かぶ表情を、信孝が読み取ったのだ。

自慢の虎髭が震え、勝家の額には脂汗が幾粒も浮いている。

一方の秀吉は、微笑を浮かべる余裕があった。

「これはこれは、柴田殿」

勝家の虎髭が歪む。

これまで秀吉は、勝家を呼ぶ時は常に〝様〟をつけていた。が、もうその必要はない。

「随分と早い到着ですな」

言ってから、山崎の合戦に間に合わなかった皮肉になっていることに気づいた。

「と、藤吉ろ……いや」

勝家は、秀吉に目を合わせることができない。

「筑前殿におかれては、こたび大逆の明智をお討ちになり、ご苦労でござった」

勝家は深々と頭を下げた。

「な、なな」

後ろで呻《うめ》く声がするのは、きっと織田信孝だろう。

「なに、造作もないことよ」

朋輩《ほうばい》に語るように答えると、眼下の勝家の頭はさらに沈む。両肩が震えているのは、屈辱のためだろう。

「やれやれ、罪人ひとりを退治したにすぎぬのに、皆々様のなんと大げさなことか」

辺りを見回す。皆がこうべを垂れて礼を示している。唯一、織田信孝だけは歪めた顔を上げていたが、視線は床に落ちていた。

「兄ちゃ……じゃなかった、兄上。早く評定の間へ、参りましょう」

声をかける小一郎も、どこか他人行儀だ。

「ああ、わかっているよ」

秀吉が歩みを再開しようとした時だった。

「おおぉ、そこにいるのは猿じゃねえか。久しぶりだなぁ」

秀吉への暴言に最初に反応したのは、柴田勝家だった。下げていた頭を勢いよく上げる。

そして、声がした方を睨みつけた。

「又左、筑前殿に無礼であろうが」

勝家の視線の先には、長身の武士が立っていた。右目の下の古傷をたゆませるように、笑いかけている。槍《やり》の又左こと、前田利家である。

「よせよせ、筑前殿だなんて。柴田の親父よ、あんた、さっきまで猿のことを……」

「だ、黙れ」

勝家の拳が、前田利家の頰に飛んだ。

避《よ》けるのは容易《たやす》かったはずだが、利家はあえて勝家の一撃を受けたように見えた。硬い音が鳴り響き、利家の唇の端から赤いものが一本流れ落ちる。憐《あわ》れむような目で、利家は勝家を見るだけだ。猛将と呼ばれた男は肩で息をしつつ、また利家に拳を振り上げようとした。

「やめぇい」

響いた一喝に、勝家の体が凍りつく。

叱りつけたのは、秀吉だった。

「柴田殿よ、犬めはお主の与力ではあるが、家来ではないぞ」

前田利家は織田家の直属の侍だ。勝家には同僚として協力しているにすぎない。

「少しやりすぎではないか」

振り上げていた拳を、柴田勝家が無念そうに下ろす。

秀吉は、前田利家に歩み寄った。勝家が、慌てて廊下の端へ退く。

「へへへ、猿よ、偉くなったなぁ。なんか、見てたらくすぐってえよ」

「ふん、犬よ、まだまだこんなもんじゃねえぞ」

秀吉は、前田利家を見上げる。

「ほお、言ったなあ」

女が惚《ほ》れそうな甘い笑みを、利家は顔一杯に浮かべた。秀吉の体の芯も、陽光を浴びたかのように暖かくなる。

「犬、お前は変わらんなあ」

目を細めて、秀吉は言う。

「よせよ、恥ずかしい」

「たわけ、褒めたんじゃねえ」

「猿、照れるなよ」

「なんで、儂が照れんといかんのじゃ」

「兄上、そろそろ行かねば」

野良犬同士がじゃれあうようなやりとりを中断させたのは、弟の小一郎だった。

「わかってるよ」

秀吉は利家に背を向けた。数歩進んだ後、振り返る。

秀吉は指を目の下にやり、舌を出した。

「ばぁか」と、利家は声に出さずに口の動きだけで応じてくれた。

四

織田の宿老四人だけが集まった評定の間は、とてつもなく広く感じられた。

いや、もしかしたら、織田家の家臣全部がここにいてもそう思ったかもしれない。それほどまでに、秀吉らが喪《うしな》った人は大きい。空いた穴を埋めるためにも、早急に織田の家督を誰に継がせるかを決めなければいけない。

だが、家督を決める評定は停滞していた。理由は、汗を滴らせる大男のせいだ。柴田勝家が、しきりに懐紙で額を拭っている。

秀吉が、丹羽長秀に目をやった。

咳払《せきばら》いをして、丹羽が勝家に躙《にじ》り寄る。

「柴田殿、いい加減にご決断なされませい」

丹羽の言葉に、秀吉と池田は同時に頷いた。

「なんなら、この四人で決をとり、多い方を織田家の後継者にするという方策でもよいのですぞ」

「い、いや、それはちょっと待ってくれ」

勝家は何枚目かの懐紙を取り出し、今度は首を拭う。秀吉は、池田恒興に目をやった。

「我らが多数決をとらぬのは、柴田殿のことを思ってこそ。四人全員の合意でなく、三対一での決定となれば、柴田殿の面目も潰れましょう」

池田恒興が親切を装って、柴田勝家に圧力をかける。

「三法師《さんぼうし》様が織田の家督を継ぐことを認められた方が、柴田殿のためぞ」

丹羽長秀が、とどめを刺すかのように言う。

織田の宿老四人での談合だが、最初から丹羽と池田は秀吉の手の内だった。秀吉をあわせた三人は、織田家の後継者として三法師を推したのだ。織田信長の嫡男信忠の遺児で、数えでわずか三歳の幼児である。当初、秀吉らは織田信長の次男の織田信雄を挙げると予想されていた。勝家にしてみれば、予想外の奇策に映っただろう。だが、信長は生前、織田家の家督を三法師の父の信忠に譲っている。そう考えれば、信忠の嫡男が家督を継ぐのは自然な流れだ。

一方の勝家は、織田信長の三男の織田信孝を推している。

柴田勝家の反論は歯切れが悪い。まさか、秀吉らが三法師を推すと思ってもみなかったのだ。秀吉が口を出すまでもなく、丹羽と池田の弁に押されっぱなしである。

そろそろだな、と秀吉は唇を舌で湿らす。

「これでは埒《らち》があきませんな」

秀吉の声に、勝家の体が強張《こわば》るのがわかった。

「なら、いっそのこと、こういうのはどうじゃろう」

秀吉は三人に均等に目を配りつつ、言葉を続ける。

「長浜の地を、柴田殿に譲る。これで、どうじゃ」

「はあ」

惚《ほう》けたような声を上げたのは、柴田勝家だった。当然だろう。一見すると、織田の家督問題とは何の関係もないからだ。長浜は、初めて秀吉が城を持った土地である。羽柴家の本拠地と言ってもいい。その土地を譲るというのだ。

「そ、それが、こたびの織田の家督相続と何の関わりがあるのだ」

いつもなら一喝する勝家が、恐る恐る秀吉に尋ねる。

「それよ」と、秀吉は膝を打った。

「柴田殿が恐れているのは、幼少の三法師様を、誰かが傀儡《かいらい》にするということじゃろう」

勝家は、慎重に頷く。

三法師を傀儡とする最も恐るべき者は、秀吉に他ならぬと思っているからだ。

「ならば、柴田殿か、あるいはその配下の方に長浜に駐屯してもらってはどうであろうか」

勝家は眉間に皺《しわ》を寄せ、丹羽と池田のふたりは目を見合わせた。

「安土《あづち》城におわす三法師様を、長浜で柴田殿に見守ってもらえれば、我らも心強いではないか」

確かに、長浜は安土と至近の距離にある。三法師を傀儡とする者から守るには、適した土地だ。さらに、勝家が最も恐れる秀吉の領地をもらい受けることもできる。

腕を組んで、柴田勝家は考えはじめた。

「この筑前ごときが長浜を采配するよりも、織田家筆頭家老の柴田殿がおられる方が、きっと三法師様も安心されよう」

髭に手をやり悩む柴田勝家を見て、やはりこの男にも天下泰平の芽は任せられぬか、と密《ひそ》かに秀吉はため息をつく。

秀吉が狙うのは、三法師を傀儡とすることなどではない。

織田信長の次男織田信雄と、三男織田信孝の相克である。

安土に幼君の三法師がいれば、信雄か信孝のどちらかが、必ずや身柄を奪うはずである。

その時こそが、好機なのだ。

三法師を攫《さら》った一方を弾劾《だんがい》し、もう一方の味方につく。織田家の半分を滅ぼす大義名分を、手にいれることができる。そうやって、ゆっくりと織田家から天下を奪っていく。

だが、柴田勝家はそこまで頭が回らぬようだ。

秀吉は、微笑を浮かべて織田家筆頭家老の決断を待つ。

――上様……信長様、申し訳ありませぬ。

笑みはそのままに、心中で織田信長に謝った。

――この筑前は、織田家を滅ぼします。

――天下泰平のために、織田家を利用し尽くします。

決意すればするほど、秀吉の口角は上がる。

偽りの笑みの下の肉は、鋼のような堅牢《けんろう》さを伴うのだった。

五

本能寺で織田信長が死に、その後継者を決める清洲の会談が行われた天正十年（一五八二）の夏は、あっと言う間に過ぎ去った。秋は深まり、忍び寄る冬が秀吉には待ち遠しい。

それをおくびにも出さず、秀吉は山城国の拠点としていた山崎城の廊下を歩く。

小姓が開いた襖《ふすま》の先には、中年の武士ふたりが座っていた。

「こ、これは、筑前殿」

武士のひとり、金森長近《かなもりながちか》が慌てて立ち上がる。

「な、何か、先程の和議で不備でもありましたか」

襟を大急ぎで整えているのは、不破《ふわ》勝光だ。ふたりとも古くからの織田の家臣で、今は柴田勝家の与力として従っている。

「もし、三法師様を手放さない三七（信孝）様の処置がご不満なら……」

「違う、違う。和議の件は、十分に満足している」

秀吉は手を振りつつ、ふたりの前に腰を下ろした。

清洲での会談で織田の後継者が決定された後、しばらくもしないうちに織田信孝は動いた。三法師を安土城から居城の岐阜城へ、移したのだ。

これにより、秀吉は織田信孝追討の大義名分を得たことになる。

それに黙っていないのが、柴田勝家だ。秀吉への対抗姿勢をあらわにしたが、いかんせん冬が近い。北陸が雪で埋まれば、信孝や勝家は各個撃破されるだけだ。そこで、当面の和議を結ぶ使者として、与力の金森長近、不破勝光、そして前田利家の三人を、山崎城にいる秀吉のもとに送りつけたのだ。

和議交渉は円滑に締結され、いざ帰り支度を始めた金森と不破の控えの間に、秀吉は奇襲のごとく現れたのである。

「実は北陸に帰るふたりに、土産話でも進呈しようと思ってな」

金森と不破が目を見合わせる。

「長浜を守る柴田伊賀守殿だが……」

わざとらしく言葉を濁して、秀吉はふたりの反応を観察する。柴田伊賀守とは、秀吉が手放した長浜の地を宛てがわれた勝家の養子である。

「伊賀守殿が、どうされたというのです」

案の定、ふたりは身を乗り出した。

「すでに、こちらへの内応を約してくれた」

秀吉の言葉に、ふたりは両目を剝《む》いた。

「ば、馬鹿な。伊賀守様は柴田様のご養子。裏切るなど、ありえん」

「筑前様、我らを動揺させんがための策でしょうが、その手には乗りませぬぞ」

金森と不破は体を硬くして、秀吉を見据える。

「信じる信じないは、おふたりの勝手よ。そうそう、土産はもうひとつある。帰りは難路であろう。よい草鞋《わらじ》屋を見つけたので、紹介しようと思ってな」

秀吉が手を叩《たた》くと、襖が開いた。現れたのは、がに股の体軀《たいく》に金襴《きんらん》の道服《どうぶく》を着た男だ。上を向いた鼻が、猪《いのしし》を連想させる。

「お、お前は、吉田次兵衛ではないか」

予想外の訪問者に、ふたりの体が仰《の》け反《ぞ》る。

「いやぁ、金森殿に不破殿、久しいのお。北陸での戦場以来か」

ふたりの真ん中に、吉田次兵衛は図々《ずうずう》しく座りこんだ。

「聞いているとは思うが、今は草鞋屋を営んでいるんじゃ。次兵衛の出世草鞋だ。聞いたこともあろう」

ふたりの肩を親しげに叩く。

「で、早速じゃが、ふたりにぜひ買ってほしい草鞋があってのお」

次兵衛が懐から取り出した二足の草鞋は、何の変哲もないものだった。

ふたりは怪訝《けげん》そうに見つめるだけで、手にとろうとしない。

秀吉と次兵衛は、互いに目を合わせ頷いた。

「古い草鞋に愛着があるのはわかるが、履き替えの機を誤ると、凶事を呼び込むぞ」

秀吉の言葉に、ふたりの顔がたちまち強張った。

「つまり、我々に柴田様を裏切れということか」

「違う、違う」

首を横に振って否定したのは、次兵衛だった。

「儂や藤吉郎殿が言う古い草鞋とは、柴田様のことじゃねえ」

ふたりの眉間に皺が寄る。

「古い草鞋ってのは、織田家のことだ」

「き、貴様ぁ」

金森と不破は同時に立ち上がった。

「おい、不忠者とか、武士みてえな説教はするなよ。儂は、今はただの商人。もっと根っこを言えば、ただの名字なしの百姓だからな」

歯を見せて、次兵衛は笑いかける。

「あんたらだって、家来や家族を食わしていかにゃならんのだろう。柴田様の恩は重々承知の上で、儂は新しい草鞋として、藤吉郎殿をすすめているのじゃ」

言い終わると、一転して次兵衛の眼光は武士の頃のように鋭くなる。

「わかったなら、座れ。それとも、儂が座らせた方がいいか」

ふたりはしばらく歯を食いしばっていたが、渋々と腰を下ろす。いかにふたりが名の知れた武者でも、草履取から槍一本で七万五千石をもぎ取った次兵衛の敵ではないからだ。

「それに、儂がここにいる意味を、もっと考えんといかんぞ」

「意味だとぉ」

睨むふたりの眼光は、すぐに弱まった。

今、長浜城を守る柴田伊賀守が、かつては吉田次兵衛の養子であったことを思い出したのだ。勝家の姉を娶《めと》った吉田次兵衛は、一族衆の扱いを受けていた。その証《あかし》として、もうひとりの姉の子の柴田伊賀守を、養子として養育していた時期がある。

「で、では、長浜の柴田伊賀守殿が内通したというのは」

ふたりが、視線を次兵衛から秀吉へとやる。

「伊賀守殿は、次兵衛の差し出した新しい草鞋を、快く受け取ってくれたぞ」

ふたりの顔から、みるみるうちに血の気が引いていく。

「さあ、おふたり、どうされる。時が惜しい。早く、決断されよ」

秀吉の声が、一室に響き渡った。

しばし、沈黙が流れる。

吉田次兵衛が咳払いをしたのが、まるで合図かのようだった。

ふたりはゆっくりと腕を動かす。震える手で、新しい草鞋を取り上げた。

次兵衛らを廊下で待たせて、秀吉はもうひとつの控えの間へと向かった。ここには、金森、不破と一緒に、秀吉のもとに和議の使者として赴いた男がいる。

ゆっくりと襖を開くと、長身の武士が目を瞑り寝そべっていた。

「たくっ、暢気《のんき》なものだ」

秀吉は足音を響かせて入室し、男の前に腰を落とす。

武士の瞼が上がった。前田利家が、欠伸《あくび》を零しつつ上半身を起こす。

「猿よ」

「なんだ」

「言われる前に言っておくが、儂は柴田の親父を裏切らねえぞ」

「安心しろ、犬の気性はよく知っているわ」

ふたり、胡坐《あぐら》を組んで向かい合う。

「じゃあ、なんで、和議が終わったのに、儂の部屋を訪ねてきた」

「次に会う時は、敵同士じゃろ」

すでに、秀吉の陣営の準備は万端だ。偽りの和議を結び、柴田勝家を油断させてから、冬になると同時に近江《おうみ》長浜を攻める。城主の柴田伊賀守は内通しているので、すぐに落ちるはずだ。さらに返す刀で、三法師を安土から連れ去った織田信孝を討つ。

「もし、儂が猿の朋輩でも何でもなけりゃ、真っ先に柴田の親父のもとを去っただろうよ」

目の下の傷をかきつつ、利家は続ける。

「残念ながら、柴田の親父は天下人の器じゃねえ。信長公のご子息も同様だ。天下泰平を考えれば、誰の下で武士として忠義を捧《ささ》げるべきかは、すぐに答えが出る」

利家は、口から淀《よど》んだ空気を吐き出した。

「それでも、織田家に殉《じゅん》じるっていうのか。犬らしいな」

「馬鹿、それだけじゃねえよ」

利家が、まっすぐに見つめ返してくる。

「儂は信長公をご幼少の頃から、ずっと見続けてきた。時には朋輩のように声もかけていただいた。だが、天下布武を目指すようになってからは違う。天下人は孤独だ。一族でさえも、心を許せない。無論、朋輩などおらん」

またひとつ、利家は息を吐き出した。

「儂は、猿とは朋輩のままでいたい。一生涯な。そのためには、猿の軍門には降《くだ》っちゃなんねえんだ」

秀吉の家来となれば、もう以前のようにはつき合えないと利家は言う。

秀吉は無言だ。

かけるべき言葉が見つからない。

「猿よ、安心しろ。お前は間違いなく天下人の器だ。信長公が育てた天下布武の芽に、花を咲かすことができるのは、猿しかいない」

「ありがとうよ」

秀吉は小さく呟いた。だが、利家に聞こえたかどうかはわからない。

しばらく、ふたり無言で向き合う。

「そういえば、よ」

思い出したように、利家が口にした。

「もしかしたら、初めてかもしれねえな」

「初めて？　何がじゃ」

「猿と儂が、敵同士で戦うことがだよ」

秀吉は頭を傾けて、考えこむ。

そうかもしれない。

喧嘩《けんか》は数えきれないほどした。だが、敵同士になって矛を合わせたことはないはずだ。

きっと、近い将来にやってくる秀吉と柴田勝家との争いが、ふたりが敵味方に別れる、最初で最後の戦いになるだろう。

「確かに、童の頃の合戦ごっこでも、犬とはいつも味方同士だったな」

「だろう」と、利家は破顔する。

「よく、隣村の奴《やつ》らと石合戦したっけ」

「竹や棒を尖《とが》らせたのを人に向けて、大人にこっぴどく叱られたなあ」

ふたりは顔を天井に向け、笑いあう。

「懐かしいなあ。そうだ、猿覚えているか。あの合図のことを」

「合図だと」

「そうさ。お互いに危うくなったら、助太刀が欲しい時の合図を決めていたろう」

「ああ」と、秀吉は手を打った。

「覚えておるとも。竿《さお》に手ぬぐいを巻きつけて馬印にしたのを、こうやってふたつの円を描くようにして振るんだ」

「そう、それそれ」

秀吉が旗を振る真似をすると、利家が指を突きつけて喜んだ。

「忘れるわけがないだろう。いつも危うくなって合図を送るのは、喧嘩の弱い儂だった。けど、犬は全然助けてくれねえ」

大体において、利家は強そうな敵を見つけて、一騎打ちを挑むのに夢中だった。

「ああ、そうだったっけか。けど、一度くらい助けたことがあるだろう」

「たわけっ。数十回は合図を送ったが、犬が助けに来たことなど一度もないわ」

「そうかなぁ。けど、儂も猿に助けられたことはないから、あいこだな」

「お前は、旗も持たずに敵に突っ込むから、合図の送りようがねえだろ」

口喧嘩のようなふたりの昔話は、いつ果てることなく続くのだった。

六

戦勝を重ね瓢箪《ひょうたん》が何十個も連なるようになった秀吉の馬印が、初夏の湖風にさらされていた。

「それにしても、織田がここまで手強《てごわ》いとはな」

陣の中で、秀吉は重い息を吐き出す。

近江国の北端にある余呉湖を、左翼の防壁とするかのように、秀吉率いる羽柴軍は陣を布いていた。

対峙するのは、北陸から出陣してきた柴田勝家率いる精兵たちだ。

冬を待って各個撃破するという秀吉の作戦は、半ばまで上手《うま》くいった。長浜の柴田伊賀守を裏切らせ、次に岐阜城の織田信孝を降伏させるまではよかった。

つまずいたのは、伊勢で滝川一益《かずます》が挙兵してからである。ここで秀吉は攻めあぐね、長期戦となってしまう。とうとう三月になって、柴田勝家の出兵を許してしまったのだ。

伊勢に兵を割いた状態で、北へととって返さざるを得ない。そこで見たのは、強敵上杉謙信と幾度となく死闘を繰り広げた柴田軍の猛者《もさ》たちだった。

大木のごとく屹立《きつりつ》する旗指物には、二羽の雁《かり》が上下に図案化されている。二つ雁金《かりがね》と呼ばれる柴田勝家の家紋だ。

「ふん、これが上様の置き土産としたら、とんだ皮肉じゃわい」

秀吉は唾を地面へと吐き捨てた。さすがの秀吉も攻撃に二の足を踏まざるを得ない。各個撃破のはずが、いつのまにか南北に敵を迎える二正面作戦を強いられてしまったのだ。

今までの毛利や本願寺らとの合戦と違うのは、敵が織田軍であるということだ。対峙して初めてわかることだが、兵の練度、長槍や鉄砲などの武器の質、どれも今まで戦ってきた敵とは桁違《けたちが》いだ。

――とにかく、耐えに耐えて長期戦に持ち込むんじゃ。

秀吉は、小一郎や軍師の黒田官兵衛らとたてた作戦を、心中で諳《そら》んじる。

再び冬が近くなれば、柴田軍にも動揺が走る。つけ込む隙も生じるはずだ。それまで、ひたすら待つ、否、耐えるのだ。

知らず知らず、貧乏揺すりをしていた。

北の戦場はともかく、厄介なのは秀吉不在の伊勢の滝川一益を相手にする戦場だ。いや、それよりももっと不安なことがある。

「伝令でございます」

汗だくになった使番が、陣の中に駆け込んできた。

額の前で両手を組んだのは、表情を読まれぬようにするためだ。駆け込む様子から、間違いなく凶事だと見抜いた。

「織田三七（信孝）様、ご謀叛《むほん》」

大量の空気を呑みこまされたかのように、胸が苦しくなった。

一度、降伏した織田信孝が、また叛旗《はんき》を翻したのだ。信孝の所領の美濃《みの》は、南北に分かれた秀吉の戦場を断つ位置にある。

寧々《ねね》の養父・浅野又右衛門《またえもん》に教えられたように、深く息を吸い、何度も浅く吐いて、気持ちを落ち着かせる。

「面白い、望むところじゃ」

秀吉は立ち上がった。

「今すぐ、軍をふたつに分ける。儂は岐阜城の三七様を攻める」

諸将がどよめく。みっつの敵を支えるのは難しい。ならば、そのうちのひとつを、軍を率い早急に叩き潰すしかない。一番弱いのは、織田信孝だ。

「兄上、大丈夫でございますか」

青い顔をして、小一郎が訊いてくる。

「大丈夫とは、どういうことじゃ」

「兄上は、さっきから震えておるではないですか。貧乏揺すりにしては、ひどすぎますぞ」

小一郎に囁《ささや》かれて、自分が恐怖していることに気づかされた。

「案ずるな」

意識して、大げさな笑みを浮かべる。

「これは、武者震いじゃ」

小一郎が安堵《あんど》の息を吐《は》くのを見て、儂も芝居が上手くなったものよと、密かにひとりごちる。

秀吉の目の前には、猛《たけ》る揖斐《いび》川があった。両岸を削るかのように、滝を思わせる流れが続いている。降り注ぐ雨が、秀吉らを嘲笑うかのようだ。

「くそったれ」

秀吉は、荒れ狂う川に悪態をついた。

織田信孝追討のために岐阜城を目指した羽柴秀吉の軍の行く手を、氾濫《はんらん》した川が遮ってい
る。

後方から、馬蹄《ばてい》の轟《とどろ》きがやってきた。

後ろを向くと、足軽たちの列が左右に割れている。その中央を疾駆し、水飛沫《みずしぶき》を撒《ま》き散ら
し向かってくるのは、母衣《ほろ》を背負った騎馬武者だ。

江北で柴田勝家と対陣する、小一郎からの使者だとわかった。さらに厚い雨雲に覆われた
かのような気分だ。

「ええい、何事じゃ」

秀吉は、もう苛立《いらだ》ちを隠さない。

雨に濡《ぬ》れた母衣武者は、勢いよく鞍《くら》から飛び降りた。

「柴田軍が、攻めに転じました」

落雷が落ちたかのように、諸将がどよめいた。

「佐久間玄蕃《げんば》を先鋒とした奇襲です」

さらに、母衣武者は怒鳴り続ける。

「これにより、中川瀬兵衛殿、討ち死に」

一瞬、地揺れに襲われたのかと秀吉は錯覚した。

中川瀬兵衛は、天下分け目の山崎の合戦でも羽柴軍の先鋒として活躍した勇将だ。まさか、一日ともたずに討ち死にするとは予想もしていなかった。さらに伝令は、高山右近の陣も崩されたことを伝える。

「おのれ、柴田め」

持っていた鞭を、秀吉は地面に叩きつけた。

「筑前様、早く、お戻りください。このままでは、我が陣は持ちこたえることができませぬ」

言われなくてもわかっている。

だが、大誤算だ。柴田軍が攻めてきても、少なくとも数日は持ちこたえると思っていた。それだけの時間があれば、織田信孝ごときを攻め落とすのはわけもないはずだった。

だが、羽柴軍の一角は一日ともたずに崩されたのだ。

秀吉のたてた作戦が狂っている。

かつて、信長が持っていた名物のひとつ、南蛮時計を思い出す。精緻に時を刻むが、ひとつでもからくりの歯車がずれれば、時が大きく狂う。

まさに、今の羽柴軍の状態だった。

秀吉は顔を激しく横に振って、頬を濡らす雨を飛ばした。

「全軍に命じろ。今より、江北の戦場に戻ると」

秀吉は声を張り上げる。

「柴田めと雌雄を決する。今すぐ軍を返せ」

だが、兵たちの動きは鈍い。

雨になる旗指物が、緩慢に動き出す。まるで重い荷を負っているかのようだ。

当然だ。一年前の備中高松城の水攻めから山崎の合戦、さらに織田信孝や滝川一益との戦いなど、羽柴軍は合戦に次ぐ合戦だった。

そして今も、四囲に敵を引き受けている。南の伊勢に滝川一益、北の江北では柴田勝家、東の美濃は織田信孝。さらに西にも、毛利への警戒のため兵を多く割いていた。

その状態で、織田家一の猛将柴田勝家と戦うのだ。

「ええい、何をしておる。もっと急げ」

秀吉は鞭打つように命令を飛ばすが、兵の足が速まる気配はなかった。

七

再び江北の戦場に立った秀吉の鼻孔をくすぐるのは、雨の匂いではない。

美濃から急転進し半日のうちに約十三里（約五十二キロメートル）をも駆け、一夜明けた今、雨雲は嘘《うそ》のように晴れていた。

かわりに立ち籠《こ》めるのは、血と硝煙の臭いだ。

全周約一里半（約六キロメートル）の余呉湖を囲むように、羽柴軍と柴田軍が布陣し戦っていた。

さながら、二匹の巨大な蛇が湖を挟んで、互いの頭を食《は》み、尾を締め合うかのようだ。

秀吉は左翼の戦場を見る。

賤《しず》ヶ岳《たけ》と呼ばれる切所《せっしょ》で、大激闘が繰り広げられていた。

「福島殿、一番槍の働き」

「加藤殿、兜首《かぶとくび》をあげました」

伝令が次々と味方の手柄を報じてくるが、秀吉は硬い表情のまま頷くことしかできない。

加藤・福島は、秀吉の小姓たちだ。自分を守る家来たちを投入してなお、賤ヶ岳では互角の戦いが続いている。

「殿、お願いがあります」

秀吉の前に、ふたりの青年が跪《ひざまず》いた。小姓の石田佐吉（後の三成）と大谷紀之介（後の吉継）だ。

「このままでは埒があきませぬ。我らにも出陣をお命じください」

「たわけたことを言うな」

叱りつけたのは、秀吉が彼らに期待するのは武辺働きではないからだ。計数に長じた石田と大谷の役目は兵站の維持だ。

「いえ、悪くない案かもしれませんぞ」

後ろから忍び寄るように進言したのは、黒田官兵衛だった。

「石田、大谷が率いる兵は、まだ力が余っておりますれば」

秀吉は官兵衛を睨みつける。

「だから、どうした。まだ旗本もいるではないか」

「では、その旗本たちをご覧ください」

秀吉は促されて、目を背後にやる。

旗本たちが槍を持って立っているが、皆、頬が痩《こ》け、顔が土気色になっている。

「連戦と無理な行軍で、旗本衆は疲れきっておりまする」

「では、旗本を温存し続けろというのか」

即座に、官兵衛は首を横に振った。

「いずれは、旗本も含めた総懸かりで決着をつけねばなりませぬ。だが、今ではありません。

今、旗本を動かせば、いずれ息切れして、柴田めにつけこまれます」

秀吉は、自身の膝を思いっきり殴りつけた。

そうこうしているうちに、伝令がやってくる。背に数本の矢を食い込ませた武者が、倒れ込むようにして石田、大谷らの横に座り込んだ。

「急ぎ、援軍を送られたし。敵の陣は堅く、このままでは味方の兵が多く死にまする」

秀吉は口の中だけで舌打ちした。

「くれぐれも言っておきますが、まだ旗本を動かす機ではございませぬ。見なされ、敵を」

黒田官兵衛は、指を湖の対岸へとやった。

両軍は湖を囲むように布陣し、その両端で合戦が繰り広げられている。槍を合わせる激しい戦いに発展しているのは、賤ヶ岳のある左翼だ。右翼はまだ弓矢や鉄砲の遠間からの戦いだが、敵は柴田勝家自らが率いている。いずれ白刃をふりかざす激戦になる。右翼を任せる将は、弟の小一郎だが苦戦は免れないだろう。

秀吉らは、両翼をつなぐ中軍にいる。同じように、柴田軍の両翼をつなぐ中軍が、黒田官兵衛が指さす対岸にいた。

率いる将は、前田利家である。

互いの中軍をいつ投入するかで、戦況は劇的に変化する。両軍はその機を窺《うかが》いつつ、両翼で熾烈《しれつ》な合戦を展開しているのだ。

ここで先に動いては負ける。

秀吉は決断した。

「石田、大谷、いけ。手柄を立ててこい」

勢いよく頭を下げて、その反動を利するかのようにして青年ふたりが立ち上がる。手勢を率い小さくなる背中に、秀吉は「死ぬなよ」と呟くことしかできない。

青年ふたりの率いる部隊が、賤ヶ岳の戦場に駆け込む。

善戦していたのは、最初のうちだけだ。たちまちのうちに、手負いの柴田軍に囲まれる。

ふたりの部隊が、乱戦の中で溶けるように消えていった時だった。

けたたましい陣太鼓が鳴り響いた。右翼の小一郎と戦う、柴田勝家の軍からだ。遠間からの戦いから、とうとう槍を合わせる格闘戦へと移ろうとしている。

剣戟《けんげき》を打ち合わせる音が、波が押し寄せるかのように聞こえてくる。

余呉湖を囲む戦場は、総力戦の一歩手前で拮抗《きっこう》する。

利家と秀吉がいつ合戦に加わるかで、全てが決まる。

いや、秀吉にはもうひとつ切り札があった。

金森と不破を裏切らせるのだ。

「筑前様」

黒田官兵衛が、秀吉の前へと進み出た。右手には松明を持っている。

「柴田めが右翼に喰らいついた今こそが、好機でございます。狼煙《のろし》を上げ、まず金森と不破の両名を寝返らせましょう」

見ると、官兵衛の背後には薪や藁《わら》が積まれ、狼煙を上げる用意が万端に整っている。

「そして、勇ましく、全軍で攻め懸かるのです」

松明が、さらに秀吉へと近づいた。

秀吉は、目を戦場へと戻す。敵味方多くの兵が倒れている。湖には落葉が舞ったかのように、数多《あまた》の骸が浮いていた。

「何をしているのです。早う、ご決断を」

「官兵衛よ」と、秀吉は問いかける。

「狼煙を上げれば、勝てるか」

「上げなければ、負けまする」

官兵衛が詰め寄る。

「狼煙を上げても、五分五分だろう」

金森と不破は、秀吉らとは孤立した場所に位置している。今、裏切らせても、前田利家らが動いて全滅しかねない。

いや、最も恐るべきは、裏切りをきっかけに両軍入り乱れての総力戦になることだ。そうなると、秀吉らの采配は戦場の隅々まで届かない。無秩序に両軍が殺しあうだけだ。

「何を血迷いごとを」

黒田官兵衛は、さらに松明を突きつけた。秀吉の肌が炙られる。

脳裏をよぎったのは、亡き宮田喜八郎の姿だった。誰よりも勇敢に戦ったために、心を病み、自死するかのように乱戦へと飛び込んでいった。

「殺すか、殺されるか。それが戦でございます。殺される前に、決断をするのです」

秀吉は頷いた。

「官兵衛の言うことは間違っていない」

次に、吐き出された言葉は正反対の内容だった。

「だが、それは活きた戦じゃねえ」

軍師の顔が歪む。

「この羽柴筑前は天下人になる。そう決心した。大勢の犠牲を必要とする勝利は、活きた天下取りじゃねえ」

「ではこのまま、座して負けを待つのですか」

官兵衛が、血走った目で睨む。

「犠牲を恐れて、みすみす勝ちを逃すのが、筑前様の活きた天下取りなのでございますか」

首を横に振った時、すでに秀吉の覚悟は決まっていた。

「よこせ」

そばにいた足軽の手からむしり取ったのは、数十個の瓢箪が飾られた秀吉の馬印だった。

「な、何をするのです」

「官兵衛、黙って見ておれ。これが、儂の——藤吉郎流の活きた天下取りじゃ」

馬印を抱えて、秀吉は走り出す。

「どけ、どけ」

叫んで、足軽や雑兵をかき分ける。兵たちが割れて、視界に現れたのは余呉の湖面だ。向こう岸には、いくつもの旗指物が風になびいている。前田利家の軍だ。

秀吉の本隊と同じように、眈々《たんたん》と戦場を虎視している。

「犬ぅ、聞こえるか」

聞こえるはずもないのに、秀吉は叫ぶ。

「犬よぉ、見えているか」

瓢箪の馬印を高くかざした。

そして、力の限り振る。

大きな円が、左右にふたつ連なるように馬印を動かす。

「聞こえるか。見えているか」

喉が裂けんばかりに、絶叫する。

利家の陣から、秀吉が馬印を振る姿が見えたようだ。ざわつくようにして、旗指物が揺れたのがわかった。

「筑前様、何をしているのですか」

追いついた黒田官兵衛を無視して、秀吉はさらに叫ぶ。

「犬っ、助けてくれ。儂は、ただ勝ちたくはねえ」

両腕が千切れんばかりに、馬印を振る。

「この世を、活きた天下にしてえんだ。信長様以上の泰平の世をつくりたいんじゃ」

そのためには、兵たちを無駄に死なすようなことはしたくなかった。たとえ生き残っても、喜八郎のように病み苦しむような姿は見たくない。

「恥知らずな願いは百も承知だ。だが、頼む。儂を助けてくれ」

秀吉の声が、虚《むな》しく湖面に吸い込まれていく。

さらに、叫ぼうとした時、黒田官兵衛が組みついてきた。

「前田殿の調略はしくじったのでしょう。みっともないことはよしなされ」

抱きついた黒田官兵衛によって、秀吉は横倒しにされた。武者たちも続いて、馬印を奪い取る。

「そんな覚悟で、天下人になれると――」

叱りつける黒田官兵衛の口が、開いたまま固まった。馬印をひったくった武者たちも立ちすくんでいる。秀吉は官兵衛らの目差《まなざ》しの先を、目で追った。

最初は、山が蠢《うごめ》いたのかと思った。

対岸に布陣する前田利家の軍が動いている。旗指物が風になびき、進みはじめた。

「なぜだ」

叫んだのは、黒田官兵衛だった。

前田軍の移動に、陣太鼓や法螺貝《ほらがい》の音が伴っていない。陣太鼓や法螺貝を高らかに奏でることで、敵の士気を挫《くじ》き、味方を鼓舞する。それをしない理由は、ひとつしかない。

動き始めた旗指物が、次々と小さくなっていくではないか。

ひとつふたつと、視界の奥へと消えていく。

殺戮《さつりく》が行われている戦場とは、正反対の方へと去っていく。

「し、信じられん」

黒田官兵衛が尻餅をつくようにして、へたりこんだ。

かわって立ち上がったのは、秀吉だ。

「攻め太鼓を鳴らし、狼煙を上げろ」

前田軍の撤退を呆然《ぼうぜん》と見守っていた兵たちが、我に返る。

「前田が去り、敵の中軍はいなくなった。鯨波《とき》の声を上げろ。柴田勢に、前田が戦場を去ったことを気づかせろ」

地が唸《うな》るような声が沸き起こった。

土気色だった兵たちの顔に生気が点る。

後ろを向くと、白く細い狼煙が上がっていた。金森と不破の両名に、裏切りを促す合図である。

八

秀吉は弟の小一郎や黒田官兵衛らを従えて、騎行していた。

万を超える羽柴軍も粛々と後ろについていく。

賤ヶ岳の決戦は、前田利家が戦場を離脱したのを機に、羽柴軍が圧倒し大勝利を得る。柴田勝家は退却し、北ノ庄城へと逃げ込んだ。

秀吉らは、柴田勝家に最後のとどめを刺すべく、兵を北に向けて進軍しているところだった。最初に向かったのは、北ノ庄城の手前にある府中城だ。ここには、戦場を離脱した前田利家が籠っている。やがて、山が開け、平野に至る。大きな寺社を思わせる府中城が、秀吉らの視界に現れる。進む秀吉の馬の脚が弛《ゆる》み、止まった。

目の前では、長身の武士が片膝をつき、深くこうべを垂れていた。顔を上げさせて、確かめるまでもない。

前田利家である。

背後には、率いる数千の兵が同じように跪き、まるで刑を言い渡される前の罪人のようだ。

秀吉は鞍から降りて、友へと歩み寄る。

利家は、這《は》いつくばるように頭を下げたままだ。

「筑前様っ」

呼びかけようとした秀吉に、一喝するかのような声が飛んだ。

叫んだのは、前田利家だった。

顔はまだ地に向けたままだ。

「筑前様、こたびの戦勝、まことに祝着至極」

他人行儀な利家の言葉が続く。

「筑前様か」

秀吉は呟きつつ、頭をかいた。

「儂も偉くなったものだ」

後ろに控える小一郎らに語りかける。笑いが広がったが、すぐに萎む。秀吉を見つめる皆の目は、真剣そのものだ。

顔を前へと戻すと、利家はいまだ頭を上げていない。

「犬よ、もう昔のように戻れんのか」

「筑前様は天下人であります。それがしごときに、朋輩のように親しく声をかけるのは、くれぐれもお控えください」

何人もが頷く気配が、背後から届いた。

「では、もう、お前は儂のことを猿とは呼んでくれんのか」

「無論でございます」

利家の返答は素っ気ない。

しばし、沈黙が流れた。

「では、もし、儂が命じたらどうする」

足を擦《こす》るようにして、利家に近づいた。

「儂が犬に、猿と呼べ、と命じたらどうする」

両膝をついて、秀吉は顔を利家に近づけた。

「天下人の儂が、昔のように接しろと言ったらどうするのじゃ」

利家の両肩を摑み、秀吉は叫ぶ。

「これは命令じゃ」

唾を飛ばし、怒鳴る。

「天下人が命ずる。昔のように、儂のことを猿と呼べ。童の頃のように、たわいもない口喧嘩をしてくれ」

力一杯、利家の体を揺すった。

「もったいないお言葉でございます」

利家の声は湿っているように聞こえた。

「もし、筑前様が、それがしと昔のように……朋輩のごとく交際したいとおおせならば」

熱い鍋を触ったかのように、秀吉の手が弾《はじ》ける。

飛び退《すさ》るように、本能がかつての朋輩から間合いをとらせる。

後ろに控える武者たちが身構え、刀に手をかける音がした。

前田利家の全身から、殺気が放たれたのだ。指先や毛髪の一本一本にいたるまで、敵意と害意が充満し、体臭のように薫っていた。

「前田殿、筑前様にそのような不穏な気を向けるとは、無礼もはなはだしいぞ」

駆け寄ろうとする武者を、秀吉は手で制した。

「犬よ、それがお前の答えか」

さらに殺気が濃くなった。

それを詰る資格は、秀吉にはない。

友であり続けるために、ふたりは敵味方に別れて戦うと誓ったのだ。その約定を卑怯《ひきょう》にも破ったのは、秀吉だ。

「もう、昔のようにはなれぬのか」

「はい」と、利家は声を絞り出した。

「筑前様が、馬印で合図を送られた、あの瞬間から、もう我らは朋輩ではなくなりました」

微《かす》かに、利家の肩が震えている。

「あの瞬間から、殿下は正真正銘の天下人となり、それがしはその忠実なる臣下と化したのです」

秀吉は目を瞑る。

そうしないと、熱いものが眼孔から溢《あふ》れ出してしまいそうだった。

腕で強く擦ってから、瞼を開く。

「では、前田又左に命ずる」

「はっ、何なりとお命じください」

利家から発されていた殺気が急速に萎み、たちまちのうちに無になった。

「逆賊柴田めが籠った北ノ庄城を攻める。その先手を前田又左に命じる」

背後の武者たちがどよめいた。

「あ、兄上、それは、あまりに酷ではありませんか」

慌てて駆け寄ろうとする小一郎を、秀吉は睨みつけて止める。

ゆっくりと利家は、こうべを上げた。

血の涙を流したかのように、充血した双眸《そうぼう》が露《あら》わになる。

顔を裂くかのように、固く噤んでいた口を開いた。

「逆賊柴田が籠る北ノ庄城攻めの先鋒、確かに承りました」

秀吉に背を向けて、利家は腕を上げる。数千もの前田軍が一斉に立ち上がった。槍や旗指物が一挙に掲げられる様子は、突如として林が生まれたかのようだ。

「筑前殿下より、名誉にも柴田討伐の先鋒を拝命した。我ら前田勢は、これより北ノ庄城を目指す」

利家の命令が轟いた。

従者が引いてきた馬に飛び乗り、槍を小脇に抱える。

「前田の強者どもよ、筑前殿下に勇と忠を披露するまたとない好機。心して励め」

気合いの雄叫《おたけ》びと共に、前田軍が動き出す。

その最後尾を守るように、利家の騎馬が続く。

かつての友の背を、秀吉は見守っていた。

小さくなり、やがて見えなくなっても。


翌日、前田利家は〝親父〟とも慕っていた柴田勝家の籠る城を囲み、攻める。

さらに次の日、勝家は自刃して、城に火をつけた。信長の安土城を真似た七重の天守閣と共に、織田家筆頭家老の骸も灰に変わる。

草履取にすぎなかった少年が、名実共に天下人になった瞬間だ。

その過程で喪ったものを挙げるのは、蛇足が過ぎるだろう。

第八章

天下人の朝活

一

やかましいなぁと、羽柴〝筑前守《ちくぜんのかみ》〟秀吉は寝具の中で吐き捨てた。

「内府《ないふ》様、内府様」と、叫ぶ声がしきりに聞こえてくる。内府とは、内大臣という貴族の官職のことだ。関白と左右の大臣につぐ高官である。羽柴秀吉は、京都の宿舎にいた。柴田勝家を滅ぼしたのが、二年前。大坂に城を築き本拠とし、去年は小牧・長久手《ながくて》で徳川家康に苦戦しつつも、家康が担ぎ上げた織田信雄《のぶかつ》と講和することに成功した。今は、弟の小一郎に紀州攻めの采配をとらせている。

「内府様、朝です。早く起きてください。朝廷への出仕に遅れてしまいますぞ」

どんどんと声が近くなってくる。

はて、内大臣など宿舎に泊めていただろうか。天下人となった秀吉のもとには、公家《くげ》の来客も多いのでわからない。うっすらと瞼《まぶた》を上げると、真っ暗で朝日の気配さえもなかった。

「まだ夜じゃないか。さっさと内府様を起こしてくれなきゃ、儂《わし》が寝不足になっちまう」

夜具の中にすっぽりと頭を埋《うず》めようとした時だった。

「内府様、さあ、早く起きてくだされ」

大声を上げる小姓たちが乱入してきた。

「な、なな、なんじゃ、儂は羽柴筑前守であるぞ」

慌てて、秀吉は飛び起きる。

「無論、存じております」

手燭台《てしょくだい》を持った小姓たちは、澄まし顔で言う。

「で、では、なぜ我が寝所に乱入する。儂は内大臣ではないぞ」

怒鳴りつつも、徐々に頭が覚醒してきた。

「はい、二日前までは、殿は内府様ではありませんでした。ですが、正二位《しょうにい》内大臣の宣下《せんげ》を、つい昨日お受けしたばかりではないですか」

言われて、あぁぁと情けない声を上げてしまった。そうだった。紀州の戦場を小一郎に任せてまで京都に来たのは、内大臣の官位をもらうためではないか。

「さあ、お目覚めになりましたか。出仕の支度をしますよ」

まだ半ば惚《ほう》けている秀吉の夜着を、小姓たちが剝ぎ取り始めた。

「ちょ、ちょっと待て。せめて、日が出るまで寝かせろ」

童のように駄々をこねる秀吉の前に現れたのは、白粉《おしろい》を塗ったかのように肌の白い男だ。

貴族が着る束帯を寸分の隙もなく着こなし、手には笏《しやく》と呼ばれる細長い板を握っている。

冷ややかな目で、秀吉を見下ろした。

「いやはや、内府様も困ったお方やわ。昨日、あんだけ麻呂が、朝廷にとって大切なんは朝やと申しましたのに」

穏やかな口ぶりとは裏腹に、神事や儀式に使う笏を鞭《むち》のようにぶんぶんと振っているこの男は、菊亭晴季《はるすえ》だ。昨日、秀吉と一緒に右大臣の高官に任命されている。年齢は秀吉と変わらぬ五十歳手前だが、三十歳ぐらいにしか見えない。切れ長の目が、いかにも京都の貴族らしい気品を匂わせている。

「朝廷の〝朝〟は、早朝の〝朝〟でございますえ。禁裏には日の出とともに始まる神事もたくさんおますよってな。良き公家と評されるか否かは、朝の仕度を万端にすることしかおまへん。これは千年の昔から言われてることどすえ、内府様」

そういえば、昨日もそんな説教を受けたような気がする。

「それをもし、いっちゃん最初の出仕が遅れようものなら、他の公家さんからなんと言われるか。おー、怖《こわ》ぁ。それを気にしはらへんやなんて、尾張《おわり》の人は、ほんまに勇気がおますなぁ」

そこまで嫌味たらしく言われれば、従わざるをえない。

着慣れない束帯に身を包む。

宿舎の門を出て、まだ暗い京の路地へと出た。

鶏さえ起きていない、町を歩く。

「のう、菊亭殿、牛車《ぎっしゃ》には乗らんのか」

「こんな早朝に牛車を使えば、周りの迷惑どすえ」

「貴族なんじゃし、そんなことは気にせんでもいいのではないか」

はあと、菊亭晴季はため息をついた。

「内府様は、京がどんな町かようご存じないようで。京では『人を殺すに刃物はいらん』と言われてます」

「毒を盛るのか」

心底からの侮蔑が籠《こも》った目で、またため息をつかれた。

「そんな恐ろしいことは、都の人はようしまへん。東夷《あずまえびす》の方と一緒にせんとってください」

「では、どうやって殺すのじゃ」

「人を殺すに刃物はいらん、噂《うわさ》で足りる——と、こう言うてます」

秀吉は首を傾《かし》げた。

「つまり、京の町では悪い噂をたてられたら生きていけへん、ゆうことです。それは町人だけやなく、麻呂たち公家も同じどす。こんな朝に牛車を使えば、顔がさしますやろ」

顔がさすの意味がわからなかったが、ここは従うしかないだろう。

ふたり黙々と歩いた。

が、やはり眠い。顔を暗い空に向け、口を開け放って欠伸《あくび》をひとつした。

「いってえ」と、秀吉は飛び上がった。

見ると、手の甲が真っ赤に腫れ上がっているではないか。

「これ、内府様、はしたない真似はよしなはれ」

菊亭晴季が持っていた笏を振り回した。ひゅんと風を切る音が、秀吉の耳朶《じだ》を撫《な》でる。どうやら、笏を鞭のようにしならせて打擲《ちょうちゃく》したようだ。恐ろしく痛くて、目がたちまち涙で滲《にじ》む。

「な、何をされる。無礼にもほどがあろう、儂は羽柴家の棟梁《とうりょう》ぞ」

「そうはいっても、麻呂の官位は右大臣どす。内大臣よりも格は上」

じろりと睨《にら》まれた。

「何より、そんな寝ぼけ顔で貴族たちと会うつもりでっか。さっきも言わしてもろたように、噂はたちまち千里を駆け抜けます。内府様だけでなく、羽柴家の沽券《こけん》にかかわる大事どすえ。京の人々の噂を甘《あも》うみてはいけまへん」

「ふん、内大臣だか右大臣だか左大臣だか知らんが、仰々しいものよ」

また、ひゅんと風切り音がした。

「いってえ」

秀吉は大きく飛び上がる。菊亭晴季の笏の一擲が、秀吉の右尻を襲ったのだ。

「菊亭殿、いくら何でもひどかろう。儂は天下人じゃぞ」

尻に手をやって抗議するが、菊亭晴季の顔は涼しげなままだ。

「何を言わはるんでっか。これも内府様の言うところの、活きた天下取りのためどすえ。それとも、官位がいらんのどすか」

そう言われれば、秀吉は反論できなかった。内大臣程度では、小大名はひれ伏させても、大大名は無理だ。さらなる昇進が必要である。が、それも朝廷で恥ずかしい振る舞いをすれば水の泡だ。

「小一郎様と寧々《ねね》様からは、内府様を少々痛い目にあわせても大丈夫やと、お墨つきをいただいておりますえ」

そういえば、秀吉は小さい頃から右尻を折檻《せっかん》されるとすぐに弱音を吐いた。きっと、小一郎が菊亭晴季に秀吉の弱点を教えたに違いない。でないと、あれほど完璧な角度で打擲はできない。

ちっくしょうと呻《うめ》くと、また容赦ない一擲が飛んだ。「ぎゃあ」と小さく悲鳴をあげて、飛び上がる。

「ええどすか。先日、打ち合わせた通り、麻呂は一月もすれば右大臣を辞します。かわりに筑前様を右大臣に推挙いたしますよってに」

悶絶《もんぜつ》する秀吉に構わず、菊亭晴季は淡々と語る。

「わ、わかっとるわ。右大臣は、信長公が最後にもらった官位じゃ。何としても儂が手に入れねばならん」

そうなれば、秀吉は織田家の正統な後継者ということになる。内心で反対している織田の諸将も、秀吉に忠誠を誓わざるをえない。

「さすがは、内府様、ようおわかりで。けど、それもまずは朝の出仕を滞りなくすませてからどす。ええでっか、麻呂は一切容赦はしまへんで。もし内府様がはしたなき行いをすれば、菊亭家末代までの恥でっさかい」

みしりと、菊亭晴季の持つ笏が軋《きし》んだ。

二

子守唄のような祝詞《のりと》が延々と続く神事が終わった頃、やっと太陽が東の山から半分ほど顔を出してくれた。

神事から解放された秀吉は、広大な禁裏の中を歩いている。

「おー、いてえ」と、尻をしきりにさする。神事の間、眠気で少しでも油断しようものなら、すかさず菊亭晴季によって尻をつねられたのだ。今も、熱と痛みが引かない。貴族とは思えぬ握力である。

広大な禁裏の敷地を、朝日が洗っていた。社や祠《ほこら》、鳥居があちこちにある。だけでなく、点々と東屋《あずまや》もあり、貴族たちが思い思いに集っていた。ある東屋では和歌を詠み、ある東屋では書を嗜《たしな》み、別の東屋では香を焚《た》いて聞香《もんこう》に熱中している。

なるほど、朝早く起きるのも無駄ではないかもしれない。朝の神事の後は、貴族たちは自己鍛錬に勤《いそ》しみ、官位の垣根を超えて交流している。

さて、儂は何の集まりに入ろうか、と秀吉は視線を巡らす。正二位内大臣に相応《ふさわ》しい芸事はないだろうか。しかし、秀吉は歌を詠めば枕詞《まくらことば》や掛詞《かけことば》が目茶苦茶な教養なし、筆をとらせては誤字だらけの悪筆、香を聞こうにも今は鼻づまりという有様だ。何より座ったままやる芸事は、性に合わない。

羽ばたく音が聞こえてきた。聞き覚えがある。これは、鷹《たか》だ。

ということは――

音を追ってこうべを巡らすと、果たして鷹狩りを稽古する一団がいた。遠くにある木の台に肉をおいて、そこめがけて鷹を飛ばしている。

「おお、これこそが、武士の棟梁にふさわしい芸事ではないか」

仲間に入れてもらおうとした秀吉の足が、縫いつけられたかのように止まった。公家にしては珍しく筋肉質で長身の男が、鷹を飛ばしている。顔の角ばった輪郭も武士のようだ。口と顎に蓄えられた細い髭《ひげ》だけが、唯一貴族らしいところだ。

「よくぞ、やった風絶《ふうぜつ》」

男は、太い指で腕の上に戻った鷹の頬を撫でてやっている。

「あ、あれは、近衛《このえ》殿ではないか」

男の名は、近衛前久《さきひさ》。かつて関白だった男だ。在任中は放浪関白とも呼ばれ、各地を旅していた。多くの貴族が荒廃する京を離れ、有力大名の庇護《ひご》を求めたが、この男は違う。朝廷に再び力を取り戻すため、遊説していたのだ。そんな近衛前久と意気投合したのが、軍神とも崇《あが》められる上杉謙信だ。近衛前久は、上杉家の上洛《じょうらく》や関東攻略の一翼を担うほどの豪胆な働きを見せる。武士であっても遜色ない気骨を持つ公家である。織田軍団上洛後は関白を解任されたが、信長とは気があったのかよく鷹狩りを共にしていた。

「まさか、こんなところで会うとは」

言いつつ秀吉が後ずさったのは、近衛前久が苦手だからだ。そっと足音を忍ばせて退散しようとする。目敏《めざと》く見つけたのは、近衛前久の腕の上の鷹だった。目を吊《つ》り上げて、威嚇するように鳴く。

ずきりと秀吉の顔が痛んだ。

思い出すのは、七年前の鷹狩りのことである。


腕の上の鷹が、藤吉郎を睨んでいた。吊り上がった狐《きつね》のような目は、いかにも性格が悪そうだ。何より止まる藤吉郎の腕を潰さんばかりに強く握っているのが、忌々しい。

「さあ、藤吉郎殿、存分に鷹を飛ばされよ」

まだ織田の一武将にすぎない藤吉郎の背後から、声がかかった。首を捻《ひね》ると、公家にしては長身の男が立っている。膨らんだ筋肉などは、武士のようだ。前関白の近衛前久である。各地を放浪したせいか、言葉遣いは公家よりも武家のものに近い。

「遠慮はいりませぬ。腕に止まるのは、我が近衛家が手塩にかけて育てた名鷹《めいよう》で、その名も風絶。百姓上がりの藤吉郎殿でも、見事に獲物を捕らえるでしょう」

「し、しかし、ですね、近衛様、どうもこのお鷹は、おいらのことがあまり好きではないようですが」

なぜか腕の上の鷹は、獲物を睨むような目で藤吉郎を見ている。できれば、もっと大人しい鷹に交換してほしい。

「我が鷹を見くびられては困りますな。忠実な気性は、織田家の侍以上と評判ですぞ」

そう言われれば、やるしかない。

秀吉は狩場に向き直る。

「さあ、いけ」と、思いっきり腕を前に突き出す。だが、鷹は微動だにしない。

「いけえ、飛べ。飛べと言っておろうが」

二度三度と腕を振るが、逆に刺さらんばかりに爪を藤吉郎の腕に食い込ませる。周りを囲む勢子《せこ》たちが、笑い声を上げげた。

「ええい、飛ばんか、この馬鹿鷹が」

罵声と共に腕を振った時だった。食い込んでいた爪から、腕が解放された。鷹が藤吉郎の目の前で、大きな両翼を広げている。

「おお」と、藤吉郎が歓声を上げたのも束の間だった。なぜか、宙に浮いた鷹がこちらを向いている。尖《とが》った爪と嘴《くちばし》が、藤吉郎に迫ってくる。

「ぎゃあああ」

藤吉郎は悲鳴を上げる。鋭利な爪と嘴が、顔に深々と食い込んだからだ。

「や、やめい、おいらは獲物ではない」

地面をのたうち回る。

慌てて駆け寄ったのは、近衛前久だ。

「よさぬか、風絶。この男は、猿には似ているが獲物ではない。こら、顔の肉をつつくな」

鷹が傷つくのを恐れてか、声をかけるだけだ。

「これ、藤吉郎殿、無理に引き剝がすな。翼が折れたら、どうする」

「ひぃいいい、どうすりゃいいんですか」

鷹は藤吉郎の薄い髭を、一本二本とついばんでいる。

「やめい、風絶」

耳元で囁《ささや》きがした。髭をついばむのをやめて、鷹が首を持ち上げる。秀吉が目を開けると、鷹だけでなく近衛前久も同じ方向を見ていた。

虎皮の行縢《むかばき》で下肢を包んだ男が、ゆっくりと歩いてくる。左肩から左手にかけて覆う弓籠《ゆご》手《て》には、勇ましい龍の意匠が縫いつけられていた。

「う、上様」「これは、織田殿」

藤吉郎と近衛前久が、同時に声を上げた。

天下人、織田信長である。三年前に長篠《ながしの》で武田軍を破り、二年前には安土《あづち》に巨大な城を築いた。一方の秀吉は中国方面軍の総大将として播磨《はりま》を転戦し、その進捗《しんちょく》を報告するために上洛していたのだ。

「風絶、来い」

信長が鋭く口笛を吹く。藤吉郎に絡みついていた鷹が、たちまち飛び立ち、信長の腕へと吸い込まれた。飼いならされた猫のように、差し出した指に頬を擦りつけている。

「さすがは日ノ本を平定しようというお方じゃ。あの風絶が、ここまで懐くとは」

感心するように、近衛前久は言う。

秀吉も同感だった。さながら、一幅の絵のようだ。勇ましい虎皮でできた行縢に、左腕を包む弓籠手には龍の意匠、そして腕には鷹。三神獣を従える軍神の趣きだ。

「やはり、我が目に狂いはありませんな。朝廷の力を復活させるのは、日ノ本広しといえど織田殿しかおらぬでしょう」

近衛前久の言葉に、信長は微笑する。

「買いかぶりでございます。ですが、頼られれば力の限りお応《こた》えするのが、我が流儀」

同意するように、鷹がひとつ鳴いた。

「頼りにしておりますぞ。が、そのためにも織田殿には、官位についてもらわねばなりませぬ」

信長は正二位右大臣だったが、先日辞して無官になっている。

「いずれ時を見て、織田殿を右大臣以上の官位に推挙しましょう」

「ありがたきお言葉なれど、今は天下布武に集中しとうございます」

「わかっております。だが、息子の城介（信忠）殿ももう一人前。いずれ官位について、私と一緒に朝廷のために働いてもらいますぞ」

近衛前久が大柄な体を近づける。

「無論です。その時は、共に力をあわせましょう」

近衛前久は満足そうに頷《うなず》いた。

禁裏の木陰に隠れる秀吉の居場所を教えるかのように、近衛前久の鷹がけたたましく鳴いている。顔につけられた古傷の痛みがぶり返す。

どうやら、近衛前久は息子と鷹狩りの稽古をしているようだ。横に、ひょろ長い背丈の若者がいる。近衛信輔《のぶすけ》といって、つい先日までは内大臣だった男だ。秀吉の内大臣就任に合わせて、左大臣に昇進している。

「どうしたのじゃ、風絶、よい獲物でもいるのか」

近衛親子が首を巡らす気配がした。さらに身を低くして、秀吉は隠れる。あの鷹狩りの一件以来、秀吉は近衛前久が苦手だ。そして、先方も秀吉をよく思っていないようで、態度の端々に出ている。何より、秀吉の顔を襲った憎き風絶が一緒だ。正二位内大臣の官位も、鳥獣には通用しない。

太陽が中天に来る頃、秀吉は自分の宿舎へと戻ることができた。

朝が早いのは難儀だが、朝廷の仕事が昼にあらかた終わるのは助かる。とはいえ、明日は近江《おうみ》坂本へ行くことになっているので、のんびりと政務はできないが。

足早に宿舎の廊下を歩いていると、菊亭晴季と出くわした。

「内府様、いかがどした朝の稽古事は。どちらの会に加わらはったのどすか」

「ああ、投壺《とうこ》の会があったので、そちらで公家らしくふるまったぞ」

菊亭晴季の顔が不満気なのは、投壺が酒席での遊びだからだ。壺めがけて矢を飛ばし、点数を競う。和歌や聞香などの雅《みやび》な会に参加して、顔を広げてほしかったのだろう。

「しかし、朝の集まりも馬鹿にできんな。色々な噂話が自然と耳に入る」

「さすがは内府様、朝の会の大切さにもう気づかはるとは」

まだ内府という響きはしっくりこない。

「ああ、面白い噂をたくさん聞いたぞ」

「ほお、例えばどないな噂どすか」

「傑作だったのは、萩中納言と申す公家の娘の話よ」

ぴくりと、菊亭晴季の形のいい眉が動いた。

「なんでも、ある貴族がとんでもないことを吹聴《ふいちょう》しているそうなのだ。自分の母は萩中納言の娘で、女官として朝廷で働いている時に帝《みかど》と恋仲になり、そしてあろうことか自分が生まれた、とな」

なぜか、菊亭晴季は無言だ。

「そのご落胤《らくいん》を詐称する男が、先日、儂と同じように出仕するようになったそうなのじゃ。にしても、恐ろしい嘘《うそ》八百を並べるものよ。そんなほら話、誰が信じるものか。大たわけにもほどがあるわ」

残念なのは、大ぼら吹きの貴族の名前がわからなかったことだ。投壺の会に集うのは下級貴族ばかりなので、致し方ないだろう。

「その話を聞いた時、内府様は何と答えたはったんどすか」

「無論のこと、大笑いしてやったわ。帝のご落胤とほらを吹く男の顔が見てみたい、とな。きっと、おっそろしく下品でとんでもない醜男《ぶおとこ》に違いないぞ」

顔を天井にやって、破顔した。

「ああ、おかしい。久々に馬鹿笑いして、楽しかったわ。そうだ、内府としての初仕事で、その偽者のご落胤の公家を成敗するのはどうじゃ」

目にたまった涙を拭きつつ歩いていると、やがて仏壇のある一間にたどりついた。秀吉は顔を引き締める。みっつの位牌《いはい》が並んでいた。

「菊亭、ここで待っておれ」

「それは困りますえ。明日、坂本に発《た》たはるまでに、次の神事のお打ち合わせをせんと。悠長にしている暇はありまへん」

菊亭晴季が右大臣を辞して、秀吉に譲る時の様々な行事の打ち合わせがあるのだ。多忙な秀吉の合間を見つけては、菊亭晴季は礼儀作法を叩《たた》き込むのに必死だ。今日を逃せば、しばらく菊亭晴季とは会わない。

「それは、また京に来てからでいい」

眉宇を硬くはしたが、菊亭晴季はそれ以上は言い募らなかった。みっつ並ぶ位牌の文字が目に入ったのだろう。秀吉は足を正し、位牌と向き合う。ひとつは織田信長のもの、残るふたつは池田恒興《つねおき》と森長可《ながよし》のものだ。

秀吉は、静かに手を合わせる。

「池田殿、森殿、見ておられますか。この藤吉郎、必死に公家の真似事をしておりますぞ。お笑いになりますな。これも、天下布武のためなのです」

ふたりは先の徳川家康との小牧・長久手の戦いで、討ち死にしていた。特に森長可は、桶《おけ》狭間《はざま》で世話になった森三左衛門の嫡男だ。恩人の息子をみすみす死なせたことになり、報《しら》せを聞いた時、秀吉は血を吐くほどに泣きじゃくった。

いまだ、日ノ本に秀吉の敵は多い。長宗我部《ちょうそかべ》、島津、徳川、北条、伊達。

池田恒興、森長可が討ち取られたように、どれも強敵ばかりだ。反対勢力をひとつひとつ武力討伐すれば、天下を平定した頃には有能な家臣は死に絶えてしまう。

そうならないためにも、秀吉は官位を欲したのだ。百姓上がりの秀吉には屈服できなくても、内大臣ならば軍門に降《くだ》る領主もいるだろう。さらに右大臣左大臣と昇進すれば、長宗我部、島津、徳川らも無視し難いはずである。できれば、最高位の関白まで昇進したいが、関白は五摂家と呼ばれる限られた公家しかなれない。

「おふたりの死を無駄にせぬために、儂は活《い》きた天下取りを成し遂げます。池田殿や森殿のような不幸は、絶対に繰り返しませぬ。朝廷の官位を極めることが、今の儂には合戦で勝つ以上に重要なのです」

秀吉の決意を、菊亭晴季は部屋の隅で静かに聞いていた。

三

「いやあ、不思議なものよ。面倒と思っていた朝廷の朝の神事も、一旦、京から離れると懐かしく思えて仕方なかった」

秀吉は陽気にしゃべりつつ、禁裏を歩いていた。昇ったばかりの太陽が、燦々《さんさん》と輝いている。二カ月ぶりの都だった。坂本から大坂へと政務をこなした後、秀吉は戦場の紀州へ旅立ったのだ。内大臣任官の効果はてきめんだった。根来《ねごろ》寺に立て籠る敵は、秀吉到着を聞くとすぐさま降伏した。

大坂城へと戻り小一郎と政務をこなし、また京へと戻ってきたのは、さらなる官位をもらうためだ。

すでに、四国の長宗我部攻めの先鋒《せんぽう》は渡海している。今月のうちに秀吉は内大臣を辞す。かつて信長のついていた右大臣となり、四国へと秀吉も渡るのだ。戦う味方のためにも、一日も早く昇官しなければならない。

禁裏のあちこちにある東屋では、貴族たちが芸事の稽古に精を出していた。近衛前久の鷹狩りの稽古を大きく迂回《うかい》して、秀吉が目指したのは投壺を開催している東屋だ。稽古はそこそこに噂話ばかりしているので、秀吉には居心地がいい。

「おーい、内大臣様のお出ましだぁ」

投壺そっちのけでおしゃべりする貴族たちの輪へと、秀吉は勢いよく乱入する。

「まあ、これは内府様、お久しぶりどす」

「紀州征伐のご活躍、麻呂らにも聞こえてきましたえ」

「ははは、これも内大臣という朝廷の威名のおかげよ」

どかりと腰を下ろした。

「麻呂らの会を、まさか内府様にご贔屓《ひいき》にしていただけるやなんて。えらい光栄なことどす」

「ここは稽古をそっちのけでおしゃべりばかりしているのが、実に結構ゆえな。そうだ。以前、言っていたあのご落胤と嘯《うそぶ》く公家の名前はわかったか」

どうしたことか、貴族たちが顔を見合わせて黙りこむ。

「どうしたんじゃ。まさか、落胤の話を信じておるのか」

投げるはずの矢をもじもじといじり、貴族たちは口ごもっている。

「そ、そないなことよりも、二条家と近衛家の騒動の話は聞いてはりますか」

話題を故意に逸《そ》らそうと必死な言い草だったが、五摂家同士の二条家と近衛家の喧嘩《けんか》の方が遥《はる》かに興味をそそる。

「実は、左大臣の近衛様が、二条様に関白の位をよこせと要求してはるとか」

「なんと、それはまことか。面白い。いや、違う、一大事ではないか」

秀吉が興味を持ったことに露骨に安堵《あんど》しつつ、貴族のひとりが続ける。

「で、ございましょう。近衛様のあまりの無茶な要求に、麻呂らも驚くばかりで。なんで、そんなことを言わはったのか、と。噂では、近衛様の愛《いと》しの君を、二条様が寝とらはったとか」

「儂が紀州に行っておる間に、そんな愉快なこと……いや違う、由々しきことが起こっていたのか」

醜聞がどんな娯楽よりも楽しいのは、百姓であっても貴族であっても変わらない。

「麻呂らのような位の低い公家には、何がほんまのことかまではわからしまへん。けど確かなんは、近衛様のわがままに、朝廷がほとほと困り果ててはるということどす」

ぴんと閃《ひらめ》くものがあった。

「困っているというのは、帝もか」

「当たり前やないどすか。帝を補佐する百官の長の関白と、その次にえらい左大臣が喧嘩をしてはるんどっせ。嗚呼《ああ》、お労《いたわ》しい。きっと、帝は夜も眠れへんのやないやろか」

ならば、その喧嘩を見事に仲裁せしめれば、朝廷での秀吉の声威も上がるはずだ。今後の昇官が遥かに容易《たやす》くなる。何より、菊亭晴季ごときの笏の一擲に悩まされることもなくなる。

「よし、その喧嘩の仲裁、儂がかってでよう」

すくりと秀吉は立ち上がった。

「この内大臣、羽柴秀吉が見事に解決せしめて、帝の憂いを取り払ってやるわ」

四

秀吉の目の前には、ふたりの貴族が対峙《たいじ》していた。ひとりは痩身の近衛信輔、いまひとりは瓜実顔《うりざねがお》の二条昭実《あきざね》だ。今から、どちらが関白に相応しいかを互いに論じ合う相論が始まる。ふたりを挟むように、左右には従《じゅ》七位以上の貴族がずらりと列をなしている。ちなみに菊亭晴季はいない。近江坂本で小一郎らと今後の昇官工作を談合しているのだ。

まず口火を切ったのは、現関白の二条昭実だった。

丸い顔を笏で撫でつつ「近衛殿、よぉ、お聞きなはれ」と言い放つ。

自信漲《みなぎ》る態度に、秀吉は身を乗り出した。一方の近衛信輔は、身構えるように体を強張《こわば》らせている。

「関白を辞めろと、近衛殿は言わはるけど、朝廷でいっちゃん大切なのは先例どす。二条家は今より約三百年前の仁治《にんじ》の御世に、二条良実《よしざね》公が関白に就任させてもうて以来ですな、師《もろ》忠公《ただ》、兼基公《かねもと》、道平公《みちひら》……」

ここで二条昭実は、延々と二条家歴代関白の名をあげていく。

「ま、待て待て。まさか、全員の名をあげていくつもりか」

秀吉が慌てて制すると、二条昭実と近衛信輔がじろりと睨みつけた。

「何を言うてはりますの。朝廷でいっちゃん大切なんは、先例やおへんか」

なぜか、喧嘩するふたりは仲良く声を揃《そろ》える。

「では気ぃを取り直して、ええと、何代まで言ったか忘れましたので、また最初の良実公から」

呆《あき》れる秀吉を無視して、二条昭実は名をあげていく。途中で先祖の功績をさりげなく入れ込みつつ、紹介が続く。さすがの秀吉の意識も、眠気で朦朧《もうろう》としてくる。時折、舟を漕《こ》ぐように頭が前後してしまう。

やはりというべきか、相論も日の出と同時に始まっている。その支度のために、秀吉は前夜からほとんど寝ていない。また明日には坂本で、弟の小一郎や菊亭晴季と落ち合うことも決まっているので、ここ数日は激務が続いていた。

「尚基公《ひさもと》、尹房公《ただふさ》、そして、麻呂の父である二条晴良公《はるよし》まで、二条家は歴代十八人の関白を輩出させてもうてます。口うるさあ言わんでも先例からわからはる通り、麻呂の二条家が関白の地位を一年とたたずに辞したことは一度もおへん。もちろん、そのことは、内府様はじめ皆様、ようご存じやとは思いますけれど」

やっと結論にたどりついたようだ。秀吉は気力で瞼を持ち上げる。尻もつねり、無理矢理に目を覚醒させた。すでに四半刻《しはんとき》（約三十分）以上が経《た》っている。

「そういう訳どすから、麻呂が関白の職を辞すのは、朝廷にとってははなはだ不適当なことやと、恐れながらも考えさせてもうてます」

馬鹿馬鹿しいと思った。が、同席する貴族たちがざわめき出す。

恐ろしく分厚い大福帳数十冊や丸太のような巻物数百巻を、貴族たちが必死にめくる。どうやら、開闢《かいびゃく》以来の諸官の任官歴が書きつけてあるようだ。調べるだけで、また四半刻以上が経った。

「あれま、二条様のおっしゃること、ほんまどすわ。二条家はどのお方も一年以上関白の職を必ず全うしてはります」

さらにどよめきが大きくなった。

「ほな、今の関白の二条様が任官しはったのは、確か今年の二月やないどすか。これはえらいことですえ。まだ半年もたってはらへん」

騒然とする貴族たちとは裏腹に、秀吉は全身の力が抜けそうになる。まさか、二条昭実の反対の理由が、在任期間の短さだけとは思いもしなかった。実はこのために、秀吉は必死に貴族たちの仕組みを学んだのだ。関白になる資格のある近衛家、二条家、一条家、九条家、鷹司《たかつかさ》家の五摂家はもちろん、清華《せいが》家とよばれる各大臣を輩出する三条家、徳大寺家などもだ。調停には、貴族たちの入り組んだ血縁関係を知るのが不可欠と思ったがゆえである。が、蓋《ふた》を開けてみれば、この様《ざま》だ。

「そういうことであれば、近衛殿、関白任官を半年待たれてはどうか」

痩身の近衛信輔に秀吉が提案すると、たちまち眦《まなじり》が吊り上がった。

「内府様は、ご冗談がほんまにお上手どすなあ」

手に持つ笏を怒りで揺らしながらも、紡いだ言葉は平静が保たれていた。

「麻呂は、あとしばらくもせえへんうちに左大臣を辞めさせてもらう手筈《てはず》どす。半年待てと内府様は気軽に言わはるけど、麻呂が無官になるということでっせ。先ほど、二条殿は先例と言わはったけど、そういうことやったら、麻呂の近衛家も同様どす。最初に関白に任官させてもうた近衛基実《もとざね》公から基房《もとふさ》公、基通《もとみち》公……」

今度は近衛信輔の先祖披露が始まってしまった。重くなる瞼が下がらぬよう、顔中の筋肉を総動員して、何とか秀吉は持ちこたえる。

「というように、歴代二十代の近衛家当主が関白になる時は、必ず何かの官位につかせてもろてました。無官から関白になった先例はおへん。もし、そんなことを許しはったら、朝廷に悪しき先例をつくることになるやないどすか。そんな怖いこと、麻呂にはようできまへん。おー怖ぁ」

怒りの震えをさも怖いもののように見せつつ、近衛信輔は言う。また大福帳と巻物を貴族たちが繰りはじめる。そして、また四半刻が過ぎた。

「ほんまや、近衛殿の言わはることもあってる」

「大変どすえ。どっちの言い分も正しいやおへんか」

「こんなに裁定の難しい相論は、日ノ本開闢以来のことでっせ」

貴族たちは頭を抱え悩み出す。

一方の秀吉はあまりの馬鹿らしさに、同様に頭を抱えていた。

近衛信輔が、勝利を確信した声音で言う。

「ほな、ここは二条家が譲らはったらどないですやろか。何ちゅうても、二条家は麻呂の近衛家と違って、五摂家では中くらいの家やおへんか」

五摂家筆頭と言われる近衛信輔が嫌味たらしく言う。だが、二条昭実も負けていない。瓜実顔に青筋を立てつつも、滔々《とうとう》と反論する。

「確かに、麻呂の家は近衛はんと違って中くらいどすえ。けど、ついこの間の二百三十年ほど前に、後光厳天皇《ごこうごん》を擁立《ようりつ》したんは、うちのひぃひぃひぃ（中略）ひぃお爺様《じいさま》の二条良基公《よしもと》どす。もちろん、近衛はんとこはそれ以上の手柄を立ててはりますけど、あれ、はて？　麻呂の頭が悪いのやろか、二条良基公ほどの近衛家の手柄が一向に思い浮かばへんわ。よかったら、麻呂にご教示しておへんやろか」

　二条昭実の瓜実顔は侮蔑で歪《ゆが》み、近衛信輔の痩身は怒りで打ち震えていた。

　両者睨みあい、一歩も退《ひ》かない。

「ええい、埒《らち》があかんわ」

　秀吉が叫んだ。すでに昼は過ぎて、夕方の気配が迫りつつある。

「そもそも、どうして近衛殿は関白を欲するのじゃ。今の左大臣のままで我慢してはどうか」

　一瞬、座が静まり返った。

「内府様は、ほんまにおもろいこと言わはるわぁ」

　語尾にたっぷりと怒りと皮肉を滴らせて、痩身の近衛信輔が秀吉に向き直った。すかさず、二条昭実も続く。

　なぜか、歴戦の秀吉でさえたじろぎかねないほどの剣幕を両者が身にまとっていた。

　息と声を揃えて、ふたりは同時に言い放つ。

「そもそものことの発端は、羽柴様やないどすか」

しばらく秀吉は呆然《ぼうぜん》としていた。

意味がわからない。

――どうして儂が悪いのだ。

全く身に覚えがなかった。

「な、何を言う。これは、左大臣の近衛殿と関白の二条殿の問題であろう」

「いややわぁ、とぼけはって」

「ほんまや、白々しい」

近衛信輔と二条昭実が、秀吉を冷たい目で睨《ね》めつける。

「近衛殿の左大臣の位を、羽柴様が欲しがらへんかったら、こんな恥ずかしい相論は起きへんかったのに」

二条昭実の言葉に、秀吉は飛び上がった。

「な、何だと、儂が左大臣の位を要求しただと」

寝耳に水とは、このことか。あまりのことに、秀吉はしばし二の句が継げなかった。

「馬鹿も休み休み言いなされ。どうして、儂が左大臣を要求するのじゃ」

やっと、そう吐き捨てることができた。奏上していたのは、信長の最後の官位である右大臣ではないか。

「儂が欲しいのは、右大臣じゃ。左でなく、右。箸を持つ方の右手の右大臣じゃ。何を勘違いしておられる」

「その右大臣の位は、横死された信長公の極官やから縁起が悪いって、そう言わはったやないどすか」

極官とは、その人物の最後の官位のことだ。

「縁起の悪い右大臣のかわりに、左大臣任官を望むと、奏上しはったのはどこの誰どすか。下位の公家さんならともかく、朝議に参加する従七位以上の官やったら、みんな知ってはることどすえ」

居並ぶ貴族たちが一斉に頷いた。さすがの秀吉も後退せざるを得ない。

「ま、待て、奏上した、だと。儂はつい先日、京へ戻ったばかりで、奏上などする暇はなかったぞ」

何より、右大臣は縁起が悪いなどと言った覚えは、全くない。これっぽっちもない。

「一体、誰がそんなでたらめを奏上したのじゃ」

問い詰めつつも、なぜか嫌な予感があった。

「いややわぁ、内府様はとぼけるのがお上手やわ」

二条昭実の言葉に、近衛信輔が頷く。ふたりで目配せして、同時に口を開いた。

「奏上しはったんは、菊亭殿やないですか」

「くぁ」と呻いて、秀吉は仰《の》け反《ぞ》る。

知らなかった。

朝廷工作は菊亭晴季と弟の小一郎に任せるとは言ったが、いつのまにか右大臣ではなく左大臣を狙っていたとは。

「じゃ、じゃあ」と声を絞り出すと、皆の視線が強まった。

「こたびの相論で一番悪いのは誰なのじゃ。この騒動の原因の張本人は……」

誰なのじゃ、と叫ぶ前に、貴族たちの全ての指が秀吉に集中した。

五

「お前ら、とんでもないことをしてくれたなあ」

坂本城に秀吉の罵声が轟《とどろ》いた。脇息《きょうそく》を拳で叩き「どういうつもりなんじゃ」と詰《なじ》る。

秀吉の目の前には、菊亭晴季と弟の小一郎が座している。

「儂が左大臣じゃと、いつのまにそんな悪だくみを進めていたんじゃ。しかも、儂に一言の断りもなく。おかげで、大恥をかいたではないか」

「そうは言わはるけども」と、口を挟んだのは白面の菊亭晴季だ。

「朝廷の官位工作は、麻呂たちに一任しはるっておっしゃったやないどすか」

菊亭晴季の横で、小一郎が当然とばかりに頷いた。

「せやのに、麻呂たちの許しもなく、どうして勝手に仲裁なんかしはったんどすか」

形のいい下唇を笏で撫でつつ言う。秀吉の尻の穴が、急激にすぼまる。菊亭晴季の苛烈な笏の打擲を思い出したのだ。

「わ、儂が何をしようが、儂の勝手ではないか。とにかく、どうしてこんな騒動を起こしたのじゃ。理由を申せ。最初の手筈通りに右大臣に就任すれば、近衛殿や二条殿が事を構えることはなかった」

唾を飛ばし問い詰めるが、菊亭晴季の秀麗な顔に変化はない。

「理由は簡単どすえ。羽柴筑前様を関白につけるため」

「か、関白じゃとっ」

秀吉は飛び上がった。

「菊亭殿はたわけか。儂が関白になれると思っているのか。関白は五摂家しかなれんのじゃぞ」

実力と金さえあればなれる内大臣や右大臣とは違う。百姓上がりの秀吉にとってみれば、神様になれと言われたようなものだ。

「だが、兄上、右大臣や左大臣では、声威が足りん」

ずいと前に出たのは、小一郎だった。

「兄上が、内大臣につくことで、紀州は落ちた。だが、四国の長宗我部や九州の島津は駄目だ。きっと右大臣や左大臣でも変わらんだろう。少なくない血を流さねば、奴《やつ》らは降伏せん。ならば関白しかない」

小一郎の言葉を、菊亭晴季が引き取る。

「内府様を関白につけるには、尋常の手段では無理どす。左大臣就任をごり押しさせてもうて、二条殿と近衛殿を喧嘩させて、その隙をつき漁夫の利を得るしかおまへん」

秀吉は目眩《めまい》に襲われる。

なんと卑怯《ひきよう》な采配であることか。これが天下布武を目指す男のやることか。

「関白は五摂家しかなれぬが、それについては安心してくれ。菊亭殿に秘策があるそうじゃ」

菊亭晴季は重々しく頷いた。

秀吉は無言だ。唾を吐き捨てたい衝動を、必死にねじ伏せる。

気まずい沈黙が流れた。

「兄上の言いたいことはわかる」と、小一郎が強い口調で言う。

「確かに、この策は正道とは言い難い。邪道のそしりも免れないだろう。だが、今のままで徳川に勝てるか」

ぶるりと秀吉の腕が震えた。

「儂も菊亭殿も、本当はこんな手は使いたくない。永く続いた朝廷のしきたりを土足で踏みにじるようなものだからな。下手をすれば末代まで恥をひきずる」

自身の言葉に、小一郎は微《かす》かに顔を歪める。菊亭晴季は表情を隠すようにして俯《うつむ》いた。

「それでも――邪道と知りつつやるのは、兄上の天下取りのためじゃろうが。そのために、菊亭殿と儂がどれだけ心を殺してきたか。そのことを、少しでも考えたことがあるのか」

ふたりは私利私欲のために、左大臣就任という無茶を要求したわけではない。小一郎らは悪名をすすんでかぶる覚悟で、近衛信輔に左大臣の退位を迫ったのだ。全ては、秀吉のためである――否、天下泰平のためだ。

拳を握り締めた。

「兄上が帝と萩中納言の娘のご落胤という噂を流したのも、そのためではないか」

「すまん」と話の流れで答えてから、ふと考える。

先ほど、小一郎は何と言ったのだ。「帝と萩中納言の娘のご落胤」と言わなかったか。どこかで聞いたことがある話のような気がする。

こほん、と菊亭晴季が咳払《せきばら》いをする。

「小一郎様、帝のご落胤の話を麻呂が捏造《ねつぞう》した件どすけども、実はまだ内府様のお耳には入れてへんのどす」

さっと顔色を変えたのは、小一郎だった。

菊亭晴季を恐る恐る見る。

「まだ、兄上に報せておられぬのか」

先ほどの勢いはどこへやら、小一郎の声は震えていた。当たり前だと言わんばかりに、白面の貴族は頷く。

「ま、待て」とふたりを慌てて制したのは、秀吉だ。

「わ、儂は先日、禁裏で萩中納言の娘が帝と恋仲になり、そのご落胤の息子がいる、と聞いたぞ」

小一郎と菊亭晴季は、秀吉を凝視することで先を促した。

「儂はそのご落胤を、大ぼら吹きの大たわけ野郎と罵《のの》しったぞ」

語尾が自然と上ずる。

「そんな恥知らずの顔を見てみたいと、いつかこの内大臣秀吉が成敗してやると宣言したぞ」

あちゃあと、小一郎が片手で顔を覆った。

「もしや、その恥知らずの男の顔、というのは……」

菊亭晴季が笏を使って、秀吉の鼻先をさした。

「内府様の首の上についてはる、ご尊顔のことどす」

秀吉の全身から血の気がひく。

「京で人を殺すに刃物はいらん、噂で足りる」

詠うような菊亭晴季の声だった。

「と、先日説明させてもうたはずどすえ。噂は自身を害する怖い怖い凶器にもなりますが、身を守る太刀にもなります」

「たとえ嘘とわかっていてもか」

必死に怒りを抑えつつ、秀吉は訊《き》く。

「嘘でも、帝や大臣が認めれば真になります」

勝ち誇る菊亭晴季の言葉は、足元にひいていた血を一気に秀吉の頭頂に押し上げた。

「じゃかぁしい」

脇息を摑《つか》み、菊亭晴季目がけて思いっきり投げつけた。

なぜか、小一郎の顎が跳ね上がる。

菊亭晴季が笏を器用に振って受け流した脇息は、柔らかい鈍器になって、見事に横にいた小一郎に命中したのだ。

「やめじゃ、やめじゃあ」

勢いよく秀吉は立ち上がる。

「兄上、な、何をやめるのじゃ」

小一郎が鼻に手をあてつつ訊く。

「関白になるのをやめはるのですか」

微塵《みじん》も動揺のない菊亭晴季の声だった。

「関白だけじゃねえ」

「では左大臣でご満足しはる、と」

「左大臣や右大臣だけじゃねえ、内大臣もだ。全部、やめじゃあ」

小一郎が恐る恐るもとの位置へ戻そうとした脇息を蹴り上げると、見事にまた弟の顎が跳ね上がった。

「あ、兄上、そりゃ、どういう意味だ」

鼻血を拭きつつ、小一郎が訊く。

「じゃかあしい、儂の母ちゃんが萩中納言の娘じゃと。儂が帝のご落胤じゃと。馬鹿にするな。じゃあ、儂の姉ちゃんは誰の子なんじゃ」

小一郎が息を呑《の》む。

「儂の父ちゃんは、弥右衛門《やえもん》はどうなるんじゃ。この世におらんかったのか」

小一郎が後ずさった。

「百姓の前歴を偽ってまで、官位などいるかあ」

「では、今の内大臣の位はどうなさるのですか」

口に笏をあてつつ、菊亭晴季が訊く。

「知るかぁ。欲しいという貴族にくれてやれ。一条でも二条でも十条でも誰でもいいわ」

「お待ちください」と言ったのは、いつになく鋭い眼光を迸《ほとばし》らせる菊亭晴季だった。

「内府様は、ひとつ大きな勘違いをしておられます」

「なんだとっ」

「一条殿や二条殿はいてはりますが、京には十条殿という公家はおまへん」

「じゃぁかぁっしいっ」

また、脇息を頭上に振りかざす。菊亭晴季はその行動を予測していたのか、小一郎の陰にすかさず隠れた。当然のごとく、脇息は小一郎の額にめり込む。不幸なことに、今度は固い足が当たった。

「とにかく、儂は無官になる」

悶絶する小一郎を横目に、秀吉は厳然と言い放った。

「萩中納言の娘の息子として関白になっても、嬉《うれ》しくもなんともねえ」

床を踏み抜かんばかりの勢いで秀吉は歩き、立ち去ろうとした。

硬質な音が響き渡る。思わず秀吉は足を止めた。

つま先のすぐ前を、菊亭晴季の笏が打擲したのだ。

「菊亭、貴様」

秀吉が白面の貴族を睨めつける。

「百姓の儂を見くびっておろう。だから、儂の母ちゃんや父ちゃんを、平気で愚弄するような策を思いつくのだろう」

菊亭晴季は両手をついて、深々と頭を下げた。

「おっしゃる通りどす。こたびの謀《はかりごと》は、実に失礼なことやったと気づかされました。それを踏まえた上で、あるお方と会っていただけまへんやろか」

「あるお方だと」

「はい、実はこたびの謀には黒幕がいてはります」

「え」と声を上げたのは、小一郎だった。秀吉が目を向けると、鼻血が出た間抜け面で呆然としている。どうやら、小一郎でさえ知らぬ黒幕がいるようだ。

「どうか、そのお方とお会いしてくれまへんやろか。黒幕の方の気持ちを聞かはってから、関白任官の謀にのるかのらんか、決めていただけまへんやろか」

額を床につけたまま、菊亭晴季は懇願する。

六

琵琶湖の湖面をのぞむ丘の上で、秀吉は黒幕の到着を待っていた。草原から湖面へと、風が駆け抜けていく。陽がゆっくりと傾き、飛ぶ鳥たちが影絵のように黒く塗られはじめた。

「まだか」と、秀吉は呟《つぶや》く。

「もうしばらくすれば、来はると思います」

答えたのは、菊亭晴季だ。ちなみに、弟の小一郎はいない。四国征伐に参陣するために、大坂へと戻ったのだ。本当なら秀吉も同行するはずだったが、黒幕の正体を見極めるために病と偽り断念した。

人影がゆらりと現れた。落陽を背にしていて、顔は見えない。こちらへと近づいてくる。徐々に体の輪郭が露《あら》わになる。

あれは……鷹狩りの衣装を着ているのか。

「あぁ」と、声を上げる。

思わず両膝をついた。間髪容《い》れずに、両手も大地に縫いつけられる。

男は虎皮の行縢をはき、龍の意匠の弓籠手で左腕を包んでいたからだ。

忘れるはずがない。あの鷹狩りの装束の持ち主を、秀吉は決して忘れることができない。

目がじんわりと熱くなる。

――生きておられたのだ。

――本能寺で横死などしていなかったのだ。

腕で目を強く擦《こす》った。

よかった、と呟いた時である。

「内府殿よ」

落ちてきた声に、秀吉を包んでいた感動が優しく引き剥がされる。身のうちから突き上げんとしていた高揚も、一気に霧散する。

織田信長ではない。

どんなに小さくても遠くまで届く信長の声と違い、落ちてきた言葉は低く太いものだった。

ゆっくりと顔を上げる。

「すまぬな。どうやら、勘違いさせてしまったようだ。それも当然か。これは、信長公の狩衣装だったな」

公家らしくないがっしりとした体躯《たいく》、角ばった顔とは不釣り合いな細く上品な口髭——

前《さきの》関白、近衛前久だ。先日の相論で、二条昭実に関白の退位を迫った近衛信輔の父親である。

「黒幕とは……近衛殿だったのですね」

「そうだ、信長公との約束を果たすためにな」

「約束？」

全く意味がわからない。

「実はな、儂は信長公とふたりで誓ったのじゃ。朝廷を、かつてのように力あるものに復活させる、とな。そして、朝廷の力で日ノ本から戦をなくす、と」

秀吉から視線を外し、近衛前久は湖面へ顔を向けた。

「それを成すために要《かなめ》となるのが、関白だ。帝のかわりに政《まつりごと》をなす関白に力なくば、全ては画餅となる」

近衛前久は関白の時、各地を流浪し、上杉謙信の上洛や関東攻略などを積極的に助けた。

「だが、儂では無理だった。ことごとく上手《うま》くいかなかった」

上杉謙信は五千の兵を率い上洛したが、三好家の抵抗にあい領国へと帰った。その後、近衛前久も関東へ行き、十万の兵を集めて上杉謙信と共に小田原城を囲んだが、武田信玄らの妨害であえなく失敗した。

「自身の力不足を痛感させられた。そんな時に現れたのが、信長公だった」

そして、近衛前久は信長と盟約を結んだ。いつか時がくれば、信長が関白となり朝廷をかつてのように復活させる、と。

「もうすぐだったのじゃ。信長公は右大臣を辞し、次々と強敵を滅ぼした。征夷《せいい》大将軍、太政大臣、関白のみっつの官位のうちから、好きなものを信長公に選んでもらえるよう帝の使者も送った。あとは時機を見て、返答するだけでよかったのじゃ」

近衛前久の声は湿っていた。逞《たくま》しい体も、微かに震えている。

だが、朝廷の使者が来た約一カ月後に、本能寺の変が起こった。

「信長公は亡くなられたが、ふたりの約束は生きている。儂はそう思っている。関白に力ある者をつけて、日ノ本から戦をなくすというな。だから、この鷹狩りの装束を形見分けとしてもらった。信長公の遺志を引き継いだ、証《あかし》のために」

近衛前久が、秀吉に目を戻す。湖面のように、澄んだ瞳だった。

「で、ですが、儂などでよいのですか。失礼ながら、近衛殿は儂のことが嫌いだと――」

「無論のこと、大嫌いじゃ」

　叱りつけるような強さで、近衛前久が言葉をかぶせる。

「粗野で家柄も悪く、礼儀知らずの教養なしの知性足らずで、芸事にも疎い。内府殿に関白として相応しいものなど、これっぽっちもない。禁裏に落ちている塵芥《ちりあくた》ほどもない」

「そ、それはあまりな言いようでは」

　やっとのことで、そう返すのが精一杯の剣幕だった。

「では、何かひとつでも反論できるのか」

　情けないことに、全て図星だ。

「だが、だからこそ良いのだ」

　意味がわからない。

「朝廷が力を取り戻すには、生半可なことでは無理だ。ならば、その百官の長にもっとも相応しくないものがつくのも一計。荒療治というやつよ。そうでもせねば、五百年近く変わらなかった公家や朝廷が変わるわけがない」

　いつのまにか、太陽は半ば以上西の山に沈んでいた。

「そして、改めて信長公の遺志を継げる実力のある者は誰かと、日ノ本を見回してみた」

　一旦、言葉を切り、近衛前久は間をとる。濃くなる夕暮のせいで、もう表情はわからない。

「内府殿しか――羽柴〝筑前守〟秀吉しかおらぬのだ。頼む。亡き信長公の遺志を、引き継いでくれぬか」

虎皮の行縢と龍の弓籠手だけが、ぼんやりと夕闇の中に浮かんでいた。

「関白となって、日ノ本を蘇《よみがえ》らせてくれ」

かつての主君の狩装束を身にまとった男が懇願する。

その頭上には、一番星がひとつ輝いていた。

七

束帯に身を包んだ秀吉を、百官が出迎えた。皆、恭《うやうや》しく頭を下げている。関白を辞した二条昭実、左大臣のままの近衛信輔も同様だった。

秀吉は、関白就任を決意したのだ。表向きは、近衛信輔と二条昭実の相論を解決するためという理由だ。このまま二条昭実が関白のままでい続ければ、近衛家との間に修復不可能な瑕疵《かし》を残すことになると、無茶苦茶なこじつけがまかり通ったのは、案外朝廷の貴族たちも密《ひそ》かにそう思っていたからかもしれない。五摂家しかつけぬという関白職だが、秀吉が近衛前久の養子になるという抜け道がすでに菊亭晴季らによって用意されていた。

百官の中を、新関白・羽柴秀吉がしずしずと歩く。衣摺《きぬず》れの音だけが朝殿に響き、朝の空気に溶けていく。

秀吉は立ち止まった。

ひとりの公家が、前を遮っていたからだ。顔は深く伏せられているが、透き通るような白い肌は菊亭晴季である。両手に檜《ひのき》作りの三方を持ち、恭しく近づいてきた。

捧《ささ》げる三方を、秀吉の目の高さにまで持ち上げる。白く艶やかな笏が載せられていた。今まで散々秀吉を打擲してきたものだ。

「前関白様からお預かりしたものどす」

口ぶりから、前関白が近衛前久のことだとわかった。秀吉はゆっくりと腕を動かして、笏を手にとる。象牙でできており、肌の上を滑るかのような艶やかさがあった。

「信長公が関白に任官された時のために、前関白様が密かに誂《あつら》えはったものです」

なるほど、信長の笏だったわけだ。どうりで、打擲された時の痛みが尋常ではないわけである。気づけば手が束帯の上から尻を撫でていた。痛くもないのに尻をさする自分に、秀吉は苦笑する。

「そして、前関白様からのご伝言もあります」

「よし、聞こう」

笏を心臓の前に構えて、答える。

「公家らしい行いなど求めてはおらぬ、と。好きなように振る舞われよ、そう申してはりました」

言われずともそのつもりだ。近衛前久のような口ぶりで、菊亭晴季が続ける。

「それを踏まえた上で、暮らしの習慣をひとつだけ改めていただきたい、と。くれぐれも朝の時を無駄にされるな。あの信長公は誰よりも早く起きて、天下のことを考えておりました」

そうだった。秀吉が草履取をしていた頃から、信長は誰よりも早く起き、刀を振り早駆けをして、己を鍛錬していた。それは、天下人となってからも変わらなかった。

「百官の誰よりも活きた朝を送り、朝廷に活力を取り戻す。それが成った時、新関白殿下は信長公を超えたことになる。そう前関白の近衛殿はおっしゃってはりました」

強く笏を握りしめた。

「あい、わかった。肝に銘じよう」

菊亭晴季が深々と一礼した後に、百官の列に吸い込まれていく。

秀吉は歩みを再開した。上座へと至り、向き直る。胸をはり、貴族たちを睥睨《へいげい》した。

「百官の長にして帝の摂政の関白として命じる。今より、朝廷一丸となり、日ノ本から一切の乱をなくす」

どよめきが沸き上がった。

「もし禁を破り、私闘に及ぶものがおれば、その領地の大小、身分の貴賤《きせん》を問わず、この関白羽柴秀吉が討ち亡《ほろ》ぼす」

全員が一斉に頭を下げる。

平服する百官の様子は、さながら竜の鱗《うろこ》を見るかのようだった。

窓からは、光が差し込んでいる。生まれたばかりの太陽が、新関白を祝福するかのように輝いていた。


関白となった三カ月後、羽柴秀吉は大友、龍造寺、島津が抗争を繰り広げる九州に私闘を禁じる惣無事令を正式に発する。さらに翌年には豊臣の姓をもらい、豊臣秀吉となる。

関白・豊臣秀吉として、九州の島津、東海の徳川、関東の北条、奥州の伊達を屈服させ、見事に天下を平定することに成功した。

名字もなき百姓・藤吉郎が、天下統一を成し遂げた瞬間だ。

だが、快事は長くは続かない。腹心である弟・小一郎の死とともに、豊臣政権は急速に暗雲に包まれ出す。

苦しくも孤独な戦いを、秀吉は強いられることになる。

第九章

天下人の妊活

一

堂内は、黄金をふんだんに使った仏具で溢《あふ》れ、輝いていた。黄金色の光だけではない。読経の音と抹香の匂いも満ちている。

かつての藤吉郎こと豊臣秀吉の前には、しなびた茄子《なす》のようなものが大量に置かれていた。

「鶴松よ、見えるか」

数珠《じゅず》を巻いた手で、秀吉は目の前にある黒い山をしめした。切り取られた髷《まげ》の数々が積み重なったものだ。数えで三歳で夭折《ようせつ》した我が子・鶴松の位牌《いはい》があるが、髷が覆い隠し、斜めからでないと見られないようになってしまっている。

「そなたの死を悼む大名の姿、天から見ているか」

叫びつつ、秀吉は体を後ろへと向けた。

日ノ本の大名諸侯たちが、ずらりと勢揃《せいぞろ》いしていた。

賤ケ岳《しずがたけ》で秀吉を助けた前田利家、その後の小牧・長久手《ながくて》の戦いで秀吉と互角に戦った徳川家康、四国を制覇しながら秀吉に屈服した長宗我部《ちょうそかべ》元親《もとちか》、九州を席巻したが羽柴小一郎に敗れた島津義久、北条討伐の折に膝を屈した伊達政宗。

九州から東北まで日本全国の大小名が、秀吉の前に平伏している。

異様なのは、その頭だ。

皆、髷を切っており、落武者のようである。何人かは完全に坊主頭に剃《そ》り上げていた。

「嬉《うれ》しかろう、鶴松」

大名たちが面を伏せて、両手を合わせた。読経が沸き上がってくる。

「そなたの死を、これほどまでに全国の大小名どもが哀しんでくれているのじゃ。嬉しかろう、鶴松よ」

秀吉は目を閉じる。瞼《まぶた》の裏に、餅のように柔らかい顔の輪郭が浮かぶ。目に熱いものが溢れるが、その姿はぼやけることはなく、より鮮明になる。

――泉下の鶴松を、もっともっと喜ばせてやらねばならぬのだ。

水滴が、一筋二筋と頬を伝う。

「治部《じぶ》よ」

呼んだのは、奉行の石田三成だった。かつて、石田佐吉と呼ばれていた男である。

髷を切り落とした髪を揺らしつつ、秀吉の前に跪《ひざまず》いた。

「これでは、まだ足りん」

三成の眉が一瞬動いたが、それ以外の表情は不変だった。頷《うなず》くかのように、面を伏せる。

「大名小名だけでは足りん。旗本小者にいたるまで、喪に服させい。髷を切らせて、鶴松の位牌に捧《ささ》げろ」

石田三成が顔を上げた。

「殿下のお心は、我が心も同然。そうおっしゃるであろうと、思っておりました」

石田三成が首を折って合図を送ると、青々とした坊主頭になった小姓たちが、大きな三方を両手で捧げ持ってくる。その上には切り落とした髷が、またしてもうずたかく積まれていた。

「城中の哀悼の意、全てここに揃えました」

三方がひとつふたつと、大名小名の髷の横に置かれた。

微《かす》かに見えていた鶴松の位牌を完全に遮る。

二

石田三成ら奉行衆を引き連れて、秀吉は城内の廊下を歩いていた。鶴松の法要の日程、参列する大名や読経する僧侶衆など、今後の予定を次々と決めていく。続いては、供養のための大寺院の建立計画だ。

鶴松のために普請する黄金の寺院のことを考えると、またしても秀吉の目が滲《にじ》んだ。天上の鶴松が喜ぶ姿が思い浮かび、秀吉は深く頷く。

「治部よ、普請にかける費用を倍にせい。鶴松のために、黄金をふんだんに使え」

「はは」

歩きつつ、帳面に筆を走らせる音が聞こえる。

秀吉の足が止まった。

横の襖《ふすま》から、微かにだが念仏の音が耳に届いたからだ。

ゆっくりと襖を開く。

小柄な女性が、肉の薄い掌《てのひら》を合わせていた。丸かった輪郭は少したるみが目立つようになっている。頬だけはかつての若き頃を思い出させるように、少し朱がさしていた。

妻の寧々《ねね》だ。

天下人の正妻、大政所《おおまんどころ》として、豊臣家の内向きの一切の采配を担っている。秀吉が織田信長の姪《めい》の淀《よど》殿を側室とし、子をもうけてからも、鶴松の両かか（母）のひとりとして、亡き子に愛情を注いでくれた。

秀吉はふんと息を吐いた。

先ほどの供養と比べると、何と質素なことか。目を射す黄金もなければ、奏でるような僧侶の読経も、山のように盛られた髷もない。

「そんな百姓みたいな念仏では、鶴松が哀しむだけじゃ」

襖を閉めて、秀吉は廊下を歩く。

後ろから従う石田三成らの足音が、寧々の念仏を塗りつぶした。


「殿下、ひとつ重要なことを、忘れておいでではありませんか」

細面の女人が、秀吉を見て言う。

鋭さを感じさせる切れ長の目に、細くしなやかな体は、織田信長の若い頃に似ている。違うのは、筋肉が少なく眉が薄いことか。

「浄土の鶴松は、まだ深い哀しみの淵《ふち》におりましょう」

美しさと怜悧《れいり》さを湛《たた》えた姿に、秀吉は年甲斐《としがい》もなく唾を呑《の》みこんだ。数多《あまた》いる秀吉の側室のひとり、淀殿である。念願であった唯一の男児鶴松を産んでくれた女性だ。

「わかっておる。だからほれ、絵図面を見よ。このように大寺院をじゃな、黄金で設《しつら》える」

巻物を開いてみせるが、淀殿の表情は彫像のように硬いままだ。

「わらわは、鶴松の母です。血肉を分けた唯一の母です」

どんなに離れていても、耳元で囁《ささや》くかのように声が聞こえるのも、亡き信長にそっくりである。

「画竜点睛《がりょうてんせい》を欠くという言葉があります」

淀殿の瞳が、硬質の光を伴う。

「鶴松が喜ぶことは、ただひとつと存じます」

秀吉は手を胸にやる。

「血のつながったわらわを、次の天下人の母とすることではございませんか」

つまり、今すぐ閨《ねや》を共にしろということだ。

「これは、参ったわい」

秀吉は照れ隠しで大げさに驚いてみせるが、淀殿の目差《まなざ》しは真剣なままだ。

「わらわは、信長公の姪です」

悲壮感さえも漂わせて、淀殿は言う。

「名門織田家の娘として、天下人の母とならねば、鶴松は悲しむでしょう」

「わ、わかっておるわ」

視線を淀殿から外しつつ、秀吉は叫んだ。

手を叩《たた》いて、侍女を呼ぶ。

女たちが持ってきたのは、朝鮮人参や碇草《いかりそう》、如意丹、西馬丹《さいばたん》など、漢方の粉末の数々である。どれも、男としての活力を漲《みなぎ》らせる精力剤だ。

「このように用意は万端だ。そなたは、閨で待っておれ。薬を服してから、すぐに行くゆえな」

淀殿が立ち上がる。長身なので、座る秀吉は遥《はる》かに見下ろされる。

淀殿が出ていってから、秀吉は目の前にある薬の数々を名物の茶碗《ちゃわん》のひとつに放りこんだ。湯を注ぎ込み、引っ摑《つか》んで口へと持っていく。そして、かき込むようにして、腹の中へといれるのだった。

濁った息を、秀吉は欠伸《あくび》と一緒に吐き出した。それでもまだ、体の中はどんよりと淀《よど》んだままだ。

「関白殿下、お疲れでございますな」

検地の台帳を読み上げていた石田三成が、顔を上げた。

「うん、まあな」

肩を揉《も》みつつ秀吉は答える。

「だが、仕方あるまいて。天下人の仕事は多いゆえな。夜も休む暇もないわ」

全国の大名に戦をやめるように命令し、日ノ本津々浦々の田畑を調べ、百姓から刀を取り上げ乱の芽を摘《つ》む。関白の秀吉にとっては容易《たやす》いことだ。が、それでも意のままにならぬこともある。

それが、世継ぎをつくるということだった。

「そういえば、精のつく薬が蝦夷《えぞ》の地から届いたそうです。すでに取り寄せておりますれば、ひとつ服されてはいかがですか」

「よいよい」

秀吉は慌てて手を振る。

「その類《たぐ》いは、昨夜たっぷりと服して、げっぷが出そうじゃ」

石田三成という男は、検地の測量具を試すかのように、秀吉に次々と媚薬《びやく》や精力剤をすすめてくる。

「そうじゃ、面白い声聞師《しょうもじ》と会うのは今日であったか」

万が一にも薬を持ってこさせぬために、秀吉は話題を変えた。

声聞師とは陰陽師《おんみょうじ》の流れをくむ祈禱《きとう》師だ。歌舞を本技としつつ、呪術やまじない、予言を行う。懐妊祈禱に名高い声聞師が上方にきたので、呼び寄せるように言っていたのだ。

「その者ならば、すでに別室に控えさせています。呼びましょうか」

「そうじゃな、そうせい」

すぐに会いたいわけではなかった。どうせ、つまらない御託を並べ、二束三文のお札を売りつけるぐらいだろう。だが、聞いているふりをして、うたた寝するにはちょうどいい相手だ。

三

「朝鮮人参、碇草、如意丹、西馬丹」

肩までかかった、胡散《うさん》臭い総髪を片手で払いつつ、声聞師が呪文を唱えるかのように口にした。

「ど、どうして、それを。なぜ、その薬のことを知っておる」

秀吉が発した言葉に、石田三成ら奉行衆が静かにざわめいた。声聞師が並べた言葉は、まさしく秀吉が昨夜、淀殿との閨に挑むために服した薬の数々だったからだ。

「お顔を見れば、そのぐらいわかりまする」

総髪を女のような手つきで撫《な》で、声聞師は言葉を継ぐ。

「本降りには遠く及ばぬ小雨二回、さらにもう一回は空梅雨」

「げえ」

秀吉は、思わず後ずさった。

昨夜の淀殿との閨の様子を見事に言い当てられてしまったのだ。

秀吉は、震える指を突きつける。

「お、お主、まさか、まことの力を持った声聞師なのか」

こほんと、声聞師はわざとらしく咳《せき》をした。

「ならば、教えてくれ。どうすれば、世継ぎができる。天下のために、どうしても余は子をなさねばならぬのじゃ」

声聞師は腕を組み、もったいぶるように沈思する。

「鶴松君でございます」

「な、何と言った」

秀吉は、思わず立ち上がる。

「この世は全て、因果によって成り立ちます。原因があり結果があるのです。殿下に子ができぬのは、鶴松君の悼み方に原因があります」

「だから、黄金の寺院を建てるし、大名たちを喪に服させた」

淀殿と必死に閨に励んだのも、そうすれば鶴松が喜ぶと思ったからだ。

「それだけでは足りませせぬ」

重々しく、声聞師は言い放つ。

「殿下、よくお考えなされ。鶴松君が、生前一体何を喜ばれていたかを」

「それは」

「寺を見て、喜んでおりましたか。念仏を聞いて笑っておりましたか」

顎に手をやり、秀吉は考えこむ。

「浄土におわす鶴松君が、本当に喜ぶことをするのです。そうすれば、因果によって、必ずやお世継ぎができるでしょう」


秀吉が足を踏み入れた一室には、数々の玩具《おもちゃ》が置いてあった。馬に乗った武者の人形、双六《すごろく》、独楽《こま》、貝あわせ、玩具の刀に弓。鶴松のために、買い集めたものだ。そのうちのひとつに、秀吉の目が吸い込まれる。船の形をした、小さな荷車ほどの玩具だった。大海に漕《こ》ぎ出し、明《みん》朝鮮へといたる貿易船を小さくした船玩具だ。板の上にのせられており、底には車輪がついている。船尾には大きな押し手があり、それを押すことで動くのだ。

「懐かしい」

押し手を持ち力をいれると、車軸が軋《きし》む音がした。ほんのわずかだが動く。

ここに鶴松を乗せて遊んだことがある。

微笑したのは、船玩具が全く動かなかったことを、思い出したからだ。船の底の車輪に、木片がひっかかっていたのである。それに気づかず押したり引いたりしたが、一向に動かない。船の上の鶴松は、むずかりだした。

ちょうど、侍女や小姓は雑務に追われており、誰も助けてくれない。

ため息と共に、船を押してくれたのは、淀殿だ。

だが、それでも船は動かなかった。

淀殿も織田家の血をひくだけあり、負けず嫌いだ。ふたりでむきになって、歯を食いしばり、必死に押す。天下人とその側室らしくないいきみと共に、引きずられるようにして船玩具と格闘した。

しばらくすると、挟まっていた木片をやっと車軸が乗り越えて、動き出した。

その瞬間、鶴松はもみじのような両の掌を広げたのだ。

歯の生え揃わぬ口を開けて笑ったのだ。

あの時、どうして船の上の鶴松はあんなにはしゃいでいたのだろう。

秀吉は、押し手に手を置いたまま考える。

そうだ。秀吉は、船の上の鶴松に、こんな軽口を言わなかったか。

――鶴松君よ、今より明朝鮮へと攻め込みますぞ。

さらに、耳孔の奥に己の声が蘇《よみがえ》る。

――いずれ天竺《てんじく》までも滅ぼして、鶴松君のものにしてみせましょう。

そうか、と呟いて、秀吉は押し手から手を離す。

秀吉は、思い出した。鶴松が笑っていた時に、何を言い、何を誓ったかを。

四

明朝鮮へと続く九州肥前の海が、秀吉の眼前に広がっていた。名護屋《なごや》城の天守閣の最上階で、潮風を全身で受けつつ、秀吉は見下ろす。

大陸遠征のために普請をはじめてから一年が過ぎた。天守閣はできているが、まだ堀や石垣は造成の途中だ。掘り返す土の香り、運び積み上げられる巨石の音が辺りに満ちている。

城よりも早く完成したものがある。

周りを囲む町だ。最初はただの荒れ地だった、この海辺の一角に、百を遥かに超える諸大名の陣屋が築かれ、十万以上の兵が集い、それを目当てにした宿や武具兵糧などの店、芝居小屋や遊女小屋が、雨後の筍《たけのこ》のように出来上がった。

秀吉は喜悦の声を上げる。

荒地だった場所に、日本有数の城と町が、数カ月で出来上がった。その事実と光景が、どんな媚薬や精力剤よりも、秀吉の男としての能力を呼び覚ますかのようだ。

金箔《きんぱく》をたっぷりと貼った扇子を広げ、頭上にかざす。陽光を反射させて、足下の町へと光を投げかける。

太鼓の音が鳴り響いた。

「いけっ」と、叫ぶ。

「亡き鶴松の思いを乗せ、海を渡れ」

城とつながる港から、次々と大船が出ていく。帆を上げて、風を受け、海原を突き進む。

大陸遠征の一番隊・小西行長の軍団が、出航したのだ。

五

「まだじゃ、まだまだよ」

黄金の扇子を忙《せわ》しなく扇《あお》ぐ秀吉の声が、鳴り響いた。

「勝ち戦の報告、まことにもってご苦労。だが、まだ鶴松は満足しておらん。無論、余もそうだ」

秀吉の前に座る男の顔が、一瞬だけ強張《こわば》った。一番隊長・小西行長からの戦勝報告の使者である。日焼けした顔から、野戦行軍続きの朝鮮半島での毎日を容易に想像できた。

「小西めに伝えい。朝鮮ごときに愚図愚図するな、とな。早く大明へと攻め入り、降伏させよ。浄土の鶴松が欠伸をしておる様が、目に浮かぶようじゃ」

表情を隠すかのようにして、使者は平伏した。

「次は、加藤殿のご使者との接見です」

小西行長と競うようにして朝鮮半島を北上する、二番隊の総大将・加藤清正のことである。

「来たか」と、秀吉が身を乗り出したのは、先日、加藤清正が朝鮮王国のふたりの王子を生け捕る活躍をしたからだ。戦勝の報《しら》せにはときめかなくなった秀吉も、久々に快哉《かいさい》を上げたほどである。

「そうか、そうか、またしても手柄を立てたか。早《はよ》う、連れてまいれ」

まだ退室していない小西行長の使者を、秀吉は扇子を振って追い払う。襖を割って入ってきた使者は、漆塗《うるし》りの箱を携えていた。あるいは名のある大将の首でも入っているのであろうか。秀吉は童のように尻を浮かせて、使者が着座するのを待ち受ける。

「待っておったぞ」

扇子を叩いて、使者に近づくように促す。

「今度の手柄は何じゃ。どこの軍を破った。どれほど高名な大将首をとったのじゃ」

「こたびは、戦勝の報告ではございませぬ」

「なんじゃと」

「我が主から太閤《たいこう》殿下へ、贈り物をお届けするために参りました」

訝《いぶか》しむ秀吉の前に、使者は漆塗りの箱を差し出した。たちまち、秀吉の興味は失《う》せる。

「殿下は、朝鮮人参や碇草など、精を向上させる薬を所望されていると聞きました」

秀吉の様子を見ても、たじろぐことなく使者は続ける。

「日ノ本の津々浦々から、薬草を取り寄せておられるとも。天下人としての政務に耐えるための心労、常々、我が主は案じておりました」

ふんと鼻息を吐いて、扇子を放り投げた。

「野に生える薬草だけではないわ」

秀吉は指を折り数える。明国の遥か西方に棲《す》む蠍《さそり》、蝦夷のオットセイ、南海の鯨の陰茎。

今までに、閨のため食した肉を次々と挙げる。

「それは、強きものを食せば、その強さを得られるという考えでございますな」

秀吉は頷く。

「とはいえ、太閤殿下は日ノ本一のお方。なまなかな獣では、殿下がもともとお持ち遊ばす強さには敵《かな》いますまい」

なかなか、うまいことを言う。数々の媚薬、精力剤が効かなかったのは、己が英雄なればこその不幸と思えば、不首尾な閨の辛《つら》さも和らぐ。

「そこで、恐れ多いことですが、ひとつ質問いたします」

「なんじゃ、ゆうてみい」

英雄らしく、度量の広いところを見せる。

「この世で、天下一の強き獣とは何でございましょうか」

秀吉は首を折り、思案した。

「強い……といえば〝龍虎相搏《あいう》つ〟で喩《たと》えられる、龍と虎か。しかし、龍は空想上の神獣で実在せん。ということは……」

「その通りでございます。この四海で最も強き獣は、虎。ならば、英雄児たる殿下が滋養として服されるのは、虎より弱い獣の肉では話になりませぬ」

使者は口上の勢いのまま、漆塗りの箱に手をやった。

「で、では」と、秀吉は立ち上がった。

「はっ、我が主の望みは、殿下に四海最強の肉を献上すること」

使者が蓋《ふた》を開けた途端、「これは」と左右の小姓たちがたじろいだ。

凄《すさ》まじい、臭いがしたからだ。

まるで小便を煮詰めたかのようである。

だが、秀吉は意に介さない。

良薬が口に苦いならば、鼻に臭いこともあるはずだ。

近づいた漆塗りの箱の中には、白い塩がたっぷりと入っていた。使者が箸を使って、箱の中をまさぐる。薄く切った肉片が現れた。すかさず、小姓が小皿を渡し、その上に肉を載せる。

恐る恐る、秀吉は二本の指で摘《つま》む。

白みがかった薄朱色の肉片は、鶏の肉によく似ていた。

「さあ、朝鮮で我が主が退治した虎の肉。ぜひ、ご賞味ください」

声に突き動かされるようにして、秀吉は口の中に放り込んだ。

自身の顔が激しくひしゃげる。

恐ろしく不味《まず》い。この世のものとは思えない。

小便の煮こごりを食わされたかのようだ。悪臭が、口の中だけでなく肺腑《はいふ》までをも満たす。

たちまち涙がたまり、目に映る全てのものがぼやけた。

が、ここで怯《ひる》んではいけない。

顎だけでなく、顔の筋肉全てを使って、必死に咀嚼《そしやく》する。

喉を思いっきり上下させて、無理矢理に呑み下した。

「おおぅ」と、秀吉は目を見開いた。

全身が、たちまちのうちに火照ってくる。体に流れる血液が濃くなるかのようだ。

「こ、これが、虎の肉か」

気づけば、目の前にはもう一切れの肉が小皿の上に載せられていた。躊躇《ちゅうちょ》どころか、無意識のうちに指で摘みとっていた。再び、口の中に放り込む。

あまりの臭いに「ぐぅえぇえ」と、呻《うめ》き声を上げてしまう。

涙目になりながら、咀嚼する。

石を呑み込むようにして喉を動かした。体の芯に力を漲らせるかのような感覚に変わる。

血管が、今まで感じたことがないほど、強く脈打つ。

「み、見事だ」

衝動のまま、秀吉は声を上げる。

「加藤めの働き、まことに天晴《あっぱ》れ」

「ははぁ、有り難きお言葉」

使者が勢いよく頭を下げる。

「大陸遠征の全諸将に伝えよ」

漲る力に任せ、叫ぶ。

「ただちに、半島中の虎を狩り、余の前に持って参れ、と。四海最強の獣を、我に献上せよ、と。これは、城ひとつを落とすに匹敵する大手柄ぞ」

六

小姓が読み上げるのは、夕餉《ゆうげ》の献立の数々だった。

一の膳は、虎の肝の吸い物
二の膳は、虎の内臓の塩辛
三の膳は、虎の肉の焼き物
四の膳は、虎の肉味噌《みそ》田楽
五の膳は、虎の骨の出汁《だし》と虎肉の真薯《しんじょ》
六の膳は、虎の肉の壺《つぼ》焼き
七の膳は、虎の……

小姓は、次々と虎料理の名を挙げていく。その横で満足そうに頷く若い女性は、淀殿だ。

秀吉は名護屋の陣に、女房衆を呼んでいた。北条討伐で各大名に女房衆の帯同を許してから、女人を戦場から遠ざけた風習は過去のものになっていた。ここ名護屋でも、大名だけでなく旗本たちも女房や家族を呼んでいる。

「殿下、以上が今日の夕餉の全てでございます。ご裁可をいただければ、さっそく料理に取りかかります」

小姓の言葉に、秀吉は渋々と頷いた後に、目を自分の愛妾《あいしょう》へとやった。

「しかし、淀よ」

「なんですか、殿下」

「ちと、やりすぎではないか。最近は、毎食毎膳、虎料理ではないか」

最近では、自分の口から吐く息さえも、小便臭く感じるほどだ。

「膳のひとつくらいは、虎肉の入っていないものがあってもよいのではないか」

形のいい唇から、淀殿は呆《あき》れたようにため息を吐き出した。

「なにをおっしゃいます。世継ぎつくりは、天下人の大切なお仕事でございましょう」

叱りつけられるように言われてしまった。

「それに、明日は大政所様も名護屋に来られます。元気な殿下のお姿を見せるためにも、精のつくものをしっかりとお食べください」

明日、秀吉の正妻である寧々が、上方から陣中見舞いでやってくるのだ。朝鮮出兵に、寧々が反対しているのは知っている。にもかかわらず、甥《おい》の豊臣秀次と一緒に上方を守る役目を引き受けてくれた。古い付き合いの寧々に、己の老いた姿は見せたくない。

「よし」と、秀吉は自分の両膝を勢いよく叩いた。

「献立を変えるぞ」

「え」と、淀殿と小姓が同時に声を上げた。

「もっと膳を増やせ。これでは足りん。とっておきの虎肉料理を余に馳走《ちそう》するのじゃ」

決意を確かめるように、秀吉は何度も頷いた。

「うん、そうじゃ。虎の睾丸《こうがん》じゃ」

小便臭い虎肉の中でも、特に臭いがひどい部位だった。さすがの秀吉も口にすることはおろか、近くに持ってくることさえ拒否するほどの悪臭である。だが、心臓が悪い時は心臓の肉、肝臓が悪い時は肝臓を食べるのが、療法のひとつだ。ならば、秀吉にとって最も必要なのは、睾丸の肉そのものではないか。

「四海最強の虎の睾丸を、余は食す。先ほどの献立に追加せい」

高らかに、秀吉は宣言した。

「さすれば、余はたちどころに若き頃の力を取り戻すに違いない。寧々も余のことを見直すであろう」

己に言い聞かすように、秀吉は叫ぶのだった。


「では、変更した献立の一の膳を、ただいまより持って参ります」

夕餉の席で、小姓が重々しく宣言した。

「まずは、虎の睾丸の吸い物でございます」

まだ給仕する侍女が姿を現していないにもかかわらず、横にいた淀殿が鼻のところへ片手を運んだ。淀殿だけではない。小姓や女房衆も、全員鼻を摘んだり、着物の袖で隠したりしている。

手を顔にやりたい誘惑に、秀吉は必死に抗《あらが》う。幸いにも、まだ臭いはしない。

「うむ、では持って参れ」

両膝に勇ましく拳を置き、背を伸ばし答える。

襖が開いて、膳を持った小柄な侍女が姿を現した。顔を伏せているのは、臭いを避けるためか。

だがどうしたことか、いつもの小便を煮詰めたような悪臭はしない。鰹《かつお》の出汁だろうか、香ばしい匂いが秀吉の鼻腔《びこう》をくすぐる。

「どういうことじゃ。全然、臭くないではないか」

「はい。本日は、京の禁裏に古くから伝わる、臭い消しの法を試しました」

そう言われてみれば、強い生姜《しょうが》の匂いがする。

半信半疑の淀殿たちは、まだ鼻に手をやったままだ。やがて、秀吉の前に漆と金箔で化粧された膳が置かれた。椀《わん》がひとつ載っている。蓋から微かに漏れる湯気が、器に露を貼りつけていた。

恐る恐る、秀吉は蓋を開けると、澄んだ汁の中に鰻《うなぎ》の肝のようなものがひとつ浮いており、横に大葉が色を添えていた。

出汁の香りが、湯気と一緒に秀吉の鼻腔をしっとりと湿らす。

秀吉は、唾を呑み込んだ。腹が鳴り、久々に食欲を感じる。

椀を取り上げ、箸で摘み、ゆっくりと口へ運ぶ。

汁を纏《まと》う白い睾丸に、慎重に歯を当てる。

心地よい弾力と共に、香ばしい出汁の味が口の中いっぱいに広がった。

「おおぅ」と、秀吉は叫ぶ。

「う、うま……」

最後まで言えなかったのは、箸を持つ手が勝手に動き、残りの睾丸を口の中へと押し込んでいたからだ。

全く小便臭さがしないし、塩漬けで海を渡った割には全然塩辛くない。慌てて、椀に口をつけて、残りの汁を一気に喉の奥へと流しこんだ。五体の隅々に、出汁が染み渡るかのようだ。

「これが禁裏秘伝の臭み取りか、まるで、鰻の肝吸いのように美味ではないか」

「当たり前でございます」

言い放ったのは、膳を給仕した侍女だった。両手をついて、秀吉が食べ終わってもずっと平伏していた。袖から覗《のぞ》く細い指に見覚えがあるなと、妙なことを秀吉が考えた時だった。

「殿下が召しあがったのは、まごうことなき鰻の肝吸いでございます」

「ははは」と笑ったのは、自分を騙《だま》す者がこの世にいるはずがないからだ。

「戯《ざ》れ言《ごと》を申すな。余は全ての膳を虎料理にせいと言ったのだぞ」

「戯れ言ではございませぬ」

顔を上げた侍女を見て、秀吉の瞼が限界まで剝《む》かれる。

「そ、そなたは」

あまりのことに、秀吉の口が半開きになる。震える腕を動かして、指を突きつけた。

「ね、寧々ではないか」

秀吉の指の先には、小柄な女性が座していた。丸い輪郭の顔に、上品に皺《しわ》が刻まれている。年に不似合いな頬の赤みが、何ともいえない愛嬌《あいきょう》を醸していた。

大政所こと、秀吉の糟糠《そうこう》の妻、寧々ではないか。

「こんなに近くで、私が給仕しても気づかぬとは、殿下も相当耄碌《もうろく》されたようですね」

寧々の皮肉は、秀吉の狼狽《ろうばい》を怒りに変える。

「な、何の真似じゃや、寧々」

睨《にら》みつけるが、怯ませることはできない。

どころか、目尻を微かに吊《つ》り上げて、秀吉の眼光をはね返した。

「朝鮮に渡った諸将に虎狩りを命じ、美味《うま》くもない虎肉料理にうつつを抜かす姿をこの目にしたく、一日早めて出立しましたが、案の定というか、思っていた以上というか」

寧々はため息を吐き出した。

「さっきの肝吸いで目が醒めたでしょう。いかに、殿下の行いが愚かだったか」

「だ、黙れ」

秀吉は立ち上がった。

「寧々に、余の気持ちがわかるか」

秀吉と寧々の眼光がぶつかる。

「余は、強い男にならねばならぬ。天下人として、日ノ本一の強き男であらねばならぬのじゃ」

言葉を継げば継ぐほど、寧々の目に映る己の姿が醜く歪《ゆが》むのはどういう訳であろうか。

「誰も、そんなことは望んでおりませぬ。殿下に強くあってほしいなどと、誰が言いましたか」

寧々の瞳の中の己が狼狽《うろた》えている。

「望んでおるわ」

「誰が、ですか」

「鶴松じゃ」

叫んだ瞬間に、寧々の眉宇が曇るのがわかった。

「浄土の鶴松じゃ。余は鶴松のためにも、強くあらねばならぬ。完璧であらねばならぬのじゃ。鶴松を喜ばせるために、戦いに勝たねばならぬ」

寧々の瞳の中の秀吉が、激しく歪む。

「だから、日ノ本の兵や大名に、海を渡らせたのですか」

「侍どもが海を渡ることを望んだのは、鶴松じゃ」

歪む秀吉の像が、ふたつに分かれた。

寧々の瞳から滴がしたたり、頰を伝い顎から落ちたのだ。涙に映る秀吉が、畳に当たり砕ける。

「鶴松は笑ったのじゃ。船玩具に乗せ、淀とふたりで押した。余が、船に乗って明朝鮮を攻めると言ったら、笑ったのじゃ」

耐えられなくなって、秀吉は寧々から視線を引き剝がす。

「のう、淀よ。そなたも覚えておろう」

「は、はい」

呆気《あっけ》にとられていた淀殿が、慌てて姿勢を正す。

「鶴松は殿下の野望を聞き、口を開けて笑っておりました。その姿、一緒に船玩具を押したこの淀も、確かに目にしました」

「だまらっしゃい」

寧々の一喝は大きくはなかったが、場を静まらせるに十分だった。

「鶴松が明朝鮮を攻めるなどということを、本当に喜んだと思っているのですか」

寧々は、秀吉と淀殿を睨みつけた。

「本当に、鶴松が……三つに満たぬ童が、そんなことを理解し、喜んだと思っておるのですか」

寧々の言葉に、淀殿が俯《うつむ》く。

「だが、確かに笑ったのじゃ。余が明朝鮮を攻めると言った時に」

「鶴松が喜んだのは、殿下の野心ではありませぬ。なぜ、そんなこともわからぬのです」

寧々は床を強く叩いた。

「では何に笑ったのじゃ。余が明を攻めると言った時に、なぜ笑ったのじゃ」

負けずに、秀吉も右足で床を踏みならした。

「鶴松は、父と母が一緒に船を押してくれたことに喜んだのでございます」

力をいれた右足が、なぜか震え出す。

「殿下たちふたりが、鶴松のために力を合わせたことが、それまでありましたか」

右足の震えは、静かにだが確実に秀吉の全身を揺らす。

「鶴松がぐずった時に、誰があやしました。侍女たちでございましょう。ふたりであやしたことがありましたか」

秀吉は反論できない。

「鶴松が遊んでほしい時に、誰に相手をさせましたか。小姓たちでございましょう」

寧々の言葉に、淀殿の頭が重たげに下がる。

「鶴松の血を分けた父と母ふたりが、鶴松に何かをしてやったことがありましたか」

いつのまにか、秀吉の視界には己のつま先が映っていた。

「鶴松が亡くなってからもそうです」

聞こえる寧々の声は、微かに湿っていた。

「殿下は大名に髻を切らせました。小姓や旗本たちに、頭を丸めさせました」

荷を負ったかのように、秀吉の体が重たくなる。

「ですが」

強くはないはずの寧々の声が、まるで秀吉の心を鞭《むち》打つかのようだ。

「殿下と淀殿は、死んだ鶴松のために何をしてやったのですか」

秀吉の尻が、床に落ちる。

「一度でも、親としてふたりが真剣に手を合わせたことがありますか」

秀吉は拳を握りしめようとしたが、上手《うま》くいかない。

「大名たちが悼む姿を見て、鶴松が喜ぶと思ったのですか」

目を下にやったまま、秀吉はちがうと呟いた。

寧々が立ち上がる気配がする。

「鶴松は、殿下と淀殿のことが好きでした。両かか様として、鶴松を抱き育てた私だからわかります。だから、殿下と淀殿が力を合わせて船を押してくれたことを、喜んだのです」

いつまでそうしていただろうか。

顔を上げた時には、目の前に寧々の姿はなかった。開け放った襖があるだけだ。

秀吉の左右には、項垂《うなだ》れる小姓と女房衆、そして涙ぐむ淀殿がいるだけだった。

七

かつて、鶴松を乗せていた船玩具が秀吉の前にあった。

――両かか様として、鶴松を抱き育てた私だからわかります。

寧々の言葉が、秀吉の脳裏をよぎる。寧々も鶴松を我が子のように可愛がってくれた。そういえば、この船玩具を購《あがな》ってくれたのは寧々ではなかったか。

「すまぬ、寧々」と、呟いた。辛かったのは、秀吉や淀殿だけではないのだ。そんなことにさえ気づかなかった自分を、罵倒してやりたい。

船玩具に手をかけて、秀吉はひとり力をこめて押す。

後ろを向くと、小姓や侍女たちが心配そうな顔で続き、そのさらに奥には名護屋城の天守闇が夕陽を浴びて赤く輝いていた。

油をさしたおかげで、車輪がよく回る。中にはからくりの歯車もあり、船が上下に揺れて、まるで波の上に浮かぶかのようだった。

途中で、漁民の家族が地に座っているのが見えた。父と母らしき大人ふたりが、木を削り何かをつくっている。幼い童たちが囲み、ふたりが作るものを待ち構えている。やがて、出来上がったものを合わせると、竹とんぼが完成した。

玩具で遊ぶ童たちの歓声を背に、秀吉は進む。登り坂に差し掛かり、手にかかる重みが増した。浅野又右衛門《またえもん》に鍛えられた体力は、過去の話だ。腰を落とし歯を食いしばり、足をなんとか一歩前に出す。

横から白い手が伸びて、押し手を摑んだ。

秀吉にかかる重みが、半分になる。

見ると、淀殿がまっすぐに前を向き、秀吉の横に並んでいた。

「淀」

「さあ、殿下、参りましょう」

なぜか、淀殿は怒ったように言う。

あとは、ふたり無言で船玩具を押した。

やがて岬の先へと着く。沈む太陽が、海を夕陽の色に染めていた。
極楽浄土は、西の海の遥か先にあるという。鶴松も沈む太陽の向こうにいるはずだ。
秀吉と淀殿は、押し手から手を放した。
そして、ふたり揃って掌を合わせ、目を閉じる。
体を射す陽の光が感じられなくなってもなお、ふたりは亡き子のために祈り続けた。

翌年の八月三日、淀殿は秀吉の子を出産する。後の豊臣秀頼である。
出産から懐妊の時期を逆算すると、前年の十月から十二月。毛利輝元への秀吉の返礼状によれば、この時期に淀殿と思われる女性が名護屋の城にいたことは証明されている。

第十章

天下人の終活

一

伏見城にある庭園で、豊臣秀吉は微睡《まどろ》んでいた。

宴《うたげ》を楽しむ女たちの嬌声《きょうせい》が、耳に心地いい。薫風が頬を撫《な》で、酒や花の香が鼻腔《びこう》をくすぐる。

「さあ、皆の衆、拾《ひろい》の太刀を受けてみよ」

遠くから聞こえるのは、秀吉の愛息のお拾様（後の豊臣秀頼）の遊ぶ声だ。お拾様の無邪気な言葉の後に、野太い声が続く。

「おおぅ、さすがはお拾様」

「まことに天下人の殿下に負けぬ豪傑ぶり」

どうやら、客として呼んだ大名たちがお拾様の相手をしてくれているようだ。

「まあ、すごい」

「お拾様のなんとお強いことでしょう」

「少しは手加減せねば、大名様がたがかわいそうですよ」

侍女や側室の世辞も、盛んに飛んでいる。

捨て子は育つ、という言い伝えは本当だった。淀殿《よどどの》が男児を出産してから、まず秀吉が命じたのは、生まれてきた子を捨てることだ。そして、松浦弥左衛門という家臣に拾う芝居をさせて、さも捨て子を迎えるかのようにした。

さらに、名前を〝拾〟と名づけた。

〝お拾様〟と皆が呼ぶ秀吉の血を享《う》けた子は、大病を患うこともなく、すくすくと育ち、今や数えで六歳になった。

秀吉には、もう何も怖《こわ》いものはない。

あとは、朝鮮王朝を攻略し、明国《みん》を降《くだ》すだけだ。

さらに心地よい薫風が吹き抜けた時だった。

股間が、じんわりと湿ってくるではないか。

夕立か。

目を開けようとしたら、何かがおかしい。

股間の湿りはますます増し、着衣の中の太ももを水滴が直《じか》に流れはじめた。

秀吉は慌てて、瞼《まぶた》を上げる。

目の前には、己の下肢を包む袴《はかま》があり、盛大に濡《ぬ》れて変色していた。視線を天にやると、顔料を塗ったかのような青い空が、雲ひとつなく広がっている。

また、目を己の下肢へと戻す。

裾から黄色い水が、ひとつふたつと滴となって落ちていた。

「あ、あぁぁぁあ」

情けない声が、秀吉の唇をこじ開ける。

侍女や側室たちが、慌てて振り返る。

「まあ、殿下、大変」

「すぐにかわりの袴をお持ちします」

「それよりも、早く拭きましょう」

侍女や側室が群がり、秀吉のはく袴の腰紐《こしひも》を解《ほど》き出す。

「や、や……や、め」

やめろ、と一喝したいが、舌が上手《うま》く回らない。まとわりつく手を払いのけようとするが、両手が無様にもがくだけだった。

やがて、袴が脱がされ、下帯も剝ぎ取られた。

秀吉は、息を呑《の》む。

そこには、枯れ枝のように痩せた脚があったからだ。脚の間にあるしなびた陰茎を、布を持った若い女の手が忙《せわ》しげに拭いていく。

「や、やめてくれ」

やっと声を絞り出したが、女たちの耳には届かなかったようだ。

秀吉は、されるがままだった。ふと、女たちの頭の隙間から、人影が見えた。数人の男たちが、秀吉を——失禁した天下人を見下ろしている。

商人のように恰幅《かっぷく》のいい体軀《たいく》を持つ男は、徳川家康だ。商人と違うのは、厚い脂肪の下に鍛えた筋肉を隠し持っていることだろう。小牧・長久手《ながくて》の戦いでは最後まで抵抗し、秀吉が母と妹を人質として送り、やっと上洛《じょうらく》し傘下に入ってくれた。

その後ろにいるのは、ふたりの若き武将だ。両人とも逞《たくま》しい肩幅を持ち、袖や襟の間から覗《のぞ》く肌には、戦場でできた傷がいくつも刻まれていた。家康の息子の徳川秀忠と結城《ゆうき》秀康である。

ぶるりと、秀吉の全身が震えた。

気力が充実する徳川父子と己の、何たる違いか。

口が激しく震え出す。歯が半分以上抜けた顎では、間の抜けた音しかでない。

家康、秀忠、結城秀康の三人は浅く頭を下げて、踵《きびす》を返す。

土を踏む音は、過去に秀吉が戦場で聞いた馬蹄《ばてい》の響きと、よく似ていた。かつて戦ったどんな大軍よりも激しく、秀吉の肝を揺さぶっている。

再び、秀吉の股間が湿り出した。

伏見城の天守閣の最上階に、秀吉はいた。まるで、己の体に穴が空いたかのように、息がとめどなく漏れる。

――今まで、余は何を惚《ほう》けていたのじゃ。

豊臣秀吉の治世は、間違いなく安泰だ。

だが、己が死んだ後はどうか。

秀吉は細い首を捻《ひね》り、後ろを見た。

巨大な屏風《びょうぶ》があり、そこに日ノ本だけでなく朝鮮、明、天竺《てんじく》の国々が、鮮やかに彩色されていた。

――余の治世は、砂上の楼閣ではないか。

朝鮮への出兵がそうだ。もはや、秀吉の一存ではどうしようもない。秀吉の惣無事令で、全国の大名たちに力ずくで合戦を禁じたまではよかった。だが、その結果、日ノ本には牢人《ろうにん》が溢《あふ》れる。また、秀吉子飼いの加藤清正や福島正則のように、合戦で手柄を立て、所領を倍増させることを望む大名も多い。

外征は、秀吉の決断だけでなく、合戦を求める無言の圧によるものだった。

もはや、それを止める手はひとつしかない。
秀吉自身の死、である。
そして、己の死後はどうなるのか。
秀吉は目を瞑《つむ》った。
瞼の裏に、朝鮮、明、天竺の領土の残像が浮かび、徐々にそれは形を変じる。
頭と四肢を持つ、人間へと変貌する。
徳川家康、徳川秀忠、結城秀康の屈強な三人の武者が、秀吉の前に立ちはだかる。
徳川家康の所領は約三百万石。これは、豊臣家の約二百万石よりも多い。
秀吉死後、下克上の世に生を享けた彼らが黙っているだろうか。
頭を激しく振って、瞼を上げた。
関節を軋《きし》ませるようにして、立ち上がる。
「どちらへいかれるのですか」
尋ねる小姓を無視して、足を進める。
何度も立ち止まり休み、壁に手をやりつつ足を運ぶ。
「手をお貸ししましょうか」
心配する小姓たちの腕を振り払う。

「いやじゃ、いやじゃ」

童の声が、秀吉の耳に届く。

「拾は、そんな字など書きとうはない」

「ですが、拙者はお拾様に字をお教えするように言いつかっておりますれば」

狼狽《ろうばい》した声は、お拾様につけた書の師匠のものであろう。

「うるさい。余は遊びたいのじゃ」

何かを投げつけたのか、襖《ふすま》から鈍い音がした。

秀吉は足音を忍ばせて近づき、襖の隙間から覗く。広い部屋には、紙が散らばっていた。

頬の膨らんだ童がひとり、部屋の中央で紙を引き裂いて遊んでいる。

「お拾様、そんなことをしてはなりませぬ」

老いた師は必死に嘆願するが、童は聞いていない。さらに、紙を裂く手を強める。

秀吉の子のお拾様である。

「さあ、早《はよ》う、ここに、教えた字をお書きください」

老師は暴れるお拾様を何とか膝に抱いて、筆を握らせようとする。

「いやじゃ、いやじゃあ」

筆こそは手にとったが、墨を撒《ま》き散らすようにして振り回している。

「拾は遊ぶのじゃ。稽古などはせん」

老師の膝を強く蹴って、床に飛び降りた。

「お拾様は太閤《たいこう》殿下のお世継ぎ。きちんと学を修めねばなりませぬ」

「うるさい。余の言うことをきけ。稽古はやめじゃ」

持っていた筆を、刀でも振るうかのように老師にぶつけた。斜め一文字の太い線が顔に引かれる。

「な、な、何をされるのです」

青ざめる師に指を突きつけて、お拾様は笑う。

「これで、書の稽古は終わりじゃ」

筆を放り投げて、走り出す。ぶつけるようにして、襖を乱暴に開けた。

秀吉は声をかけようとしたが、それにも気づかず、お拾様は廊下の奥へと消えていった。

「こ、これは太閤殿下」

顔に太い斜め線を引いた老師が、両手をついて平伏する。

「お見苦しいところを……いつもは、もう少し……」

途切れ途切れに弁解する書の師匠を横目に、秀吉は部屋へと足を踏み入れる。墨汁が零《こぼ》れ、紙が散らかる様子は、討ち入りにあったかのようだ。

腰を折って、一枚を取り上げた。

「申し訳ありませぬ。お拾様は少々、悪戯《いたずら》がお好きでございまして」

汗を拭きつつ、師は言う。

「お拾様が書いた字を見せろ」

恐る恐る老師は、一枚の書を見せた。運筆は悪くない。昨年には、住吉大明神の神号を書かせたことを思い出した。だが、今手にある書は、あの頃のものとは大違いだ。途中で投げ出すような悪筆に変わっている。驕《おご》りが、文字の撥《は》ねや止めのあらゆるところに滲《にじ》んでいた。

「これは完成しておらん。途中で投げ出しておるだろう。最後まで書いたものを見せよ」

「え、いや、それは……」

老師の額から流れる汗が、たちまち倍になる。

「まさか、ないのか」

返事のかわりに、老師は額を畳に押しつけた。

「一枚くらいはあろう」

「最初の一字は、何とか書いていただけますが……。も、申し訳ありませぬ、これも、ひとえに、拙者の力不足でございます」

立ちくらみを感じた秀吉を支えたのは、背後からずっとついてきていた小姓たちだった。

いつのまにか、握っていた紙は手を離れ、宙を舞っている。絵とも文字ともいえぬ落書きが、秀吉の視界を汚すかのようだった。

二

石田三成
前田玄以《げんい》
浅野長政
増田《ました》長盛
長束《なつか》正家

能吏として名を馳《は》せる豊臣政権きっての文官五人が、秀吉の前にずらりと並んでいた。体つきこそ痩せているが、面構えは怜悧《れいり》で頼もしげだ。

「お主らを呼んだのは他でもない。余、亡き後のことを思ってよ」

五人が素早く目を見合わせる。

「それぞれに、お拾様の手足、五体となって働いてほしい。そう願っておる。ゆえに、今日ここで、五人を正式に奉行に任命したいのじゃ」

秀吉が目で促すと、小姓が五枚の書状を持って現れた。豊臣秀吉の朱印が押された任命状である。

「もし、終生、お拾様に忠誠を誓い、その手足となる覚悟があるなら、この書状を受け取るがよい」

秀吉は、ゆっくりと五人を見回した。

皆、眉ひとつ動かさず、忠犬の体《てい》で控えていることに、深く満足する。

「では、まずは石田治部《じぶ》（三成）だ。お主には、豊臣家の行政を担ってもらいたい。どうじゃ、引き受ける覚悟はあるか」

「喜んで、拝命いたしまする」

「うむ、よき心構えじゃ。お主の計数の才、お拾様のために見事使ってくれ。次は前田よ」

坊主頭の前田玄以が、石田三成の横に並ぶ。

「お主には、神社仏閣の取りまとめを命ずる」

男たちが拝跪《はいき》して、書状を受け取るたびに、秀吉の表情が笑みで綻《ほころ》ぶ。我が子のお拾様が、五人の智を吸収するかのように感じられた。

さらに五人は、秀吉に促されるままに誓紙に署名血判して、お拾様への忠誠を神に誓う。

「いやぁ、愉快だ」

五人の誓紙を前にして、秀吉は沸き立つ喜びに心身を委《ゆだ》ねた。

「お主ら五人の智者が、お拾様の手足となってくれれば、怖いものはない」

身を仰《の》け反《ぞ》らせて、秀吉は笑いを撒き散らす。

「甘いな」

後ろから届いた声に、秀吉の笑いが止まる。

「なんじゃとぉ」

秀吉が首を捻ると、そこに日ノ本、朝鮮、明、天竺の絵地図が描かれた巨大な屏風があった。

「甘いとは、どういうことだ」

秀吉は立ち上がり、屏風の背後にいる人物に叫びかける。

「甘いから、甘いと言ったのだ」

まるで耳元で囁《ささや》かれるかのような、不思議な声色だった。

「狼藉《ろうぜき》者め、名乗れ。余は天下人なるぞ。無礼にもほどがあろう」

秀吉は屏風を摑《つか》み、体を傾けるようにして重みをかける。屏風がゆっくりと倒れ出す。隠れていた人物の頭の一部が見えた。

「げえ」と、叫んだのは秀吉だった。

膝が崩れ、痛いほど強く尻を打つ。

「あ、あなた……様は」

指を突きつけようとするが、四肢が震えて上手くいかない。

「久しぶりだのぉ、猿。十六年ぶりか」

若者は白い歯を見せて、笑いかけた。

吊《つ》り上がった切れ長の目に、細い輪郭。決して筋肉は多くないが、鍛えて引き締まった体躯。

忘れるわけがない。この男こそは……。

「う、上様」

叫ぶのと、目の前の織田信長の髭《ひげ》が薄いことに気づくのは同時だった。まだ、秀吉が藤吉郎と呼ばれていた頃に出会った、二十代の織田信長である。

慌てて周りを見ると、後ろに控えているはずの五奉行がいない。

「これは、夢か幻か」

床に尻をつけたまま、五人がいたはずの場所を見る。

「その区別がつかぬほど、耄碌《もうろく》したのもわからぬか。本当に甘い男だ」

秀吉は、慌てて若き信長に振り返る。

「甘い、だと」

秀吉の言葉を跳ね返すように、信長の眼光が鋭くなる。

「こ、怖くはないぞ。余は、日ノ本六十余州の王だ。もう、そなたよりもずっと偉い」

信長は無言だ。

「そなたが、余を甘いなどと、なぜ馬鹿にできる。本能寺で、志半ばで死んだそなたが、余を笑うことはできぬはずじゃ」

片頬を持ち上げて、信長は嘲笑を浮かべた。

「十九万石」

「なに」

「五万石、二十二万石」

狼狽する秀吉に構わずに、信長は数をあげ続ける。

「二十万石、四万石」

「あぁぁっ」

秀吉は間の抜けた声を上げる。先ほど五奉行に任じた石田三成ら五人の男たちの知行高ではないか。

「五人合わせて、七十万石か。百万石に満たぬ男たちに、猿は我が子の行く末を託すのか」

秀吉は両手で頭を抱えた。

確かにそうだ。

五人の中で、一番多い石高を持つのは、二十二万石の浅野長政だ。もし、三百万石の徳川家康が本気を出せば、たちまちのうちに蹴散らされてしまう。

「今頃、気づきおったか。この大たわけめ」

信長が、顔を天井に向けて笑う。

「百万石に満たぬ五奉行に後事を託すことが、お主にとっての〝活《い》きる〟か。寿命尽きるのを知りながら、その程度の工夫で、活きた終わりを手にすることができると思っているのか」

「ううう、よせ、笑うな」

信長の嘲笑に耐えられず、秀吉が踞《うずくま》った時だった。

「殿下、殿下」

耳を覆う秀吉の掌《てのひら》を、声がこじ開ける。

ゆっくりと瞼を上げた。石田三成ら五奉行が、心配そうに覗き込んでいる。いつのまにか、秀吉は仰《あおむ》向けに倒れていたようだ。五奉行たちの顔の向こうに、天井の木目が見えた。

「大丈夫でございますか。もうすぐ、医師が来ます」

「余は、どうしたのじゃ」

青い顔を近づけたのは、石田三成だった。

「突然、気を失われたのです」

視界の隅に、書状と血判を押した誓紙が散らばっている。どうやら、五奉行任命の途中に気を失ったらしい。

三

徳川家康
毛利輝元
前田利家
上杉景勝
宇喜多《うきた》秀家
秀吉の前には、五人の男が並んでいた。約三百万石の徳川家康を筆頭に、皆百万石以上か、それに匹敵する所領を持つ大大名たちばかりである。

「そなたらに来てもらったのは他でもない。余、亡き後のことを、託そうと思ってな」

ゆっくりと、五人に視線を配る。

「はて、そのことならば」

恐る恐るという風情で口にしたのは、徳川家康だった。

「殿下は先日、お拾様の手足となる五奉行を任じられたはずでは」

他の四人も一斉に頷《うなず》く。

「無論、五奉行には、お拾様の手足となってもらう。だが、手足だけでは合戦ができぬのは、そなたらがよう知っておろう」

五人は黙って、秀吉の言葉を待つ。

「合戦には鎧《よろい》もいれば、刀槍もいる。何より、兵がいる。そして、忘れてはならぬのは、その兵を采配する侍大将もじゃ」

五人全員が顎に手をやり、考えこむ。

「つまりじゃ、そなたたちには、お拾様の忠勇なる侍大将になってほしいのじゃ。全国数百の大小名を統《す》べる旗頭になってほしい」

五人が目を見合わせた。

「無論、ただではない。そのために、名誉ある地位を用意した」

五人の大名の目が、訝《いぶか》しげに曇る。

「それが大老じゃ」

「大老でございますか」

「日ノ本を統べる豊臣家の宿老として、そなたらは選ばれたのじゃ」

秀吉は首を折って合図を送ると、小姓が五枚の書状を携えて近づいてきた。

「大老は奉行などとは比較にならぬ、名誉ある役よ。ささ、余、自ら任命状を渡そうかのう」

十二分に恩着せがましく言ってから、秀吉は立ち上がる。

まず、一番若い宇喜多秀家のもとへと歩み寄った。

「宇喜多殿、日ノ本に五人しかおらぬ大老の役、引き受けてくれるか」

「はっ、太閤殿下の厚恩を思えば、断るなどという答えはありませぬ」

名物の茶器でも授かるかのように、宇喜多秀家は書状を受け取った。

続いて、上杉景勝、次に前田利家と毛利輝元。最後のひとりも、従者のように頭を深々と下げて、書状を受け取った。

「あ、あの殿下」

声がして横を向くと、徳川家康が座していた。

「それがしは、まだ任命状をいただいておりませぬが」

何も持っていない手を目の前にかざして、徳川家康は言う。

「なに」と叫んで、秀吉は前へと向き直った。

いつのまにか、秀吉の前には五人ではなく六人の男がいる。

一番最後に、徳川家康へ渡すはずだった任命状を、ひとりの見知らぬ男が捧《ささ》げ持っていた。

顔は下を向いて、見えない。

艶やかな髪の色から、まだ二十代の若造だとわかる。

「貴様、何者じゃ。徳川殿の大老任命の書を奪うとは、不届き千万なり」

秀吉が叫びつつ後ろを向いたのは、小姓から刀を受け取るためだ。

柄《つか》に伸びようとした手が止まる。

左手に刀を持つ若者が、書状を右手に摑み、中の文面を読んでいるではないか。切れ長の目が文字を追っている。

「大老とは、また子供騙《だま》しの手を考えたことよ」

書状から目を引き剝がし、若き織田信長が秀吉を見据えた。

「おのれ、幻め。性懲りもなく、また現れおったか」

秀吉の威嚇に、信長は鼻だけで笑う。

すでに背後にあった五人の気配は消え、周りを濃い闇が覆っていた。

信長と秀吉、ふたりきりで対峙《たいじ》する。

「噴飯ものとは、この書状に書かれたことをいうのであろうな」

信長が、手に持っていた紙を放り投げる。

「黙れ」

秀吉は、拳を握りしめて叫ぶ。

「この五人が大老となり、お拾様に忠誠を誓ってくれれば、豊臣の世も安泰なのじゃ」

信長は呆《あき》れたように、首を横に振る。

「それだけではないぞ。大老には、血判状にも署名させる」

秀吉は唾を吐き散らす。

「神に忠誠を誓わせてやる。大老五人だけではない。全国の大小名ども全てじゃ。余には、それだけの……力が、あ……」

言葉が萎《しぼ》んだのは、秀吉の頭脳を覆っていた暗雲が、徐々に晴れてきたからだ。

上がり気味の信長の目尻が、微《かす》かに下がったような気がした。

「あ、あぁぁぁ」

秀吉は、悲鳴とも嘆きともつかぬ声を漏らす。

頭を両手で抱え、悲痛な叫びを上げる。

大老に就任させた程度で、徳川家康が豊臣家に忠誠を誓うわけがない。

いや、大老の大権を逆手にとって、豊臣家を侵食するはずだ。

神への誓紙や血判状も無意味である。

事実、秀吉も柴田勝家との戦いでは、誓紙を反故《ほご》にして開戦の火ぶたを切り、最終的には織田家から天下を奪った。

気づけば、秀吉は両膝を床につけていた。

「やっと、目が覚めたか」

耳元で信長の声がした。

目をやると、十数歩先に信長が佇《たたず》んでいる。

「上様」

微かに、信長の眉が動いた。

「三郎様」

まるで足軽の頃のように、信長に呼びかけていた。

「おいらは、どうすればよいのです」

両手を床につけて、何とか体を支える。

「このままでは、いずれ、お拾様は誰かに滅ぼされてしまいます」

かつて、秀吉が織田家から天下を奪ったように。

ぽたぽたと、水滴が畳に落ちた。雨雲が目に宿ったかのように、水滴が止めどなく落ちる。

「どうやったら、豊臣家は滅びずにすむのですか」

顔を上げ、四つん這《ば》いで信長のもとへ近寄る。

「教えて下され。どうすれば、お拾様は生き延びることができるのですか」

信長の足にむしゃぶりついた。

「教えてくだされ。この猿めに、教えてくだされ」

力の限り、信長の足を抱きしめる。

「猿よ」

声が落ちてきて、顔を上げた。

信長が、藤吉郎を見下ろしている。

「お主にとっての〝活きる〟とは、ただ生き延びることなのか」

意味がわからず、しばしの間、呆然《ぼうぜん》と信長を見つめる。

信長が、ゆっくりと口を開いた。

「己は本能寺で横死した。志半ばの人生だ。だが、一片たりとも悔いはない」

信長の足を抱く、藤吉郎の力が徐々に弱くなる。

「己は桶狭間《おけはざま》で博打《ばくち》を打ち、運よく勝利をものにし、天下に名をなした」

藤吉郎の腕が、完全に信長の足を解放した。

「だが、たとえ桶狭間で討ち死にしたとしても、悔いのない人生だったと言い切ることができる」

信長の強い目差《まなざ》しが、藤吉郎を貫く。

「それは、なぜかわかるか」

逆に信長に問いかけられて、藤吉郎の体が震え出す。

「それは、己が活きた人生を送っていたからだ」

雷に打たれたかのように、全身を凄《すさ》まじい痺《しび》れが走る。

「志半ばの人生だったが、己は活きて活きて、活き抜いた。日ノ本の誰よりもな。そのことに比べれば、寿命の長短など、ささいなことだ」

信長は、周囲を包む闇に目をやった。

「藤吉郎よ、もし、本当に我が子が可愛ければ、活きた人生を送らせろ」

信長は、背を向ける。

一歩二歩と、藤吉郎から遠ざかる。

「あるいは、お主の子は、亡国の運命を担わされたやもしれぬ」

信長の言葉が、藤吉郎の心身を切り裂き、目に映る風景を歪《ゆが》ませる。

「だからこそ、だ。活きるとは何かを、藤吉郎のもう幾ばくも残されていない寿命の全てを使って、伝えろ」

信長が、闇の中へと溶けていく。

「それこそが、お主の活きた終わり方だ」

完全に見えなくなってなお、信長の声は藤吉郎の耳元で囁くかのようだった。

四

ゆっくりと、瞼を上げる。

伏見城の天守閣の最上階に、秀吉はいた。

いつのまにか、また微睡んでいたようだ。

脇息《きょうそく》にもたれかかっていた上半身を、ゆっくりと起こす。

関節を軋ませるようにして、立ち上がる。

畳を擦《こす》りつつ、秀吉は歩いた。

「どちらへいかれるのですか」

尋ねる小姓を無視して、足を進める。

何度も立ち止まり、壁に手をやって休み、また足を運ぶ。

「手をお貸ししましょうか」

心配する小姓たちの腕を振り払った。

やがて、秀吉の鼓膜が震える。

「いやじゃ、いやじゃ」

童の声が、秀吉の耳にぶつかってきた。

「拾は、字など書きとうはない」

「ですが、拙者はお拾様に字をお教えするように言いつかっておりますれば」

狼狽した声は、お拾様につけた書の師匠のものだ。

「うるさい。余は遊びたいのじゃ」

何かを投げつけたのか、襖から鈍い音がした。

秀吉は足音を忍ばせて歩き、襖に手をやった。勢いよく開けようとしたが、無理だった。

途中で襖が止まる。

「あっ、こ、これは殿下」

老いた書の師匠が慌てて平伏する。

秀吉は、ゆっくりと部屋へと足を踏み入れた。

「父上、この者を叱ってくだされ」

お拾様が、老師に指を突きつけた。

「拾をいじめるのです。十分に稽古したのに、遊ばせてくれぬのです」

震える腕を、秀吉は頭の上にかざした。たちまち、老師の顔が強張《こわば》る。

「殿下、ご容赦くださりませ」

慌てて、額を床に擦りつけるが、構わずに秀吉は腕を振り下ろした。

打擲《ちょうちゃく》の音が、高らかに鳴り響く。

惚けた顔を上げたのは、老師だった。目を秀吉から、お拾様へと移す。そこには、赤くなった頬に手をやり、立ち尽くす童がいた。

「お拾様――いや、拾よ、ここに座りなさい」

呆然とする拾に、秀吉は語りかける。

「早う、座りなさい」

大きな声はもう出なかったが、我が子は素直に膝を折り、尻を床につけた。

秀吉も腰を下ろす。手を伸ばし、床に散乱している筆から一本を取り上げた。

「今から、そなたに、字をひとつ教える」

「字を」

拾が小さな首を傾《かし》げた。

「そうじゃ。豊臣家の嫡男として、この字は必ず覚えねばならぬ。そんな、大切な大切な一字じゃ」

平伏していた老師が、慌てて硯《すずり》と紙を秀吉の前へと持ってきた。

筆先に墨を浸し、秀吉はゆっくりと紙の上に初めの一画を書く。

毛先を動かして、次の一画を続ける。

まるで、己の命を削るかのように、一画一画を白い紙に刻んでいく。

やがて、文字が完成した。

「父上、これは」

拾が、秀吉を見上げた。

「拾や、何と書いてあるかわかるか」

困惑顔で、拾は首を横に振る。

「これはな、〝活〟と書いてあるのじゃ」

「かつ」

お拾様は、紙の文字へと目を落とす。

「そう、〝活きる〟とも読む」

「いきる」

秀吉は、深く頷いた。

「生きるではなく、活きる」

「いきるではなく、いきる」

「そうじゃ、拾。同じ〝生きる〟なら、〝活きる〟でないと駄目なのじゃ」

なぜか、秀吉の脳裏に亡き父、弥右衛門《やえもん》の声が蘇《よみがえ》る。

夕陽の中、鍬《くわ》を振り下ろしていた姿が蘇る。

掘り起こした土の香りが、鼻腔の奥で鮮やかに蘇る。

豊臣秀吉は、指先を己が書いた文字へとやる。そして、〝活〟の字をなぞる。

なぜか、土の上に書いたかのような、指先の感触だった。

新しい紙を横に置き、先程まで使っていた筆を拾の前へと差し出した。

「さあ」

促すと、恐る恐る拾は筆を手にとった。

「拾よ、生きると活きるは、全く違う。たくさん考えて、他人に気配りして、一生懸命働くのが、活きるということだ」

秀吉は、〝活〟という字を指さした。

「さあ、拾や。書いてごらん」

拾が持つ筆が、ゆっくりと動く。

墨を浸した筆先が、紙に黒い線を引く。

まず、限りなく点に近い、短い線。

少し長い線。

途中で折れる、少し長い線。

やがて、つたないが、ある一字が紙の上に完成する。


――活。


天下人、豊臣秀吉が唸《うな》るほどある財宝の中から、我が子に最後に遺したものだった。

この年の八月十八日、豊臣秀吉は永眠する。

最後は諸大名に遺児秀頼に対する忠誠を誓わせる誓紙を書かせた。

だが、その甲斐《かい》もなく、秀吉が死んでから十七年後、徳川家康の手によって豊臣家は滅亡する。お拾様こと豊臣秀頼は、燃える大坂城と運命を共にした。

数えで二十三歳の短い生涯であった。

だが、秀頼は十五歳にして『帝鑑図説』を出版するなど、文名は天下に鳴り響き、また武芸も剣は片山久安、薙刀《なぎなた》は穴沢盛秀、弓馬は六角義弼《ろっかくよしすけ》、槍は渡辺糺《ただす》と当代一流の達人に師事し、免許皆伝の腕であったという。

書についても、豊臣秀吉の神号である「豊国大明神」をはじめ、様々な神号仏号、古歌漢詩の作品が今に残っている。

亡国短命の王子ではあったが、豊臣秀頼もまた、乱世を活きた戦国の人であったのかもしれない。

解説

細谷正充

「先駆者の悲劇」という言葉があるなら、「後続者の苦労」もあっていいのではないか。たしかに、時代に先駆けた思想・発明・仕事などは、世の中から受け入れられず、結果として実行者が悲劇的な生き方をすることがある。しかし一度、切り拓かれた道は後に続く者が増えていき、やがてそれが当たり前になっていく。そして当たり前になった分野で、頭角を現そうとすれば、新たな何かを示さなければならない。だがこれは、大変なことだ。まさに「後続者の苦労」というべきだろう。

歴史小説を例にして、もう少し述べたい。戦国小説でもっとも主役を務めているのは織田信長だが、それに続くのは豊臣秀吉だろう。貧しい庶民から身を起こし、戦乱の世を駆け抜け、ついには天下人になる。さまざまなエピソードに彩られた「太閤記」が秀吉を、大衆が求めるヒーローとした。それは近代になり、盛んに戦国小説が書かれるようになっても変わらない。吉川英治の『新書太閤記』や、川口松太郎の『俺は藤吉郎』など、多くの「太閤記」が生まれたのである。

しかしそれは、豊臣秀吉のイメージを強固にしていく。史実があるので当然だが、取り上げられるエピソードもある程度決まってしまい、新味を出すのが難しくなっている。もちろん山田風太郎の『妖説太閤記』のように、新たな視点で秀吉を捉えた作品も昔からある。だが、そのような作品も増えていくことで、「太閤記」の余白も、どんどん埋まっているのだ。必然的に、今、秀吉の生涯に挑もうとする作家は、「後続者の苦労」を味わうことになる。

ところがその難問を、飄々としたステップでクリアした作品が現れた。木下昌輝の『秀吉の活』だ。これにはビックリ仰天である。どこがそんなに凄いのか。早く語りたいところだが、物語の内容に踏み込む前に、まずは作者の経歴を見てみたい。

木下昌輝は、一九七四年、奈良県に生まれる。近畿大学理工学部建築学科卒。ハウスメーカー勤務を経て、フリーライターになり、関西を中心に活躍。二〇一二年に「宇喜多の捨て嫁」で、第九十二回オール讀物新人賞を受賞し、作家デビューを果たす。この受賞作を表題にした短篇集が、二〇一四年に刊行されると、大きな話題を呼んだ。候補になった直木賞こそ逸したものの、二〇一五年には、第二回高校生直木賞、第四回歴史時代作家クラブ賞新人賞、第九回舟橋聖一文学賞と、多数の文学賞を受賞。たちまち歴史小説の新たな書き手として、注目されるようになった。同年には、大阪市が大阪文化の発展と振興のために設けた、咲くやこの花賞の文芸・その他部門も受賞している。

以後、作者は次々と意欲的な作品を発表。人魚の肉を食べた新撰組隊士が怪異に見舞われる『人魚ノ肉』、上方落語の祖となる米沢彦八を主人公にして第七回大阪ほんま本大賞を受賞した『天下一の軽口男』、宮本武蔵に倒された男たちの視点から日本一の剣豪を活写した『敵の名は、宮本武蔵』、戦国武将の特別な一日に独創的なアイディアを盛り込んだ「戦国十二刻」シリーズ、異端の天才絵師を関係者を絡めて描き第七回野村胡堂文学賞を受賞した『絵金、闇を塗る』など、どれもオリジナリティに満ちている。いうまでもなく本書も同様だ。

『秀吉の活』は、二〇一六年から翌一七年にかけて、複数の地方紙で連載。二〇一七年十一月に幻冬舎から、単行本で刊行される。その際に「第八章　天下人の朝活」が、書き下ろしで加えられた。物語の主人公は豊臣秀吉。少年時代に武士を目指して家を飛び出してから、天下人となって死去するまでが綴《つづ》られている。「太閤記」として見れば、オーソドックスな構成だ。ところが内容がとんでもない。まず作者は、秀吉の生涯を十分割する。そして「第一章　天下人の就活」「第二章　天下人の婚活」といったように〝×活〟という言葉で、それぞれの時代をカテゴライズするのだ。〝×活〟はそれほど古い言葉ではなく、戦国小説の章のタイトルとしては異質だ。このような現代性が、木下作品のひとつの特徴であるが、どこをどうすればこんな発想が出てくるのだろう。作者の奇想は止《とど》まるところを知らないようだ。しかも本書には、さらに大胆な仕掛けがある。そこを説明するために、もう少し詳しくストーリーを追っていきたい。

幼い日吉（後の秀吉）は、父親の弥右衛門から〝生きる〟なら〝活きる〟でないと駄目だといわれる。「たくさん考えて、他人に気配りして、一生懸命働くのが、活きるとゆうことだ」とのことだ。弥右衛門は翌年に死んでしまったが、日吉はその言葉を胸に抱いて生きている。それは成長して藤吉郎という名前になっても変わらない。「第一章　天下人の就活」で、十代の少年になった藤吉郎は、母親の後夫となった竹阿弥と反りが合わず、畑仕事もせずにブラブラしている。尾張織田弾正忠家に仕える木下家の幼い娘・寧々のままごとの相手を務めているが、木下家に取り入ろうという下心があってのことだ。だが藤吉郎の目論見は木下家の主人にバレて、さんざん痛めつけられる。寧々に貸した、父親の形見のような黒豆も返ってこない。現実に絶望した彼は〝活きる〟ために故郷を出奔。なんだかんだあって今川家に仕える松下家に潜り込み、小者として五年を過ごす。

だが、苗字も力も学もない藤吉郎に、出世の道はない。それでも活きようとする彼は、松下家に命じられた任務を果たすために尾張に行くが失敗。身分を超えた付き合いをしてくれる、幼馴染の前田利家と再会したことから、織田家中の戦に加わり、なんだかんだあって織田信長の草履取を経て薪奉行になるのだった。ちなみに〝なんだかんだ〟の部分は、説明が面倒なのではない。読みごたえのある展開を楽しめるので、ぜひとも読んで確認してもらいたいのだ。最新の歴史研究を盛り込みながら、大胆な創作で物語世界を構築する木下作品は、いつだって堪らなく面白いのである。

続く「第二章　天下人の婚活」では、桶狭間の戦いと、藤吉郎が寧々を嫁にするまでが綴られていく。「第三章　天下人の昇活」は、美濃の稲葉山城を攻撃したとき、藤吉郎が七度の名乗りをしてのける。「第四章　天下人の凡活」では、鉄砲の買い付けと、近江の戦場での顛末が描かれる。

といった調子で、織田家中でしだいに出世していく秀吉の物語を読んでいるうちに、不思議な気持ちになった。豊臣秀吉を主人公とした戦国小説なら必須というべきエピソードが出てこない。あるいは出てきても、きわめて扱いが小さい。墨俣一夜城など、会話の中で触れられるだけだ。この手法は後半も続き、本能寺の変を知っての、中国大返しは出てこない。

山崎の戦いや賤ヶ岳の戦いも、あっさりしたものだ（桶狭間の戦いがガッツリ描かれているのは、秀吉ではなく信長のエピソードだからだろう）。なぜ作者は、このような特殊な手法を使ったのか。理由は「後続者の苦労」である。

自分なりの「太閤記」を書こうとしても、すでに多くの先人によって、有名なエピソードや戦は使い倒されている。秀吉の人生を道に譬えるならば、重要な場所はすでに踏み固められているのだ。それでは足跡を残すことができない。だが、ほとんど踏まれていない場所ならどうだ。おそらく作者は、このように考えたはずだ。いや、発想自体は、他にも思いついた人がいても可笑しくない。凄いのは、それを実行したことだ。まだ踏み荒らされていない秀吉の史実の隙間に足跡を残し、それをたどることで天下人の人生とする。山崎の戦いや朝鮮出兵についても、秀吉の人間としての心情に寄り添い、今までにない味わいを獲得している。そこが本書の一番の読みどころであり、魅力になっているのだ。

さらに、登場人物のセレクトや使い方もユニークだ。織田信長の家臣で弓の名人の浅野又右衛門や、信長の勘気を被って追放された武将の佐久間信盛などが、秀吉を大きく成長させる存在としてクローズアップされている。また、秀吉と仲が悪かったといわれる義父の竹阿弥や、もうひとりの秀吉というべき柴田勝家の家臣・吉田次兵衛のキャラクターも面白い。なお、竹阿弥や又右衛門と秀吉の関係を見ていると、作者は父親と息子の関係性に深い興味があるのではないかと感じる。そんなふうに思うのも、二〇二〇年二月に刊行された『まむし三代記』で、父親と息子の関係を重層的に描いているからか。この点については、今後の木下作品を追いながら検証していきたい。

話を本書に戻す。作者の描く秀吉は、生涯を通じて〝活きる〟ことを求めていた。「第四章　天下人の凡活」で、無才の自分が何を極めればいいのかという秀吉に信長は、「貴様は凡人を極めろ」という。誰にでもできることを、誰よりも愚直にやり続けることが、大きな成果に繋がるからだ。これにより秀吉の〝活き方〟は、明確になった。といっても長い人生、一直線に進めるわけではない。やる気を失って、武士を辞めようとしたことがある。天下人になって、方向性を見失うこともある。それでも最後まで〝活きる〟姿を見せてくれた。だから、まだ何者でもなかった若い頃、信長にいった「活きた仕事をして、働きをしっかりと評されたいのです」という秀吉の言葉が、強く胸に響くのだ。

この解説を書いている今、コロナ禍による「緊急事態宣言」が、全国に拡大されることが決定した。これからどうなるか分からないが、ほとんどの人の生活が、甚大な影響を受けるだろう。そんなときだからこそ、秀吉のように生きたい、いや、活きたいではないか。この状況下で本書が文庫化されるのは偶然だが、そこに深い意味を見出したくなる。なぜなら『秀吉の活』に託された作者の〝活〟が、明日に立ち向かう勇気と元気を与えてくれるのだから。この物語には、それだけの力がある。

——文芸評論家

この作品は二〇一七年十一月小社より刊行されたものです。

幻冬舎時代小説文庫

●好評既刊
天下一の軽口男
木下昌輝

時は江戸時代中期。笑いで権力に歯向かい、物真似や滑稽話で、天下一の笑話の名人と呼ばれた男がいた。名は、米沢彦八。彼は何故笑いに一生を捧げたのか？　ぼんくら男の波瀾万丈の一代記。

●最新刊
月夜の牙　義賊・神田小僧
小杉健治

紙問屋のおかみに頼まれて用心棒になった浪人の九郎兵衛。直後に入った押し込みを辛くも退けるが、紙問屋の番頭はおかみが盗賊を手引きしたと言い始める。日陰者が悪党を斬る傑作時代小説。

●最新刊
弟切草
小烏神社奇譚
篠　綾子

小烏神社の宮司・竜晴は、人付き合いが悪くて無愛想。唯一の友人は、医者で本草学者の泰山。ある日、薬種問屋の息子が毒に倒れ、彼の兄も行方知れずに。二人は兄弟の秘密に迫れるか――。

●最新刊
潮騒はるか
葉室　麟

蘭学を学ぶ夫・亮を追い、弟・誠之助と彼を慕う千沙と共に長崎に移り住んだ鍼灸医の菜摘。だがそこに、千沙の姉・佐奈が不義密通の末、夫を毒殺し、脱藩したとの報が舞い込む。

●最新刊
頂上至極
村木　嵐

宝暦三年(一七五三)、将軍から突如木曽川普請を命じられた薩摩藩。重なる借財、烈しく強かな百姓、貧苦に喘ぐ故郷の妻子、疫病に倒れる藩士達と、総奉行・平田靱負に次々と難題が持ちあがる。

秀吉《ひでよし》の活《かつ》

木下昌輝《きのしたまさき》

令和2年6月15日　初版発行

発行人——石原正康
編集人——高部真人
発行所——株式会社幻冬舎
〒151-0051東京都渋谷区千駄ヶ谷4-9-7
電話　03(5411)6222(営業)
　　　03(5411)6211(編集)
振替00120-8-767643
印刷・製本——中央精版印刷株式会社
装丁者——高橋雅之

幻冬舎時代小説文庫

ISBN978-4-344-42993-2　C0193　　き-34-2

幻冬舎ホームページアドレス　https://www.gentosha.co.jp/
この本に関するご意見・ご感想をメールでお寄せいただく場合は、
comment@gentosha.co.jpまで。